La farsa

BRENDA JOYCE

Editado por Harlequin Ibérica.
Una división de HarperCollins Ibérica, S.A.
Núñez de Balboa, 56
28001 Madrid

© 2005 Brenda Joyce Dreams Unlimited, Inc. Todos los derechos reservados.
LA FARSA, N° 50
Título original: The Masquerade
Publicada originalmente por Mira Books, Ontario, Canadá.
Traducido por Victoria Horrillo Ledesma

Todos los derechos están reservados incluidos los de reproducción, total o parcial. Esta edición ha sido publicada con permiso de Harlequin Enterprises II BV.
Todos los personajes de este libro son ficticios. Cualquier parecido con alguna persona, viva o muerta, es pura coincidencia.
™TOP NOVEL es marca registrada por Harlequin Enterprises Ltd.
® y ™ son marcas registradas por Harlequin Enterprises Limited y sus filiales, utilizadas con licencia. Las marcas que lleven ® están registradas en la Oficina Española de Patentes y Marcas y en otros países.

I.S.B.N.: 978-84-671-5664-5
Depósito legal: B-38721-2007

Imagenes de cubierta:
Fondo: JOHN FOXX/GETTY IMAGES
Máscara: MEDIOIMAGES/GETTY IMAGES

AGRADECIMIENTOS

La forma final de esta novela no habría sido posible sin el apoyo de mi editora, Miranda Stecyk. Le estoy muy agradecida por su disposición a revisar y remodelar en el último momento. Quiero también dar las gracias a Lucy Childs por su entusiasmo inagotable, su apoyo sincero y ese oído finísimo que siempre está ahí para escuchar. Por fin, como siempre, estoy inmensamente en deuda y eternamente agradecida con mi agente, Aaron Priest.

Esta novela está dedicada a la memoria de mi tío Sam, el hombre más bondadoso que he conocido. Siempre lo echaremos de menos.

Prólogo

Príncipe y héroe

De pie tras ella, su madre hablaba en voz alta, de modo que la niña pequeña podía, por desgracia, oír cada una de sus palabras. La niña escondió la cara en su libro y procuró concentrarse en las palabras allí escritas. Era imposible: ellos la miraban fijamente. Las mejillas de Lizzie se encendieron.

–Bueno, sí, se aísla, pero sólo porque es la más tímida. No tiene mala intención, desde luego. ¡Y sólo tiene diez años! Estoy segura de que con el tiempo será tan encantadora como mi querida Anna. Claro que Anna es una auténtica belleza, ¿no es cierto? Y Georgina May, Dios mío, es la perfecta hija mayor, me ayuda constantemente. Es muy sensata –declaró su madre–. Y siempre cumple con su deber.

–No me explico, Lydia, cómo te las arreglas con tres hijas pequeñas que se llevan tan poco tiempo –afirmó la señora que conversaba con su madre. Era la hermana del pastor y había ido desde Cork a hacerles una breve visita–. Pero tienes suerte. Anna se casará bien cuando tenga edad suficiente. Con tal belleza, no tendrás que preocuparte por ella. Y Georgina May tiene muy buen pasta. Creo que podría convertirse en una mujer muy guapa.

–¡Oh, estoy segura de ello! –exclamó su madre como si, por desearlos con suficiente fuerza, pudiera conseguir que sus anhelos se hicieran realidad–. Y a Lizzie también le irá bien, no me cabe ninguna duda. Cuando crezca dejará de ser gorda, ¿no crees?

Hubo un breve silencio.

–Bueno, desde luego adelgazará si no es golosa. Pero, si se convierte en una sabihonda, te costará encontrarle un buen marido –dijo en tono admonitorio la hermana del pastor–. Yo la vigilaría cuidadosamente. ¿No es demasiado joven para estar leyendo?

Lizzie abandonó sus intentos de leer y abrazó contra su pecho el precioso libro, con la esperanza de que su madre no se acercara a ella para arrebatárselo. La vergüenza le hacía arder las mejillas, y deseó que las dos mujeres hablaran de otra cosa u otra persona. Pero su madre y la hermana del pastor regresaron con los demás adultos y ella pudo respirar aliviada.

Tal vez una comida campestre junto al lago no fuera el mejor momento para leer. Era una reunión concurrida que incluía a su familia y a la de su vecino más próximo, y al pastor y los suyos. Había presentes siete adultos y seis niños, contándola a ella. Sus hermanas y los amigos de éstas estaban jugando a los piratas. Gritos y risas salpicaban la ociosa tarde de verano. Lizzie contempló la escena y observó un instante a Anna, que, nombrada damisela en apuros, fingía llorar su infortunio. El hijo mayor del pastor intentaba consolarla, mientras el pequeño y el hijo del vecino, en el papel de piratas, se acercaban a ellos a hurtadillas, armados con palos. Georgie yacía en el suelo, víctima de alguna terrible desgracia.

A Lizzie no la habían invitado a jugar. Ella no deseaba unirse al juego, de todos modos. La lectura la había fascinado desde el momento en que había conseguido identificar las primeras palabras y, desde hacía seis meses, de pronto, como por ensalmo, era capaz de mirar una frase y comprender casi todas las palabras. Así de rápidamente, la lectura se había convertido en su pasión y su vida. No le importaba en realidad qué leer, aunque prefería los cuentos con héroes deslumbrantes y heroínas llorosas. En ese momento estaba leyendo un relato de sir Walter Scott, a pesar de que estaba escrito para adultos y de que le costaba una hora o más leer una sola página.

Echó otro vistazo tras ella y se dio cuenta de que la habían dejado sola. Los mayores se habían sentado sobre grandes mantas y estaban abriendo las cestas del almuerzo. Sus hermanas seguían jugando con los niños. Lizzie sintió un cosquilleo de emoción y volvió a abrir el libro.

Pero, antes de que pudiera releer el párrafo en el que se había quedado, un grupo de jinetes se acercó al galope a la orilla del lago, a unos pocos metros de donde estaba sentada. Tenían voces de hombre, jóvenes y estruendosas, y Lizzie levantó la vista al tiempo que se apeaban de sus monturas.

Fascinada de inmediato, se dio cuenta de que eran cinco chicos, todos ellos en edad adolescente. Su interés y su curiosidad aumentaron. Llevaban caballos bellos e impetuosos, y lucían ropas exquisitas, de corte impecable. Tenían que ser aristócratas. Mientras gritaban y reían, se quitaron las chaquetas y las camisas y dejaron al descubierto sus torsos atléticos, morenos y sudorosos. Saltaba a la vista que pensaban darse un baño.

¿Eran de Adare?, se preguntaba Lizzie. El conde de Adare, el único noble de los alrededores, tenía tres hijos varones y dos hijastros. Lizzie apretó el libro contra su pecho y observó a un muchacho alto y rubio zambullirse en el agua, seguido por un joven de cabello oscuro, más bajo y delgado. Sonaron vítores y dos chicos más se lanzaron al agua, provocando nuevos gritos y nuevas risas, y el inicio de una batalla de salpicaduras. Lizzie sonrió.

No sabía nadar, pero aquello parecía divertido.

Miró entonces al muchacho que se había quedado de pie en la orilla. Era muy alto, tenía la tez tan oscura como la de un español y el pelo negro como la medianoche. Era fibroso de la cabeza a los pies... y la miraba con curiosidad.

Lizzie escondió la cara en el libro con la esperanza de que él no pensara también que era gorda.

—¡Eh, gordita, dame eso!

Lizzie levantó la vista al tiempo que el hijo menor del pastor le arrancaba el libro de las manos.

—¡Willie O'Day! —gritó, levantándose de un salto—. ¡Dame mi libro, bruto!

Él se rió por lo bajo. Era malvado y Lizzie lo despreciaba.

—Si lo quieres, ven a buscarlo —dijo Willie con sorna.

Era tres años mayor que ella y un palmo más alto. Lizzie echó mano del libro; pero él lo levantó por encima de su cabeza, fuera de su alcance. Se reía de ella.

—Ratón de biblioteca —bufó con desdén.

Lizzie había pasado días leyendo las primeras diez páginas y la aterrorizaba pensar que no le devolviera el libro.

—¡Por favor! ¡Por favor, devuélvemelo!

Él mantuvo el libro fuera de su alcance... y, cuando ella intentó agarrarlo, se dio la vuelta y lo lanzó al lago.

Lizzie dejó escapar un gemido de horror y vio cómo su libro flotaba en el agua, junto a la orilla. Sus ojos se llenaron de lágrimas y Willie volvió a reírse.

—Si lo quieres, ve a buscarlo, gordita —dijo mientras se alejaba.

Lizzie no se paró a pensar. Corrió los pocos pasos que la separaban del borde del lago y alargó los brazos hacia el libro.

Y, para su sorpresa, perdió el equilibrio y cayó.

El agua se cerró a su alrededor, por encima de ella. Su boca se llenó de ella y tosió, pero tragó más agua y empezó a ahogarse. Mientras se hundía bajo la superficie, incapaz de respirar, sintió pánico; de pronto estaba aterrorizada.

Unas manos fuertes la agarraron mientras se debatía con pies y manos, y repentinamente se halló por encima del agua, en brazos de un chico. Se aferró a él, la cara apretada contra su duro pecho, y comenzó a toser y a sollozar al mismo tiempo. Él comenzó a salir del lago y Lizzie pudo por fin respirar. El miedo y la angustia remitieron al instante. Aferrada aún a los hombros resbaladizos y fuertes de aquel muchacho, levantó la mirada.

Y vio los ojos azules oscuros más asombrosos que había visto nunca.

—¿Te encuentras bien? —preguntó su salvador, mirándola con fijeza.

Lizzie abrió la boca para hablar, pero no le salieron las palabras. Sus miradas se sostuvieron y ella se limitó a observarlo fijamente y, mientras lo observaba, se enamoró.

Se enamoró fulminantemente, sin remedio, sin esperanza.
Su corazón aleteó, se desbocó y se inflamó.
—¡Lizzie! ¡Lizzie! ¡Ay, señor, Lizzie! —su madre chillaba desde la orilla.
—¿Eres un príncipe? —musitó ella.
Él sonrió. El corazón de Lizzie se encogió y comenzó a ejecutar una danza enloquecida y feliz.
—No, pequeña, no soy un príncipe.
Pero sí lo era, pensó Lizzie, incapaz de apartar la mirada de su bello rostro. Era su príncipe.
—¡Lizzie! ¿Está bien? ¿Está bien mi preciosa niñita? —su madre estaba histérica.
Su príncipe la depositó sobre una manta.
—Creo que sí. Un poco mojada, pero hoy hace buen día y se secará enseguida.
—¡Lizzie! —su padre se arrodilló a su lado, pálido por el susto—. Mi querida niña, ¿en qué estabas pensando, acercándote tanto al lago?
Lizzie sonrió, no a su padre, sino a su príncipe, tímidamente.
—Estoy bien, papá.
La sonrisa de su príncipe se desvaneció.
—¿Cómo podemos darle las gracias, lord Tyrell? —exclamó su madre, que lo había agarrado de las manos.
—No es necesario, señora Fitzgerald. Está a salvo. Con eso es suficiente —repuso él.
Y Lizzie comprendió entonces quién era: el siguiente conde de Adare, el hijo mayor del conde, Tyrell de Warenne. Se abrazó las rodillas contra el pecho sin dejar de mirarlo, pasmada. Claro que ¿acaso no sabía que era un príncipe... o algo equivalente? Porque, en el sur de Irlanda, el conde de Adare era casi como un rey.
Los hermanos y hermanastros de Tyrell se habían reunido a su alrededor, curiosos y preocupados. Tyrell se dio la vuelta y al instante se abrieron para dejarle paso. Lizzie quiso gritarle que volviera hasta que se dio cuenta de lo que se proponía. Aturdida por la emoción, lo vio meterse en el lago y recuperar su

libro medio hundido. Un momento después regresó con él y le sonrió.

—Puede que necesites un ejemplar nuevo, pequeña.

Lizzie se mordió el labio, demasiado apocada para darle siquiera las gracias.

—Lord Tyrell, estamos en deuda con usted —dijo su padre, muy serio.

Tyrell hizo un gesto con la mano para quitarle importancia al asunto. Miró a su alrededor y sus ojos se endurecieron. Lizzie siguió la dirección de su mirada y lo vio observar fríamente a Willie O'Day.

Willie dio media vuelta para echar a correr.

Pero Tyrell lo alcanzó de una sola zancada y lo agarró de la oreja. Ignorando sus aullidos de dolor y sus protestas, lo arrastró hasta Lizzie.

—Ponte de rodillas y discúlpate ante la señorita —dijo— o te daré una buena tunda.

Y, por primera vez en su vida, Willie hizo lo que le decían y, llorando, suplicó a Lizzie que lo perdonara.

Primera parte
OCTUBRE DE 1812-JULIO DE 1813

Elizabeth Anne Fitzgerald miraba la novela que tenía entre las manos, pero ni una sola de sus palabras tenía sentido para ella. Las letras impresas en la página se emborronaban tan confusamente como si no llevara puestas sus gafas de leer. Quizá fuera lo mejor; su madre odiaba que leyera en la mesa, y Lizzie se había sentado a desayunar con su novela de aventuras hacía un buen rato, olvidada de la comida que tenía frente a sí. Suspiró y cerró el libro. Estaba tan emocionada por el día siguiente que no podría concentrarse, se dijo.

Emocionada y asustada.

Su padre estaba sentado a la cabecera de la mesa, con un ejemplar del día anterior del *Dublin Times*. Pasó la página mientras echaba mano de su taza de té, enfrascado en algún artículo sobre la guerra. Arriba, la casa se hallaba en estado de frenesí. Lizzie oía a sus dos hermanas mayores y a su madre corretear por las alcobas, arriba y abajo, de acá para allá, en un taconeo furioso, y oía los gimoteos de Anna y la voz enérgica y sensata de Georgie. Su madre repartía órdenes a voces, como un soldado. Su padre no parecía notarlo, pero semejante caos era bastante común en el hogar de los Fitzgerald.

Lizzie lo miró fijamente, con la esperanza de que levantara la vista. Quería hablar, pero no estaba segura de poder confiar en nadie.

—Me estás mirando fijamente —dijo él sin levantar la vista—. ¿Qué ocurre, Lizzie?

Ella titubeó.

—¿Es normal estar tan nerviosa?

Su padre la miró por encima del periódico. Su sonrisa era tierna.

—Sólo es un baile —dijo—. Puede que sea el primero, pero no será el último —era un hombre bajo, con el pelo prematuramente encanecido, patillas grises y una expresión siempre amable. Al igual que Lizzie, llevaba anteojos de metal, pero no sólo para leer; si de algo se lamentaba Lizzie, era de haber heredado su mala vista de un padre tan maravilloso.

Lizzie sintió que se sonrojaba. Evitó rápidamente la mirada bondadosa de su padre. No quería que él adivinara lo asustada que estaba. A fin de cuentas, tenía ya dieciséis años, era una mujer adulta, o prácticamente. No quería que nadie de su familia sospechara que todavía abrigaba las más infantiles fantasías... aunque, en la oscuridad de la noche, no fueran en absoluto infantiles.

El ardor de sus mejillas aumentó.

Bajo la mesa, un gato cojo, al que había rescatado y adoptado el año anterior, se frotó ronroneando contra sus tobillos.

Su padre, que la conocía bien, dejó el periódico y la observó atentamente.

—Lizzie, es sólo un baile. Y has estado otras veces en la casa —se refería al hogar del conde de Adare—. ¿Sabes, querida?, todos hemos notado lo extrañamente que te comportas desde hace unos días. Pero si hasta has pedido el apetito y todos sabemos lo mucho que te gusta comer. ¿Qué es lo que te preocupa, cariño?

Lizzie quería sonreírle, pero la sonrisa no se formaba en su semblante. ¿Qué podía decir? Su enamoramiento de un joven que ni siquiera sabía que ella existía era divertido cuando tenía diez años. Había sido causa de algún ceño y de cierta preocupación cuando era una adolescente de trece años en flor. El año siguiente, al verlo en la ciudad con una bella señorita, Lizzie se había dado cuenta de lo absurdo que era su amor. Tal encaprichamiento ya no era aceptable y Lizzie lo sabía, sobre todo ahora que iba a ser presentada en sociedad junto a sus hermanas mayores.

Pero él estaría allí, en el baile de máscaras, porque estaba allí siempre la noche de Todos los Santos, y era el heredero del conde. Según sus hermanas mayores, era amable y encantador con todos los invitados de su familia... y objeto de grandes atenciones por parte de las mujeres. Todas las madres de la alta sociedad con hijas casaderas abrigaban la absurda esperanza de ganarlo para sus hijas, a pesar de que todo el mundo sabía que se casaría por deber, cumpliendo los deseos de su familia. Lizzie sólo tenía que cerrar los ojos y la noble imagen de Tyrell de Warenne, su mirada intensa y penetrante, colmaban su imaginación.

La idea de verlo en el baile al día siguiente casi le impedía respirar. Su corazón se aceleró absurdamente. Imaginó a Tyrell haciéndole una reverencia y tomándola de la mano... y de pronto se halló montada en su corcel blanco, galopando juntos en mitad de la noche.

Lizzie empezó a sonreír, se dio cuenta de que estaba soñando despierta y se dio un pellizco. Aunque iba a ir al baile vestida de lady Marian (Robin Hood era uno de sus relatos preferidos), Tyrell no se fijaría en ella. Pero Lizzie no quería en realidad llamar la atención. No quería que la mirara con una perfecta falta de interés, como parecían hacer los pretendientes de su hermana Anna. Se quedaría junto a la pared, junto a las menos agraciadas, y lo observaría discretamente bailar y coquetear. Luego, cuando hubiera regresado a casa y estuviera en la cama, soñaría con cada una de sus miradas y sus gestos, con cada una de sus palabras y hasta de sus caricias.

Él detenía el corcel bruscamente, la estrechaba entre sus brazos, su aliento rozaba como una pluma su mejilla...

El pulso de Lizzie se aceleró y su cuerpo comenzó a palpitar con aquella terrible insistencia, con un extraño anhelo que había llegado a aceptar pero que apenas entendía.

—¿Lizzie? —su padre la sacó de sus cavilaciones.

Ella se mordió el labio, abrió los ojos y logró sonreírle.

—Ojalá... —dijo impulsivamente, y se detuvo.
—¿Ojalá qué, hija?

Estaba mucho más unida a su padre que a su madre, quizá porque, como ella, él era un ávido lector y en cierto modo un soñador. Muchos días de lluvia, podía encontrarse a Lizzie y a su padre en el salón, acomodados en grandes butacas ante la chimenea, enfrascados en sendos libros.

—Ojalá fuera guapa, como Anna —se oyó confesar en un susurro—. Sólo por una vez... sólo mañana por la noche.

Los ojos de su padre se agrandaron.

—¡Pero si eres preciosa! —exclamó—. Tienes unos ojos grises maravillosos.

Lizzie le sonrió tenuemente, consciente de que no podía ofrecerle otro cumplido. Luego oyó bajar a su madre a toda prisa las escaleras, llamándola.

—¡Lizzie!

Lizzie y su padre se miraron. Ambos reconocían aquel tono estridente. Algo iba mal y su madre quería que Lizzie lo arreglara. Lizzie odiaba toda clase de conflictos y a menudo actuaba como la pacificadora de la familia. Se levantó, convencida de saber lo que ocurría.

Su madre entró en el salón casi a la carrera. Tenía las mejillas sofocadas y llevaba un delantal sobre su vestido de rayas. Al igual que Lizzie, tenía el pelo rubio rojizo, pero lo llevaba cortado a la moda y rizado al estilo conocido como *la victime*, mientras que el de Lizzie, largo y crespo, estaba recogido de cualquier modo en un moño hacia arriba. Madre e hija eran de mediana estatura, y Lizzie lamentaba que, desde lejos, sus figuras orondas se parecieran tanto que fuera fácil confundirlas. Lydia Jane Fitzgerald posó los ojos en su hija de dieciséis años y se detuvo tan bruscamente que estuvo a punto de caerse.

—¡Lizzie! Tienes que hablar con tu hermana, yo no puedo con ella. Es la muchacha más terca y desagradecida que quepa imaginar. ¡Georgina ha decidido que no asistirá al baile! ¡Ay, Dios mío! ¡Qué escándalo! ¡Qué desgracia! La condesa, bendita sea, nunca nos lo perdonará. Y Georgina es la mayor, por el amor de Dios. ¿Cómo va a encontrar pretendiente si se niega a ir al baile del año? ¿Acaso quiere casarse con un carnicero o con un herrero?

Lizzie sofocó un suspiro cuando Georgina bajó las escaleras más despacio, con expresión decidida y el color del rostro subido. Georgie tenía el cabello rubio oscuro y era muy alta y esbelta. Lanzó a Lizzie una mirada que parecía decir que no transigiría. Lizzie volvió a suspirar.

–Hablaré con Georgie, mamá.

–Tendrás que hacer algo más que hablar con ella –gritó su madre como si Georgie no estuviera presente–. ¡Nos invitan a casa del conde exactamente dos veces al año! ¡Sería un insulto imperdonable que no apareciéramos todos!

Aquella primera afirmación era cierta. El conde y la condesa de Adare abrían las puertas de su hogar dos veces al año, el día de Todos los Santos, cuando celebraban un baile de disfraces, y el día de san Patricio, para una fiesta en el jardín. Su madre vivía para aquellos dos acontecimientos, pues eran oportunidades para que sus hijas se codearan con la flor y nata de la sociedad irlandesa, y todos sabían que rezaba por que una sola de sus hijas se casara con un acaudalado noble irlandés, quizás incluso con uno de los hijos de la familia De Warenne. Lizzie sabía, sin embargo, que su madre vivía también en un sueño. Aunque afirmaba que su familia descendía de un linaje real celta, los De Warenne estaban tan por encima de los Fitzgerald que entre ellos mediaba la misma distancia que entre un campesino y la realeza. A nadie le importaría que Georgie declinara asistir al baile.

Lizzie sabía que su madre tenía buena intención, no obstante. Sabía que adoraba a sus hijas. Sabía que tenía miedo de que no se casaran bien… y que le daba pánico que no se casaran nunca. Y sabía cuánto tenía que esforzarse para vestir y alimentar a sus hijas con la reducida pensión de su padre, y cuánto le costaba presentarlas en sociedad como si no pertenecieran a la baja y empobrecida nobleza rural. Y Georgie también lo sabía.

Su hermana habló con firmeza, como solía hacer.

–Nadie notará mi ausencia, mamá. Pensar otra cosa es engañarse. Y teniendo en cuenta la pensión de papá y que seguramente Anna se casará la primera y se llevará todos los fondos disponibles para una dote, dudo que yo me case con alguien mejor que un carnicero o un herrero.

Lizzie dejó escapar un gemido de perplejidad al oírla y rápidamente disimuló una sonrisa. Su madre estaba sin habla; aquél era un momento ciertamente muy extraño.

Su padre tosió por detrás de la mano y procuró ocultar su regocijo.

Su madre rompió a llorar.

—He dedicado mi vida entera a encontraros marido a tus hermanas y a ti. Y ahora te niegas a ir a casa de los Adare. Y hablas de casarte con un... —se estremeció... ¡con la clase más baja de hombre! ¡Georgina May! —salió llorando del cuarto del desayuno.

Se hizo el silencio.

Georgie parecía sentirse algo culpable.

Su padre le lanzó una mirada de reproche.

—Os dejo para que arregléis las cosas —dijo a sus hijas, y añadió dirigiéndose a Georgie—: Sé que harás lo correcto —salió de la habitación.

Georgie suspiró y miró a Lizzie con expresión resignada y amarga.

—Ya sabes cuánto odio estas fiestas de sociedad. Se me ha ocurrido que al menos podía intentar ahorrarme ésta.

Lizzie se acercó a su querida hermana mayor.

—Querida, ¿no me dijiste el otro día que el matrimonio cumple una función social muy concreta? —nadie como su hermana podía racionalizar un asunto hasta llegar a una conclusión válida. Georgie cerró los ojos—. Creo que también dijiste que beneficia a ambas partes —añadió Lizzie, consciente de que estaba repitiendo las palabras exactas de su hermana.

Georgie la miró.

—Lizzie, estábamos hablando del compromiso de Helen O'Dell con ese petimetre, viejo y estúpido, de sir Lunden.

—Mamá está entregada en cuerpo y alma a su deber para con nosotras —dijo Lizzie suavemente—. Sé que a veces es un poco atolondrada y ridícula, pero sus intenciones son buenas.

Georgie se acercó a la mesa y se sentó, afligida.
–Ya me siento bastante mal, no me lo restriegues más.
Lizzie se sentó a su lado y la tomó de la mano.
–¡Sueles ser tan estoica! ¿Qué te pasa de verdad?
Georgie la miró, muy seria.
–Sólo se me ha ocurrido evitarme esta fiesta. Confiaba en pasar la velada leyendo el *Times* de papá. Nada más.

Lizzie sabía que eso no era todo. Pero la actitud de su hermana no podía deberse a que quisiera eludir los tejemanejes de casamentera de su madre, porque en dos ocasiones ésta había llevado a casa a dos posibles pretendientes para ella, y Georgie se había mostrado obedientemente cortés, cuando cualquier otra mujer se habría avergonzado.

Georgie suspiró.
–Nunca conoceré a nadie en casa de los Adare. Mamá está loca si lo cree. Si alguien puede encontrar marido allí es Anna, que es quien atrae toda la atención, de todas formas.

Eso era cierto. Anna era bella y despreocupada, además de muy coqueta.

–¿No estarás celosa? –preguntó Lizzie, sorprendida. De pronto tenía la impresión de que así era.

Georgie cruzó los brazos sobre el pecho.
–Claro que no. Adoro a Anna, todo el mundo la adora. Pero es cierto. Anna será quien mañana tenga pretendientes de noble cuna, no tú, ni yo. Así que, ¿qué sentido tiene que yo vaya?

–Si de verdad quieres quedarte en casa, deberías haber alegado una migraña, o algo peor, una indigestión severa –dijo Lizzie.

Georgie la miró y sonrió por fin.
–Nunca sufro migrañas y tengo la constitución de un buey.
Lizzie le tocó el brazo.
–Creo que te equivocas. Sí, Anna es una coqueta, pero tú eres tan lista y tan orgullosa… Eres muy guapa, Georgie, y algún día encontrarás el verdadero amor, estoy segura de ello –sonrió–. ¡Y hasta podría ser en Adare!

Su hermana sacudió la cabeza, pero siguió sonriendo.
–Has leído demasiadas novelas baratas. ¡Eres tan romántica…!

El verdadero amor no existe. De todos modos, soy más alta que la mayoría de los hombres que conozco, y eso es una ofensa muy seria, Lizzie.

Lizzie tuvo que echarse a reír.

–Sí, supongo que sí… pero sólo hasta que conozcas al caballero adecuado. Puede que le saques una cabeza y aun así, créeme, no le importará tu altura.

Georgie se recostó en su silla.

–¿No sería maravilloso que Anna se casara muy, muy bien?

Lizzie la miró con fijeza y sus miradas se encontraron. Podía leer el pensamiento de su hermana.

–¿Te refieres a que se case con alguien terriblemente rico?

Georgie se mordió el labio y asintió.

–Mamá sería feliz y nuestras preocupaciones económicas se acabarían. A mí no me importaría demasiado quedarme soltera. ¿Y a ti?

–¡Sé que algún día encontrarás un pretendiente! –exclamó Lizzie con vehemencia–. Yo soy gorda e insulsa, y no tengo más remedio que quedarme soltera. ¡Y no es que me importe! –añadió rápidamente–. Alguien tendrá que cuidar de nuestros padres cuando sean mayores –sonrió de nuevo, pero la imagen de Tyrell de Warenne se le vino a la cabeza–. No me hago ilusiones respecto a mi destino… y estoy convencida de cuál será el tuyo.

Georgie se apresuró a protestar.

–No eres gorda, sólo un poquitín rellenita… ¡y eres muy guapa! Pero te niegas a pensar en la moda. En eso nos parecemos mucho.

Pero Lizzie estaba pensando en Tyrell de Warenne y en el destino de su amado. Él se merecía encontrar el verdadero amor y sin duda lo haría, algún día. Ella quería con toda su alma que fuera feliz.

Sus pensamientos viraron bruscamente. Le habían dicho que, el año anterior, Tyrell había asistido al baile vestido de príncipe árabe. Se preguntaba qué disfraz llevaría la noche siguiente.

–En fin, la verdad es que no creía que pudiera librarme del baile –estaba diciendo Georgie.

Lizzie la miró.

–¿Te gusta mi disfraz?

Su hermana parpadeó. Luego sonrió sagazmente.

–¿Sabes?, muchas mujeres matarían por tener tu figura, Lizzie.

–¿Qué quieres decir? –preguntó Lizzie con cierta vehemencia, consciente de que su esbelta hermana se refería a su voluptuosa silueta.

–Puede que a mamá le dé una apoplejía cuando te vea con ese traje –Georgie se rió por lo bajo con cierto regocijo y tomó la mano de Lizzie–. Estás preciosa con él.

Lizzie confiaba en que fuera sincera. Se recordó que Tyrell no la miraría ni una sola vez. Pero, si lo hacía, no quería que la viera como a una vaca. Rezaba por que no se fijara en ella y la creyera un adefesio.

–Bueno, ¿vas a decirme por qué te has puesto colorada? –preguntó Georgie, riendo.

–Tengo calor –contestó Lizzie bruscamente, y se puso en pie–. No me he puesto colorada.

Georgie se levantó de un salto.

–Si crees que me engañas, estás muy equivocada. Sé que estás en vilo porque vas a asistir a tu primer baile en casa de los Adare –sonreía.

–Ya no estoy enamorada –insistió Lizzie.

–Claro que no. El último día de san Patricio no te pasaste horas sin fin mirando embobada a Tyrell de Warenne. Oh, no. Ni te sonrojas y se te ponen las orejas coloradas cada vez que su nombre sale a relucir. Ni miras por la ventana del carruaje cuando pasamos por Adare como si estuvieras pegada a ella. Ese enamoramiento de colegiala se acabó, desde luego.

Lizzie se abrazó, admitiendo tácitamente la verdad de las palabras de su hermana.

Georgie la rodeó con un brazo.

–Si vas a afirmar que ya no estás enamorada de Tyrell de Warenne, piénsatelo dos veces. Puede que papá y mamá crean que ese enamoramiento infantil ya pasó, pero Anna y yo sabemos que no es así. Somos tus hermanas, querida.

Lizzie levantó la mirada.

—¡Estoy tan nerviosa…! —se retorció las manos—. ¿Qué debo hacer? ¿Parezco una necia con ese vestido? ¿Hay alguna posibilidad de que se fije en mí? Y, si se fija, ¿qué pensará? —preguntó.

—Lizzie, no tengo ni idea de si se fijará en ti entre cientos de invitados, pero, si lo hace, pensará que eres la debutante de dieciséis años más bonita del baile —contestó Georgie con firmeza y una sonrisa.

Lizzie no la creyó, pero su madre eligió ese momento para entrar en la habitación. Las miró a ambas con enojo.

—¿Y bien? ¿Te ha hecho entrar en razón tu hermana, Georgina May?

Georgie parecía contrita.

—Lo siento, mamá. Claro que iré al baile.

Su madre dejó escapar un grito alborozado.

—¡Sabía que podía contar con Lizzie! —sonrió a Lizzie de oreja y oreja y se acercó a abrazar a Georgie—. Eres la más leal y la mejor de las hijas, Georgina. Ahora quiero hablar un momento contigo de tu disfraz. Y de todos modos Lizzie tiene que prepararse para ir a la ciudad.

Lizzie profirió un gemido de sorpresa al darse cuenta de que el tiempo se le había pasado volando y de que eran casi las diez. Dedicaba cinco o seis horas a la semana a las hermanas del orfanato de Saint Mary, a pesar de que los Fitzgerald no eran católicos desde hacía dos generaciones. Trabajaba con los huérfanos del convento y, como le encantaban los niños, estaba deseando ir.

—Tengo que irme —exclamó, y salió corriendo de la habitación.

—¡Dile a papá que si puede llevarte! —gritó su madre tras ella—. ¡Te ahorrarás la caminata!

Lizzie iba de camino a casa. Había llovido varios días seguidos y las calles estaban cubiertas de barro hasta el tobillo. Le importaba un bledo su apariencia, pero había un trecho de cinco millas hasta su casa, y el trayecto se le haría el doble de largo. Su familia sólo podía permitirse un caballo y no disponía más que de un carrocín de dos ruedas. Aunque su padre la había llevado a la ciudad, no podía ir a recogerla, pues Anna tenía que hacer unos recados esa tarde. En lugar de protestar o gastar un precioso chelín en un coche de alquiler, Lizzie prefería volver a casa a pie.

El cielo gris se estaba despejando y Lizzie estaba segura de que al día siguiente haría buen tiempo... un tiempo perfecto para un baile de máscaras. Estaba a punto de pisar el barro para cruzar la calle cuando sintió un tirón en el bajo del vestido.

Comprendió que era un mendigo antes de bajar la mirada hacia la anciana que, mojada, temblaba de frío.

—Señorita, ¿podría darme un penique? —suplicó la mujer.

A Lizzie se le rompió el corazón.

—Tenga —vació su bolso y le dio todas las monedas que tenía, aunque su madre se llevara un disgusto—. Que Dios la bendiga —musitó.

La mujer se quedó boquiabierta.

—¡Que Dios la bendiga a usted, señorita! —exclamó, apretando las monedas contra su pecho—. ¡Que Dios la bendiga! ¡Es usted un ángel de caridad!

Lizzie sonrió.

—Las buenas hermanas de Saint Mary le darán comida y cama si llama a su puerta —dijo—. ¿Por qué no lo hace?

—Sí, lo haré —asintió la mujer—. Gracias, señorita, gracias.

Confiando en que la mujer le hiciera caso y no se fuera a la taberna más cercana a tomar una pinta de cerveza, Lizzie pisó la calle. En cuanto lo hizo, un carruaje dobló la esquina al galope. Lizzie lo oyó primero; luego miró hacia él.

Dos caballos negros tiraban a toda velocidad de un elegante carruaje. En la parte de atrás, abierta, iban tres caballeros que fustigaban a las monturas. Todos reían, gritaban y agitaban una botella de vino. El coche iba derecho hacia ella. Lizzie se quedó paralizada de asombro.

—¡Cuidado! —gritó un hombre.

Pero el conductor arreó a los caballos como si no hubiera oído el grito, ni la viera. Las bestias apretaron el paso.

Lizzie se dio cuenta de lo que estaba pasando. Asustada, saltó hacia atrás, hacia la acera, para quitarse de en medio.

—¡Tuerce! —gritó de pronto uno de los caballeros—. ¡Tuerce, Ormond!

Pero el carruaje seguía avanzando. Aterrorizada, Lizzie vio el blanco de los ojos de los caballos, el rosa de sus fosas nasales hinchadas. Se volvió para echar a correr... y resbaló.

Cayó de bruces en la calle llena de barro.

Las ruedas chirriaban con aspereza; los cascos de los caballos retumbaban. El barro y las piedras salpicaban su espalda. Tumbada aún, Lizzie miró y vio los cascos herrados de las monturas y los ejes de hierro de las ruedas peligrosamente cerca. Su pecho estalló de miedo y comprendió que iba a morir mientras intentaba desesperadamente apartarse del carruaje. De pronto, unas manos fuertes la agarraron.

Lizzie fue llevada en volandas hasta la acera en el preciso instante en que pasaba a su lado el carruaje.

No podía moverse. Su corazón resonaba con tanta fuerza y velocidad que le parecía que iban a estallarle los pulmones. Cerró un momento los ojos, aturdida por la impresión.

Unas manos duras y poderosas seguían sujetándola por debajo de los brazos. Lizzie parpadeó. Yacía en la acera, su mejilla rozaba los adoquines de piedra, su cara quedaba al nivel de las rodillas de un hombre que se hallaba arrodillado en la acera, junto a ella. De pronto comprendió lo que había pasado. Acababa de escapar de una muerte segura. ¡Aquel desconocido la había salvado!

—No se mueva.

Lizzie apenas oía la voz del hombre que le había salvado la vida. Todavía le costaba respirar; su corazón se negaba a refrenarse. Sentía dolor, notaba los brazos como descoyuntados. Por lo demás, creía estar de una pieza. Luego, un brazo rodeó sus hombros.

—Señorita, ¿puede hablar?

La mente de Lizzie comenzó a funcionar. ¡No podía ser! La

voz de aquel caballero le resultaba sumamente familiar; tenía un tono profundo y grave y, sin embargo, extrañamente suave y reconfortante. Ella había escuchado a hurtadillas la voz de Tyrell de Warenne en cada fiesta campestre del día de san Patricio, le había oído dirigirse a los vecinos de la ciudad en diversos acontecimientos políticos. Tenía una voz que nunca olvidaría.

Temblorosa e incrédula, comenzó a incorporarse. Él se apresuró a ayudarla y ella levantó la vista.

Unos ojos azules, tan oscuros que eran casi negros, se posaron en los suyos. Su corazón dio un vuelco, lleno de incredulidad, y luego comenzó a latir violentamente.

Tyrell de Warenne estaba arrodillado en la calle, junto a ella. ¡Tyrell de Warenne había vuelto a salvarle la vida!

Él tenía los ojos dilatados por la sorpresa y una expresión severa.

—¿Está herida? —preguntó sin apartar el brazo de ella.

Lizzie perdió el habla mientras miraba sus ojos. ¿Cómo podía estar sucediendo aquello? Había soñado con conocerlo algún día, pero, en sus ensoñaciones, ella era tan bella como Anna y se hallaba vestida con un deslumbrante traje de noche, en un baile, no sentada en una calle, cubierta de lodo y sin habla, como si fuera muda.

—¿Está herida? ¿Puede hablar?

Lizzie cerró los ojos con fuerza. Empezó a temblar, pero no de miedo. Él le rodeaba los hombros con el brazo. Ella se apretaba contra su costado.

Unas emociones enteramente nuevas comenzaron a apoderarse de ella, cálidas y maravillosas, ilícitas y vergonzantes; la clase de emociones que la embargaban en la intimidad de su alcoba durante las horas de luz de luna de la noche. El contacto de Tyrell la hacía arder.

Sabía que tenía que conversar con él de algún modo. Notó el tacto de la fina gamuza de sus calzas, que ceñían sus piernas fuertes, y el fuego se extendió. Se atrevió a mirar su delicada levita de lana, que era del mismo azul oscuro que sus ojos. La llevaba abierta, y bajo ella lucía un chaleco de brocado gris y una camisa blanca. Lizzie apartó bruscamente la mirada y, con la misma brusquedad, la levantó hacia él.

—S-sí. Puedo... hablar.

Sus miradas se encontraron. Él estaba tan cerca que Lizzie podía ver todos y cada uno de los espléndidos rasgos de su cara, que había memorizado hacía mucho tiempo. A Tyrell de Warenne sólo se le podía considerar un hombre extremadamente apuesto. Sus ojos eran de un tono profundo de azul; sus pestañas, tan largas como para complacer a cualquier cortesana. Sus pómulos eran altos y su nariz recta como una flecha. Tenía una boca cambiante, normalmente carnosa, y en ese momento firmemente apretada, bien por enfado, bien por disgusto. Poseía el aura de un rey.

—Está aturdida por la impresión. ¿Puede levantarse? ¿Está herida?

Ella tenía que rehacerse. Tragó saliva, incapaz de apartar los ojos.

—Creo que no —titubeó—. No estoy segura.

Él miraba su cuerpo, deslizó los ojos por su pecho, por sus caderas y sus faldas.

—Si tuviera algo roto, lo notaría —su mirada volvió a clavarse en la de ella y su semblante pareció aún más sombrío—. Deje que la ayude a levantarse.

Lizzie no podía moverse. Notaba cómo le ardían las mejillas. Habían estado a punto de atropellarla, pero su corazón latía enloquecidamente, repleto de emociones que ninguna señorita de bien debía albergar. De pronto, veía a Tyrell en un lugar completamente distinto, en una situación totalmente diferente: veía destellos de su corcel blanco y un valle oscuro y boscoso en el que dos amantes entrelazaban apasionadamente sus cuerpos. Se vio en brazos de Tyrell e inhaló con fuerza.

—¿Qué ocurre? —preguntó él con brusquedad.

Lizzie se humedeció los labios y procuró ignorar aquella ensoñación en la que se veía en sus brazos, siendo besada con vehemencia.

—Na-nada.

Él escudriñó sus ojos. Lizzie tuvo la inquietante sensación

de que percibía la impúdica atracción que sentía por el y, lo que era aún peor, de que adivinaba sus osados pensamientos. Tyrell la rodeó con los brazos para incorporarla y ella creyó desfallecer de deseo. No sabía qué hacer. Ya no podía respirar, aunque quisiera.

Olía los pinos, la tierra, el olor almizcleño de Tyrell. La boca de él la besaba suavemente, sus manos fuertes se apoyaban con delicadeza en su cintura. Sus cuerpos se tocaban por doquier, sus muslos se entrelazaban, las nalgas de ella se apoyaban contra el costado de Tyrell...

–¿Señorita? –murmuró él–. Quizá debería soltarme.

Lizzie volvió en sí bruscamente y se dio cuenta de que él la había puesto en pie. Estaban de pie en la acera... y ella se aferraba a él.

–Milord... –exclamó, horrorizada. Se apartó de un salto y, por el rabillo del ojo, lo vio sonreír.

Las mejillas le ardieron aún más. ¿Acababa de arrojarse en brazos de Tyrell de Warenne? ¿Cómo podía haber hecho tal cosa? En ese momento, se había sentido en los bosques, con él, no en la calle Mayor de la ciudad, ¡y había sentido de verdad su boca sobre la de ella! Y ahora... ahora él se reía de ella.

Lizzie se esforzó por recobrar la compostura. Estaba tan acongojada que no podía pensar con claridad. ¿Sabía Tyrell que estaba locamente enamorada de él? Lizzie apartó los ojos y sintió tanta vergüenza que deseó morir.

–Me gustaría atrapar a esos bestias y restregarles la cara por el barro –dijo Tyrell repentinamente. Se metió la mano en el bolsillo y sacó un pañuelo sorprendentemente blanco que le ofreció.

–¿Los... los conoce?

Él la miró de frente.

–Sí, tengo la desgracia de conocerlos a todos. Son lord Perry y lord O'Donnell, sir Redmond, Paul Kerry y Jack Ormond. Una panda de sinvergüenzas de primer orden.

–No hace falta que los persiga por mí –logró decir ella de algún modo. El cambio de tema la aliviaba–. Estoy segura de que ha sido un accidente –por fin cobró conciencia del aspecto que presentaba. Tenía barro por todas partes: en la falda, en el corpiño, en las manos enguantadas, en la cara. Su desánimo aumentó.

—¿Acaso va a defenderlos? ¡Han estado a punto de matarla!

Ella levantó la mirada, mortificada por su aspecto.

—Se les puede reprochar que conduzcan a tal velocidad por la ciudad, desde luego, pero ha sido un accidente —de pronto sentía ganas de llorar. ¿Por qué tenía que pasarle aquello? ¿Por qué no podía haberlo conocido al día siguiente, en el baile, con su hermoso vestido de lady Marian?

—Es usted demasiado generosa —repuso él—. Me temo que habrá que hacerles comprender lo equivocado de su conducta. Pero lo que más me preocupa ahora es llevarla a casa —le sonrió ligeramente—. ¿Me permite acompañarla?

Sus palabras hicieron que Lizzie se desmoronara. De habérselas dicho en otras circunstancias, le habrían hecho pensar que la estaba cortejando. Su mente corría a toda prisa. En parte no deseaba otra cosa que prolongar aquel encuentro, pero otra parte de ella deseaba desesperadamente huir. Una vez sola, soñaría con aquel encuentro, lo embellecería a su gusto. Pero en ese instante debía pensar con claridad. Si Tyrell la acompañaba a Raven Hall, su madre saldría y armaría un escándalo y la avergonzaría infinitamente. Seguramente insistiría en que Tyrell entrara a tomar el té y, como un caballero que era, él no podría negarse. Sería todo violento y humillante, sobre todo cuando su madre comenzara a hacer insinuaciones acerca de sus tres hijas casaderas.

Aquello no era un cuento de hadas. Ella no estaba en un baile, como la bella Anna, ni bailaba el vals con osadía. Era regordeta, estaba desaliñada y cubierta de barro, de pie en la calle con un hombre tan superior a ella en rango que podían haber sido una criada y un príncipe.

—Le pido disculpas —dijo él rápidamente. Al parecer, había malinterpretado su silencio. Hizo una reverencia—. Lord de Warenne, a su servicio, *mademoiselle* —añadió, sumamente serio.

—Milord, puedo volver sola a casa, gracias. Gracias por todo. Es usted tan galante y amable... —sabía que no debía continuar, pues él había levantado las cejas con cierta perplejidad, pero no pudo detenerse–. Pero su reputación le precede, desde luego. Todo el mundo sabe lo noble que es. Me ha salvado la vida. Le estoy profundamente agradecida. Me encantaría saldar mi deuda con usted, pero ¿cómo podría? ¡Muchísimas gracias!

Él parecía divertido.

–No hay ninguna deuda que saldar, *mademoiselle*. Y la acompañaré a su destino sana y salva –dijo con tanta firmeza que no quedó duda alguna de que era un aristócrata del más alto rango y estaba acostumbrado a que se le obedeciera de inmediato.

Ella se humedeció los labios y deseó poder permitirle que la acompañara a casa.

–Iba de camino a Saint Mary –mintió–. Está en esta misma calle.

–Entiendo. La acompañaré hasta la puerta, de todos modos, y no hay más que hablar.

Ella vaciló, pero su semblante la convenció de que no tenía elección, así que aceptó su brazo. Comenzó a sentir de inmediato una emoción nueva que luchaba por abrirse paso entre sus miedos y sus inseguridades. Sabía que debía mantener los ojos bajos, pero no lograba apartar de su cara una mirada extasiada. Era tan guapo… Lizzie nunca había visto un hombre más apuesto, más atractivo… Estaba a punto de decírselo. Eso y mucho más.

Él habló con mucha suavidad, casi seductoramente.

–Me está mirando fijamente.

Ella apartó los ojos bruscamente mientras caminaban hacia el convento.

–Lo siento. Es sólo que es usted tan gua… tan amable… –se oyó susurrar.

Él pareció sorprendido.

–La amabilidad tiene poco que ver con rescatar a una dama en apuros. Cualquier caballero habría hecho lo mismo.

–Yo no lo creo –repuso ella, y se atrevió a mirarlo de nuevo–. Pocos caballeros se molestarían en saltar al barro y a poner en peligro su propia vida para rescatar a una desconocida en plena calle.

—¿No tiene usted a los hombres en muy alta estima, pues? Aunque no puedo reprochárselo, después de lo ocurrido.

Ella estaba de pronto entusiasmada por poder conversar con él.

—Nunca antes me habían tratado tan bien los de su género, señor —Lizzie titubeó y decidió ser sincera—. Francamente, la mayoría de los hombres ni siquiera reparan en mi presencia. Dudo que alguien me hubiera rescatado si no hubiera estado usted aquí.

Él la miraba con excesiva atención.

—Lamento profundamente que la hayan tratado tan mal en el pasado. Me parece inexplicable, se lo aseguro.

¡No podía decir sinceramente que él habría reparado en su presencia! Sólo pretendía portarse como un caballero.

—Es usted tan galante como amable y heroico... y guapo —se oyó exclamar ella con ansiedad. Y entonces se dio cuenta de lo que había dicho y el desánimo se apoderó de ella.

Tyrell se echó a reír.

Lizzie notó que se le encendían las mejillas y fijó la vista en el suelo.

Siguieron caminando en silencio hacia la puerta principal del convento. Lizzie sentía ganas de abofetearse por portarse como una chiquilla enamorada.

Él rompió el silencio, tan galante como siempre.

—Es usted una mujer muy valiente. La mayoría de las damas se habrían puesto histéricas y se desharían en lágrimas después de una aventura semejante —dijo, fingiendo amablemente que no había oído sus halagos.

—Llorar no parecía la reacción más conveniente —Lizzie tragó saliva. En ese momento no le habría importado llorar. Pero se habían detenido ante la puerta y notaba cómo él la miraba fijamente. Levantó lentamente los ojos.

—Hemos llegado —dijo Tyrell tranquilamente, sin apartar la mirada de ella.

—Sí —respondió Lizzie. De pronto sentía el deseo desesperado de prolongar el encuentro. Se humedeció los labios y dijo casi sin aliento—: Gracias por tan galante rescate, milord. Me ha salvado la vida. Ojalá algún día pueda hacer lo mismo por usted.

La sonrisa de Tyrell se desvaneció.

—No es necesaria reparación. Era mi deber... y ha sido un placer —dijo con excesiva suavidad.

El fuego, contenido pero no extinguido, estalló de nuevo ávidamente. Tyrell se hallaba frente a ella, a unos pocos centímetros. Los edificios de estuco y madera que bordeaban la calle por ambos lados se desvanecieron. Lizzie cerró los ojos; las manos de Tyrell agarraron sus brazos y la atrajo hacia sí, estrechándola en sus brazos. Ella aguardó, contenida la respiración, mientras él se inclinaba para apoderarse de sus labios con un beso.

Por encima de sus cabezas, la campana de la capilla comenzó a tañer. Lizzie volvió en sí bruscamente al oír su sonido vibrante. Se dio cuenta de que estaba de pie en la acera, con Tyrell en actitud irreprochable, y que de nuevo él la miraba atentamente, como si adivinara sus pensamientos furtivos.

Lizzie rezaba por que no fuera así.

—Tengo que irme. ¡Gracias! —exclamó y, dando media vuelta, abrió el portón del patio.

—¡Señorita! ¡Un momento! —comenzó a decir él.

Pero Lizzie ya había huido a refugiarse en el claustro, mortificada, aunque no del todo, por aquel encuentro.

El baile de máscaras

Anna ya estaba vestida para el baile cuando Lizzie entró en la habitación que compartían. Lizzie se hallaba en estado de extrema ansiedad. No se había recobrado de su encuentro de la víspera con Tyrell de Warenne, y apenas podía creer lo ocurrido. Tras revivir mil veces esa tarde en su memoria, estaba convencida de haberse comportado como una necia enamorada y una chiquilla atolondrada, y de que él sabía cuánto lo amaba. No sabía ya si se atrevía a ir al baile. Sin embargo, no podía desilusionar a su madre.

El día anterior, al llegar a casa, había alegado un dolor de cabeza para retirarse a su cuarto sin hablarle a nadie de su encuentro. Ahora se detuvo un momento en la puerta con intención de pedirle consejo a Anna. Pero su hermana estaba tan asombrosamente bella que Lizzie olvidó por un momento sus cuitas.

De pie frente al espejo, Anna se miraba críticamente, ataviada con un vestido de terciopelo rojo, de amplio escote al estilo isabelino, gorguera blanca y un colgante de granate alrededor del cuello. Nunca había estado tan bella. Había sido duro tener una hermana tan hermosa durante la infancia. Incluso de niña, todo el mundo alababa sin cesar a Anna, y Lizzie siempre se había visto ignorada, o había recibido únicamente alguna palmadita en la cabeza. Su madre estaba, naturalmente, tan orgullosa de tener una hija tan bonita que halagaba a Anna ante cualquiera que estuviera dispuesto a escucharla. Lizzie no sentía celos (quería a su hermana y estaba orgullosa de ella), pero siempre se había sentido insulsa y, lo que era aún más grave, desplazada.

Igual de difícil era ser la hermana de Anna ahora que eran jovencitas, porque, cuando paseaban por la ciudad, sucedía lo mismo: los soldados británicos perseguían a su hermana, ansiosos por conocer su nombre, y Lizzie era siempre invisible para ellos… a no ser que alguno le pidiera que intercediera por él ante Anna. Lizzie había hecho de casamentera para su hermana más veces de las que podía contar o recordar.

Lo irónico del asunto era que se parecía un poco a su hermana mayor, aunque en su semblante los rasgos perfectos de Anna parecían apagarse. Anna tenía el pelo rubio como la miel y ondulado de manera natural, mientras que el de Lizzie era cobrizo y crespo; sus ojos eran de un azul bellísimo, en tanto que los de Lizzie eran de un gris extraño; sus pómulos eran más altos, su nariz más recta y más clásica; sus labios, más carnosos. Y tenía una figura perfecta, esbelta y sin embargo voluptuosa. Anna hacía volverse a los hombres para mirarla una segunda o una tercera vez; ningún libertino, ningún granuja había mirado a Lizzie ni en una sola ocasión; claro que ella parecía tener la asombrosa habilidad de desaparecer entre la multitud.

Ahora, con la elevada gorguera blanca enmarcando su cara y su talle angosto, Anna estaba sobrecogedora. Se estaba ajustando el corpiño cuando Lizzie entró en la habitación.

Algunas mujeres de su edad acusaban a Anna de vanidosa. Lizzie sabía que no era cierto, pero Anna podía dar esa impresión, sobre todo si otras jóvenes estaban celosas de las atenciones que recibía. Algunas amigas de su madre incluso murmuraban a sus espaldas y la llamaban «la salvaje». Pero ellas también tenían celos, porque Anna podía atraer a cualquier pretendiente que se le antojara, y sus hijas no. Y ello se debía a que era alegre y despreocupada, no salvaje, ni impúdica.

Anna tenía el ceño fruncido. Saltaba a la vista que algo en su disfraz le desagradaba. Lizzie no lograba imaginar qué defecto podía haberle encontrado.

–Es perfecto, Anna –dijo.

—¿De veras lo crees? —Anna se volvió y al instante se olvidó de su vestido—. ¡Lizzie! ¡Todavía no has empezado a peinarte! ¡Oh, vamos a llegar tardísimo! —exclamó, desalentada. Luego titubeó—. ¿Estás preocupada?

Lizzie se mordió el labio y logró sonreír. Cuando apareciera en el baile, Tyrell se fijaría en ella. A fin de cuentas, ya se conocían. ¿Volvería a reírse de ella? ¿Qué pensaría?

—No, estoy bien —inhaló, temblorosa—. Ese disfraz es perfecto y estás preciosa con él, Anna. Puede que esta noche mamá se salga con la suya y encuentres novio —pero, aunque deseaba que su hermana se casara por amor, y no sólo por cuestión de rangos o privilegios, apenas podía pensar en eso ahora.

Anna se volvió hacia el espejo.

—¿Este color no me hace parecer amarillenta? ¡Es tan oscuro...!

—En absoluto —dijo Lizzie—. Nunca has estado más guapa.

Anna se miró un momento más; luego se volvió de nuevo hacia Lizzie.

—Espero que tengas razón. Pero Lizzie... estás muy pálida.

Su hermana suspiró profundamente.

—No sé si puedo ir al baile. No me encuentro muy bien.

Anna la miró con incredulidad.

—¿No vas a ir? ¿Y perderte tu primer baile? ¡Pero Lizzie! Voy a buscar a Georgie —perpleja, salió corriendo de la habitación.

Anna era sólo un año y medio mayor que Lizzie y las dos hermanas estaban muy unidas, pero no sólo por sus edades. Lizzie admiraba a su hermana porque era todo cuanto ella no era. No alcanzaba a imaginar qué se sentía al ser tan bella y disfrutar de la admiración de todos. Y, de las tres hermanas, Anna era la única a la que habían besado, no una vez, sino varias. Se habían quedado despiertas muchas noches, hablando de las osadas y asombrosas experiencias de su hermana; Anna, extasiada, Georgie más bien con aire de reproche, y Lizzie preguntándose si alguna vez, aunque fuera sólo una, la besarían a ella, antes de que se convirtiera en una solterona.

Lizzie miró el vestido verde esmeralda que había sobre su cama y que era su disfraz. Era un vestido bonito, pero sencillo, con largas mangas acampanadas y un escote cuadrado y modesto. Aun así, se ceñía provocativamente a su figura. Lizzie se sentó junto a él. Se sacó del corpiño un pañuelo de hilo recién lavado y miró fijamente las iniciales bordadas en él: *TDW*. Con el pañuelo en la mano, cerró los ojos y deseó ser capaz de rehacer el encuentro de la víspera. Pero por más que lo deseara no podría cambiar nada, pensó con desánimo. Se le había concedido una sola oportunidad de impresionar a Tyrell de Warenne y no necesitaba experiencia alguna para saber que no lo había logrado.

Anna regresó con Georgie. Vestida como una dama normanda, Georgie lucía una túnica larga de color púrpura con cinturón dorado y llevaba el pelo recogido en una trenza. Miró a Lizzie inquisitivamente.

—Anna dice que estás rara. Claro que te has estado comportando de manera muy extraña desde que ayer volviste de Saint Mary. ¿Qué ocurre? ¡No creo que estés enferma!

Lizzie volvió a guardarse el pañuelo en el corpiño.

—Ayer me rescató frente a Saint Mary —musitó.

—¿Quién te rescató? —preguntó Georgie—. ¿Y de qué?

Anna se sentó junto a ella mientras Lizzie respondía.

—Estuvo a punto de atropellarme un carruaje. Tyrell de Warenne me rescató —dijo.

Sus hermanas se quedaron boquiabiertas.

—¿Y nos lo dices ahora? —exclamó Georgie.

Anna estaba perpleja.

—¿Tyrell de Warenne te rescató?

Lizzie asintió con la cabeza.

—Me rescató... y fue tan amable... Juró perseguir a esos granujas y darles su merecido. Quería acompañarme a casa —Lizzie miró a sus incrédulas hermanas—. Me porté como una cría. Le dije que era amable, heroico y guapo.

Georgie parecía asombrada y Anna apenas daba crédito. Georgie por fin dijo con cuidado:

—Entonces, ¿qué es lo que pasa exactamente? ¿No llevas toda la vida esperando encontrarte con él?

—¿Es que no has oído lo que he dicho? —sollozó Lizzie—. ¡Ya debe de saber lo que siento!

—Bueno, podías haber sido más discreta —repuso Georgie sensatamente.

Anna se levantó con una risilla.

—A los hombres les encantan que les digan que son fuertes, valientes y guapos. No puedo creer que te rescatara. ¡Lizzie, tienes que contárnoslo todo!

—Tú puedes decirle a un caballero que el cielo se está cayendo a pedazos y jurará que tienes razón —contestó Lizzie—. Puedes decirle a un hombre que sus picaduras de viruela son adorables y estoy segura de que se hincará de rodillas. Pero sé que no halagué a Tyrell de Warenne con sofisticación. De hecho, vi que empezaba a reírse de mí. Me comporté como una chiquilla.

—¿Se rió de ti? —preguntó Anna—. ¡Debió de darse cuenta de que sólo tenías dieciséis años!

Georgie salió en su auxilio. Se sentó junto a Lizzie y la rodeó con el brazo.

—Estoy segura de que estás exagerando, Lizzie. Seguro que no le importó que le dijeras que era guapo. Y, como dice Anna, a los hombres les encanta que los admiren. ¡Piénsalo! Te rescató. ¡Vaya! Es como en una novela de ésas que lees.

Lizzie dejó escapar un gemido.

—Todavía no os he contado lo peor. Estaba llena de barro, Georgie. Tenía el vestido y hasta el pelo cubiertos de barro —no añadió la peor parte: que había pensado en hallarse en sus brazos y que sospechaba que él lo había adivinado—. Es un caballero y se comportó como tal, pero estoy segura de que no tiene muy buena opinión de mí.

—Ningún caballero reprocharía a una dama su apariencia en tales circunstancias, Lizzie —dijo Georgie con calma.

Lizzie la miró.

—Fui tan tonta como mamá, parloteando sin ton ni son. Puede que sea una necia. Después de todo, soy su hija.

—¡Liz! Tú no te pareces nada a mamá —dijo Georgie con cierto pavor.

Lizzie se enjugó los ojos.

—Siento ser tan boba. Pero fue tan heroico... Me salvó la vida. ¿Qué voy a hacer cuando lo vea esta noche? Si tuviera valor para decirle a mamá que no voy a ir... Pero no puedo darle ese disgusto.

—¿Nos lo has contado todo? —preguntó Anna.

—¡Claro que sí! —Lizzie se abrazó. No pensaba admitir ante sus hermanas sus vergonzosos pensamientos.

—¿Te besó? —preguntó Anna como si intuyera que les ocultaba algo.

Lizzie la miró con incredulidad.

—¡Es un caballero!

Anna la observó atentamente.

—No entiendo por qué estás tan disgustada —dijo por fin.

Georgie habló con energía.

—Lizzie, entiendo que esto haya sido para ti una crisis terrible, pero, como dice el refrán, a lo hecho, pecho. Dijeras lo que dijeras, no hay modo de retirarlo. Estoy segura de que él no tendrá en cuenta tus palabras.

—Espero que tengas razón —masculló Lizzie.

Anna se levantó.

—Deberíamos ayudarla a peinarse. Georgie, ¿no es muy oscuro este vestido para mi piel?

—No, está bien —contestó Georgie—. Lizzie, por emocionante que fuera su rescate, es un De Warenne y tú sólo una Fitzgerald —su tono era suave.

Anna puso los brazos en jarras.

—Y tienes dieciséis años —añadió. Luego lanzó una sonrisa—. No queremos ser malas, Lizzie, pero si un hombre como ése está pensando en alguien, será en alguna bella cortesana a la que quiera seducir. ¡Y vamos a llegar tarde!

Lizzie se envaró. Las palabras de Anna fueron como una salpicadura de agua helada. De pronto comprendió que todas sus ansiedades habían sido en vano. Sus hermanas tenían razón. Tyrell era un De Warenne y ella no era más que una señorita irlandesa empobrecida... además de que tenía dieciséis años y él veinticuatro. Sin duda habría olvidado su encuentro en cuanto la dejó en Saint Mary. Si volvía a verla, era improbable que la reconociera siquiera. Estaría persiguiendo a alguna dama terriblemente bella... o a alguna cortesana seductora.

Curiosamente, se sentía mucho más desanimada que antes.

—¿Estás bien? —preguntó Georgie, notando su desaliento.

—Claro —dijo Lizzie con los ojos bajos—. Soy doblemente tonta por pensar que pensaría en mí aunque fuera sólo un momento —aquella idea le dolía mucho, pero logró reponerse, se levantó y esbozó una sonrisa—. Lo siento. Por mi culpa tendréis que esperarme y llegaremos tarde.

Georgie también se puso en pie.

—No te disculpes —dijo—. Quieres a Tyrell de Warenne desde siempre. ¿Cómo no iba a perturbarte un encuentro como ése? Además, si te ayudamos a vestirte casi no llegaremos tarde.

Anna se había acercado a la cómoda.

—Voy a rizarte el pelo —dijo—, lo mejor que pueda. Deja que caliente las pinzas.

Lizzie logró esbozar otra sonrisa y dio la espalda a Georgie para que su hermana la ayudara a quitarse el vestido. No se encontraba bien, sin embargo. Estaba atrapada en un torbellino de emociones que la elevaba hacia lo alto y luego la dejaba caer hasta lo más bajo. Pero ¿acaso no era mejor así? Era preferible que él no volviera a pensar en ella. Era preferible que siguiera siendo, en sueños, su amante secreto.

Después, se dio por vencida. Dándose la vuelta, agarró las manos de Anna y comprendió que debía de estar loca.

—Haz que esté preciosa —sollozó. Anna la miró con evidente sorpresa—. Hazme algo especial en el pelo. Quiero ponerme carmín... ¡y pintarme los ojos!

—Puedo intentarlo —contestó Anna, titubeante, mirando a Georgie, que estaba igualmente sorprendida—. Lizzie... ¿en qué estás pensando?

Lizzie tragó saliva y comenzó a rezar.

—Estoy pensando que hoy tengo una segunda oportunidad y que debo intentar ganarme su admiración, aunque sólo sea por una noche.

Mientras subían la ancha escalinata de piedra caliza de la casa, una mansión del tamaño de las más grandes casas solariegas del sur de Irlanda, su madre no cesaba de parlotear. Vestida de dama georgiana de unas décadas atrás, exclamó:

—¡Nunca he estado más contenta! Lizzie, así vestida estás a la altura de tus hermanas. ¡Cuántas esperanzas me has dado! Me sorprendería que no encontraras marido esta noche.

Siguieron al interior de la casa a varios invitados, todos ellos vestidos con trajes de seda y terciopelo. Lizzie no podía responder, ni sonreír. Se hallaba sin aliento y casi aturdida: aún no entendía cómo había pasado todo aquello. El vestido de terciopelo era la prenda más exquisita que había tocado su cuerpo… y también la más sensual. Sus hermanas habían insistido en que se mirara al espejo tras ponerle el vestido. El terciopelo verde oscuro realzaba su tez clara y el color de su pelo y de sus ojos, que nunca había sido más hermoso. El carmín hacía destacar sus labios, que parecían desacostumbradamente carnosos. No llevaba, en cambio, colorete. Sus hermanas habían insistido en que no necesitaba más color, pues estaba sofocada por la emoción. Incluso su figura había mejorado en cierto modo. El corpiño del vestido le quedaba más bajo de lo que esperaba y atraía la mirada hacia el escote, hacia su largo cuello y su rostro. Anna había pasado casi una hora rizándole el pelo. Lizzie esperaba llevarlo recogido hacia arriba, pero lo llevaba suelto hasta la cintura. Exuberantes ondas de color fresa enmarcaban su cara que, por primera vez en su vida, le parecía bonita. Y, lo que era más importante, se sentía incluso atractiva, como si de algún modo se hubiera transformado en la amada de Robin Hood.

Su padre le apretó la mano.

—Mi pequeña se ha convertido en una mujer preciosa —dijo con orgullo. Pero tenía los ojos enrojecidos y llorosos.

Lizzie decidió no llevarle la contraria esa noche, mientras subían la escalinata de los Adare.

—Mamá, creo que el hecho de que Lizzie haya abrazado la moda es un paso en la dirección adecuada —dijo Georgie—. Pero sólo tiene dieciséis años. No deberías hacerte ilusiones el día de su presentación en sociedad.

Lizzie le dio la razón para sus adentros.

Pero su madre prosiguió, entusiasmada:

—¿Os he dicho ya que todos los hijos del conde están en casa incluido uno de sus hijastros, el más joven, Sean O'Neill, aunque no tengo ni idea de dónde estará su hermano, el capitán O'Neill —sonrió astutamente—. Es muy joven, Lizzie... no mucho mayor que tú.

—Creo que lo has dicho ya varias veces —dijo su padre—. Y Georgie tiene razón, mamá. Deja en paz a Lizzie antes de que le dé un ataque —añadió con firmeza, y sujetó bajo su brazo la mano de su esposa. Luego le sonrió al entrar en el enorme vestíbulo, con sus suelos de piedra y sus altos techos. Lizzie sabía que aquella parte de la mansión databa de hacía siglos, y que el suelo era el original—. ¿Te he dicho yo lo guapa que estás esta noche? —preguntó su padre en voz más baja.

Su madre le sonrió.

—Y usted, señor, es un acompañante envidiable. Debo confesar que me gusta tu peluca —su padre iba también vestido de caballero de principios del periodo georgiano, con levita, medias y una peluca larga y rizada.

Lizzie se dio cuenta de que se había parado junto a la puerta. Su familia iba cruzando el vestíbulo, hacia la sala de recepción, que era del tamaño de su casa entera. Lizzie tocó la máscara blanca que llevaba y que cubría sus ojos pero dejaba al descubierto la parte inferior de su cara. Estaba tan nerviosa que se sentía mareada.

Vio que Anna entraba en la sala de recepción con tal gracia que casi parecía flotar. Naturalmente, dos soldados británicos se apresuraron a mirarla. Eran oficiales y enseguida se hallaron a su lado, haciendo reverencias. Lizzie comprendió que Anna se estaría sonrojando mientras les decía pudorosamente su nombre.

Georgie la miró. Apartó el antifaz que sostenía junto a su cara y levantó las cejas mientras retrocedía hacia ella.

—Vamos, Lizzie —luego sonrió y añadió—: Te prometo que todo irá bien.

Lizzie vaciló, abrumada de pronto. Tenía la impresión de haber esperado toda su vida aquella noche, pero ¿acaso no se estaba comportando como una tonta? Tyrell, como heredero del condado, siempre estaba rodeado de mujeres hermosas que lo perseguían, y esa noche estaría ocupado. Como había dicho Anna, sin duda estaría cortejando a alguna dama. ¿Qué le hacía soñar, aunque fuera por un instante, que se fijaría en ella?

Dos caballeros pasaron a su lado, uno vestido de mosquetero; el otro, con un vistoso traje de pisaverde. Los dos las miraron al pasar, pero fueron a reunirse con el grupo que rodeaba a Anna. Lizzie sintió que su tensión crecía y se hacía casi insoportable. ¿Por qué hacía aquello? Era una idiota sin remedio si creía que podía competir por las atenciones de Tyrell. Se esforzó por verlo, pero no lo divisó por ninguna parte en el vestíbulo.

—Lizzie —dijo Georgie con cariño—, no te eches para atrás ahora.

Era como si su hermana le hubiera leído el pensamiento, pues casi estaba dispuesta a dar marcha atrás. Sin embargo, su deseo venció. Quería ver a Tyrell de Warenne, y quería tener la ocasión de rectificar su anterior encuentro. Rezaba por tener valor mientras le flaqueaban las rodillas.

Georgie la tomó de la mano con decisión y tiró de ella. Atravesaron aprisa el vestíbulo, dejando atrás al grupo de pretendientes de Anna. El pisaverde pareció volverse al pasar ella. En la sala de recepción, enormes columnas sostenían el techo elevado, del que colgaban numerosas lámparas de magnífico cristal. El suelo era de mármol veteado y un centenar de invitados se mezclaban entre sí mientras entraban en el salón de baile.

Su madre apareció junto a Georgie y ella.

—¡Ese caballero vestido de pisaverde ha intentado hablar contigo y le has dejado plantado, Lizzie!

Lizzie parpadeó. ¿De veras había ocurrido aquello?

Georgie le apretó la mano.

—Mira, Anna ya está rodeada de admiradores. ¿No es fantástico, mamá?

Su madre se dio la vuelta y de pronto se apartó de la cara el antifaz, con los ojos como platos.

—¡Uy! ¿No es ése Cliff de Warenne?

Lizzie se volvió. Cuatro hombres, incluidos los dos oficiales, rodeaban a Anna. Todos intentaban hablar con ella al mismo tiempo. Pero junto a ellos, apartado del grupo, había un hombre que no iba disfrazado y que parecía en parte aburrido y en parte divertido, lo cual no era cosa fácil. Con su pelo leonino y salvaje y sus llamativos ojos azules, era, desde luego, el hijo menor del conde. Corría el rumor de que era un libertino impenitente, pero Lizzie se resistía a formarse una opinión basándose sólo en habladurías. Cliff de Warenne era también un aventurero. Lizzie sabía que había estado en las Indias Orientales el año anterior. Como todos los De Warenne, era guapo en extremo. De pronto dio la espalda al grupo y se alejó tranquilamente. Lizzie llegó a la conclusión de que, en efecto, se aburría.

—¡Nunca he visto un comportamiento tan grosero e imperdonable! —exclamó su madre, escandalizada.

—Mamá, Cliff de Warenne no es para nuestra Anna —dijo Lizzie con calma mientras escudriñaba rápidamente el salón.

Su madre la miró con indignación.

—¿Y por qué no, señorita?

Lizzie suspiró.

—Porque no pertenecemos a su círculo —dijo suavemente.

—Es el más pequeño. ¡No se casará con una dama de alta alcurnia!

—Es un De Warenne. Heredará una fortuna y se casará, creo, con quien se le antoje —repuso Lizzie.

Su madre soltó un bufido.

—He oído que es un golfo, y no querría que mi Anna tuviera nada que ver con un hombre así —afirmó su padre.

—Si va a vernos, y estoy segura de que lo hará porque he visto cómo miraba a nuestra Anna, estarás más que satisfecho de que tenga algo que ver con él —declaró su madre.

Georgie y Lizzie se miraron y se alejaron discretamente de sus padres, que parecían dispuestos a enzarzarse en una discusión.

—Es guapo —reconoció Lizzie con una sonrisa.

—Pero no es para nosotras —repuso Georgie, también sonriendo. Luego su sonrisa se esfumó—. A veces me preocupa mamá, Lizzie. Está muy angustiada, con tres hijas en edad casadera y sin dinero. Si Anna se casara, creo que en parte se tranquilizaría inmediatamente.

—Mamá se aburriría si no tuviera que presentarnos en sociedad —contestó Lizzie, muy seria—. ¿Qué haría, si no?

Georgie frunció el ceño.

—El otro día estaba en el comedor, sentada en una silla, muy pálida, y se abanicaba como si no pudiera respirar.

Lizzie se paró en seco.

—¿Crees que está enferma?

—Dijo que le había faltado el aire un momento y que estaba un poco aturdida. Pero estoy preocupada. Ojalá descansara un poco más.

Lizzie se alarmó.

—Haremos que descanse —decidió.

Georgie la agarró súbitamente de la mano y dijo en tono burlón:

—¿No es ése Sean O'Neill, el hijastro del conde al que mamá quiere que conozcas?

Lizzie siguió su mirada y reconoció al instante a aquel joven alto y de cabello oscuro. Iba disfrazado de caballero medieval y conversaba muy seriamente con otro señor.

—Desde luego, no voy a ir a presentarme.

—¿Por qué no? Yo diría que es muy buen partido... y más a nuestro alcance, porque no tiene título.

Lizzie frunció el ceño y se preguntó por qué la provocaba Georgie.

—Me pregunto dónde estará Tyrell —escudriñó la multitud por segunda vez, convencida de que él no estaba presente. Incluso pronunciar su nombre hacía que se le acelerara el corazón con una mezcla de emoción y ansiedad—. Vamos al salón de baile —dijo.

Pero Georgie le tiró bruscamente de la mano, obligándola a detenerse.

—También estoy preocupada por ti.

Lizzie se quedó quieta.

—Georgie... —comenzó a decir.

—No. Es divertido vestirse de punta en blanco esta noche con la esperanza de impresionarle después de lo que ocurrió en la ciudad, pero la verdad es que ese enamoramiento ya dura demasiado. ¿Cómo vas a darle una oportunidad a otro hombre si sientes así?

Lizzie cruzó los brazos.

—No puedo evitar sentir así. Además, lo que dije el otro día iba en serio: estoy destinada a quedarme soltera.

—¡Lo dudo! ¿No será tal vez que crees estar enamorada de él para no tener que enfrentarte a un pretendiente de carne y hueso?

Lizzie dejó escapar un gemido de sorpresa.

—No —dijo—. Lo quiero de verdad, Georgie. Siempre lo he querido y siempre lo querré. No me interesa encontrar a nadie más.

—Pero él no es para ti.

—Por eso envejeceré sola y me dedicaré a cuidar a papá y a mamá. Vamos al salón de baile —no quería seguir hablando de aquello.

Pero su hermana estaba decidida.

—Me temo que te escondes detrás de tu amor por él, como te escondes en tus novelas. Pero hay un mundo real ahí fuera, Lizzie, y me gustaría que formaras parte de él.

—Formo parte de él —repuso Lizzie, alterada—. Tanto como tú.

—Yo no leo una docena de novelas de aventuras al mes. No afirmo estar enamorada de un hombre que nunca podré tener.

—No, tú te sumerges en ensayos y artículos políticos. Eres tú quien casi se negó a venir al baile —la acusó Lizzie.

—Sólo me negué porque sabía que aquí no hay nadie para mí —replicó Georgie, tan sofocada como su hermana—. Sé que algún día tendré que aceptar a algunos de los pretendientes de mamá, porque no tengo medios para mantenerme sola. A veces, finjo que no es así, pero las dos sabemos que lo es. Y también algún día tú tendrás que casarte, y no será con Tyrell de Warenne.

—No puedo creer que hables así —exclamó Lizzie. Sufría en parte por su hermana y temía por ella, pero también se sentía desmoralizada y hasta enfadada.

Georgie se había calmado.

—Si mamá está enferma por la carga que le supone cuidarnos, puede que acepte al señor Harold. Parece el más interesado en mí, y no creo que sus exigencias sean demasiado duras de sobrellevar.

Lizzie sintió que palidecía.

—Pero es viejo... y gordo... y calvo... ¡y huele a vino!

—No espero casarme con un caballero deslumbrante como Cliff de Warenne —contestó Georgie con una sonrisa melancólica.

—¡Oh, por favor! ¡No pienses siquiera en casarte con ese... sapo! —Lizzie sentía ganas de llorar—. Vamos a intentar encontrar un pretendiente mejor... ¡ahora mismo! Aquí hay muchos jóvenes apuestos.

Georgie puso los ojos en blanco.

—Y ninguno de ellos va a fijarse en mí.

—Te equivocas —repuso Lizzie—. Esta noche estás muy elegante.

Su hermana se encogió de hombros. El salón de baile se comunicaba con la sala de recepción y a él se entraba directamente a través de varias puertas dobles. Estaba lleno de gente y Georgie y Lizzie se tropezaron con el joven disfrazado de lechuguino y su amigo, el mosquetero. Ambos hicieron una reverencia.

—Milady —dijo el lechuguino, y Lizzie creyó que se dirigía a Georgie—, ¿me concedería el honor de bailar conmigo esta pieza?

Lizzie comprendió que estaba hablando con ella en el instante en que su hermana le daba un codazo en las costillas. Desanimada de pronto, se dio cuenta de que no quería bailar, y menos aún con un petimetre que, evidentemente, no lograba apartar los ojos de su escote.

—Lo siento, pero tengo reservado este baile —contestó educadamente.

Él comprendió y se alejó con profusas disculpas.
—¡Lizzie! —su hermana parecía enfadada.
—No voy a bailar —dijo Lizzie tozudamente.
—No es que seas tímida —repuso Georgie, enojada—, ¡es que eres tonta! —y se alejó.
Lizzie se quedó sola. Al instante lamentó haber rechazado a aquel joven, pero sólo por la reacción de su hermana. Dejó escapar un suspiro y se volvió para observar a los danzantes. En cuanto se aseguró de que Tyrell de Warenne no estaba entre ellos, comenzó a observar el gentío que la rodeaba. Si no estaba en el salón de baile, tal vez estuviera fuera, en los jardines, pues hacía una noche muy agradable.
Sintió entonces unos ojos clavados en ella.
Se envaró como si hubiera recibido un disparo. Se volvió inmediatamente.
Tyrell de Warenne estaba a corta distancia de allí, vestido de pirata, con botas hasta los muslos, calzas ceñidas y negras, camisa negra, un parche negro en el ojo y un pañuelo en la cabeza. Unas cuantas trenzas finas rodeaban su cara. Tenía la mano apoyada en la cadera, donde llevaba una espada de verdad, y parecía mirarla fijamente.
Lizzie se quedó sin respiración. Tyrell no podía estar mirándola a ella así, tan intensamente, como si fuera un león a punto de saltar sobre su presa. Se volvió para ver qué bella dama había tras ella, pero no vio a ninguna. Estaba sola.
Llena de incredulidad, volvió a mirarlo. Santo cielo, ¡iba hacia ella!
A Lizzie le entró el pánico. ¿En qué estaba pensando? Tyrell de Warenne era el heredero de un condado, era tan rico como ella pobre, y ocho años mayor que ella. Lizzie no lograba imaginar qué quería. El corazón se le salía del pecho... y comprendió que de nuevo se comportaría como una idiota.
De pronto dio media vuelta y huyó del salón de baile, aterrorizada. Ella no era una seductora, ni una cortesana. Era Elizabeth Anne Fitzgerald, una muchacha de dieciséis años dada a soñar despierta, y era absurdo intentar seducir a Tyrell de Warenne. Se descubrió en un salón de juegos lleno de caballeros y

damas sentados alrededor de mesas de naipes y dados. Allí se detuvo, pegada a la pared, jadeante y sin saber qué hacer. ¿De veras había intentado él acercarse a ella? Y, si así era, ¿con qué fin?

De repente, Tyrell entró en la habitación.

Su presencia era como la salida del sol en un amanecer frío y gris. Al instante clavó sus ojos en Lizzie y se detuvo delante de ella, dejándola paralizada, de espaldas a la pared.

Lizzie sólo podía mirarlo fijamente. Su corazón latía vertiginosamente.

—¿De veras crees que puede huir de mí? —murmuró él. Y sonrió.

Ella estaba agarrotada. No podía moverse, pero empezó a respirar atropelladamente. Intentó negar con la cabeza y fracasó. ¿Qué quería Tyrell? ¿La había confundido con otra?

Él estaba aún más cerca que la víspera, en Limerick. Lizzie sabía que debía contestar algo. Pero ¿qué podía decir? Nunca lo había visto vestido así. Las botas altas atraían su mirada como un imán a una moneda, y, desde lo alto de las botas, sus ojos se deslizaron hasta la entrepierna de Tyrell. Allí se veía claramente un abultamiento sugerente y muy viril. Lizzie subió bruscamente la mirada hacia su camisa desabotonada y vio que una cruz de oro y rubíes yacía en medio del vello oscuro de su pecho. Su boca se llenó de saliva, y otras partes de su cuerpo también se humedecieron. Comenzó a sentir un pálpito insistente, aquel anhelo que se pasaba días y noches intentando ignorar.

—No hace falta que huya de mí —dijo él con tono insoportablemente suave—. No todos los piratas son iguales.

¿Estaba coqueteando con ella? Santo Dios, ¡aquélla era su segunda oportunidad! Estaba segura de que no podría hablar, pero tenía que responder. Debía hacer algún comentario ingenioso sobre los piratas.

—Tengo entendido que todos los piratas tienen fama de sanguinarios, milord —musitó de algún modo—. Por eso, como es lógico, he pensado en huir.

Él sonrió y ejecutó una elaborada reverencia de la que ningún pirata habría sido capaz. Sus trenzas, adornadas con abalorios de coral y oro, colgaban alrededor de su cara y sobre sus labios carnosos, que ella miraba sin poder remediarlo. ¡Qué bien debían saber! Tyrell se incorporó bruscamente y fijó en ella su único ojo.

—¿Y si le doy mi palabra de que no soy como los demás piratas? ¿Si le juro que no pretendo hacerle daño?

Ella tragó saliva.

—Entonces reconsideraría mi postura, milord —logró decir.

Un hoyuelo danzó en la mejilla de Tyrell.

—Me alegra oír eso —afirmó—. Creo que nos conocemos, ¿no es así, milady?

Ella se quedó mirándolo un momento, fascinada por su encanto.

—¿Milady? ¿Nos conocemos? —insistió él.

Lizzie no quería confesar que era la muchacha necia y cubierta de barro a la que había rescatado en la calle Mayor.

—Sólo si comparte usted correrías con mi señor Robin Hood, milord.

Él la observó, todavía sonriendo.

—Lo cierto es que conozco muy bien el bosque de Sherwood, milady, aunque todavía no conozco al forajido del que me habla.

Y ella se encontró sonriendo por fin.

—Tal vez surja la ocasión en que pueda presentárselo, si de verdad la busca —Lizzie se dio cuenta de que estaba flirteando con él.

El ojo de Tyrell brilló extrañamente.

—Sólo hay una persona a la que desee conocer —dijo con mucha intención.

Ningún hombre había mirado a Lizzie de aquel modo. Era imposible confundir el sentido de aquella mirada.

—Lady Marian —musitó con voz áspera—. Soy simplemente lady Marian.

Él vaciló y ella notó que quería que le dijera su verdadero nombre, pero entonces Tyrell volvió a hacer una corta reverencia.

—Y yo soy Jack Brody el Negro, a sus órdenes, sean cuales sean.

Estaban en la cubierta de su barco, azotado por el viento y mecido por el mar. Las trenzas de Tyrell oscilaban junto a su mandíbula; se inclinó sobre ella y sus manos enlazaron la cintura de Lizzie. Ella cerró los ojos y esperó a que la besara…

—¿Milady? Sin duda querrá darme alguna… orden.

Su voz interrumpió bruscamente el ensueño de Lizzie, que volvió en sí bruscamente y se halló de nuevo cara a cara con el príncipe de sus sueños. Tyrell la miraba como si supiera exactamente qué estaba pensando… y qué deseaba.

—Dudo que obedeciera usted todas mis órdenes —susurró, temblorosa.

La expresión de Tyrell parecía peligrosa.

—Nunca lo sabrá, a no ser que me lo pida, ¿no cree?

Ella lo miró con pasmo. ¿De veras quería decir lo que ella sospechaba? ¿O era así como coqueteaban hombres y mujeres, sin ningún recato, sin que les importara el sentido literal de cuanto decían?

Él apoyó una mano en la pared, acorralándola, y se inclinó hacia ella.

—Así que ordene, milady, cuanto desee su corazón, y veremos si este pirata cumple su palabra.

Lizzie tenía en la punta de la lengua el decirle que la besara. Se moría por un beso.

Él esbozó una sonrisa lenta y sensual.

—¿Qué ocurre? —susurró suavemente. Ella tragó saliva—. ¿No sabe por dónde empezar? —el hoyuelo volvió a aparecer, al igual que aquel brillo en su ojo destapado.

No estaban en el bosque de Sherwood, logró pensar Lizzie. Estaban en un salón lleno de gente y ella no podía atreverse a hacer lo que estaba a punto de hacer. ¿O sí?

—Puede que la señora necesite ayuda —susurró él—. Puede que baste con una sugerencia del pirata.

A Lizzie le pareció que se había acercado aún más, ya que sus labios casi se tocaban. Mientras su cuerpo temblaba y palpitaba, una sensación de embriaguez se apoderó de ella, y notó que le pesaban los párpados; tanto, que empezaron a cerrarse. La boca de Tyrell rozó su mandíbula. El sexo de Lizzie se tensó. Y, mientras él hablaba, sus labios le acariciaban la piel y sus muslos duros se apretaban contra el cuerpo suave de Lizzie.

—A medianoche. En los jardines del oeste. Allí todos sus deseos serán órdenes para mí —dijo él con voz baja y gutural.

Por un instante, sus labios se apretaron contra la mejilla de Lizzie. Y, lo que era aún peor, ella notó su torso fuerte y duro pegado a su pecho. Después, él desapareció.

Lizzie permaneció paralizada y trémula. Cuando se atrevió a abrir los ojos, temía que toda la sala estuviera mirándola. Procuró dominar el fuego abrasador que consumía su cuerpo y se quedó pegada a la pared, luchando por recobrar la compostura y por ahuyentar su propio deseo desatado.

¿Qué había ocurrido?

Comenzó a respirar con más calma y se irguió, abrazándose. ¿Acababa de pedirle Tyrell de Warenne que se encontrara con él en los jardines a medianoche?

¿Era una broma? ¿O de veras pensaba atraerla a una cita amorosa?

Lizzie no tenía modo de saberlo.

Salió lentamente del salón de juegos. Se sentía como si hubiera bebido demasiado vino. Pero Tyrell le había pedido que se encontrara con él en los jardines y había tocado su piel con los labios. ¿Se atrevería ella a ir?

Estaba segura de que él sabía que era la muchacha a la que había rescatado en Limerick el día anterior, pero ello no parecía haberlo contrariado, ni desanimado. Lizzie no sabía qué hacer.

Quería ir a su encuentro, pero tenía miedo. Si iba, ¿qué ocurriría? ¿La besaría él? Aquella idea bastaba para hacerla correr a los jardines de inmediato, aunque fueran sólo las diez. Pero pensar siquiera que aquello pudiera ocurrir resultaba terriblemente impropio, teniendo en cuenta que las intenciones de Tyrell no podían ser honorables. Él, naturalmente, no tenía intención de cortejarla y pedir su mano. Sólo deseaba un beso. A Lizzie no le preocupaba que se sobrepasara: Tyrell de Warenne no era de ésos.

Lizzie se tocó el antifaz. Si se lo quitaba, él vería su cara y quedaría decepcionado. Estaba casi segura. Sí, estaba muy guapa con el disfraz, pero eso no cambiaba nada. Ella era la insípida, tan insípida como la corteza de una tarta, y en cuanto le quitara la máscara Tyrell se daría cuenta de ello. Y, si no lo veía en la oscuridad de la noche, lo vería a la luz del día en cualquier otro momento.

Pero esa noche era mágica. Esa noche, Tyrell la encontraba preciosa. Esa noche, la veía como una mujer. Lizzie lo sabía.

Y, santo Dios, esa noche ella quería estar en sus brazos. Sólo por una noche. Había soñado mil veces con Tyrell de Warenne, pero nunca había imaginado una noche como aquélla.

Si alguien lo descubría alguna vez (si su madre se enteraba), estaría perdida. Pero nadie tenía por qué saberlo. A fin de cuentas, a Anna la habían besado más de una vez y sólo Georgie y ella lo sabían.

De pronto, Lizzie se decidió. Llevaba casi toda su vida enamorada de él, y, por indecoroso que fuera un beso, aquel recuerdo le duraría siempre. Se dejó caer en un banco, temblando. Quedaban dos horas para la medianoche. Dos horas que parecían una eternidad.

—¡Lizzie!

Lizzie se sobresaltó al oír el sollozo angustiado de Anna. Se levantó del banco y vio que su hermana corría hacia ella, llorando. Enseguida se alarmó.

—Querida, ¿qué ocurre? —preguntó.

—¡Menos mal que te he encontrado! Un bruto me ha derramado el ponche por todo el corpiño —dijo Anna mientras intentaba contener las lágrimas—. Huelo como un borracho y mamá insiste en que me vaya a casa —se enjugó las lágrimas—. Pero se me ha ocurrido una idea, una gran idea. Tú siempre has odiado estas fiestas. Yo quiero quedarme, me lo estoy pasando tan bien... Hay unos oficiales tan interesantes... Seguro que tú estás deseando irte a casa —Lizzie se quedó boquiabierta. Estaba consternada. Anna la agarró de la mano—. ¿A que no te estás divirtiendo? ¿Verdad que no quieres quedarte?

Además, sólo tienes dieciséis años, Lizzie. Debería ser yo quien se quedara –añadió su hermana con más firmeza.

Y Lizzie sintió que la magia de aquella noche se esfumaba. Anna, naturalmente, debía quedarse: Anna necesitaba un marido y ella, Lizzie, no. Además, ¿cuándo le había negado algo a su hermana?

Se mordió el labio, cerró los ojos y luchó contra su corazón. Una parte de su ser gritaba indignada, se rebelaba. Lizzie se recordó que una cita a escondidas era sólo eso, que Tyrell era únicamente el amante de sus sueños, y que al día siguiente el dolor se apoderaría de ella si se atrevía a seguir adelante esa noche.

–¿Lizzie? ¡Tengo que quedarme! ¡De verdad! ¡Me he prendado de un soldado y se va mañana a Cork! –sollozó Anna.

La noche había sido mágica, en efecto, pero había acabado.

–Claro que quiero irme. Aquí no soy más que un pasmarote. Nada ha cambiado –dijo Lizzie enérgicamente–. Ya sabes que odio las fiestas y los bailes.

Anna sonrió y la abrazó.

–¡Gracias, Lizzie, gracias! ¡No te arrepentirás!

Pero, curiosamente, Lizzie ya se arrepentía. No necesitaba una bola de cristal para saber que se le había concedido una oportunidad única, de ésas que sólo se daban una vez en la vida. Tenía ganas de llorar. Pero ella no era una belleza como lady Marian ni nunca lo sería. Tyrell de Warenne se habría dado cuenta al desenmascararla.

Y, como Georgie había dicho poco antes, los De Warenne no pertenecían a su clase.

Que Tyrell la recordara así, de aquella noche singular y prodigiosa, si volvía a pensar en ella.

Y, por alguna razón, Lizzie creía que tal vez lo hiciera.

3
Una crisis de grandes proporciones

Lizzie yacía en la cama, incapaz de levantarse. A través de la ventana entreabierta, veía el brillo del sol, que auguraba otro hermoso día. Pero, después de la noche extraordinaria que acababa de pasar, el día no podía ser más que ordinario y decepcionante. Lizzie se quedó mirando el techo y recordó su asombroso encuentro de la víspera con Tyrell. A su lado, Anna dormía profundamente.

A la luz del nuevo día, Lizzie se sentía llena de confusión y remordimientos. Quizá debería haberse quedado en el baile de máscaras y haberse encontrado en secreto con Tyrell. Pero ¿cómo iba a desilusionar a Anna? Mientras yacía allí, seguía recordando el modo en que él se había apoyado contra la pared, casi clavándola en ella, tan peligrosamente seductor con su disfraz de pirata. Su cuerpo vibraba, lleno de vida, y, en ese momento, tenía la impresión de que nada podría aliviar el deseo febril que la afligía.

Anna suspiró en sueños.

Lizzie también suspiró, con la mirada fija aún en el techo encalado que en realidad no veía. No había pegado ojo en toda la noche; había pensado en él sin cesar, en su cuerpo y en cómo habrían sido sus besos. Anna había regresado con el resto de la familia varias horas después de la medianoche, y Lizzie la había oído moverse por la alcoba que compartían. Por fin le había preguntado cómo había ido el baile.

–Mm, ha sido maravilloso –había dicho Anna en tono extraño.

Lizzie se había sentado.

—Anna, ¿te encuentras bien?

Anna había preferido no encender la lámpara de aceite. Sólo llevaba en la mano una vela. No se volvió. Estaba de frente al espejo de encima del tocador.

—Claro que sí. ¿Por qué lo preguntas? —dejó la vela y empezó a desvestirse.

Lizzie no se tumbó. Las tres hermanas estaban muy unidas. Lizzie sabía que pasaba algo raro. Notaba una especie de tensión.

—¿Te has divertido esta noche?

—Sí, me lo he pasado de maravilla —contestó Anna—. ¿Por qué me interrogas?

Lizzie se quedó sorprendida. Le pidió disculpas y aquello puso fin a la conversación.

Ahora, en cambio, no pensaba en su hermana, sino en el extraño interés que había mostrado Tyrell por ella. Se recordó que, de haberse atrevido a encontrarse con él, Tyrell le habría pedido que se quitara el antifaz y al instante habría perdido interés por ella. ¿Cuántas veces, año tras año, lo había visto en la fiesta campestre del día de san Patricio, rodeado de hermosas mujeres? Su reputación era conocida de todos: Tyrell de Warenne no era un libertino extravagante, pero a Lizzie le parecía evidente que prefería la belleza al intelecto, como casi todos los hombres. Y aunque no se llevara un chasco tras quitarle la máscara, nada habría salido de su cita clandestina. Tyrell jamás le haría la corte. Un hombre como él nunca se casaría tan por debajo de sus posibilidades... y Lizzie no se creía capaz de mantener una aventura ilícita. Aun así, podía imaginarse cómo sería. Y de pronto Tyrell estaba con ella en la cama y deslizaba las manos por sus piernas, por su cintura, por sus pechos... Y Lizzie se volvía hacia él para besarlo...

Pero él no estaba allí y los labios de Lizzie rozaron la almohada. Se tumbó de espaldas, temblando. No iba a mantener con él una aventura, ni aunque fuera lo bastante amoral como para desearlo. Tyrell era demasiado caballeroso para jugar con una señorita tan joven y bien educada como ella. Todo lo más que Lizzie podía esperar eran unos cuantos besos ardientes en el baile de máscaras.

Anna gimoteó de pronto en sueños.

Lizzie se sentó, preocupada.

—¿Anna? ¿Estás soñando?

Su hermana se revolvió y murmuró algo. Casi parecía estar hablando con otra persona. Era costumbre en casa de los Fitzgerald dormir hasta tarde después del baile de los De Warenne. Aun así, Lizzie le tiró del brazo.

—¿Anna? Estás teniendo una pesadilla —dijo.

Anna abrió los ojos de golpe y por un instante pareció no ver a su hermana. A pesar de que estaba desaliñada por el sueño y llevaba el pelo recogido en una trenza, estaba bellísima.

—¿Anna? No ha sido más que un sueño —dijo Lizzie con voz tranquilizadora.

Anna parpadeó y por fin vio a su hermana y procuró esbozar una leve sonrisa.

—Ay, querida. Gracias, Lizzie. Estaba teniendo una pesadilla.

Lizzie decidió levantarse.

—¿Qué estabas soñando? —se acercó al tocador y comenzó a deshacerse la trenza.

—No me acuerdo —Anna se tapó con las mantas hasta la barbilla—. Me pasé la noche bailando. Estoy agotada —dijo. Y cerró los ojos para poner fin a la conversación.

Lizzie se dio por vencida y salió de la habitación sin hacer ruido. Tras usar el excusado, se tropezó con Georgie en el pasillo. Su hermana estaba completamente vestida y llevaba el pelo recogido hacia atrás en un moño severo.

—Buenos días —Lizzie sonrió.

Georgie le devolvió la sonrisa. Se había puesto un vestido azul claro, muy sencillo y sin ningún adorno, ni siquiera un alfiler.

—Te fuiste antes de que tuviéramos ocasión de hablar de la fiesta —dijo.

De pronto, Lizzie sintió el impulso de contárselo todo.

—¡Deja que me vista y reúnete conmigo abajo!

Nunca se había vestido con tanta rapidez. Mientras bajaba corriendo las escaleras, con el pelo todavía suelto, intentó imaginar la reacción de Georgie ante los acontecimientos de la noche anterior. Su hermana estaba ya sentada a la mesa, bebiendo una taza de té y comiendo una tostada, cuando Lizzie entró en el comedor casi sin aliento.

—No vas a creértelo... ¡y yo temo haber perdido una oportunidad de las que sólo se dan una vez en la vida!

Georgie levantó sus elegantes cejas.

—¿Conociste a alguien?

Lizzie vaciló al sentarse; cuando la doncella, que también hacía las veces de cocinera y lavandera, le sirvió un plato con una tostada, le dio las gracias, pero dejó el plato a un lado y dijo:

—¿Tú tuviste suerte? ¿Encontraste un nuevo pretendiente?

Georgie sonrió con cierta burla dirigida hacia sí misma.

—¿A quién voy a engañar, Lizzie? No es sólo mi estatura. Me interesa la política más de lo que me convendría. Ningún hombre quiere una esposa que pueda debatir sobre la cuestión católica o sobre los asuntos relacionados con las leyes del trigo, el diezmo o la unión. No, no tuve suerte.

Lizzie titubeó. Luego tomó la mano de su hermana.

—Eres la persona más leal y sincera que conozco. Quiero que seas feliz, Georgie. Por favor, no te conformes con un sapo como Peter Harold.

Su hermana hizo una mueca.

—Ya veremos —dijo, y Lizzie tuvo de pronto un mal presentimiento—. Pero tú pareces repleta de grandes noticias.

Lizzie no pudo contener su sonrisa y procedió a contarle casi con todo detalle su encuentro con Tyrell de Warenne.

—E insistió en que me encontrara con él en los jardines a medianoche —concluyó casi sin aliento.

Georgie la miró con la boca abierta por el asombro. Tardó un momento en contestar.

—¡Creo que se ha prendado de ti!

Lizzie movió la cabeza de un lado a otro.

—Se prendó de lady Marian, de una muchacha atrevida que flirteó impúdicamente con él.

—Pero eras tú —dijo Georgie, que intentaba visiblemente conservar la calma.

—No sé quién era —repuso Lizzie con franqueza—. Nunca antes me había comportado así con un hombre. Estaba aturdida. Era casi como si estuviera fuera de mí, escuchando mis propias palabras.

Georgie la miró con preocupación.

—Pero no fuiste. Te marchaste a casa y le dejaste tu traje a Anna.

Lizzie se mordió el labio.

—Me daba pavor que me quitara la máscara y se llevara una desilusión. Aun así, si hubiera ido, me habría besado, y deseo tanto que me bese, Georgie…

—Hiciste lo correcto —contestó su hermana con su habitual energía—. De una relación así no puede salir nada… a no ser que estés dispuesta a mantener una aventura ilícita.

Lizzie iba a insistir en que jamás haría tal cosa, pero recordó sus sueños secretos y se halló sin palabras.

—Hiciste lo que debías —repitió Georgie. Empezó a sonreír mientras Lizzie se preguntaba si tenía razón—. Pero triunfaste, Lizzie. Le impresionaste y, si antes te creía una necia, ahora te admira, no hay duda.

—Sí, parecía admirarme —dijo Lizzie suavemente.

Pero, curiosamente, sus remordimientos empañaban el placer de aquel triunfo.

—¿Dónde está Anna? —preguntó su madre con severidad.

Lizzie acababa de entrar tras un largo paseo matutino por un camino cercano. Se había confiando en distraerse de sus ensoñaciones, demasiado vívidas. Antes, Tyrell había sido para ella una fantasía placentera que evocaba a su antojo. Ahora, se le aparecía a cada paso. Hizo a un lado su imagen y miró a su madre.

—¿Ocurre algo, mamá? —preguntó con cautela.

—Sí, ocurre algo —su madre se acercó con decisión al pie de las escaleras—. ¡Anna! ¡Por favor, baja inmediatamente! Quiero hablar con Lizzie y contigo.

Lizzie tuvo la clara impresión de que iban a recibir una fuerte reprimenda.

Anna bajó las escaleras con su camisón blanco, su gorro de dormir y su bata.

—¿Mamá? —miró a Lizzie con preocupación.

—Las dos al salón, si no os importa —y entró delante de ellas en la habitación.

Las hermanas volvieron a mirarse y la siguieron dócilmente. Su madre las esperaba junto a la puerta, que cerró con energía. Después, puso los brazos en jarras.

—¿Es cierto, Lizzie, que estuviste flirteando con un pirata? —preguntó con las mejillas coloradas.

Lizzie parpadeó. Por el rabillo del ojo, vio que Anna se sonrojaba. Naturalmente, no podía mentir.

—Sí.

Los ojos de su madre se agrandaron.

—La señora Holiday te vio en el salón de juegos. Dice que coqueteabais a ojos vista.

—Creía que querías que coqueteara —dijo Lizzie con sumo cuidado.

—¡Pues claro! —exclamó su madre y, corriendo hacia ella, la agarró de las manos—. ¡Estoy tan contenta contigo! Pero tú —añadió, volviéndose hacia Anna—, tú tenías que haberte ido después del comportamiento desvergonzado que presencié. Te has convertido en una coqueta incorregible, señorita, y eso no me gusta, ¡no me gusta! ¡Vi ese vals! Dios mío, en Almack ni siquiera consienten los valses. ¡Y luego me desobedeciste, a mí, a tu madre! En lugar de irte del baile, te confabulaste con tu hermana y arruinaste la que podría ser su única oportunidad de casarse —fijó su atención en Lizzie, que estaba perpleja y, al mismo tiempo, algo preocupada por el estado de agitación de su madre—. ¿Quién era? —preguntó su madre—. Había al menos media docena de piratas en el baile. ¿Quién era, Lizzie?

Lizzie tragó saliva. Su mente funcionaba a toda prisa. Si le decía la verdad a su madre, como se sentía obligada a hacer, ni siquiera lograba imaginar qué haría ella. Tal vez intentara neciamente casarla, y Lizzie imaginaba lo humillante que sería aquello. Pero ¿cómo iba a mentirle? Se volvió para mirar a su hermana en busca de ayuda, pero Anna miró para otro lado.

—Llevaba antifaz, mamá —dijo con nerviosismo—. No sé quién era.

—¿No lo sabes? —exclamó su madre, atónita—. Por fin conoces a un hombre que se interesa por ti, y la señora Holiday dice que nunca había presenciado tal grado de interés, ¿y no sabes quién es?

Lizzie hizo una mueca.

—No, no lo sé, mamá.

—¡Anna! —exclamó su madre, furiosa—. ¡A ti te salen montones de pretendientes cada vez que sales de casa! ¿Cómo pudiste? Era la ocasión de Lizzie.

Anna se mordió el labio.

—Lo siento mucho —dijo, y miró a su hermana—. Mamá tiene razón. Debí irme y tú debiste quedarte.

—Me pareció que marcharme era lo mejor —contestó Lizzie con una sonrisa, mientras tocaba el brazo de Anna—. No quería quedarme, de veras, y me alegro de que te quedaras tú y disfrutaras.

Su madre levantó las manos al aire.

—Estos asuntos de tanta importancia debo decidirlos yo —declaró—. Lizzie tenía una oportunidad de oro. ¿Cómo va a descubrir ahora quién era su pretendiente?

Lizzie respiró hondo.

—Mamá, no era un pretendiente.

—Si estaba tan impresionado contigo, era un pretendiente, claro que lo era. Tendré que llegar al fondo de este asunto. ¡Oh, espero que sea un soldado británico de una familia rica y de buen nombre! Iré a visitar a la señora Holiday esta tarde para preguntarle cada detalle, ¡hasta el último! Y créeme, descubriré la identidad de ese hombre misterioso.

—¡No es buena idea, mamá! —exclamó Lizzie.

—¿Y por qué no, señorita? —preguntó su madre.

Pero a Lizzie no se le ocurrió una respuesta creíble.

Su madre era como un perro con un hueso. Por más que Lizzie protestó, se fue a visitar a la señora Holiday, decidida a descubrir la identidad del presunto pretendiente de su hija menor.

Lizzie la vio alejarse en el carruaje, no sin temor. Georgie estaba a su lado.

—¿Qué haré si descubre que estaba flirteando con Tyrell de Warenne? —preguntó Lizzie en voz baja.

Georgie contestó con energía.

—¿Por qué no nos enfrentamos a ese problema cuando llegue? Puede que algunos de los demás piratas de la fiesta también vistieran de negro —tomó a Lizzie para reconfortarla.

—Estoy perdida —musitó Lizzie. En cuanto su madre descubriera la verdad, ella sería conducida a Adare, y no disfrazada de lady Marian. Pero Georgie interrumpió sus cavilaciones.

—Lizzie, ¿no te parece que Anna se comporta de una manera un tanto extraña?

Lizzie se volvió mientras su hermana iba a sentarse. Estaban en el salón y Georgie estaba remendando los calcetines de su padre, pues no podían permitirse unos nuevos cuando nadie vería los viejos. Lizzie confiaba en poder leer, o en intentarlo al menos. Pero, con la súbita partida de su madre, sólo podía pasearse de un lado a otro, presa de una agitación impropia de ella.

—Puede que esté cansada por el baile. Nunca duerme la siesta, pero hoy se ha echado.

—Se pasó casi toda la noche bailando, es cierto —comentó Georgie—. Pero tengo la impresión de que esta familia es una jaula de grillos.

Lizzie no podía estar más de acuerdo. Aunque no era muy dada a desanimarse, volvió junto a la ventana, como si quedarse allí de pie pudiera hacer regresar a su madre.

—Intenta no preocuparte —dijo Georgie mientras tomaba aguja e hilo.

Lizzie no contestó, pero se sentó en el sofá e intentó leer.

Tres horas después, sofocada por el contento, su madre entró en la casa con una sonrisa radiante.

—¡Lizzie! —gritó en medio del vestíbulo—. ¡Georgina! ¡Anna! ¡Papá! ¡Venid todos enseguida! ¡Tengo noticias! ¡Tengo noticias sorprendentes!

Lizzie sintió que el alma se le caía a los pies. Rezaba por que las noticias de su madre no tuvieran que ver con ella. Su padre salió de la biblioteca al tiempo que Georgie y ella dejaban la cocina. Habían pasado la hora anterior pelando guisantes, ya que sólo tenían una criada y Betty no podía hacerlo todo ella sola. Anna bajó lentamente las escaleras.

–¿Estás bien? –le preguntó Lizzie en voz baja cuando se reunieron ante su madre, en el vestíbulo.

–Sí, estoy bien –dijo Anna con una sonrisa luminosa–. Sólo estaba cansada, Lizzie.

Su madre dio unas palmadas.

–¡Escuchadme todos! ¡He descubierto la identidad del pirata de Lizzie! –exclamó. Lizzie dio un respingo–. ¡Lizzie! ¡Era su excelencia en persona! Santo Dios, estamos de suerte. ¡Era Tyrell de Warenne!

Lizzie se notó desfallecer.

–No –musitó.

–¡Oh, sí! –exclamó su madre mientras daba palmas–. ¡Tyrell de Warenne se ha prendado de ti!

Incapaz de hablar, Lizzie lanzó a Georgie una mirada suplicante.

Su hermana dio un paso adelante.

–Mamá, debe de haber un error. Todos sabemos que lord Tyrell es muy aficionado a la extrema belleza. Había muchos piratas en el baile. No creo que debamos sacar conclusiones precipitadas de lo que dice la señora Holiday.

–¡Tonterías! –dijo su madre tajantemente–. Mañana a mediodía iremos a Adare a hacer una visita a la condesa –Lizzie dejó escapar un grito–. Y no quiero oír ni una sola protesta –añadió su madre con una mirada de advertencia–. De nadie, y lo digo muy en serio.

–No puedo –musitó Lizzie, sofocada por el temor. ¡Ninguna pesadilla sería peor que aquello! Su madre pretendía conducir a sus hijas a Adare y avergonzar a toda la familia. Lizzie sentía ya tanta vergüenza que deseaba morir. Y lo que era peor, Tyrell aparecería y Lizzie sabía que ni siquiera la reconocería. No, miraría su rolliza figura y sus gafas y no sentiría ningún interés, ninguno en absoluto.

Y su madre haría algo terriblemente humillante, siempre lo hacía. Se las ingeniaría de un modo u otro para presentarle a

Lizzie e insinuaría la posibilidad de una boda. Lizzie sentía deseos de acurrucarse y morir.

—Mañana a mediodía —ordenó su madre—. No pienso cambiar de opinión.

—No puedo hacer eso, mamá —dijo Lizzie en tono suplicante.

—¡Claro que puedes! —su madre se acercó a ella y le dio unas palmadas en los hombros, como si aquel gesto pudiera reconfortarla—. Debemos dar las gracias a la condesa por su hospitalidad, ¿no es cierto?

Lizzie dejó escapar un gemido y se volvió a mirar a Georgie en busca de ayuda. Su hermana volvió a intervenir.

—Mamá —dijo con calma y sensatez—, nunca hemos ido a visitar a la condesa. Siempre hemos mandado una nota de agradecimiento. Creo que deberíamos atenernos a la costumbre.

—Voy a establecer una nueva costumbre —repuso su madre.

—Mamá, Georgie tiene razón. Y puede que la condesa esté indispuesta —dijo Lizzie en tono de súplica. Pero sabía que ningún ruego convencería a su madre.

—Si está indispuesta, volveremos pasado mañana —su madre le sonrió.

Georgie sacudió la cabeza.

—Mamá, sé lo que deseas. Confías en que Lizzie consiga a Tyrell de Warenne. Pero eso es imposible. Los Adare están muy por encima de nosotros. Aunque Tyrell mostrara interés por ella, no sabía quién era. Y un De Warenne no se casaría con una Fitzgerald.

—¿Me perdonáis? —preguntó Anna de repente.

—¿No estás contenta por tu hermana? —preguntó su madre.

Anna asintió con la cabeza.

—Sí, estoy muy contenta por Lizzie, pero estoy enferma, mamá. Me encuentro mal y no puedo ir —y, con ésas, dio media vuelta y subió las escaleras sin esperar permiso para marcharse.

Sorprendida por su comportamiento, su madre se quedó por una vez sin habla.

Lizzie estaba tan afligida que no prestó atención a Anna.

—Mamá, por favor, no me hagas esto. Ha habido un terrible error. Tyrell de Warenne no me persiguió. ¡Yo lo sabría! Por favor, no me hagas subir a la casa.

—Voy a arreglarme para la cena —dijo su madre tranquilamente, como si no la hubiera oído. Cuando estaba a punto de subir las escaleras, se detuvo—. Ah, Lizzie, ponte el vestido de ramilletes verdes con la pelliza de seda verde. El verde es uno de los colores que mejor te sientan —sonrió—. Y, francamente, mejor que Anna esté mala, ¿no os parece? No hace falta que venga con nosotras cuando vayamos a ver a la condesa.

Aturdida, Lizzie la vio desaparecer escaleras arriba. Georgie se acercó a ella y la rodeó con el brazo.

—Ay, querida —murmuró—. No creo que haya modo de salir de ésta.

—¿Qué voy a hacer? Mamá nos pondrá en ridículo a todos, y si aparece Tyrell... —Lizzie sintió que sus mejillas ardían. No pudo continuar.

—Tal vez puedas ponerte enferma.

—Mamá no dejará que me libre, ni siquiera aunque esté de verdad enferma —sollozó Lizzie.

—Necesitamos un milagro —decidió Georgie.

Lizzie dejó escapar un gemido. No creía en milagros, oh, no.

Pero el día siguiente cambió por completo sus creencias, pues no sólo la condesa no estaba en casa, sino que toda la familia había abandonado la finca la tarde anterior. Iban de camino a Londres y no habían hecho planes para su regreso.

Asombrada por su buena suerte, Lizzie sólo confiaba en que otros intereses atrajeran la atención de su madre antes del retorno de los De Warenne.

Era un día frío y lluvioso de noviembre. Lizzie se disponía a limpiar el salón cuando llegó la novela que había pedido a una librería de Dublín. Con el cepillo aún en la mano, rasgó el envoltorio y sonrió al ver el título: *Sentido y sensibilidad*. Olvidadas sus tareas, se sentó y empezó a leer al instante.

Ignoraba cuánto tiempo llevaba allí, inmersa en el relato, pero había leído varios capítulos cuando oyó llegar un carruaje tirado por un caballo. El ruido la hizo volver en sí con sobresalto. Cerró el libro, se acercó a la ventana y frunció el ceño al ver que la abultada figura de Peter Harold se apeaba del carruaje.

Ese mes, Harold había ido a visitar a Georgie todas las semanas, para desánimo de Lizzie. Su hermana parecía resignada, aunque hablaba poco en presencia de aquel caballero y, con una firme sonrisa en la cara, le permitía sostener interminables monólogos. Lizzie se fue a la cocina.

—Georgie, el señor Harold está aquí.

Georgie estaba desplumando un pollo. Se quedó parada y levantó lentamente la vista.

A Lizzie le dolía verla tan resignada.

—Deja que le diga que se vaya —suplicó—. ¡Le diré que estás enamorada de un joven radical de Dublín!

Georgie se acercó a la pila y se quitó el delantal.

—Es mi único pretendiente, Lizzie. Y hasta tú has oído a mamá quejarse de cuánto le cuesta respirar.

—El doctor Ryan dice que está perfectamente —objetó Lizzie—. Empiezo a preguntarme si sus achaques no son una forma de obligarnos a hacer lo que se le antoja.

Georgie se apartó de la pila.

—Yo también me lo he preguntado, pero ¿importa en realidad? Todos creíamos que Anna ya estaría prometida a estas alturas, y no lo está. Somos cinco bocas que alimentar. Una carga excesiva para nuestros padres. Alguien tiene que dar el primer paso, ¿no crees?

Lizzie frunció el ceño cuando el señor Harold llamó a la puerta.

—Anna se casará antes de que llegue el verano. Sólo tiene que decidirse por uno de sus pretendientes.

—Anna es muy voluble —dijo Georgie en voz más baja. Vaciló y añadió—: El señor Harold me confesó el otro día que tiene unos beneficios de quinientas libras al año.

Lizzie parpadeó. Era una suma muy respetable, desde luego.

—Pero huele a vino —dijo—, y ni siquiera es protestante, es un disidente.

Georgie salió de la cocina.

—Puede ser, pero al menos sus opiniones políticas no me parecen ofensivas.

Lizzie la siguió.

—¡Pero si no tiene opiniones políticas! —había presenciado los intentos de Georgie por dirigir la conversación del señor Harold a asuntos políticos, y lo único que había dicho su pretendiente era que la contienda beneficiaba a su negocio; no era un defensor de la guerra, pero los precios del vino nunca habían estado tan altos.

Georgie no le hizo caso y compuso una sonrisa al abrir la puerta. Lizzie dio media vuelta, afligida, aunque no se resignaba al sino de su hermana.

Cuando las heladas del invierno ocuparon el lugar de los fríos días de noviembre, tuvo lugar un giro asombroso del destino, pues a principios de diciembre un joven y apuesto soldado británico se presentó en casa de los Fitzgerald para visitar a Anna. El teniente Thomas Morely estaba destinado a las afueras de Cork, pero al parecer había conocido a Anna en el baile de Todos los Santos y había estado escribiéndole desde entonces, lo cual explicaba la sonrisa soñadora que Anna mostraba desde hacía algún tiempo. El teniente, que tenía una semana de permiso, se quedó en Limerick y fue a visitarla todos los días. La señora Fitzgerald se apresuró a hacer averiguaciones y descubrió que Morely procedía de una familia antigua y de renombre y que sus rentas ascendían a ochocientas libras al año. Anna podía vivir desahogadamente con esa suma. Y no había duda de que el joven teniente la cortejaba seriamente. Lizzie cruzó los dedos y esperó lo mejor, consciente de que aquello podía aliviar la presión sobre Georgie. Cuando Thomas regresó junto a su regimiento, Anna lloró y pasó luego una semana deambulando tristemente por la casa.

Después, Thomas Morely volvió la víspera de Navidad.

—¡Anna! —exclamó Lizzie, que estaba junto a la ventana, al ver desmontar al oficial rubio y larguirucho—. ¡Date prisa, es el teniente Morely!

Estaban en el salón. Anna, que estaba cosiendo, se quedó paralizada de pronto y palideció. Luego se levantó de un salto y se olvidó de su labor.

—¿Estás segura, Lizzie? ¿De veras es Thomas?

Lizzie asintió, encantada por su hermana.

Anna dejó escapar un grito de alegría y corrió escaleras arriba para cambiarse de vestido y peinarse. Esa noche, el teniente Morely se declaró.

En el anuncio de su compromiso a la familia, se descorchó una botella de champaña. Anna y Thomas se tomaron de las manos, ambos sonrojados de alegría, y hubo sonrisas por doquier.

—Por una unión larga y venturosa —dijo su padre, levantando una copa—. Y pacífica —le guiñó un ojo a Lizzie.

Lizzie corrió hacia Anna y la abrazó con fuerza.

—Soy tan feliz por ti... —dijo, y se dio cuenta de que estaba llorando de alegría—. Pero voy a echarte terriblemente de menos cuando te cases.

Anna también empezó a llorar.

—Yo también a ti, y a Georgie, ¡y a todos! La casa de Thomas está en Derbyshire. Tendréis que ir a visitarme cada año, insisto en ello —se volvió hacia su prometido—. ¿Verdad que no te molestará?

—Nunca me molestará nada de lo que hagas —contestó Thomas galantemente. Lizzie sabía que estaba enamorado y que hablaba con sinceridad. No podía apartar los ojos de su prometida.

—¡Qué día tan maravilloso! —exclamó su madre mientras se limpiaba los ojos con un pañuelo de hilo—. Ay, Georgina May, rezo por que tú seas la siguiente.

Georgie se envaró. Lizzie la miró. Esa mañana, el señor Harold había dejado en casa un regalo de Navidad para ella, señal segura de sus intenciones, pues le había regalado una hermosa mantilla de encaje. Georgie logró sonreír de algún modo, pero su sonrisa era insincera.

El teniente Morely se marchó al día siguiente con la promesa de escribir cada semana. Y poco después de Año Nuevo, llegaron hasta ellos las habladurías.

El conde de Adare estaba en negociaciones para casar a su hijo mayor con la heredera de una poderosa familia inglesa, una unión sumamente ventajosa.

Georgie se llevó a Lizzie a un aparte esa tarde. Era un día ventoso, húmedo y gris del invierno.

—¿Estás bien? —le preguntó, preocupada.

Lizzie se sentía enferma. Sin embargo, no se engañaba. Sabía que nunca volvería a tener un encuentro con Tyrell de Warenne como el sucedido en el baile. Aun así, se sentía como si le hubieran disparado al pecho.

—Estoy bien —dijo, abatida.

—Lizzie, debes olvidarte de él. No es para ti.

—Lo sé —dijo Lizzie. Pero ¿cómo podía olvidarlo cuando seguía soñando con él cada noche, cuando Tyrell interrumpía sus cavilaciones incluso a plena luz del día y ponía en llamas su cuerpo?

—Quiero que sea feliz —susurró, y era cierto.

La boda de Anna estaba prevista para principios de septiembre, y la señora Fitzgerald se sumergió en los preparativos con suma delectación. Se decidió finalmente que la ceremonia tuviera lugar en Derbyshire. Anna estaba claramente enamorada y nunca había parecido tan feliz. Pero una noche, a fines de enero, Lizzie se despertó confundida, pues su hermana sollozaba en la cama de al lado.

—¿Anna? —alargó el brazo hacia ella—. ¿Qué te pasa, querida? ¿Has tenido un mal sueño?

Anna saltó al instante de la cama y corrió a la chimenea, donde crepitaba un pequeño fuego. Tardó un instante en contestar y Lizzie oyó su aliento entrecortado.

—Sí —dijo Anna con un sollozo—. Ha sido un sueño, un sueño terrible. Siento haberte despertado, Lizzie.

Lizzie tuvo la extraña sensación de que le estaba mintiendo, pero dejó pasar el asunto hasta finales de esa semana. Una mañana luminosa y terriblemente fría de febrero, encontró a Anna paseando por el jardín, envuelta en su abrigo, con la cabeza gacha. Tenía una postura extraña. Alarmada, Lizzie se echó rápidamente un chal sobre los hombros y corrió fuera, temblando.

—Anna, ¿qué estás haciendo? Hace mucho frío aquí fuera —dijo—. ¡Vas a pillar una pulmonía!

Anna no contestó y se alejó apretando el paso.

Lizzie corrió tras ella, preocupada, y la agarró del brazo.

—¿Es que no me has oído? —preguntó, obligándola a volverse. Y dejó escapar un gemido de sorpresa al ver su rostro lloroso—. ¿Qué ocurre? —abrazó al instante a su hermana. Anna se dejó abrazar, pero parecía incapaz de articular palabra—. Anna... —Lizzie retrocedió—. ¿Qué ha pasado? ¿Es por Thomas?

Anna negó con la cabeza.

—No, Thomas está bien —susurró tristemente.

Lizzie se quedó mirándola. Si Thomas estaba bien, ¿qué era lo que ocurría? Anna estaba enamorada, planeaba casarse.

—Por favor, dime qué pasa. Sé que anoche estuviste llorando y que no era por una pesadilla.

Anna temblaba y Lizzie no creía que fuera por el frío. Las lágrimas volvieron a correr por su cara.

—No sé qué hacer. Estoy perdida —dijo su hermana en voz baja. Y luego comenzó a sollozar tapándose la boca con la mano, como si se le estuviera rompiendo el corazón.

Lizzie la rodeó con el brazo, llena de preocupación.

—Vamos, querida, vamos dentro. Podemos hablar de esto en el salón y...

—¡No! —sollozó Anna, con los ojos dilatados por el miedo—. No hay nada de que hablar, Lizzie. ¡Mi vida se ha acabado! —se dobló por la cintura y siguió sollozando desconsoladamente.

Lizzie nunca había sentido tanto miedo. Abrazó a su hermana y de algún modo logró llevarla a un banco del cenador que había tras la casa. La obligó a sentarse y tomó asiento a su lado, tomándola de las manos.

—¿Estás enferma? —preguntó con suavidad mientras intentaba conservar la calma.

Anna levantó la vista.

—Estoy embarazada —dijo.

Lizzie creyó haber oído mal.

—¿Cómo dices?

—Estoy embarazada —repitió Anna, y volvió a prorrumpir en sollozos.

Lizzie nunca se había sentido tan perpleja. Mientras Anna lloraba, le apretó la mano e intentó pensar.

—Tu vida no se ha acabado. Quieres a Thomas y estas cosas ocurren. ¿Cuándo nacerá el niño? —aun así, le costaba creer que su hermana hubiera permitido a Thomas tales libertades antes de la boda.

Anna respondió sin levantar la vista:

—En julio —la boda estaba prevista para el cinco de septiembre—. ¡Oh, qué voy a hacer! —sollozó.

La gravedad de la situación asaltó a Lizzie en ese instante. El bebé debía nacer poco antes de la boda. Anna quedaría completamente arruinada, se le cerrarían todas las puertas. Lizzie tragó saliva, casi mareada por la magnitud de la crisis que afrontaban. Luego se le ocurrió una solución.

—Basta con que adelantes la boda, a mayo, quizá. Naturalmente, tendrás que irte lejos para tener al niño, y sólo Thomas, tú y yo sabremos la verdad —sonrió, pero Anna la miró con tal aflicción que Lizzie sintió que su sonrisa se desvanecía. El miedo se apoderó de ella. Dijo lentamente—: ¿No se lo has dicho a Thomas?

La expresión de Anna no cambió. Abrió la boca para hablar y fracasó. Cerró los ojos y masculló:

—El niño no es suyo.

El corazón de Lizzie dio un vuelco. Estaba tan atónita que no podía hablar.

Anna se volvió y sofocó un sollozo.

—Mi vida se ha acabado, Lizzie. Estoy a punto de perderlo todo. También a Thomas. ¡Dios mío!

Lizzie apenas podía pensar. Pero, mientras permanecía allí sentada, enferma por su hermana y llena de temor, y las ideas se atropellaban desordenadamente en su cabeza, se preguntó cómo podía haber pasado aquello. Anna quería a Thomas. ¿Cómo podía haber aceptado a otro hombre en su cama?

—¿Quién es el padre? —se oyó preguntar.

Anna sacudió la cabeza sin mirarla.

Lizzie intentó conservar la compostura. Todo el mundo cometía errores. Tal vez algún día Anna le dijera cómo había podido cometer aquél. Pero no importaba quién fuera el padre. De hecho, ni siquiera era asunto suyo. Aun así, no podía evitar preguntarse quién había deshonrado a su hermana el otoño anterior. No tenía ni la más remota idea. Anna tenía tantos admiradores...

Lo que importaba era encontrar una solución para aquella terrible crisis. ¿Qué podían hacer para impedir la deshonra de Anna? Lizzie se humedeció los labios.

—Necesito un momento para pensar.

—Lizzie, lo que ocurrió fue un terrible error —sollozó a Anna, volviéndose bruscamente para mirarla—. Sucedió antes de que Thomas y yo fuéramos novios. Sé que no lo entiendes, porque nunca te han besado. Pero un beso llevó a otro y a otro... ¡Lo siento tanto!

Lizzie asintió con la cabeza. Aun así, había otra pregunta que debía formular.

—¿Lo sabe el padre?

Anna negó con la cabeza.

—No, no tiene ni idea.

—Anna, a pesar de tu compromiso, ¿te casarías con él si pudieras?

—¡Él jamás se rebajaría a casarse conmigo! —contestó su hermana, y Lizzie se sintió no poco consternada. Evidentemente, el padre del niño era un noble de alto rango—. Lizzie, sé que dudarás de mí, pero quiero a Thomas de veras. Sé que me había enamorado otras veces, pero nunca había sentido esto antes.

Lizzie miró con amargura a su bella hermana.

—¿Cómo voy a dudar de ti? Nunca te había visto tan feliz como últimamente —dijo sinceramente. Anna tenía todo el derecho a disfrutar de una vida maravillosa con el hombre al que amaba. Aquel terrible error no debía arruinarla. Lizzie respiró hondo y miró a su hermana. Allí mismo se decidió.

—¿Qué ocurre? —susurró Anna, con los ojos como platos—. Nunca te había visto tan decidida.

Lizzie se levantó, cuadró los hombros y se sintió como si estuviera a punto de entrar en batalla.

—Voy a encontrar una solución a esto, Anna. ¡Te doy mi palabra! No temas, te casarás con Thomas y nadie, nadie, sabrá nunca lo de ese niño.

7

Un contacto importante

La carta llegó a la semana siguiente. En cuanto su madre vio el matasellos, entró en estado de éxtasis y ordenó que se reunieran todos en el salón para poder leerles su contenido.

–¡Hacía tanto tiempo que no teníamos noticias de vuestra querida tía Eleanor…! –exclamó, con las mejillas sonrojadas por la emoción. Eleanor de Barry no sólo era rica (se rumoreaba que sus rentas ascendían a cien mil libras anuales, y aún no había nombrado herederos), sino que también era notoriamente excéntrica, franca y a menudo desagradable. Aun así, tanto por motivos sociales como económicos, la señora Fitzgerald cuidaba como oro en paño tan importante contacto–. Espero que quiera hacernos una visita… ¡o, mejor, que nos invite a Dublín o a Glen Barry!

–Mamá, deberías calmarte –dijo Georgie con firmeza cuando entraron en el salón.

–¡Estoy perfectamente! ¡Nunca he estado mejor! ¡Papá! –gritó su madre–. ¡Ven al salón! ¡Ha escrito Eleanor! Oh, sospecho que nos invita a visitarla. ¡Hace más de un año y medio que no la vemos! –sonrió a sus tres hijas, todas las cuales la habían seguido al salón.

Lizzie sólo esbozó una sonrisa y se sentó, cruzando cuidadosamente las manos sobre el regazo mientras procuraba eludir la mirada de Anna. Su hermana estaba muy colorada, indudablemente debido a la mala conciencia.

La carta, bellamente escrita, de Eleanor era falsificada.

De las hermanas, sólo Georgie no lo sabía. Georgie podía

ser muy recta y severa, así que no le habían dicho aún lo de Anna. Lizzie pensaba hacerlo en Dublín, por si acaso Georgie no aprobaba su subterfugio.

—Estoy segura de que es una invitación —dijo Georgie, y Lizzie comprendió que intentaba fingir que aquello no le interesaba. Pero su tono comedido contrastaba con el brillo de su mirada—. Hace mucho tiempo que no nos vemos —Georgie la miró, y Lizzie esbozó una sonrisa. Sabía lo mucho que le gustaba Dublín a su hermana. La última vez que habían ido visto a su tía, había sido porque Eleanor se había presentado inesperadamente en Raven Hall y se había quedado tres semanas. Hacía años que no recibían una invitación para visitar su lujosa casa en Merrion Square.

Su madre comenzó a abanicarse con la carta.

—¿Dónde está papá? ¡Ah, me encanta Dublín! —declaró.

Anna sonrió ligeramente a Lizzie, pero ésta se apresuró a apartar la mirada.

—La tía Eleanor suele invitarnos a Glen Barry, en Wicklow —dijo con calma, aunque su corazón latía desbocado.

—Sí, pero en julio o agosto. Estoy segura de que nos pide que vayamos a Dublín, por eso estoy tan emocionada. Sin duda habrá unos cuantos caballeros interesantes en la ciudad, aunque los mejores estén en Londres —su madre seguía abanicándose enérgicamente con la carta—. ¡Papá!

Su padre entró en ese momento en el salón apoyado en su bastón. Esa semana, le dolía la rodilla más que de costumbre.

—Mamá, no estoy sordo. Así que ¿hemos recibido una invitación de mi hermana?

—Eso espero —dijo su esposa, y empezó a leer rápidamente. Lizzie se resistía a mirar a Anna—. Está fechada hace cinco días —exclamó su madre—. ¡Ojalá tuviéramos un sistema de correos como el inglés!

—Mamá, lee en voz alta —dijo Georgie suavemente.

—«Mis queridos Gerald y Lydia —leyó su madre—, espero que la presente os encuentre con buena salud. He decidido que va siendo hora de volver a vernos. No me encuentro muy bien y desearía que vuestras tres hijas me atiendan hasta que mi estado de salud mejore. Según mis médicos, pasarán varios meses hasta que eso ocurra. Espero a Georgina May, Annabelle Louise y Elizabeth Anna en Merrion Square la semana que viene. Con mis mejores deseos, Eleanor Fitzgerald de Barry».

Las cejas de su madre habían ido elevándose por momentos debido a la incredulidad. Lizzie intentó respirar, segura de que su madre iba a darse cuenta de que la invitación era un fraude.

–Sólo ha invitado a las niñas –dijo su madre, desilusionada.

–Y no dice qué le pasa –comentó su padre, pensativo.

Georgie se levantó.

–¿Desea que la atendamos varios meses?

Lizzie también se puso en pie.

–Naturalmente, si está enferma, debemos ir a cuidarla, mamá. Georgie y yo haremos los preparativos inmediatamente. Iremos en barco por el Gran Canal. Estaremos allí dentro de un par de días.

Su padre se acercó a su madre y le dio unas palmaditas en el hombro.

–Es una gran ocasión para nuestras hijas, mamá –dijo–. Normalmente sólo nos invita un par de semanas. Si Eleanor no se encuentra bien, las niñas podrían quedarse una larga temporada.

Su esposa lo miró. El color había vuelto a sus mejillas.

–¡Querido, tienes razón! ¡Es un golpe de suerte! ¡En Dublín hay muchas más oportunidades que aquí, en el campo!

Anna comenzó a gimotear de pronto. Lizzie hizo una mueca mientras su hermana exclamaba:

–Pero ¿y Thomas? Dublín está tan lejos que no podrá ir a visitarme –tenía las mejillas encarnadas.

Su madre titubeó.

Lizzie dijo:

–Querida, todos sabemos que la distancia enternece el corazón.

–Sí, eso es cierto –dijo su madre, poniéndose en pie–. Y ahora que tú estás prometida, sin duda querrás que tus hermanas también se establezcan. En la ciudad habrá muchos más bailes y fiestas que aquí.

Anna parecía abatida.

–Claro que quiero que mis hermanas encuentren marido

—murmuró con la mirada baja y las mejillas sonrojadas. Estaba algo más redondeada, aunque nadie parecía haber reparado en su aumento de peso.

—Mamá, yo no puedo ir —dijo Georgie de repente—. Es demasiado tiempo. Me necesitas aquí.

Lizzie estaba atónita. ¿En qué estaba pensando su hermana? Su madre se volvió hacia ella con el ceño fruncido.

—El señor Harold no se ha declarado, aunque ha dado todas las muestras posibles de que ésa es su intención. Tienes razón. No puedes irte. Al menos, hasta dentro de un par de meses. Debes quedarte aquí y atraparlo.

—¡Pero mamá! Georgie puede encontrar un pretendiente mejor en Dublín —exclamó Lizzie, perpleja. Estaba decidida a alejar a Georgie de Peter Harold cuanto fuera posible.

Su madre levantó las cejas.

—El señor Harold es un partido excelente. Puede que no sea noble, que sea comerciante de vinos y un disidente, pero está muy bien situado y es el pretendiente más serio que ha tenido tu hermana. No, cuanto más lo pienso, más me convenzo de que Georgie debe quedarse. Tú irás a Dublín con Anna para acompañar a vuestra tía. De hecho, si eres la única hermana casadera que queda, esto aumentará mucho tus posibilidades de casarte.

Georgie parecía resignada.

—Aunque no vaya a ir, ayudaré a Lizzie a preparar el viaje.

Lizzie miró a Anna con impotencia. Su hermana le devolvió la mirada y fijó luego la vista en la carta falsificada.

—Voy a escribir a Thomas para explicarle el motivo de mi ausencia —exclamó, poniéndose en pie—. Y, si vamos a irnos inmediatamente, tenemos que empezar a hacer las maletas, Lizzie —salió apresuradamente de la habitación.

—No olvidéis poner en la maleta vuestra mejor ropa —gritó su madre tras ella.

Lizzie entró en el dormitorio que compartía con Anna, consciente de que toda la familia estaba en la planta baja. Cerró la puerta y habló en un susurro.

—De momento, mamá cree que de verdad nos han invitado a Merrion Square.

Anna asintió con la cabeza; tenía los ojos dilatados y estaba sin aliento.

—Se lo ha creído todo. Y Georgie también —se mordió el labio—. Pero mamá no dejará que venga con nosotras.

Lizzie asintió con la cabeza. Odiaba engañar a los demás, sobre todo a Georgie, pero era demasiado arriesgado hablarle del estado de Anna hasta que no hubieran abandonado Raven Hall.

Anna se quedó mirándola.

—¡Oh, Lizzie, no sé cómo darte las gracias! —vaciló—. Pero ¿qué haremos ahora? Estoy segura de que ese odioso Peter Harold piensa declararse y, si Georgie se queda, acabará casada con él.

Lizzie también creía inminente el compromiso de su hermana.

—Intentaré convencer a Georgie de que rechace al señor Harold. Tú estarás casada en septiembre. No es necesario que Georgie se precipite a aceptar una unión tan desagradable.

Anna se había acercado al armario y lo estaba abriendo.

—Siempre estaré en deuda contigo por esto —dijo.

—No me debes nada —contestó Lizzie mientras pensaba en los obstáculos que tenían por delante.

Anna no dijo nada y sacó un montón de ropa interior del armario.

Lizzie se sentó al borde de la cama y se retorció las manos. A ambas las atemorizaba su llegada a Merrion Square. Su tía era una mujer fría, distante y enérgica, carente por completo de amabilidad. Lizzie no se engañaba. Eleanor se enojaría al verlas presentarse en su casa, y era posible que las despidiera inmediatamente.

De algún modo tenían que convencerla para que las dejara quedarse.

Anna intuyó lo que estaba pensando.

—Si no nos despide enseguida, lo hará cuando se entere de mi estado —de pronto se echó a llorar.

—Sólo una bruja sin corazón haría tal cosa —contestó Lizzie—. ¿Va a echarnos a la calle, solas y sin un penique? No, se verá obligada a darnos cobijo, Anna. Si no estuviera segura, no iríamos a Dublín.

Anna inhaló entrecortadamente.

—Nunca ha sido amable, ni una sola vez que yo recuerde.

—Somos familia —dijo Lizzie, desesperada—. Como diría Georgie, vayamos paso a paso. Mamá ha creído que la carta era auténtica, así que debemos hacer las maletas. Nos preocuparemos de cómo va a recibirnos la tía Eleanor cuando lleguemos a Merrion Square, y de lo que hará cuando descubra tu estado cuando llegue el momento de decirle la verdad.

—Por lo menos no vamos mal de tiempo —dijo Anna con voz ronca—. Llegaremos a Dublín antes de mediados de marzo.

—Sí —dijo Lizzie. Las dos hermanas se miraron con pesar.

Los ojos de Anna se llenaron de lágrimas.

Lizzie la rodeó con el brazo.

—Tendré cuatro meses enteros para encontrar una buena familia que se haga cargo del bebé —musitó.

Anna asintió con la cabeza mientras se enjugaba las lágrimas.

Lizzie vaciló.

—No queda otro remedio, a no ser que le digas a Thomas la verdad y acepte lo que has hecho.

—No puedo decírselo —susurró Anna—. Ningún hombre aceptaría tal novia.

Lizzie estaba segura de que Thomas rompería su compromiso con Anna si sabía que estaba esperando un hijo de otro hombre.

—Vamos a hacer lo correcto. Lo único que podemos hacer —murmuró.

—Pero prométeme que encontraremos un buen hogar para el bebé —dijo Anna.

—Te lo prometo.

Anna la miró un momento; después se enjugó los ojos y volvió a acercarse al armario.

—Voy a hacer tu maleta, Lizzie.

—No, nada de eso. Ya estás fatigada y sin aliento.

—No me importa, y menos aún después de todo lo que has hecho por mí.

—Me niego en redondo —dijo Lizzie.

De pronto llamaron a la puerta. Lizzie y Anna se quedaron paralizadas. Después, Lizzie respiró y dijo alegremente:

—Adelante.

Georgie entró con el ceño fruncido.

—¿Por qué estaba la puerta cerrada? ¿De qué estabais murmurando?

Lizzie se fingió sorprendida.

—No estábamos murmurando.

Georgie cruzó los brazos, ceñuda.

—Estáis muy raras desde hace unos días. Pasa algo, ¿verdad? Algo que no me habéis contado.

—No pasa nada —dijo Lizzie con firmeza—. Pero, Georgie, seguro que quieres venir con nosotras. Tienes que alejarte de ese viejo sapo de Peter Harold antes de que te pida en matrimonio. ¡Y adoras Dublín!

Georgie frunció los labios y sus ojos se ensombrecieron.

—Me preocupa la salud de mamá. Si me voy con vosotras, no habrá nadie que se ocupe de ella, que se asegure de que descansa y come bien. No puedo abandonarla varios meses.

Lizzie comprendió que, de nuevo, Georgie había tomado una decisión. Y no había nadie más obstinado que su hermana.

—Pero ¿y si el señor Harold se declara?

Georgie cruzó los brazos.

—Lleva meses visitándome. Puede que él también se dé cuenta de que nuestra boda no es buena idea.

—Eso no es una respuesta —insistió Lizzie.

Georgie se sonrojó.

—¿Qué quieres que diga? ¿Que voy a rechazarlo? Si pide mi mano, tendré que pensar muy seriamente en mi futuro. Dudo que reciba otra oferta de matrimonio. Intento con todas mis fuerzas tenerle simpatía —Lizzie y Anna se miraron con desaliento—. Estaré bien —dijo Georgie con calma—. Además, mamá tiene razón, esto mejorará las oportunidades de Lizzie de encontrar un buen marido –intentó componer una sonrisa y fracasó–. Bueno, voy a ayudaros a hacer las maletas.

Lizzie la agarró del codo.

–Pero yo no quiero casarme con nadie.

Georgie levantó las cejas.

–Eso es sólo porque aún no te has enamorado.

Lizzie dio media vuelta y se acordó de los ojos abrasadores de Tyrell de Warenne apoyado en la pared, acorralándola en el baile de máscaras.

–¿No estarás soñando otra vez con Tyrell de Warenne? –preguntó Georgie.

Lizzie titubeó. Nunca había dejado de soñar con Tyrell, ni un solo día en los cuatro meses anteriores.

–Claro que no –dijo.

–Lizzie, yo estaba con mamá cuando sir James mencionó que los De Warenne se habían ido a Wicklowe –dijo Georgie. Wicklowe era la casa solariega de los De Warenne, que no había que confundir con Wicklow, el condado en el que estaba situada. Georgie titubeó–. Tyrell ha conseguido un puesto importante en el Tesoro, Lizzie, un puesto muy importante.

Lizzie se sintió desfallecer. ¿Tyrell estaría en Dublín, ocupando un puesto importante en el gobierno? ¡Cielo santo! No podía afrontar aquello ahora, cuando la situación de Anna era una carga tan inmensa y temible.

–No seas tonta, Georgie –dijo–. No he vuelto a pensar en él desde octubre. Tengo cosas más importantes en la cabeza –por el rabillo del ojo, vio que Anna palidecía. Lizzie ignoraba cómo ella podía aparentar tanta calma.

–¿Como cuáles? –preguntó Georgie, recelosa.

Lizzie sonrió con firmeza.

–Como salvarte de un destino peor que la muerte. Ahora, ¿por qué no nos ayudas? Tenemos mucho que hacer y muy poco tiempo.

Los muelles del Gran Canal de Dublín estaban al sur del río Liffey y a unas pocas manzanas de Merrion Square, lo cual era una coincidencia muy conveniente. Las hermanas habían completado el viaje en barcaza en apenas cuatro días. Se hallaban ahora en los muelles, aferradas a sus bolsos de mano, mientras un marinero iba apilando sus baúles y maletas junto a ellas. Se miraban con creciente aprensión. Anna estaba muy pálida. Lizzie sabía que ella debía de estar tan blanca como su hermana.

—No nos aceptará en su casa sin habernos invitado y llegando sin avisar —masculló Anna sin apenas mover los labios.

—Claro que sí. Somos su familia —insistió Lizzie, pero el corazón le latía como si hubiera corrido a toda velocidad. Lo único que tenía que hacer era parar un coche de alquiler y en cuestión de minutos estarían ante la puerta de Eleanor. Lizzie se dio cuenta de que estaba temblando.

—Nunca me ha tenido aprecio —gimoteó Anna—. Y siempre lo he sabido.

Lizzie la miró con sorpresa.

—Claro que te tiene aprecio. Vamos, no debes ponerte en lo peor. Todavía no —dijo, y la tomó de la mano.

—Por lo menos tenemos un par de libras, lo suficiente para alquilar una habitación, si es necesario —sollozó Anna.

—No hará falta —dijo Lizzie enérgicamente, negándose a pensar otra cosa. A Eleanor le molestaría verlas, pero, aparte de eso, Lizzie no lograba imaginar qué ocurriría... excepto que estaba decidida a convencer a su tía de que les permitiera quedarse en su casa—. ¡Veo un coche! Espera aquí —dijo, y corrió por el embarcadero.

El cochero aceptó encantado llevarlas y cargó alegremente sus baúles. Unos instantes después estaban en Merrion Square, plaza que albergaba las residencias más lujosas de Dublín. Se dieron las manos cuando el coche se detuvo ante la casa de Eleanor, una inmensa mansión de piedra caliza en el lado norte del parque. Columnas corintias adornaban la espaciosa entrada, sobre la cual se alzaba un majestuoso tímpano. La casa tenía cuatro plantas con varias terrazas y balcones que daban a la plaza. El parque estaba lleno de inmaculadas praderas de césped, parterres floridos y senderos de guijarros, pero Lizzie no veía nada de aquello. Miraba fijamente la casa, consumida por el miedo y la ansiedad.

—¿Señoras? He bajado sus maletas —dijo el cochero desde la acera.

Lizzie se dio cuenta de que había abierto la puerta del coche. Bajó con su ayuda, seguida por Anna, y le pagó rápidamente la tarifa que habían convenido. Mientras el coche se alejaba, Anna y ella se miraron con desaliento.

Lizzie se mordió el labio.

—Pues, ya estamos aquí. Sonríe, Anna, como si no pasara nada, como si viniéramos a visitar la ciudad y sólo pasáramos a ver a nuestra querida tía.

Anna expresó lo que pensaba Lizzie cuando susurró con desesperación:

—Pero ¿y si ni siquiera nos deja entrar?

—Tendrá que hacerlo —contestó Lizzie con firmeza—. Me niego a aceptar un no por respuesta.

—Qué valiente te has vuelto —dijo Anna, que parecía a punto de llorar.

Lizzie tomó su mano con la esperanza de reconfortarla, aunque estaba tan asustada como su hermana.

—Pareces una francesa camino de la guillotina —dijo—. Y eso no nos servirá de nada.

Anna asintió, afligida.

Con los baúles en la calle, subieron la escalinata, pasaron junto a un par de imponentes estatuas de leones de tamaño natural, cruzaron el pórtico y se acercaron a la puerta principal, donde montaba guardia un lacayo con librea. El lacayo inclinó la cabeza y abrió la puerta de roble labrado. Lizzie se dio cuenta de que seguía sujetando la mano de Anna, señal segura de su estado de ansiedad, y se la soltó cuando entraron en un vestíbulo circular con suelo de mármol blanco y negro y una enorme araña de cristal y oro. Frente a ellas se alzaba una escalinata curva. Apareció un sirviente y Lizzie le entregó su tarjeta de visita.

—Buenos días, Leclerc —dijo con una leve sonrisa—. Por favor, dígale a nuestra tía que estamos aquí —y, mientras hablaba, oyó la voz estridente de su tía procedente de un salón cercano, y la risa cálida de un caballero.

—Desde luego, *mademoiselle* —dijo el mayordomo, y se marchó con una reverencia.

—La tía Eleanor tiene visita —susurró Anna con nerviosismo.

—Entonces tendrá que tener cuidado con sus modales —contestó Lizzie, aunque sabía que Eleanor nunca se cuidaba de sus modales. Era tan rica que podía decir y hacer lo que se le antojara. El hecho de no haber nombrado nunca heredero tampoco la perjudicaba. Semejante elección divertía infinitamente a la alta sociedad.

La voz de Eleanor se alzó, airada y aguda, rompiendo el silencio.

—Digo que... ¿Qué? ¿Que mis sobrinas están aquí? ¿Aquí? ¿Qué sobrinas, Leclerc? —Lizzie y Anna se miraron con preocupación—. Yo no he invitado a ningún pariente —gritó Eleanor—. ¡Despídelas! ¡Diles que se vayan inmediatamente!

Lizzie se quedó boquiabierta de incredulidad. ¿Ni siquiera iba a verlas? Sin embargo, un momento después oyó el taconeo de los zapatos de su tía en el suelo y Eleanor apareció por uno de los arcos del vestíbulo, con una expresión llena de ira y perplejidad. A Lizzie le dio un vuelco el corazón, pero rápidamente recompuso el semblante con la esperanza de parecer amable. Luego se dio cuenta de que un caballero alto y rubio acompañaba a su tía.

—¿Se puede saber qué es esto? —preguntó ásperamente Eleanor.

Lizzie se adelantó valientemente e hizo una reverencia, consciente de que estaba temblando.

—Buenos días, tía Eleanor. Hemos venido a visitar la ciudad para hacer un viaje de primavera y mamás nos pidió que pasáramos a saludarla. Confiamos en que esté bien.

—¿Bien? ¿Un viaje de primavera? ¿Qué bobadas son ésas? —replicó Eleanor, sofocada por la ira pero visiblemente sorprendida. Era una mujer muy baja y delgada, con rizos de color gris hierro y brillantes ojos azules. Lucía un exquisito vestido de terciopelo negro con un collar de diamantes igualmente exquisito. Nunca se había quitado el luto por su marido, lord de Barry, aunque hacía diez años que había muerto.

Antes de que Lizzie pudiera responder, el caballero dio un paso adelante y dio firmemente el brazo a Eleanor. Estaba en la veintena y era un hombre muy guapo, con un destello peculiar en la mirada. Lizzie le habría creído un libertino de no ser porque llevaba ropas muy sencillas: una levita azul oscura y pantalones oscuros.

—Mi querida Eleanor —dijo, divertido—, ¿es ése modo de recibir a los parientes que osan venir a visitarte?

Eleanor lo miró con enojo.

—No he pedido tu opinión, Rory, aunque sabía que ibas a dármela.

Rory sonrió y un hoyuelo apareció en su mejilla.

—Puede que las damas vengan de lejos —miró a las hermanas y su mirada se demoró en Anna, que parecía a punto de desmayarse o de echarse a llorar. Luego observó cuidadosamente a Lizzie con una mirada aguda, incluso escrutadora. Pero su tono siguió siendo ligero—. Sé que dentro de ti hay un espíritu generoso, tía —añadió con burlón reproche.

Lizzie ignoraba quién era aquel caballero. Pero Eleanor suspiró.

—Sí, vienen de lejos, desde luego. Mis sobrinas proceden de Limerick —dijo aquella palabra como si fuera ofensiva. Luego las miró con furia—. Habéis venido a buscar fortuna, ¿no es eso? ¡Yo no os he invitado!

Lizzie contestó con firmeza:

—Estamos muy bien, gracias, tía Eleanor, aunque, como verá, Anna está algo cansada del viaje.

Eleanor soltó un bufido.

Rory miró a Lizzie un instante y luego a Anna. Sus ojos tenían una expresión insondable antes de que volviera a mirar a su tía. Murmuró suavemente:

—¿No vas a presentarme a tales bellezas?

Eleanor bufó y miró luego a Anna con enfado.

—¿Bellezas? Bueno, ésta antes era una belleza, pero hoy día cualquiera sabe. Rory, éstas son las hermanas Fitzgerald, Elizabeth y Annabelle, las hijas de mi hermano Gerald –se volvió hacia sus sobrinas–. Este truhán es mi sobrino. Su difunta madre era la hermana de lord de Berry.

Rory hizo una reverencia sin dejar de reírse.

–Rory McBane, a sus pies –dijo con extrema galantería.

–No le hagáis caso, es un bribón incorregible –contestó Eleanor. Pero Lizzie ya había llegado a la conclusión de que, a pesar de su modestia en el vestir, Rory McBane era un seductor.

Anna dejó escapar de pronto un gemido y buscó la mano de Lizzie. Comenzó a desmayarse. Rory McBane dio un salto adelante y la tomó en brazos en el instante en que se caía.

–Vamos, Eleanor –dijo sin sonreír–, tu sobrina está indispuesta –y se adentró tranquilamente en la casa con Anna en brazos.

Lizzie corrió tras él, asustada y seguida por Eleanor.

–Tiene una constitución muy delicada –dijo Lizzie, atemorizada porque su hermana hubiera enfermado. Sabía que la tensión de su engaño se estaba volviendo insoportable para ella–. El viaje ha sido difícil para alguien tan frágil como ella.

Rory las condujo a un opulento salón de tamaño mediano y depositó a Anna en un sofá.

–Leclerc –ordenó–, ¡tráigame sales!

Lizzie se arrodilló a su lado y tomó la mano de Anna. Rory levantó la mirada hacia ella.

–¿Se desmaya a menudo?

Lizzie titubeó mientras lo miraba a los ojos, tan verdes como un día de primavera en Irlanda.

–A veces –dijo, añadiendo otra mentira a su lista creciente de ellas.

Lizzie, que lo observaba atentamente, notó que su mirada se entornaba, llena de sospechas. Intuía que era inteligente y astuto, y temía que recelara de ellas.

–No se encuentra bien desde hace unos días –se apresuró a añadir mientras se decía que aquel hombre no podía sospechar la verdad. Anna estaba embarazada de cinco meses y había engordado, pero sus vestidos de cintura alta aún ocultaban su vientre abultado. Naturalmente, un mes o dos después su embarazado sería evidente. Lizzie siguió agarrando la mano de su hermana con la esperanza de que despertara.

Rory la miró inquisitivamente un momento y luego dijo:
—Eleanor, deberías llamar a tu médico.
—¡No! —exclamó Lizzie, y se apresuró a sonreírle—. Sólo es un ligero resfriado, de veras —le dijo—. Anna se pondrá bien enseguida.

Rory parecía escéptico, y Lizzie aguardó con cierto temor. En ese momento entró Leclerc y entregó las sales a Rory.
—Gracias —dijo éste, y las acercó a la nariz de Anna.

Ella tosió al instante y parpadeó. Rory volvió a mover las sales bajo su nariz. Mientras Anna volvía a toser, ya del todo despierta, él se levantó lentamente. Lizzie corrió a ocupar su lugar y se sentó junto a la cadera de Anna. Sin soltarle la mano, la miró a los ojos.
—Sólo te has desmayado —dijo con suavidad.
—Lo siento —logró decir Anna.
—No pasa nada —Lizzie le acarició la frente. Finalmente, cobró conciencia de la presencia de su tía.

Eleanor estaba junto a Rory. Su cara era una máscara de desagrado.
—¿Y bien? —dijo—. ¿Ha pasado la crisis?
Anna luchó por sentarse.
—Lo siento mucho, tía Eleanor —susurró—. Por favor, perdóneme —el color estaba volviendo a sus mejillas.
—No es culpa tuya —dijo Lizzie con suavidad. Sintió la mirada de Rory y notó que él miraba a Anna con más atención. Lizzie confiaba en que estuviera admirando su belleza y no intentando descubrir sus secretos.

Se levantó despacio y se volvió hacia su tía.
—Lamento haberla molestado de este modo —dijo con gran dignidad. Le costaba mostrarse valiente, pero no tenía elección—. Nuestra madre insistió en que viniéramos. Sabíamos que le desagradaría, pero no podemos desobedecer a nuestra madre. Ahora, como verá, Anna no se encuentra bien. Por favor, deje que nos quedemos... sólo un rato.

Los ojos de Eleanor parecían negros.

—¡Eso me parecía! ¡Un viaje de primavera a Dublín! ¡Qué tontería! ¡Ya nadie viene a visitar la ciudad! Esto no es más que una estratagema de vuestra madre. ¡Lo sabía!

Rory la tomó del brazo con la misma firmeza que antes.

—Tía, tu sobrina necesita descanso. Salta a la vista que no se encuentra bien y sé que no la obligarás a marcharse.

—¡Lydia Fitzgerald se ha atrevido a encasquetarme a dos de sus hijas! —exclamó Eleanor, indignada.

—¿Y es tan terrible? —le preguntó Rory con suavidad, sonriéndole con encanto—. ¿No es una suerte tener en casa tanta belleza femenina?

—Puede que lo sea para ti —bufó Eleanor—. ¿Te has prendado de alguna? Elizabeth necesita un marido —añadió.

Lizzie dio un respingo y notó que se sonrojaba. Anna intentó levantarse y dijo:

—Tía Eleanor...

Rory corrió a su lado para ayudarla.

—No se levante —dijo.

Anna le sonrió.

—Estoy bien —dijo. Posó una mirada acongojada en Eleanor—. Tal vez podamos serle de ayuda. Yo toco el piano y canto y a Lizzie le encanta leer en voz alta y es una excelente cocinera. Nadie hace mejores tartas. No seremos una carga, de veras. Seremos una ayuda. Tal vez disfrute de nuestra compañía. Por favor, deje que nos quedemos.

—Es cierto que hago unas tartas maravillosas —dijo Lizzie con una rápida sonrisa—. Le haríamos compañía encantadas, si nos lo permite.

—Ya tengo a este calavera por compañía —repuso Eleanor ásperamente—. ¡Nunca me deja en paz!

Rory dijo con suavidad:

—Te vendría bien tener compañía femenina. Hace tiempo que la necesitas y yo no puedo atenderte tanto como quisiera. Ya sabes que me voy a Wicklowe dentro de unos días.

Lizzie estaba segura de que se refería al condado de Wicklow, no a la mansión del conde de Adare en Pale.

Eleanor lo miró.

—Eres tú quien piensa beneficiarse de esto, lo sé, granuja. Y esas aventuras tuyas acabarán por llevarte a la torre del rey.

Rory levantó las cejas con burlona exasperación.

—No te preocupes por mí, tía —dijo—. ¿Debo recordarte que pronto tendré que marchar a Londres? No volveré hasta mediados del verano. Y entonces ¿qué harás? No quiero que estés sola, tía —añadió. Luego sonrió—. Y confieso que no me importaría tener tan agradable compañía cuando venga a visitarte —su mirada se alejó de Eleanor. Lizzie se sorprendió al ver que le guiñaba un ojo.

—Tú andas por ahí la mitad del tiempo —refunfuñó Eleanor—. Haré lo que hago siempre: me iré a mi casa de Glen Barry, en Wicklow —pero saltaba a la vista que estaba cayendo bajo su encanto.

Rory se apartó de Anna y tomó una de las manos de su tía.

—Deja que se queden —murmuró.

Lizzie nunca había visto tal despliegue de persuasión.

El semblante de Eleanor se suavizó.

—Ya veremos —miró con enojo a sus sobrinas—. Podéis quedaros a pasar la noche —con ésas, dio media vuelta y salió enérgicamente de la habitación.

Rory cruzó los brazos sobre su amplio pecho y se volvió a mirar a las hermanas. No había atisbo de risa en sus ojos. Lizzie temía lo que estuviera pensando.

—Gracias, señor —dijo, crispada.

Él bajó los párpados, ocultando las sospechas que pudiera tener, y ejecutó una reverencia.

—Espero que su hermana se recupere pronto —sin otra mirada, salió de la habitación.

A Lizzie le flaquearon las rodillas inmediatamente. Llena de alivio, se dejó caer en el sofá, junto a Anna, que estaba enjugándose las lágrimas.

—Dios mío —musitó Anna—. Es una bruja, una bruja espantosa. Ha sido incluso peor de lo que imaginaba.

Lizzie la tomó de la mano.

—Ha sido una suerte que te desmayaras —vaciló y añadió—: En fin, me temo que estamos en deuda con el señor McBane.

Anna respiró hondo.

—Sí, eso parece.

5

Una terrible revelación

Al día siguiente, Lizzie estaba sentada con Anna en el cuarto de estar, con un libro sin abrir sobre el regazo. Anna sostenía un bastidor de bordado pero aún no había dado ni una sola puntada, del mismo modo que Lizzie no había leído ni una palabra. La víspera habían decidido sabiamente retirarse a sus habitaciones (les habían dado alcobas separadas) y Eleanor no les había pedido que bajaran a cenar. Sabían que su tía no abandonaba sus habitaciones hasta las once, así que habían pasado la mañana preparándose cuidadosamente para su siguiente encuentro. Eran ya las once.

Lizzie tenía jaqueca. Se frotó las sienes, consciente del hermoso día de primavera que hacía fuera, y deseó poder disfrutarlo. Desde las ventanas del salón veía el cielo azul y oía los pájaros que cantaban en el parque. Pero ¿cómo iba a disfrutar de nada, y mucho menos de un día agradable, sin saber si su hermana y ella serían arrojadas o no de aquella casa? El dolor de sus sienes aumentó.

De pronto se oyó el repicar de los tacones de Eleanor. Su tía se acercaba rápidamente. Lizzie miró a su hermana con preocupación. Anna se puso a coser industriosamente y Lizzie se fingió enfrascada en la lectura, pero miraba la puerta a hurtadillas. Leclerc, el mayordomo francés, abrió ésta y apareció su tía. Llevaba un vestido de satén brillante y tieso, con puños y mangas de encaje negro, y un collar de diamantes distinto al de la víspera, con un enorme rubí colgante. Aunque pequeña y enjuta, Eleanor tenía el porte de una reina.

Lizzie se levantó bruscamente y, con sus prisas por hacer

una reverencia, se tropezó. Anna también se levantó para inclinarse ante su tía.

—Buenos días.

—¿Lo son? Lo ignoro, puesto que no esperaba tener invitados —dijo Eleanor mientras entraba con paso firme en la habitación. Se fue derecha a Anna—. ¿Sigues enferma?

Anna volvió a hacer una reverencia.

—Estoy resfriada —mintió, y tosió delicadamente detrás de su mano—. Pero me encuentro mejor y no sé cómo darle las gracias por su amabilidad de ayer —sonrió brillantemente.

Lizzie contuvo el aliento.

Eleanor miró a su sobrina con frialdad.

—Te refieres a la amabilidad de Rory, ¿no? ¿Estás enamorada de él? —preguntó.

Los ojos de Anna se agrandaron.

—¡Claro que no! Quiero decir que parece un caballero excelente...

Eleanor la interrumpió.

—Es más encantador de lo que le conviene en lo que respecta a las damas. Será mejor que no lo olvides. Sigues siendo una belleza, aunque estés engordando. Puede que Rory prefiera la política al amor, pero aun así saca tiempo para perseguir beldades. No quiero aventuras en esta casa, ¿entendido? No lo permitiré.

Anna hizo otra referencia y bajó la mirada.

—Tía Eleanor, estoy prometida. Sin duda mamá le escribió para decírselo.

—Claro que sí, pero aún no te has casado —Eleanor se volvió hacia Lizzie—. Y eso va también por ti —antes de que Lizzie pudiera responder, su tía se dirigió a Anna—. ¿Por qué estás tan gorda? ¿Qué ha sido de esa excelente figura que tenías?

Anna vaciló.

—Me he aficionado al chocolate.

—Es una pena —contestó Eleanor con brusquedad—. Si te pones demasiado gorda, perderás tu extraordinaria belleza.

Lizzie se atrevió a acercarse, temblando por dentro.

—Tía Eleanor, hace un día precioso. ¿Le gustaría dar un paseo conmigo por los jardines?

Eleanor se volvió.

—No tienes por qué darme coba, niña. ¿Cuántos años tienes?

Lizzie logró sonreír a pesar de su miedo.

—Dieciséis, tía. Cumpliré diecisiete este verano. Y nunca cometería la idiotez de darle coba. Pero me encantaría dar un paseo y se me ha ocurrido que tal vez te apetezca acompañarme. Pero, si prefieres quedarte en casa con este día tan hermoso —se encogió de hombros—, me iré sola.

—Creía que ibas a hacer un pastel —repuso Eleanor maliciosamente.

A Lizzie se le aceleró el corazón.

—Hice una tarta de manzana esta mañana. Si no tiene otros planes, la tomaremos para cenar.

Eleanor vaciló, pero se repuso rápidamente.

—Vaya, entonces ¿pensáis ganaros el sustento? Recuerdo haber comido unas tartas estupendas en Raven Hall. ¿Has hecho una de ésas?

Lizzie apenas se atrevía a respirar. No sabía si el comentario de su tía significaba que iba a dejar que se quedaran.

—Sí. Pensaba hacer una de limón para mañana —dijo—. He visto un cesto de limones españoles en la despensa. Si no le importa, los usaré para la tarta.

Los ojos de Eleanor brillaron y casi sonrió... hasta que se dio cuenta de lo que hacía. Entonces frunció el ceño.

—Me gustan las tartas, pero tendrás que preguntar al cocinero si necesita los limones.

—Ya se lo he preguntado —Lizzie sonrió sinceramente—. Me ha pedido que le enseñe mi secreto para hacer la masa.

Eleanor soltó un bufido y miró a Anna.

—¿Y tú? ¿Estás demasiado enferma para leerme en voz alta?

—Claro que no —dijo Anna, aunque seguía pareciendo atemorizada—. ¿Qué quiere que le lea? ¿O prefiere ir a dar un paseo primero?

—Primero saldré a pasear —dijo Eleanor tajantemente—. Pero puedes leerme cuando vuelva, si quieres. Me gusta enterarme de lo que se cuece en el castillo de Dublín. Rory escribe una columna sobre asuntos gubernamentales y también hace dibujos. Sus caricaturas son muy divertidas.

Lizzie se sorprendió.
—¿Es periodista?
—Es un reformista radical —contestó su tía con un bufido— y eso será su perdición, al menos socialmente. Pero sí, se gana la vida como un plebeyo, informando sobre asuntos políticos para el *Times*. También le pagan alguna minucia por sus caricaturas.

Estaba claro que Eleanor no aprobaba que su sobrino tuviera un empleo, pues los verdaderos caballeros no ensuciaban sus manos ni su reputación ganándose el sustento.

—A mí no me pareció muy radical —comentó Lizzie más para sí misma que para las demás—. Pero me di cuenta de que tenía algo de seductor.

Eleanor parecía de pronto interesada en ella.
—Sus opiniones políticas son radicales en exceso, Elizabeth. Hay muchas puertas que se le cerrarían por culpa de sus ideas de extremista si no fuera por su parentesco conmigo.

Rory McBane era, pues, muy afortunado, pensó Lizzie, pero se limitó a sonreír.

—Radical o no, es mi pariente favorito —concluyó Eleanor, y luego las miró como si les lanzara una advertencia. Su mensaje estaba claro: si alguien tenía que heredar su fortuna, sería su adorado Rory.

—¿Crees que le gustará? —preguntó Anna con ansiedad mientras revoloteaban alrededor de la puerta del comedor. La larga mesa de madera de cerezo estaba puesta para cuatro con cubiertos de plata, cristalería, un candelabro dorado y tres arreglos florales. Era una mesa muy bonita.

Anna no había ido esa tarde con ellas a las tiendas de la calle Capel, pues el plan era que permaneciera recluida hasta que naciera el bebé. Aun así, había logrado escaparse a un mercado cercano y había vuelto con un ramo de flores. Lizzie la había ayudado a hacer los arreglos. Ninguna mesa podía lucir mejor.

—Eso espero —dijo Lizzie suavemente. Pero nada parecía complacer a su tía. Eleanor llevaba todo el día de muy mal humor. Aun así, Lizzie empezaba a preguntarse si no ladraría más que morder.

–Puede que, a pesar de lo mucho que refunfuña, disfrutara de nuestra salida de hoy. A fin de cuentas, hemos ido a un montón de tiendas y sólo hemos comprado dos cajas de bombones –aquello le parecía significativo, después de la confesión de Anna.

Antes de que su hermana pudiera contestar, Eleanor dijo detrás de ellas:

–Así que refunfuño, ¿eh?

Lizzie se puso colorada como un tomate. Al darse la vuelta vio a su tía de pie en la puerta con una expresión de repugnancia y reproche. Luego se dio cuenta de que Rory McBane estaba tras ella con un brillo de regocijo en los ojos. Sus miradas se encontraron mientras Lizzie exclamaba:

–¡No lo decía en serio!

–Oh, claro que lo decías en serio –dijo Eleanor con el ceño fruncido.

Entró en el comedor del brazo de Rory.

–Nunca había vista una mesa tan bien puesta –dijo él, y le guiñó un ojo a Lizzie–. ¿No estás de acuerdo, tía? –ella soltó un bufido, pero miró la mesa con los ojos entornados–. Y refunfuñas incesantemente, pero eso es lo que hace único tu carácter –añadió Rory. Sonrió a Anna encantadoramente–. ¿Se encuentra mejor hoy?

Ella le devolvió la sonrisa.

–Sí, gracias. Tía Eleanor, ¿le gustan las flores? –preguntó con ansiedad–. Al final decidí salir y se me ocurrió que quizá le gustaran.

Eleanor no respondió.

Lizzie seguía retorciéndose las manos.

–Tía Eleanor, lo siento de veras, no lo decía en serio. Lo que quería decir era que…

–Lo decías en serio. ¿Desde cuándo dices lo que piensas? –preguntó Eleanor con aspereza–. Tu hermana Georgina era la más atrevida, la de la lengua más afilada –dijo–. Tú eras la tímida y aquí estás, hablando de mí como si fuera una arpía. Y no sólo eso: te has pasado toda la tarde hablando por los codos.

Lizzie se sonrojó. Había intentado entablar con su tía una conversación ligera e inocente, con la esperanza de que Eleanor les cobrara simpatía. Dijo con mucho cuidado:

—Sé que no lo haces a propósito, pero cuando nos hablas con tanta aspereza puedes herir nuestros sentimientos. Eso era lo que quería decir, que tiendes a poner mala cara por todo.

Ya estaba, ya lo había estropeado todo, porque nadie criticaba a la tía Eleanor y sobrevivía.

Eleanor se quedó boquiabierta.

Rory le sonrió, complacido.

—¿No te había dicho que tenías que cuidar tus modales? —preguntó, burlón—. Por lo visto la señorita Fitzgerald está de acuerdo conmigo.

Eleanor lo miró con enojo.

—Tú eres el que no tiene modales. ¡Venir aquí a flirtear con mis sobrinas! Y no me digas que has venido a verme a mí, porque te conozco demasiado bien, Rory. Sé exactamente a qué has venido.

Rory se echó a reír.

—Me llena de consternación que adivines tan fácilmente mis intenciones —dijo—. Pero confieso que he venido a ver a tus encantadoras sobrinas. De hecho, he venido a asegurarme de que tengan un techo bajo sus cabezas mientras permanezcan en Dublín.

Eleanor arrugó el ceño.

—Es usted muy amable —dijo Anna, tocándole la manga—. No sé cómo darle las gracias por persuadir a la tía Eleanor para que nos permita quedarnos. Me siento en deuda con usted, señor.

—Somos primos —dijo él con una reverencia cortés—. Así pues, no me debe nada.

Eleanor los observaba con la misma atención que Lizzie.

—Annabelle va a casarse en septiembre, Rory.

Él no pareció inmutarse. Sonrió a Anna.

—Entonces, ¿puedo expresarle mis más sinceras felicitaciones?

—Gracias —Anna sonrió.

Lizzie estaba confusa. ¿Su bella hermana no había fascinado a Rory McBane?

—Thomas es de Derbyshire. Es un Morely. ¿Conoce usted a

los Morely de Derbyshire, señor McBane? —preguntó Anna con cierta urgencia.

La sonrisa de Rory se desvaneció.

—No, me temo que no. Entonces, ¿es británico?

Anna asintió, llena de orgullo.

—Sí, y militar.

Rory se quedó mirándola un momento.

—Entonces, va a casarse con un casaca roja.

—Es un caballero excelente —se apresuró a decir Lizzie.

—Sí, y es inglés, lo cual lo convierte en un animal muy superior a nosotros, los simples irlandeses.

—Oh, deja ya de protestar —dijo Eleanor enérgicamente—. Es una suerte que una de las hermanas vaya a casarse, aunque sea con un inglés. Mi pobre hermano Gerald apenas puede mantenerlas —miró a Anna con desaprobación—. No hagas caso a Rory, querida. Se ofusca con todo lo británico. Estoy muy contenta por ti.

—Gracias —dijo Anna, visiblemente desconcertada por las opiniones de Rory.

—Y yo soy un bruto —dijo Rory, y volvió a hacer una reverencia—. Le pido disculpas, señorita Fitzgerald, por atreverme a expresar ideas tan impopulares —de pronto miró a Lizzie—. ¿Y usted? ¿También buscará la mano de un inglés?

Lizzie dio un paso atrás.

—Dudo mucho que alguna vez me case con nadie, señor McBane.

Él levantó las cejas, sorprendido.

—Rory se queda a cenar —anunció Eleanor. De pronto sonrió a Anna, que había tomado asiento, fatigada—. Me gustan las flores —añadió. Anna y Lizzie se miraron con sorpresa—. Y ahora que me he hecho a la idea, tu hermana y tú podéis quedaros una semana o dos —concluyó su tía.

Lizzie estaba atareada en la cocina dando los últimos retoques a un pastel de ruibarbo. El cocinero, un escocés alto, de pelo cano y prominente barriga, estaba a su lado. Ella acababa de explicarle que el ingrediente secreto de su pastel de ruibarbo era una gota de licor de frutas. Él la miró sagazmente.

—No me extraña que la señora sea tan aficionada a sus postres. ¡Pone usted vodka en el pastel de limón, ron en la tarta de manzana y whisky en los pastelillos de chocolate que servimos anoche!

Lizzie quería sonreír, pero le resultaba imposible. Habían pasado casi dos semanas desde la tarde fatídica en que Eleanor decidió que podían quedarse en Merrion Square una temporada. Anna y Lizzie se habían acomodado a su nueva rutina: pasaban la mañana en el salón perla, leyendo tranquilamente, y por las tardes Lizzie acompañaba a su tía en sus visitas, o iba con ella de compras o a pasear. Anna seguía aquejada de un resfriado que le exigía reposar y permanecer recluida. Pero aquel engaño, naturalmente, no podía durar indefinidamente. Entre tanto habían llegado dos cartas de casa, ambas de su madre, que Lizzie había interceptado para que Eleanor no descubriera aún su estratagema. Su tía, sin embargo, no se había pronunciado aún respeto a su futuro en Merrion Square.

La noche anterior, Lizzie y Anna habían decidido que había que decirle la verdad inmediatamente, pues ninguna de las dos era capaz de soportar mucho más tiempo la carga de la ansiedad y el miedo constantes. Además, Anna seguía engordando y en poco tiempo sería evidente que esperaba un hijo.

Lizzie se hallaba llena de temores. Hizo una pausa, con ambas manos sobre la encimera cubierta de harina, y rezó por que Eleanor no sospechara ya la verdad. Su tía había empezado a mirar a Anna de forma extraña, y ya no insistía en que saliera con ellas a dar un paseo por el parque, ni a comprar.

—Lizzie, ¿estás lista?

Lizzie se dio la vuelta y vio a Anna en la puerta de la cocina, pálida como un cadáver. Atravesada por una tensión insoportable, sonrió rápidamente al cocinero, se quitó el delantal y se acercó apresuradamente a su hermana.

—¿Nos queda otro remedio? —susurró cuando salieron de la cocina.

Anna se puso las manos en el vientre abultado de modo que su vestido se pegara a él. Su preñez era tan obvia que Lizzie dejó escapar un gemido y le hizo apartar las manos. Se miraron con desánimo.

Anna sacudió la cabeza y se volvió para quedar de perfil.

—Ya no hay modo de ocultar mi estado, Lizzie. ¡Tengo tanto miedo...! ¿Y si nos echa a la calle?

Lizzie se mordió el labio.

—No nos echará, estoy segura —dijo con la esperanza de tranquilizar a su hermana.

Tomadas del brazo, recorrieron lentamente el pasillo hacia el ala principal de la casa. Lizzie notaba temblar a su hermana cuando entraron en el salón. Cuando se disponía a decir algo para darle ánimos, oyó que Eleanor se acercaba. Sus tacones repicaban en los suelos de mármol del pasillo.

Su tía entró en la habitación agitando una carta.

—¡Exijo una explicación!

Lizzie y Anna se miraron con preocupación. Lizzie preguntó con cautela:

—¿Ocurre algo?

—¿Que si ocurre algo? —Eleanor estaba sofocada—. Creo eso debéis decírmelo vosotras. Pero estoy segura de que algo tiene que ocurrir para que os presentéis en mi casa sin haber sido invitadas, para que Anna esté enferma noche y día y para que vuestra madre me escriba dándome las gracias por una invitación que no hice y preguntándome por mi salud, ¡como si la enferma fuera yo!

Era lógico que estuviera enfadada, pensó Lizzie, aunque con su tía era difícil saberlo. Eleanor, en realidad, parecía más preocupada que enojada.

—Por favor, siéntate, tía Eleanor. Hay un asunto del que queremos hablarte —dijo con calma.

Eleanor palideció de pronto y se sentó, cruzando las manos sobre el regazo.

Anna se puso delante de ella y comenzó a retorcerse las manos.

—Lo siento, tía Eleanor —dijo con los ojos bajos—. Todo esto es culpa mía —y empezó a llorar.

—Necesitamos tu ayuda, tía —añadió Lizzie con voz ronca—. La necesitamos desesperadamente.

Eleanor las miraba fijamente sin mover un músculo de la cara, con expresión severa.

—Has sido tan amable... —comenzó a decir Lizzie con cautela mientras Anna lloraba.

Eleanor se puso en pie y la interrumpió.

—Yo no soy una mujer amable. Anna, no te pongas histérica. Éste no es momento para eso.

Anna obedeció y levantó la mirada. Tenía la cara congestionada y los ojos dilatados y llenos de angustia.

—Estás embarazada, ¿verdad? —preguntó Eleanor—. Por eso estás tan gorda. Por eso no quieres salir de casa.

Anna asintió con la cabeza y se mordió el labio. Saltaba a la vista que estaba a punto de llorar otra vez.

—¡Nunca quise que esto ocurriera!

Lizzie la tomó de la mano.

—También está prometida con un excelente soldado británico —dijo atropelladamente—. Van a casarse en septiembre, pero eso ya lo sabes. El bebé debe nacer en julio. Tía Eleanor, por favor, deja que nos quedemos hasta después del nacimiento para que Anna pueda volver a casa y casarse con el teniente Morely.

Eleanor no apartaba los ojos de Anna.

—¿Es que no es el padre? —preguntó con tono contenido.

Anna comenzó a llorar.

—No.

—Y supongo que tus padres ignoran tu estado.

—Sí, así es —contestó Lizzie—. La absurda idea de venir aquí y tener al niño en la reclusión de su casa fue mía.

—¿Y pensáis que voy a participar en ese plan despreciable? —preguntó Eleanor con aspereza.

—¡Es usted nuestra única esperanza! —exclamó Lizzie—. ¡La única esperanza de Anna! No puede despedirnos ahora, en este momento de necesidad. Nadie puede tener tan poco corazón.

Eleanor la miró a los ojos.

—Yo no he dicho que vaya a echaros. Mírame, niña —le dijo a Anna. Anna levantó los ojos—. ¿Lo sabe el padre? —Anna negó con la cabeza sin decir nada. Eleanor miró a Lizzie—. ¿Quién es el padre?

Lizzie se envaró.

–¡Eso no importa, tía Eleanor! Anna está enamorada de Thomas. Encontraremos un buen hogar para el bebé.

–Da la casualidad de que no estoy de acuerdo contigo... siempre y cuando, naturalmente, el padre sea un noble –Eleanor levantó la barbilla de Anna–. ¿O te acostaste con un campesino?

Ella volvió a negar con la cabeza sin dejar de llorar.

–¡Anna quiere a Thomas! –exclamó Lizzie, alarmada–. ¡El padre no tiene por qué saberlo! Cuantas menos personas se enteren, mejor. Hay que guardar un secreto absoluto...

–El padre debería saberlo –dijo Eleanor enérgicamente–. Puede que se haga cargo del niño. Bien sabe Dios que no sería el primer noble en criar a un bastardo junto a sus hijos legítimos.

Anna comenzó a sacudir la cabeza.

–¡No! ¡No puede saberlo!

–Anna quedaría deshonrada –sollozó Lizzie–. ¡Usted lo sabe! Si el padre lo supiera, se correría la voz. Habría habladurías, rumores y acusaciones.

Anna se enjugó la cara.

–Tía Eleanor, no podemos decírselo nunca. Quiero a Thomas. Sin duda querrá usted que me case en otoño. Por favor, no insista en que se lo digamos al padre. ¡Por favor! ¡Lo estropearía todo!

Eleanor se volvió lentamente para mirarla. Anna la había tomado de las manos y la miraba con expresión desesperada y suplicante. Lizzie rezó por que sucediera un milagro.

Eleanor dijo lentamente:

–No tengo ningún deseo de arruinar tu vida, Anna. Todos cometemos errores. Por desgracia, a veces el precio que una tiene que pagar es terrible.

Anna sollozó:

–¡Pero yo ya he pagado! –se cubrió el vientre con las manos–. ¡Ya he sufrido bastante!

–Te he cobrado afecto, Anna, a pesar de tu espantosa vanidad.

Anna se sobresaltó, sorprendida. Dejó de llorar y su rostro adoptó una expresión esperanzada.

—¿Has aprendido la lección? —preguntó Eleanor con severidad—. ¿O te cansarás de Thomas y seguirás comportándote con la misma desvergüenza?

Anna se quedó boquiabierta.

—¡Nunca me cansaré de Thomas, tía Eleanor! Sé que lo que hice está mal. Estoy muy avergonzada y no puedo explicarlo. ¡Estoy tan cansada de este dilema...! Ojalá nunca hubiera conocido a ese hombre. Ojalá no estuviera en mi estado. Ojalá ya me hubiera casado y viviera con Thomas en Derbyshire.

—Desear imposibles no va a reparar lo que has hecho —contestó Eleanor—. Francamente, temo por ti.

A Lizzie no le gustó cómo sonaba aquello.

—Si usted nos ayuda, podemos solucionar esta indiscreción, tía Eleanor. Con su ayuda, Anna puede tener el niño en secreto y marcharse de aquí para casarse con Thomas. Encontraremos un hogar maravilloso para el bebé. Pero necesitamos que nos ayude.

Eleanor la miró a los ojos.

—Eres una hermana muy leal, Elizabeth... y muy valiente.

A Lizzie no le interesaban los halagos en ese instante.

—¿Nos ayudará? Estoy segura de que no quiere que peligre la boda de Anna.

—Podéis quedaros —dijo Eleanor—, y os ayudaré en todo lo que pueda. Pero con una condición.

—Lo que sea —sollozó Lizzie, apenas capaz de creer que su terrible dilema fuera a solucionarse al fin.

Eleanor tomó la mano de Anna.

—Insisto en saber quién es el padre, Anna. Ésa es la condición para que tu hermana y tú os quedéis aquí hasta que des a luz. Sin embargo, no le diré a nadie quién es. Guardaré vuestro secreto.

Anna la miraba con los ojos dilatados. Lizzie comenzó a protestar. Anna la miró. Luego se tapó la cara con las manos. Sus mejillas se habían puesto encarnadas. Sus palabras sonaron como un susurro, casi imposibles de oír.

Lizzie se inclinó hacia ella.

—Tyrell de Warenne —dijo Anna.

6

Una solución inconfesable

—¿Anna?

La exclamación de sorpresa de Eleanor llenó la habitación.

—¿Tyrell de Warenne era el padre? —exclamó, atónita.

Anna levantó la cabeza con expresión suplicante y miró a Lizzie.

—Lo siento —dijo, y se abrazó.

El suelo pareció moverse bajo sus pies. Lizzie se tambaleó. Estaba tan asombrada que no podía pensar.

—¿Elizabeth? ¡Leclerc! ¡Traiga las sales! —ordenó Eleanor.

Lizzie se sentó bruscamente. Y, en ese instante, su mente comenzó a funcionar. ¿Tyrell de Warenne era el padre del hijo de Anna? ¡No, no podía ser! Era un error, porque era ella quien lo quería. Su hermana tenía montones de pretendientes. Aquello tenía que ser una monstruosa equivocación.

Los contornos de la habitación volvieron a perfilarse con claridad. Lizzie vio que Anna estaba de pie detrás de Eleanor y que la miraba fijamente, muy pálida. Se humedeció los labios. Le costaba hablar, como si hubiera perdido la voz.

—¿Anna? —aquello tenía que ser un error. Su hermana no podía haberle hecho aquello.

Anna tenía los ojos llenos de lágrimas.

—¡Lo siento muchísimo!

Y entonces la verdad golpeó brutalmente a Lizzie. Anna había estado en la cama de Tyrell e iba a tener un hijo suyo.

El dolor que atravesaba su pecho era indescriptible; sentía

un espantoso sufrimiento, pero también el filo agudo de la traición y el desengaño. Todo ese tiempo, mientras ella soñaba neciamente con Tyrell, Anna había sido su amante.

Lizzie dejó escapar un sollozo llevándose la mano al corazón y Anna apartó los ojos. El dolor consumía todo su ser. Cerró los ojos, pero imágenes terribles invadieron su imaginación, imágenes en las que veía a su hermana y a Tyrell compartiendo una intimidad ardiente.

Pero ¿cómo podía haber sucedido aquello? Tyrell de Warenne era un caballero. Jamás seduciría a una señorita inocente.

—¡Voy a llamar al médico! —exclamó Eleanor, alarmada—. ¡Leclerc! ¡Avise al doctor FitzRobert enseguida!

Lizzie intentó decirle que no sería necesario, porque ningún médico podría sanar su corazón roto. Pero, en lugar de decir aquello, otras palabras escaparon atropelladamente de su boca, llenas de reproche.

—¿Cómo pudiste? —sollozó con la vista fija en su hermana. De pronto se sentía indignada—. ¡Tenías docenas de admiradores! ¿Por qué él?

Anna sacudió la cabeza. Su boca temblaba y había cruzado los brazos como si quisiera defenderse.

—Tú no lo entenderías. Oh, Lizzie, ¡cuánto he lamentado ese día!

Eleanor se levantó lentamente y las miró a ambas.

—No me encuentro bien —dijo Anna—. Voy a echarme —se dio la vuelta para huir de la habitación.

Lizzie se puso en pie de un salto.

—¡No! ¿Cómo te atreves a huir de mí ahora? ¡Mírame! ¡Insisto en que me des una explicación!

Anna se quedó paralizada de espaldas a Lizzie. Sus hombros temblaban por la tensión. Lizzie no se movió. Estaba trémula de rabia. Todos los hombros adoraban a Anna. ¿Por qué iba a ser Tyrell una excepción? Naturalmente, la deseaba. Pero sin duda se habría ofrecido a casarse con ella... No la habría deshonrado de aquel modo.

—¿Qué está pasando aquí? —preguntó Eleanor con mucha calma—. ¿Qué me estoy perdiendo?

Crispada, tanto que sus labios no se movieron, Lizzie dijo:

—Quisiera hablar con Anna un momento... a solas.

Eleanor vaciló. Luego salió y cerró la puerta tras ella y Leclerc. Anna se dio la vuelta.

—Yo no quería que te enteraras. No puedo explicártelo. Sencillamente, ocurrió. ¡Lizzie! ¡No me mires así!

Su hermana sacudió la cabeza.

—Todo este tiempo he estado enamorada de él, comportándome como una tonta, ¿y vosotros erais amantes?

—¡No! —contestó Anna—. ¡No fue así! Sólo fue una vez, Lizzie. Fue esa noche, en el baile de Todos los Santos.

Y aquella noche volvió a desfilar a velocidad vertiginosa por el recuerdo de Lizzie. La mirada ardiente de Tyrell, la decisión con que la abordó, su osada proposición, su deseo avasallador... «Reúnete conmigo en los jardines... a medianoche».

Anna con su vestido empapado de ponche, suplicándole que le cambiara el traje para poder quedarse y disfrutar del resto de la velada. «Seguro que no te importa, Lizzie. Seguro que no quieres quedarte».

Pero incluso de noche, incluso aunque se habían cambiado los trajes, Tyrell no podía haberlas confundido. Lizzie estaba segura de ello. Anna era demasiado bella y seductora para que la confundieran con otra.

—¿Importa, acaso? No tenías ninguna oportunidad con él, Lizzie. Todo eso pertenece al pasado, ¿no es cierto? ¡Lizzie! —Anna comenzó a suplicarle de pronto—. Ahora sé que debí irme a casa cuando mamá me lo dijo. ¡Temía tanto este día...! No quería que lo supieras. ¿Podrás perdonarme, por favor? ¡Ya he sufrido bastante! —se dejó caer en un sillón, llorando.

A Lizzie no le importaban en ese instante los sentimientos de su hermana. Le dolían tanto las sienes que temía que le estallara el cráneo.

—¿Qué ocurrió? —Anna titubeó. Lizzie cerró los puños e intentó respirar, pero le parecía que no había aire en la habitación—. Anna, debes decírmelo. ¡Insisto en que me lo digas!

Anna evitó sus ojos. Sus mejillas seguían encendidas por la vergüenza.

—Salí a los jardines a tomar un poco el aire. Llevaba toda la noche bailando y estaba acalorada. Él estaba allí. Enseguida supe quién era. ¡Y se fue derecho a mí! Me sentí tan halagada... Ni siquiera habló. Me estrechó entre sus brazos y comenzó a besarme sin decir una sola palabra —levantó los ojos vidriosos—. ¡Nunca me habían besado así! Estaba asombrada... y después pensé que quizá me hubiera admirado secretamente. Me convencí de que llevaba tiempo admirándome —de pronto pareció angustiada y se miró el regazo—. Pero entonces me preguntó dónde estaba la verdadera lady Marian.

De algún modo, la ira de Lizzie se disipó. Tyrell había salido al jardín a esperarla. Al aparecer Anna vestida con su traje, la había abordado sin una sola palabra... y, si hubiera ido ella, habría hecho lo mismo.

Pero ¿acaso no había sido ella consciente aquella noche de que el destino le había brindado una ocasión única?

—Le dije que la verdadera lady Marian se había ido —musitó Anna, sin atreverse a mirarla a los ojos—. Lizzie, estaba tan abrumada por sus atenciones que no podía pensar. No pensé en ti. Creí que me admiraba a mí.

Lizzie logró articular palabra.

—Debiste darte cuenta de que me estaba esperando a mí.

Anna sacudió la cabeza.

—Pensé que me deseaba a mí —susurró.

Y Lizzie comprendió de pronto. Su hermana estaba acostumbrada a que la admiraran y la persiguieran, así que ¿por qué iba a pensar de otro modo? Anna se había dejado llevar por los besos apasionados de Tyrell.

—Salió a los jardines a encontrarse conmigo, no contigo —logró decir Lizzie. Sus ojos ardían, llenos de lágrimas—. Pero hicisteis el amor —el solo hecho de pronunciar aquellas palabras le causó un dolor insoportable bajo cuyo peso se tambaleó. Notó que le flaqueaban las rodillas y se sentó.

Anna parecía dividida, como si quisiera correr hacia ella y reconfortarla.

—Nunca me he arrepentido más de mi estúpido comportamiento. Nunca me había pesado tanto algo, Lizzie. Fue sólo una noche, y hace mucho tiempo. Por favor, Lizzie, ¡olvidémoslo! —por fin se acercó a ella y le tendió la mano.

Lizzie se apartó bruscamente.

—Yo no puedo olvidarlo —de pronto los veía abrazados a la luz de la luna. Habló a través de las lágrimas que ahogaban su voz y evitó mirar a su bella hermana—. Nadie me ha mirado nunca como Tyrell. Es el único hombre que me ha visto como una mujer —dijo con amargura—. Pero, naturalmente, te prefirió a ti.

Anna cerró los ojos un instante.

—No me deseaba a mí, Lizzie. No como tú crees —susurró.

Lizzie se levantó.

—No te entiendo. Vas a tener un hijo suyo.

Anna se miró los zapatos.

—Es el heredero del condado de Adare —dijo—. Es rico, poderoso, guapo. He tenido muchos pretendientes, pero ninguno como él. Cuando se dio cuenta de que no eras tú, se enfadó mucho. Todavía no sé por qué actué como lo hice. No sé por qué no dejé que se marchara. Quería que me besara otra vez. Quería que se enamorara de mí. No pensé en ti, Lizzie. Ni una sola vez. Sólo pensaba en que estaba con Tyrell de Warenne.

Lizzie la miraba fijamente. Seguía viéndolos entrelazados.

—¿Estás diciendo que quiso irse... y que conseguiste que se quedara?

Anna levantó de pronto la cabeza. Sus ojos brillaban, llorosos.

—Sí, eso es lo que estoy diciendo, Lizzie. Iba a marcharse, pero me arrojé en sus brazos —Lizzie dejó escapar un gemido de asombro—. Yo no soy buena, no soy sensata ni honesta como Georgie y como tú. Esa noche cometí el peor error de mi vida. He pasado noche tras noche lamentando lo que hice... y rezando por que nunca descubrieras la verdad. Merezco tu desprecio, Lizzie. Lo sé. Pero soy tu hermana. Eso nunca cambiará. ¿Podrás perdonarme alguna vez?

Lizzie cerró los ojos. Seguía queriendo a Anna y siempre la querría, pero ello no aliviaba el dolor de su traición. Y nada cambiaría nunca el hecho de que Tyrell fuera el padre del hijo de su hermana. Pero ¿cómo podía haberse comportado así? Lizzie se llenó de temor.

—Lo único de lo que estoy segura es de que es un caballero... de que no seduciría a una inocente.

Anna se dejó caer en un sillón y se abrazó el vientre con expresión afligida. Apartó los ojos.

—Tienes razón —masculló.

Lizzie se envaró. Y de pronto las despreciables habladurías de las otras damas del condado asaltaron su memoria. «Ahí está esa salvaje de Anna Fitzgerald».

—¿Qué quieres decir? —exclamó, incrédula.

Las lágrimas comenzaron a ahogar a Anna.

—Me temo que mi carácter sea anormal —masculló.

A Lizzie le daba vueltas la cabeza.

—¡Anna!

Su hermana se mordió el labio y, tras una larga pausa, asintió con la cabeza.

—Tyrell no fue mi primer amante, Lizzie.

Lizzie se quedó de nuevo atónita. No lograba entender a su hermana. Pero los recuerdos de su infancia llenaban su cabeza y en cada uno de ellos aparecía Anna, tan bella y admirada, mimada y adorada por todos. A ojos de su madre, Anna no podía hacer nada malo y jamás era castigada. Su padre, naturalmente, nunca intervenía. Y de pronto Lizzie se dio cuenta de lo malcriada que había estado durante toda su vida, y de cómo se permitía actuar sin pensar en lo que estaba bien o estaba mal. Era desconsiderada, pero no amoral; su carácter dejaba que desear, pero no era anormal.

—Siempre me arrepiento después —dijo Anna—. Pero, Lizzie, cuando estoy en brazos de un caballero, parece que pierdo la capacidad de pensar —curiosamente, Lizzie sufría de pronto por su hermana—. ¿Me odias? —susurró Anna.

—No, no te odio —dijo Lizzie sinceramente—. Nunca podría odiarte, Anna. Como tú has dicho, somos hermanas. Eso nunca cambiará.

Anna se levantó con esfuerzo y se acercó a ella.

—Te quiero, Lizzie. Y me has ayudado en el peor momento

de mi vida. Sé que cometí un terrible error... pero Tyrell es sólo un sueño para ti, un sueño que nunca se cumplirá, así que ¿por qué tiene que importar tanto? Por favor, ¿no podemos olvidarlo?

Lizzie deseaba poder olvidar, pero ¿cómo iba a hacerlo? Cada vez que mirara a su hermana, con su vientre hinchado, se acordaría de la noche de pasión que había compartido con Tyrell.

Pero Anna tendría al bebé y, fuera niño o niña, sería entregado a una buena familia. Pasados unos meses, Anna y ella regresarían a Raven Hall como si nada hubiera pasado y Anna se casaría con Thomas en otoño. Sin duda, con el paso del tiempo, aquella herida abierta curaría y Lizzie sería capaz de olvidar.

Anna la tomó de las manos.

—Por favor.

Anna era su hermana. Lizzie la adoraba desde siempre. ¿Y acaso no había admirado cien veces su desenvoltura y había deseado parecerse más a ella? Los ojos se le llenaron de lágrimas. Tenía el corazón roto, pero no podía abandonar a Anna.

—Tienes razón, Anna —dijo con firmeza—. Tyrell no era más que un sueño absurdo. Siempre he sabido que no es para mí. Lo que ocurrió entre vosotros en el baile es agua pasada y no importa.

Los ojos de Anna se llenaron de alivio.

—Gracias, Lizzie. Gracias.

Casi inmediatamente después de que Eleanor supiera la verdad acerca del estado de Anna, la familia se retiró a su casa de campo en el corazón de Pale. En Glen Barry podían aislarse por completo, pues hasta allí llegaban muy pocas visitas e invitaciones. Sólo había un problema y era Rory, que fue de visita una sola vez, en mayo, antes de partir hacia Londres. Le dijeron que Anna había regresado a casa y Eleanor le dejó claro que ya no necesitaba su compañía pues tenía la de su sobrina. Rory se quedó apenas un día, visiblemente perplejo por el aparente desinterés de su tía. Aun así, a Lizzie le pareció que no sospechaba nada. Seguía mostrándose alegre y despreocupado y, al marcharse, lo hizo con una sonrisa y prometió regresar a fines del verano.

El bebé nació a mediados de julio. Anna había pasado de parto casi toda la noche y Lizzie se negaba a apartarse de su lado. El sol se había levantado y empezaba a colarse en la habitación por las cortinas medio echadas cuando la comadrona del pueblo ordenó a Anna que lo intentara una vez más.

—Vamos, querida, no puedes parar ahora. La cabeza está fuera...

—Empuja, Anna —dijo Lizzie, abrumada por lo que estaba presenciando. Nunca antes había asistido a un parto. La cabeza del bebé se veía y, para ella, aquello era un milagro.

Anna, llorando, hizo otro enorme esfuerzo. Lizzie le cambió la compresa fresca de la frente.

—No te des por vencida. ¡Pronto acabará! ¡Empuja más fuerte, Anna!

—No puedo —sollozó su hermana, pero un instante después nacía el niño.

Lizzie se quedó paralizada al ver salir al bebé con ayuda de la comadrona.

—¡Lo has conseguido, Anna! —exclamó mientras le acariciaba la frente—. ¡Tienes un niño precioso! ¡Un hijo!

—¿Sí? Oh, ¿dónde está? —gimió Anna, apenas incapaz de mantener los ojos abiertos.

Lizzie le sonrió mientras la comadrona anunciaba:

—Milady, tiene usted un hijo precioso. Parece en perfecto estado de salud.

Anna se rió débilmente y buscó la mano de Lizzie.

Lizzie se tensó instintivamente cuando sus manos se unieron. Se había esforzado por olvidar la traición de su hermana desde el día en que ésta le confesó quién era el padre de su hijo. Pero aún había entre ellas cierta tensión; era imposible que su relación no hubiera cambiado. Lizzie nunca abandonaría a su hermana, ni dejaría de quererla, pero a veces, en sueños, se veía entre las sombras, buscando a Anna sin poder encontrarla. Y en esos sueños aparecía Tyrell, tan seductor como siempre, y le tendía la mano.

Lizzie ahuyentó aquellos pensamientos, sonrió y apretó la mano de Anna. Su hermana le devolvió la sonrisa y luego cerró los ojos, agotada. Lizzie se dio cuenta de que la comadrona se había vuelto hacia la criada que esperaba.

—No —se oyó exclamar, y se apartó corriendo de la cama para tomar en brazos la manta que sostenía la criada. Tomó rápidamente en brazos al hijo de Anna y lo envolvió en la manta. Unos ojos sumamente azules se abrieron y la miraron fijamente.

Lizzie sintió que su corazón se detenía de pronto, mientras miraba a la criatura más hermosa que había visto nunca. El hijo de Tyrell. Oyó vagamente que la comadrona decía que había que limpiar al niño con mucho cuidado. Sintió que algo florecía dentro de su pecho y se expandía hasta límites imposibles. Y entonces el bebé comenzó a sonreírle.

Lizzie lo abrazó y, ajena a las demás personas que había en la habitación, le devolvió la sonrisa. Tenía en sus brazos al hijo de Tyrell, no había duda de ello. Aunque los ojos de todos los recién nacidos eran azules, el bebé los tenía claramente del azul brillante de los De Warenne, y poseía la piel morena y el cabello oscuro de su padre. Estaba abrazando al hijo de Tyrell.

Y, mientras lo sostenía en brazos, Lizzie comprendió que nunca había querido más a nadie.

—Qué precioso eres, mi niño —susurró, todavía asombrada por aquella certidumbre—. Cuando crezcas vas a ser igual que tu padre, ¿eh?

La enfermera limpió la cara del niño mientras Lizzie lo sujetaba.

—Es una preciosidad —dijo, sonriendo—. ¡Mire esos ojos! ¡Qué atento está!

—Sí —murmuró Lizzie, con el corazón tan lleno de amor que casi le dolía.

Aquél era el hijo de Tyrell. Y era también su sobrino, sangre de su sangre.

Eleanor entró en la habitación.

—Veo que ya ha pasado lo que tenía que pasar —comentó mirando a Anna, que parecía dormir. Se detuvo junto a Lizzie y ambas miraron al recién nacido.

—¿Verdad que es guapo? ¿Verdad que es perfecto? —preguntó Lizzie. Un terrible instinto de posesión se había apoderado de ella. No lograba apartar los ojos del hijo de Anna.

—Se parece a su padre —comentó Eleanor con calma.

Lizzie sintió que su corazón se contraía dolorosamente.

—Eso es sólo porque nosotras sabemos la verdad —mintió, aunque estaba del todo de acuerdo con su tía.

Eleanor se quedó callada. Lizzie se volvió hacia ella, acunando al niño contra su pecho. ¿Qué nombre debían ponerle?, se preguntaba sin dejar de sonreír a su sobrino. Su sobrino.

—Necesita un nombre —murmuró—. ¿Anna? ¿Querida? Tenemos que ponerle nombre a tu hijo —dijo.

Anna abrió los ojos parpadeando.

—Mi hijo —musitó.

—No vamos a ponerle nombre, Elizabeth —dijo Eleanor con firmeza—. Las hermanas estarán aquí mañana para llevárselo a sus nuevos padres. Seguramente les corresponderá a ellos ese honor —Lizzie sintió un dolor insoportable. Eleanor le puso una mano en el hombro—. No te encariñes demasiado con él, querida mía —dijo con suavidad.

Y Lizzie se sintió de pronto como si la hubieran arrojado a una bañera de agua helada. Pareció apretar con más fuerza al niño, porque éste se puso a llorar. Lizzie se apartó de las demás.

—No llores —le susurraba al pequeño—, no llores.

Sus breves gemidos cesaron y volvió a mirarla intensamente. «No puedo hacerlo», pensó Lizzie frenéticamente. «No puedo entregar a este niño».

—Lizzie, dale el niño a la matrona —ordenó Eleanor con energía—. Creo que es lo mejor.

Lizzie estrechó al bebé con más fuerza.

—Aún no —dijo, cada vez más angustiada. ¿Cómo iba a hacer algo así? ¿Cómo iba a entregar al pequeño Ned? Porque ése era su nombre, Ned. Un nombre muy bonito, diminutivo de Edward, en honor de su abuelo, el conde.

—Yo me lo llevaré, señorita —dijo la doncella, alargando los brazos.

—¡No! —Lizzie se apartó bruscamente. Se apresuró a sonreír a Ned, que estaba de nuevo a punto de llorar. Él pareció devolverle la sonrisa.

Anna musitó débilmente:

—¿Puedo... verlo?

Lizzie se envaró y comprendió que no quería que su hermana tomara en brazos a Ned. Cerró los ojos con fuerza, consciente de que estaba sudando. ¿Qué le ocurría? Tenían un plan, una salida para la terrible situación de Anna.

La imagen de Tyrell de Warenne atravesó su mente; su mirada era intensa y turbadora. Lizzie ahuyentó rápidamente aquella visión. No podía pensar en sus derechos como padre. Porque al día siguiente llegarían las monjas y se llevarían a Ned...

—Lizzie... —murmuró Anna.

Lizzie sintió la llegada de las lágrimas, de unas lágrimas que no podía controlar. Eleanor le tocó el hombro.

—Deja que vea a su hijo, querida —dijo con calma.

Lizzie asintió con la cabeza y se acercó a la cama, guiada por su tía.

—¿No es precioso? —preguntó con brusquedad, pero no hizo ademán de depositar a Ned junto a su madre.

Los ojos de Anna se llenaron de lágrimas y asintió con la cabeza.

—Se parece... —hizo una pausa y se humedeció los labios resecos—. Es igual que su padre. Oh, Dios. Va a ser su vivo retrato, ¿verdad? —Lizzie no podía hablar. Sacudió la cabeza sin saber qué hacía. Anna se aferró a las sábanas—. Prométeme que guardarás mi secreto, Lizzie, pase lo que pase —sollozó—. ¡Él nunca debe saberlo!

Y, en ese momento, Lizzie comprendió que aquel secreto era un error. Tyrell tenía todo el derecho a saber de su hijo, y ella sabía con todo su corazón que lo adoraría. Pero no vaciló.

—Nunca lo sabrá. Te lo prometo.

Anna cerró los ojos, pero respiraba rápida y entrecortadamente.

—Gracias —murmuró.

Lizzie se apartó de ella.

—Elizabeth... —Eleanor le puso una mano sobre el hombro—. Quiero que le des el niño a la enfermera. Es hora de que se ocupen de él como es debido.

Y Lizzie comprendió que, si entregaba al niño, nunca más volvería a tenerlo en sus brazos. Lo supo con la misma certeza con que sabía que debía respirar para seguir viviendo. En ese momento, mientras miraba cara a cara a su tía y sostenía la cabeza de Ned contra su pecho, comprendió también lo que debía hacer.

—Envía recado a las hermanas. No tienen que venir —dijo con aspereza.

Eleanor se quedó mirándola.

—¿Qué es lo que pretendes? —preguntó, al mismo tiempo contenida y alarmada.

—Diles que el niño tiene una nueva madre.

—¡Lizzie! —exclamó Eleanor.

—No. Yo soy ahora la madre de Ned.

Segunda parte
JUNIO DE 1814-AGOSTO DE 1814

7

Una situación intolerable

—Ma… ma… mmma…

Lizzie canturreaba mientras pasaba el rodillo a la masa para la tarta. Era un hermoso día de junio, ni fresco ni caluroso, si apenas una nube en el cielo. Había decidido hacer una tarta de manzana para la cena.

En cuanto aquellas sílabas salieron de la boca del pequeño Ned, se quedó paralizada y su corazón dio un vuelco. Faltaban unas semanas para que Ned cumpliera un año. Llevaba algún tiempo emitiendo sonidos, pero nunca antes había pronunciado una palabra coherente. Lizzie se volvió para mirar al niño, que estaba sentado en la trona de la cocina, sujeto a ella, y tenía la cara manchada por los arándanos que estaba comiendo.

—¿Neddie? —susurró, asombrada por el milagro que estaba presenciando. ¿Por fin iba a hablar el pequeño?

—¡Mma! —chilló él, y los arándanos se le cayeron de la mano y rodaron por el suelo, pero a Lizzie no le importó. Dejó escapar una exclamación de alegría y abrazó a su hijo.

—¡Neddie! ¡Oh, vuelve a llamarme así! ¡Di mamá, Neddie!

—¡Mma! —dijo el pequeño, y le sonrió.

Los ojos de Lizzie se llenaron de lágrimas. Tenía el corazón tan henchido de amor que casi parecía imposible que se dilatara aún más.

—Mi querido niño —susurró—, ¡eres tan listo! ¡Igual que tu padre! —y la imagen de Tyrell se le vino claramente a la cabeza.

Lizzie era la madre de su hijo, de un hijo que sin duda era

igual que él a su edad, y Tyrell nunca andaba muy lejos de sus pensamientos.

Ned dejó de sonreír. Se puso muy serio, la miró fijamente y señaló el suelo.

—Mma —dijo—. ¡Mma! ¡Ba, ba!

Lizzie lo miró con pasmo un momento. Ned no conocía a su padre, ni había en su vida otra figura masculina que Leclerc, de modo que Lizzie no entendía que intentara decir «papá». Luego él chilló y señaló de nuevo el suelo, y ella comprendió, aliviada. No intentaba decir «papá». Intentaba decirle que quería bajarse de la trona.

—Abajo —dijo Lizzie suavemente, y le quitó el cinturón de la silla para ponerlo en el suelo. Él se irguió al instante, dio unos pocos pasos vacilantes y se cayó. Gritó, enfadado—. Vamos, Ned, inténtalo otra vez —dijo Lizzie con ternura, y le dio la mano.

La rabieta del pequeño se desvaneció tan rápidamente como había surgido. Se levantó con presteza, apoyándose en ella, y Lizzie lo ayudó a dar unos pasos. Ned se rió, entusiasmado por su hazaña.

—Creo que va a ser un hombre muy arrogante —dijo Eleanor desde la puerta de la cocina.

—Acaba de llamarme mamá —dijo ella con ansiedad—. Y creo que andará muy pronto.

Ned le tiraba de la mano. Quería acercarse a Eleanor. Lizzie lo condujo hacia ella. Eleanor lo tomó en brazos al instante.

—Qué niño tan listo —dijo con cariño.

Lizzie sonrió al verlo. Desde que había decidido quedarse con Ned, su vida se había vuelto perfecta, o casi.

Era el miedo lo que impedía que lo fuese del todo. Vivía en un estado de sigiloso terror, esperando el día en que el padre del niño haría acto de aparición para reclamar al pequeño y, furioso con ella por su engaño, arrancaría a Ned de sus brazos.

Naturalmente, se recordaba que Tyrell no podía descubrir la verdad: Anna, Eleanor y ella habían jurado guardar el secreto. Sólo un puñado de sirvientes habían permanecido en la casa durante la última parte del embarazo de Anna; Eleanor había dado permiso al resto. Esos sirvientes, tal como Leclerc y Rosie, la niñera, eran completamente de fiar. Eleanor y Lizzie seguían evitando recibir visitas en Glen Barry. Incluso Rory ignoraba la existencia de Ned. Cuando iba a verlas, el pequeño se quedaba en su cuarto, en la tercera planta.

En cuanto a su mala conciencia, Lizzie había conseguido racionalizarla. Sabía que estaba mal ocultar a Tyrell la existencia de su hijo. Sabía que sería un padre maravilloso. Pero nunca tendría esa oportunidad, al menos mientras Ned fuera un niño. Lizzie había jurado llevarse el secreto de Anna a la tumba para que su hermana no quedara deshonrada… y para poder quedarse con Ned.

Pero desde que hiciera aquella promesa, muchas cosas habían cambiado. Ned era una personita por derecho propio. Lizzie sólo tenía que mirarlo para saber que era un De Warenne. Lo quería tanto que sabía que algún día le diría la verdad respecto a su padre para que reclamara sus derechos. Pero el matrimonio de Anna se iría al traste si la existencia de Ned y su vínculo con los De Warenne llegaban a saberse. Tyrell no creería nunca que Lizzie era su madre y, para que aceptara que Ned era hijo suyo, habría que contarle la verdad.

Once meses atrás, aquella promesa le había parecido muy fácil. Ahora, era agudamente consciente de que, algún día lejano, reclamaría los derechos que correspondían a Ned por nacimiento. Al final, tendría que romper la promesa que le había hecho a Anna.

Pero aún había tiempo.

La culpa la asaltaba desde todos los ángulos posibles, pero se decía que esperaría hasta que Ned cumpliera dieciocho años para aclarar las cosas. Sin duda para entonces incluso Anna querría que su hijo reclamara su lugar en la dinastía de los De Warenne.

Eleanor interrumpió sus cavilaciones.

—Tenemos que hablar, Elizabeth —dijo con firmeza.

Lizzie se puso tensa. Sabía lo que la esperaba. Pero no estaba lista para irse a casa. Jamás estaría preparada para regresar a su hogar: Raven Hall estaba demasiado cerca de Adare.

—Estoy haciendo una tarta —dijo atropelladamente—. Pero dentro de una hora habré acabado.

—La tarta puede esperar —dijo su tía, muy seria—. Elizabeth, he ido a tu cuarto a buscarte y he visto una carta de tu madre. ¡Una carta que aún no has abierto! El matasellos es de hace una semana. Ya va siendo hora de poner fin a este disparate, querida mía.

Lizzie dio un respingo porque Eleanor tenía razón. Echaba de menos a Georgie y a sus padres. Anna había abandonado hacía tiempo Glen Barry y se había casado con el teniente Morely en septiembre, como estaba previsto. Lizzie no había asistido a la boda, decisión que había tomado conjuntamente con Anna. Su hermana residía ahora con su marido en Derbyshire, en la casa familiar de los Morely. Thomas había abandonado el ejército y era ahora un caballero ocioso. Las cartas de Anna indicaban que era muy feliz. En Cottingham había frecuentes visitas; según decía, ella era muy popular y Thomas deseaba que tuvieran hijos enseguida. El hecho de que la vida de Anna pareciera perfecta afianzaba la convicción de Lizzie de que habían hecho lo correcto, por más que hubieran negado a Tyrell la oportunidad de criar a su hijo.

Pero Lizzie evitaba las cartas de casa. Georgie insistía en su regreso. Se había prometido hacía poco con Peter Harold y Lizzie sabía que era muy infeliz, pues era capaz de leer entre líneas las cartas de su hermana. Su madre había empezado a insinuar que su estancia junto a Eleanor se había prolongado demasiado. Era evidente que la echaba de menos y que su prolongada ausencia le dolía. Incluso le había escrito su padre, pidiéndole sin rodeos que volviera a casa, aunque tuviera que llevar a la achacosa Eleanor con ella. La semana anterior, Lizzie había recibido carta de Georgie y de su madre. Las dos misivas permanecían sin abrir en su escritorio, pues se le estaban agotando las excusas para permanecer en Pale.

—Lydia también me ha escrito a mí. Te echa de menos terriblemente, Elizabeth, y no se lo reprocho. Hace más de un año, mi niña. Es hora de que vuelvas a casa y aguantes el chaparrón… si sigues empeñada en continuar con esta farsa.

Lizzie se apartó de su tía, consciente de que el miedo iba creciendo rápidamente en su pecho. La imagen de Tyrell se cernía ante ella. Oyó que Eleanor dejaba a Ned en el suelo. Lo miró; el niño se había puesto a jugar con los arándanos que había por el suelo. Más tranquila, tocó el borde de la encimera cubierta de harina. Su tía tenía razón. Pero no estaba preparada para volver a casa: era una cobarde, nada más.

Eleanor le tocó el hombro.

—No puedes quedarte aquí, escondida en el campo conmigo para siempre.

Lizzie se volvió y se mordió el labio, desmoralizada.

—¿Por qué no?

El rostro de Eleanor se suavizó.

—Mi querida niña, ¿qué clase de vida es ésta para ti? Vivimos completamente aisladas. Aquí no hay fiestas, ni excursiones, ni cultura, nada en absoluto. Ya nadie viene a vernos, porque nunca los recibimos. Tú sabes cuánto cariño os tengo a Ned y a ti. Pero echo de menos la ciudad, el teatro, la ópera, los bailes... ¡Echo de menos a Rory! Y no sé cuánto tiempo más voy a poder mentirle.

Lizzie podía imaginar lo doloroso que era para Eleanor engañar a su pariente preferido; ella también se sentía muy mal. Rory y ella se habían hecho buenos amigos durante el año anterior y ello hacía que mentirle resultara mucho más difícil.

—Mi vida se ha convertido en una mentira —susurró.

—Tu vida es mucho más que una mentira —contestó Eleanor—. Elizabeth, no tienes por qué pasar por esto, ¿sabes?

Lizzie se quedó atónita.

—Quiero a Ned. Es mi hijo de todas las formas posibles, aunque no le diera a luz. Nunca podré abandonarlo, si eso es lo que sugieres.

—Lo sé, querida. Sólo quería decir que digas que es un huérfano al que has adoptado, en lugar de regresar a casa y presentarlo como tu hijo ilegítimo. De ese modo todavía tendrás una oportunidad de casarte, querida mía —el tono de Eleanor era sorprendentemente tierno.

Lizzie sacudió la cabeza, casi frenética.

—Si vuelvo a casa diciendo que he adoptado a Ned, mi madre no lo consentirá. Insistirá en que me deshaga de él —no le cabía ninguna duda. Su madre quedaría horrorizada y no habría modo de razonar con ella.

—Supongo que existe ese riesgo, Elizabeth, pero quizás, por una vez, Lydia se deje persuadir.

—¡No! No puedo arriesgarme, tía Eleanor. No quiero casarme. ¡Mi vida es Ned! —sollozó Lizzie.

Eleanor le apretó el hombro.

—¿Y de veras has pensado en el escándalo?

—Sí —mintió ella, pues se negaba a pensar en aquello—. El escándalo no es nada comparado con la vida y el porvenir de un niño tan precioso —¿cómo iba a arriesgarse a tener que abandonar al hijo de Tyrell? Soportaría de buen grado cualquier escándalo por el bien del pequeño.

—Eres una madre maravillosa. Lo he visto con mis propios ojos. Supongo que tienes razón. No podemos arriesgarnos a perder a Ned.

Lizzie sonrió, aliviada.

—Puede que a mi madre le dé una apoplejía, tía Eleanor, cuando llegue con mi hijo en brazos. Y creo que para mi padre será una gran decepción.

—No hay modo fácil de dar la noticia, pero ha llegado el momento —dijo Eleanor.

Lizzie sabía que tenía razón. Eleanor había sido muy generosa al permitirle que se quedara tanto tiempo en su casa. No era justo mantenerla recluida en el campo de esa manera. Era Lizzie quien había decidido abandonar la vida social por su hijo, pero Eleanor estaba pagando por ello el mismo precio.

—Elizabeth, ¿es ésa la verdadera razón por la que no quieres volver a casa? —Lizzie se sobresaltó. El tono de su tía era terriblemente amable—. Anna me habló de tu interés por Tyrell de Warenne.

Lizzie dejó escapar un gemido de sorpresa.

—¿Anna te lo dijo? ¡Cómo pudo hacer tal cosa! —se sentía mortificada.

—No hay nada de malo en que una joven se enamore de un apuesto aristócrata, aunque sea mayor que ella. Todas las chicas sueñan con su príncipe azul. Pero es tan irónico que lleves tanto tiempo queriéndolo desde lejos y que ahora estés criando a su hijo...

–Tengo un favor que pedirte –dijo Lizzie bruscamente, mirando a su tía–, aunque hayas hecho ya tantas cosas por mí. No tengo derecho a pedirte nada más.

Eleanor sonrió.

–Tú siempre puedes pedir algo más, querida mía.

–¿Considerarías la posibilidad de venir conmigo a Raven Hall? Estoy muy asustada, tía Eleanor. Temo decírselo a mis padres –vaciló–. Y tienes razón. Temo ver a Tyrell de Warenne algún día y que de algún modo sepa la verdad.

Diez días después, asomada a la ventanilla del carruaje de Eleanor, Lizzie contemplaba las frondosas colinas del condado de Limerick con el corazón desbocado. Habían dejado atrás las afueras de la ciudad hacía media hora y estaban apenas a una milla de Raven Hall. Eleanor iba a su lado y Ned en el asiento de enfrente, junto a Rosie, su niñera. El niño dormía profundamente, mecido por el movimiento del carruaje. El paisaje resultaba terriblemente familiar, y Lizzie reconocía cada granja, cada jalón del camino, cada rosal en flor. Se había resistido a echar de menos su hogar durante el año anterior y de pronto era consciente de cuánta nostalgia había sentido. El regreso le producía alegría y temor.

Eleanor la tomó de la mano.

–Dentro de unos minutos cruzaremos la verja, querida. Estás blanca como una sábana. Levanta esa barbilla. Se desatará el caos, desde luego, pero acabarán queriendo a Ned. Es imposible no quererlo.

Lizzie asintió con la cabeza de algún modo, cerró los ojos e intentó respirar profundamente. El olor de la lluvia matutina, de la hierba fresca, de las lilas y los jacintos la asaltaba. Su madre iba a ponerse histérica, pensó, afligida. Pero se recordó que ya no era una niña. Se había ido de casa a los dieciséis años, siendo todavía una adolescente. En mayo, había cumplido dieciocho años. Ya era una mujer adulta, una mujer y una madre.

—¡Ahí están! —exclamó Eleanor—. Han salido todos a recibirte.

Lizzie abrió los ojos y vio a sus padres y a Georgie delante de la casa, sonriendo. Su madre comenzó a agitar el brazo a medida que el carruaje se acercaba; su agitación saltaba a la vista. Georgie también saludaba. Su padre permanecía apoyado en su bastón, pero él tampoco podía evitar sonreír.

—Los he echado de menos —murmuró Lizzie. De pronto había olvidado la noticia que llevaba y, presa de la alegría, se inclinó hacia delante y comenzó a saludarlos con la mano.

Eleanor le dijo a Rosie:

—Espera un momento antes de despertar a Ned y bajar del coche.

Rosie, una joven rolliza y pecosa, sólo unos años mayor que Lizzie, asintió con la cabeza.

—Sí, señora.

El carruaje se había detenido. Lizzie no esperó a que el lacayo abriera las puertas. Bajó de un salto y sus padres y su hermana corrieron hacia ella.

—¡Mamá! ¡Papá! ¡Georgie! —gritó.

Su madre fue la primera en abrazarla.

—¡Lizzie! ¿Cómo has podido estar fuera tanto tiempo? ¡Oh! ¡Mírate! Cuánto has crecido. ¿Te has cortado el pelo? ¿Has perdido peso? ¡Qué vestido tan bonito! —su madre lloraba al hablar.

—Sí, me he cortado el pelo, y la tía Eleanor ha sido tan amable de comprarme algunos vestidos —dijo Lizzie—. Te echaba de menos, mamá.

—¡Todos te hemos echado de menos! ¡Y ni siquiera viniste a casa para la boda de Anna! —le reprendió su madre, con el brillo de las lágrimas en los ojos.

Antes de que Lizzie pudiera responder, su padre la abrazó con fuerza.

—¡Qué guapa estás! —exclamó—. Pero ¿dónde está mi niña regordeta?

Lizzie no podía explicarle que correr detrás de un niño pequeño era agotador.

—Sigo estando gorda, papá.
—¡Debes de haber perdido quince kilos! —dijo su padre—. Bienvenida a casa, hija.
Lizzie le sonrió. Luego se volvió hacia Georgie. Su hermana seguía siendo la misma: alta y atractiva, con el pelo rubio oscuro cayéndole en ondas por debajo de los hombros. Se lanzaron la una en brazos de la otra y se estrecharon con fuerza.
—¡Veo que la vida en Wicklow te ha sentado bien! —dijo Georgie con voz ronca.
—Tú no has cambiado nada —contestó Lizzie—. Sigues siendo la mujer más alta que conozco —bromeó.
Sonrieron.
—Has estado fuera demasiado tiempo, Lizzie. Empezaba a pensar que no volverías nunca.
Lizzie no sabía qué decir.
—Me alegro mucho de haber vuelto. Tienes razón: he pasado fuera demasiado tiempo.
Georgie sonrió y miró a Eleanor, que estaba más allá de Lizzie.
—No parece enferma —comentó, y entornó la mirada con cierto recelo.
Lizzie se puso tensa. Su madre, que las había oído, dijo:
—Hola, Eleanor. Dios mío, cuánto tienes que haberte recuperado. ¡Estás mejor que nunca! ¿O es que te has encariñado tanto con mi Lizzie que no querías pasar sin ella? —estaba molesta y no se esforzaba por disimularlo. Su tono era ácido.
—Le he tomado mucho cariño a tu hija pequeña, Lydia —contestó Eleanor con calma—. Y me he recuperado notablemente, sí. Hola, Gerald.
—Eleanor, nos alegramos mucho de que hayas decidido venir con Lizzie —dijo Gerald sinceramente.
Debía decírselo ya, se dijo Lizzie, abatida. Pero, si su madre se desmayaba, habría que llevarla dentro de casa.
—¿Qué ocurre? ¿Pasa algo? —preguntó Georgie en voz baja.
En lugar de contestar, Lizzie miró a Eleanor, que le sonrió animosamente.

—Tengo noticias —dijo con gran esfuerzo—. Vamos a sentarnos al salón.

Eleanor alargó el brazo y le apretó la mano. Su madre y Georgie vieron aquel gesto.

—¿Qué clase de noticias? —preguntó su madre, sorprendida.

—Buenas noticias —dijo Lizzie lo más alegremente que pudo.

—¿Has conocido a un hombre? —exclamó su madre—. ¿Estás prometida? ¡Oh, por favor! ¡Dime que por eso has estado fuera tanto tiempo!

—Creo que deberíamos entrar y sentarnos —contestó Lizzie.

Eleanor tomó del brazo a su madre y la condujo hacia la casa.

—Ven, vamos al salón a tomar un jerez.

Su madre miró a Lizzie mientras entraban en la casa.

—¿Qué ocurre? Si no es que te has comprometido, ¿qué noticias puedes tener?

Lizzie se quedó junto a la puerta mientras Eleanor llevaba a su madre al sofá. Georgie se sentó en una silla y su padre se quedó de pie junto a la chimenea, apoyado en su bastón. Lizzie se sentía débil y mareada. Se preguntaba si debía hacer entrar a Ned o informarlos primero de su existencia. Todo el mundo la miraba con expectación.

Resolvió que no había modo de evitar la conmoción que iba a causar su noticia. Retrocedió hacia el vestíbulo y le hizo una seña a Rosie para que bajara del carruaje y entrara. Luego se volvió hacia el salón. Intentó sonreír y fracasó.

—Hay una razón por la que me fui a Dublín, la misma razón por la que he estado fuera más de un año —dijo con voz ronca. Temblaba tanto que se acercó al piano para apoyarse en él.

Su madre parecía perpleja.

—Sabemos por qué fuiste a Dublín —dijo su padre suavemente—. La tía Eleanor te llamó para que cuidaras de ella.

Lizzie miró un instante a Eleanor. La mirada de su tía seguía dándole ánimos.

—No. Ella no me llamó. Yo falsifiqué esa carta. Eleanor no nos esperaba a mí, ni a Anna.

Su madre dejó escapar un gemido de horror. Lizzie tuvo que mirarla. La señora Fitzgerald estaba pálida como un cadáver. Georgie tenía los ojos dilatados por el asombro.

–¿Qué intentas decirnos, Lizzie? –preguntó su hermana con aspereza. Lizzie sabía que ya se sentía traicionada. Su padre era el único que permanecía impasible, pues confiaba en ella completamente.

–Estoy seguro de que Lizzie tenía un buen motivo para obrar así –dijo.

–¿Y por qué inventó esa invitación? –exclamó su madre–. ¿Estás diciendo que Eleanor nunca ha estado enferma?

Lizzie oyó que Rosie entraba en la casa.

–La tía Eleanor ha disfrutado durante todo este tiempo de buena salud. Yo, sin embargo, tenía que salir del condado. Mamá, papá, lo siento –se humedeció los labios–. Me fui porque no sabía qué otra cosa hacer.

–Habla claro –dijo Georgie, con los ojos clavados en la cara de Lizzie.

Lizzie se volvió hacia el vestíbulo. Rosie estaba allí con Ned en brazos. El niño bostezaba, soñoliento. Lizzie lo tomó en brazos y regresó al salón. Siguió un silencio cargado de perplejidad.

–Éste es Ned –dijo en un susurro–. Mi precioso hijo.

Su madre se puso blanca y los ojos parecieron salírsele de las órbitas. Su padre y Georgie tenían idéntica expresión de asombro. La familia entera parecía haberse quedado sin habla.

Entonces su madre se desmayó, desplomándose sobre el brazo del sofá verde menta. Eleanor comenzó a abanicarla, pero nadie más se movió. Era como si su padre y Georgie ni siquiera se hubieran dado cuenta de que su madre se había desmayado. Luego Georgie se levantó, incrédula, sin apartar la mirada de Lizzie.

–Dios mío –dijo.

Su padre la miraba con la misma incredulidad. Después, pareció cobrar vida. Se acercó presuroso al sofá, donde Eleanor le estaba dando a oler unas sales a su esposa. La señora Fitzgerald tosió y recobró la conciencia.

–Tuve que irme para tener al niño –murmuró Lizzie mientras abrazaba a Ned con fuerza.

El pequeño se despertó por completo y empujó sus hombros.

—¡Ba! —dijo—. ¡Ba!

—Calla —le dijo Lizzie sin apenas mirarlo. Sintió que una lágrima corría por su mejilla.

Georgie se había tapado la boca con la mano. Sus ojos ambarinos parecían enormes.

—¿Es hijo tuyo? —preguntó como si no pudiera creerlo.

Lizzie asintió con la cabeza.

—Por favor, queredlo como lo quiero yo —logró decir de algún modo.

Los ojos de su hermana se llenaron de lágrimas. Se dejó caer en la silla, sofocada.

—¡Ba! —ordenó Ned—. ¡Ned! ¡Ba!

Lizzie le dejó en el suelo. El niño se aferró a sus piernas para mantenerse de pie. Luego sonrió a Georgie y dos hoyuelos aparecieron en sus mejillas. Por fin, su hermana lo miró y, al verlo de veras, sus ojos se agrandaron aún más. En ese instante, Lizzie comprendió que se había dado cuenta de que Tyrell de Warenne era el padre del niño. Georgie la miró, pasmada. Su certeza seguía allí, imposible de confundir. Lizzie sintió miedo.

Su padre volvió en sí.

—¿Quién es, Lizzie? ¡Exijo saber quién es el padre de ese niño! —estaba rojo de furia—. ¡Quiero saber quién te ha hecho esto! ¡Maldita sea! ¡Pagará por ello!

Lizzie dio un respingo. Nunca había visto a su padre perder los nervios, ni le había oído maldecir. Su padre era el hombre más comedido y amable que conocía, pero, en ese momento, parecía dispuesto a cometer un asesinato. Lizzie sacudió la cabeza. Esperaba que su padre se sintiera decepcionado, pero no que montara en cólera.

—¡No me digas que no sabes quién es! —bramó su padre, sacudiendo el puño ante ella.

—Papa, por favor —sollozó Lizzie—. Te va a dar un ataque. Por favor, siéntate.

Pero él no se movió. Su madre dejó escapar un gemido. Lizzie se mordió el labio y se volvió hacia Georgie, pero vio una expresión de reproche en los ojos de su hermana. Le dolían las sienes. Aquello era mucho peor de lo que esperaba, y necesitaba a Georgie como aliada.

—¡Lizzie! —sollozó su madre.

Lizzie corrió hacia ella. Eleanor la estaba ayudando a incorporarse.

—Lo siento, mamá —musitó, y, cayendo de rodillas, la agarró de la mano. Tras ella, oyó chillar a Ned al caerse al suelo. Miró hacia atrás y vio que Georgie lo ayudaba a levantarse. Volvió a mirar a su madre—. ¡Lo siento muchísimo!

—¡Que lo sientes! ¡Sentirlo no es suficiente! —gritó su madre—. ¡Te has deshonrado! ¡Estás arruinada! —gimió, llorando.

Lizzie tragó saliva.

—Pero está Ned —dijo—. ¿Verdad que es guapo? Y es muy listo, mamá. ¡Es tu nieto!

—¿Guapo? ¿Listo? ¡Estás deshonrada! ¡Nos has deshonrado a todos! ¡Oh, Dios! ¡Ahora Harold no querrá casarse con Georgie! Romperá el compromiso en cuanto se entere de esto. ¿Cómo has podido, Lizzie?

—Lo siento —repitió ella. Sentía que se le había parado el corazón. Sin duda su madre acabaría queriendo a Ned, su propio nieto.

—Exijo saber el nombre del padre de ese niño inmediatamente —dijo su padre, apenas capaz de dominar su furia.

Lizzie dio un respingo.

—Eso no importa —dijo en vano.

—¿Que no importa? ¡Claro que importa! —chilló su madre.

Ned estaba sentado en el suelo y miraba con interés a la señora Fitzgerald. Georgie estaba de pie a su lado y lo observaba con atención.

—Esto es intolerable y ese hombre tendrá que arreglar las cosas —declaró su padre con los puños cerrados.

Lizzie comprendió que debía atajar aquel asunto inmediatamente.

—Está casado —dijo con brusquedad, a pesar de que detestaba mentir otra vez.

—¿Que está casado? —lloró su madre—. ¡Ay, Dios mío! ¡Ahora

sí que estamos deshonrados! ¡Nadie volverá a abrirnos las puertas de su casa! ¡Ay! Otro hijo que criar. ¡Otra boca que alimentar!

Lizzie se sentía enferma. Se echó hacia atrás y se sentó en el suelo. Ned gateó hasta ella y Lizzie lo sentó sobre su regazo.

—Es tu nieto —musitó—. No otra boca que alimentar.

Su madre se tapó la cara con las manos y siguió llorando desconsoladamente. Lizzie miró a su padre, que estaba sentado junto a su esposa con el semblante demudado por la derrota. Lizzie tembló y miró a su tía.

—No debería haber vuelto a casa.

Eleanor sacudió la cabeza y dijo con suavidad:

—No quedaba más remedio. Dales tiempo.

Su madre bajó las manos y dejó de llorar.

—¿Cómo has podido hacernos esto? —preguntó con aspereza.

Lizzie no sabía qué decir. Se levantó lentamente.

—Cometí un error.

—Sí, un error que pagaremos todos. Este escándalo acabará con nosotros —replicó su madre amargamente.

Lizzie se preguntó si tendría siquiera un techo sobre su cabeza.

—Ya basta —dijo su padre cansinamente—. Ya basta, mamá. Lizzie no pretendía que las cosas fueran así. Todos hemos sufrido una fuerte impresión. Creo que deberíamos separarnos de momento. Estoy cansado. Quiero echarme un rato —buscó a tientas su bastón y se puso en pie. Parecía de pronto veinte años más viejo, y se acercó a la puerta arrastrando los pies.

Su madre también se levantó. Apoyada en Eleanor, lanzó a Lizzie una mirada cargada de recriminación y salió del salón del brazo de su cuñada.

—Me voy a mi habitación y no quiero que se me moleste —dijo, y empezó a llorar de nuevo, casi inaudiblemente.

Lizzie cerró los ojos al quedarse sola con Georgie y Ned. Su hermana sacudió la cabeza. Una lágrima brotó por fin cuando salió de la habitación.

Lizzie deseó no haber vuelto.

Un propósito admirable

Lizzie estaba sentada en la cama del cuarto que había compartido con Anna. Aquélla seguía siendo su habitación, pero las camas gemelas no le proporcionaban ningún consuelo, ni el papel rosa y blanco de las paredes, ni el viejo tocador donde su hermana y ella se habían peinado día tras día. La casa familiar le parecía ahora casi una prisión, una prisión que ella misma había creado. Se abrazó las rodillas contra el pecho mientras Ned gateaba por el suelo, explorando aquel nuevo entorno bajo la mirada atenta de su madre. Le dolía el pecho.

¿Qué debía hacer ahora? Tenía la terrible sensación de que Ned y ella no eran bienvenidos en Raven Hall. La hermosa imagen de Tyrell apareció en su memoria y, con ella, la idea inquietante de que la ayudaría si acudía a él. Se mordió el labio con fuerza y por fin se le escaparon las lágrimas. Su familia estaba furiosa con ella, furiosa y decepcionada, y hasta Georgie parecía haberse puesto en su contra. Y ella jamás recurriría a Tyrell.

Siempre le quedaba Glen Barry; siempre le quedaba la casa de Merrion Square, pero temía que su tía se hubiera cansado de tenerla a su lado. Ella carecía de medios, no tenía ningún ingreso. Santo Dios, si no era bienvenida en su propia casa, quizá se viera en la calle, como una vagabunda.

Llamaron suavemente a la puerta. Lizzie se tensó.

—¿Quién es?

—Soy yo —dijo Georgie al tiempo que abría la puerta. No

hizo amago de entrar. Tenía una expresión acongojada, dolida y en cierto modo furiosa. Lizzie empezó a llorar. Su hermana parecía rígida como un soldado. También sus ojos se llenaron de lágrimas.

—¿Por qué no me lo dijiste? —Lizzie sacudió la cabeza, incapaz de hablar, y se enjugó los ojos—. Creía que estábamos muy unidas. Pero no me hablaste del acontecimiento más importante de tu vida... ¡y se lo dijiste a Anna! —exclamó Georgie desde el umbral.

Lizzie se recompuso por fin.

—Iba a decírtelo en Dublín —era la verdad—. Pero te negaste a ir, Georgie. Y reconocerás que no podía contártelo por carta. ¿Y si mamá se hubiera enterado?

Georgie entró en la habitación y cerró la puerta. Miró a Ned una vez y parte de la crispación de su rostro se suavizó.

—Debí ir a casa de la tía con Anna y contigo. Te habría ayudado. ¡Te quiero tanto...! ¡Haría cualquier cosa por ti! —sollozó.

Lizzie se puso en pie y corrió a abrazar a su hermana. Georgie tenía el cuerpo rígido.

—Nunca quise hacerte daño —murmuró Lizzie, y su hermana comenzó a relajarse.

—Lo sé —murmuró Georgie cuando se separaron—. Perdóname por pensar en mí misma en un momento así, Lizzie. No puedo ni imaginar por lo que habrás pasado.

—Estábamos aterrorizadas —dijo Lizzie—. Ni siquiera sabíamos si la tía Eleanor nos dejaría entrar... y mucho menos si nos dejaría quedarnos cuando supiera la verdad. Georgie, te necesito ahora más que nunca. Tengo tanto miedo... Mamá nunca me perdonará y papá está tan furioso... Nunca lo había visto así. Creo que no soy bienvenida aquí. Perdóname por haberte engañado. No era ésa mi intención. Por favor, ayúdanos a mi hijo y a mí.

Georgie le apretó la mano, boquiabierta.

—Lizzie, ésta es tu casa. Nadie va a echarte de aquí —se sostuvieron la mirada antes de que Georgie mirara a Ned—. Y él es un Fitzgerald. Papá y mamá entrarán en razón. Pero necesitan tiempo. Ha sido una impresión tremenda para ellos.

Lizzie asintió con la cabeza. Confiaba desesperadamente en que su hermana tuviera razón. Agotada, se dejó caer en la cama.

—¿Qué voy a hacer ahora?

—Deja que pase la crisis —dijo Georgie. Se arrodilló junto a Ned—. Hola. Soy la tía Georgie.

Ned la miró con una sonrisa radiante.

—Ned —dijo, y se puso a dar golpes en el suelo con uno de los zapatos que se había quitado Lizzie—. ¡Ned!

Georgie empezó a sonreír.

—Sí, tú eres Ned y yo soy la tía Georgie.

La sonrisa de Ned desapareció y la miró muy serio.

—Está intentando comprender —explicó Lizzie.

—Tiene unos ojos azules preciosos —murmuró Georgie—. La tía Georgie —repitió.

—¡Gi! —dijo él con autoridad—. ¡Gi! —gritó, y se puso a dar palmas.

—Qué listo es mi niño —susurró Lizzie, orgullosa.

—Es muy listo, sí —dijo Georgie, y se puso en pie—. Aún no me he recuperado de la impresión —dijo mientras lo miraba con gran atención.

Lizzie tuvo la incómoda sensación de que se refería a la impresión de saber quién era el padre de Ned. Se puso en pie.

—Como tú has dicho, la crisis pasará.

Georgie la agarró del brazo.

—Liz, ¿es Tyrell de Warenne el padre?

Lizzie se sintió mareada de pronto. No esperaba que nadie adivinara la verdad en cuanto regresara a casa con Ned, pero eso era precisamente lo que había hecho su hermana a los pocos minutos de conocer a Ned. Si Georgie reconocía tan fácilmente a Tyrell en su hijo, ¿acaso no les ocurriría lo mismo a los demás?

—¡No me hagas esto! —sollozó, temblorosa.

—No soy tonta. No se parece nada a ti. ¿Y a cuántos irlandeses morenos conocemos? Además, llevas toda la vida enamorada de Tyrell de Warenne.

—¿Tan evidente es?

—Es evidente para mí, porque conozco tu historia. Es tan moreno... ¡y sus ojos son del azul de los De Warenne! —dijo Georgie.

Lizzie volvió a sentarse.

—Si descubre la verdad, me lo quitará. Lo negaré siempre, Georgie. Ned es mío —pero Lizzie temía que su mentira empezara ya a desbaratarse.

Georgie le puso una mano en el hombro.

—Sé que Tyrell no se casará nunca con una mujer de posición inferior. Hay rumores de que va a comprometerse con una heredera inglesa muy rica, de una poderosa familia. Tienes razón. Te quitaría a Ned —había una duda en su mirada. Lizzie apartó los ojos. Georgie le tocó el brazo—. ¿Fue esa noche en el baile de Todos los Santos? Dijiste que no te encontraste con él.

Lizzie respiró hondo.

—No puedo, Georgie. No puedo hablar de este asunto —titubeó—. Es demasiado doloroso —no volvería a mentir a su hermana. Por suerte, a veces podía ser tan decidida como Georgie.

Su hermana la escudriñó.

—Entonces, ¿de veras pretendes ocultarle al niño? ¿Vas a criar sola a Ned?

Lizzie se humedeció los labios.

—Algún día, cuando Ned sea mayor, diré la verdad.

Georgie pareció conformarse con aquella respuesta.

—Puede que Tyrell no tenga otros herederos varones —dijo por fin— y que eso haga mucho más fácil que acepte a Ned.

—Sé que será otra crisis, pero la afrontaré cuando llegue el momento.

Georgie la rodeó con el brazo.

—Claro que sí. Y yo quiero ayudarte.

—Gracias —musitó Lizzie, procurando no ceder al dolor que sentía—. Entonces, ¿Tyrell está a punto de comprometerse?

—Eso dicen. El rumor corre por todo Limerick. La dama en cuestión podría ser la hija del vizconde de Harrington.

Lizzie cerró los ojos. Incluso ella, que no estaba al corriente de la vida política, conocía al poderoso lord Harrington, que había formado parte del Consejo Privado durante algún tiempo y seguía siendo presidente de la Cámara de los Lores. Era un inglés muy rico y prominente. Si los rumores eran ciertos, la boda sería muy ventajosa para la familia De Warenne.

—Lizzie —dijo Georgie—, sabías desde siempre que no era para ti...

—¡Lo sé! Lo mejor es que se case y tenga más hijos, Georgie. Quiero que sea feliz —logró decir.

Su hermana sonrió tristemente.

—Claro que sí —dijo por fin.

Varios días después, el hogar de los Fitzgerald no se había repuesto aún de la crisis. La madre de Lizzie permanecía recluida en sus habitaciones, demasiado melancólica para bajar. Su padre se encerraba a cavilar en su estudio y apenas hablaba durante las comidas. Era como si alguien se hubiera muerto y la casa estuviera de luto, comentó Eleanor, comentario éste que no alivió la congoja de Lizzie. Georgie intentaba mostrarse alegre y se portaba de maravilla con Ned, pero ello no ayudaba. Nadie, ni siquiera Eleanor, podía convencer a su madre de que bajara. Y a su padre parecía no importarle.

Lizzie tenía los nervios a flor de piel. Durante el año anterior había intentado no pensar en lo que ocurriría cuando llevara a Ned a casa. Había intentando convencerse de que las cosas se arreglarían de algún modo. Ahora tenía que asumir lo profundamente que había herido a sus padres... y aquello era sólo el principio. Si sus padres se hallaban en aquel estado de perplejidad, ¿cómo reaccionarían sus conocidos? Lizzie temía que el escándalo fuera aún peor de lo que había imaginado.

La primera visita fue la de lady O'Dell. Lizzie estaba en el salón, con Eleanor, Georgie y Ned cuando llegó el hermoso carruaje negro. Lady O'Dell era una buena amiga de su madre y siempre había sido amable con Lizzie, aunque nunca había mostrado simpatía por Anna. Era una de las señoras que la llamaban «la salvaje» a sus espaldas.

Lizzie miró por la ventana mientras lady O'Dell se apeaba del carruaje. Ned estaba dormido en su cuna y Eleanor estaba sentada a la mesa de naipes, donde había estado jugando con Georgie. Lizzie sintió un nudo en el estómago al ver acercarse a la amiga de su madre. Georgie se reunió con ella en la ventana.

—¡Es lady O'Dell! ¿Qué quieres hacer? —miró rápidamente a Lizzie con el rostro crispado.

Lizzie no vaciló, a pesar de que se sentía mareada.

—Creo que no tengo elección. A fin de cuentas, tarde o temprano se enterará de que soy una perdida. Tal vez sea mejor acabar cuanto antes.

—¡Oh, Lizzie, ya has sufrido bastante! Ojalá pudiéramos evitar el escándalo.

Lizzie se encogió de hombros.

—No hay modo de evitarlo.

—No, no lo hay —Georgie le sonrió por fin—. Puede que no sea para tanto. Lady O'Dell está contentísima porque su hija Helen se casó el otoño pasado. Nunca ha estado de mejor humor.

Lizzie apartó la mirada. Margaret O'Dell iba a llevarse una enorme impresión y después se mostraría indignada. Cuando se marchara de Raven Hall esa tarde, nadie volvería a aceptar a Lizzie en su casa. Lizzie se recordó que valía la pena soportar aquella censura por su hijo. Lo que importaba era el bienestar de Ned, no el suyo.

Betty, la doncella, hizo pasar a la rolliza señora al salón. Lady O'Dell les sonrió.

—¡Elizabeth! ¡Cuánto tiempo, mi querida niña! ¡Qué guapa estás! ¡Y lady de Barry! Qué alegría volver a verla.

—¿Cómo está, lady O'Dell? —Eleanor sonrió, poniéndose en pie—. Aunque no debería ni preguntarlo. Está usted estupenda.

Lizzie miró a Georgie con el corazón acelerado. Eleanor nunca se mostraba tan amable cuando visitaba Limerick, pero Lizzie sabía por qué de pronto parecía tan complaciente.

—Oh, gracias. Tengo entendido que ha estado usted enferma, pero parece completamente restablecida —dijo lady

O'Dell. Entonces se fijó en el niño que dormía en la cunita y pareció ligeramente sorprendida, pero volvió a fijar su atención en Eleanor.

–Por favor, debe llamarme Eleanor. ¿Cuánto tiempo hace que nos conocemos ya? Y mi enhorabuena, Margaret. Tengo entendido que Helen ha hecho una boda muy ventajosa.

Margaret O'Dell sonrió, radiante.

–¡Él tiene una renta anual de seiscientas libras! Sí, fue una boda espléndida –miró de nuevo a Ned–. ¡Qué bebé tan precioso! ¿O debería decir guapo, porque sospecho que es un niño?

Lizzie pasó junto a ella, consciente de que le temblaban las piernas.

–Sí, es un niño –no quería despertar a Ned, así que se inclinó para arroparlo bien. Luego le acarició una sola vez la mejilla. Al incorporarse, vio que lady O'Dell la miraba con curiosidad.

–¿Es un pariente? –preguntó lady O'Dell.

Lizzie logró mirarla cara a cara de algún modo.

–Es mi hijo.

Hubo más visitas, pues todos los vecinos acudieron a Raven Hall para ver a Lizzie y a su hijo. Cuando un carruaje llegaba a la puerta, la angustia de Lizzie crecía hasta el punto de que se sentía desfallecer. Nunca había sido popular, pero siempre la habían tratado con cariño y respeto. Y, de pronto, era el foco de atención... de la manera más humillante. Había constantes indirectas e insinuaciones. Lizzie sabía que toda la parroquia especulaba acerca de quién podía ser el padre de Ned. Y casi todos comentaban que era sencillamente asombroso que hubiera sido la tímida Elizabeth Anne quien hubiera salido así. Cada vez que Lizzie oía a alguien comentar que debería haber sido Anna quien cayera en desgracia, se encogía por dentro.

Fue Georgie quien insistió en que pasaran una tarde de compras en la ciudad.

–No puedes esconderte eternamente y lo peor ya ha pasado –dijo Georgie mientras caminaban por la calle Mayor de la ciudad, ataviadas ambas con vestidos y pañoletas bordadas. Ned iba en un carrito empujado por Rosie.

–Me miran como si fuera una ramera –dijo Lizzie, aferrando con fuerza su bolso de mano. La tarde se había puesto ventosa y gris, y el cielo amenazaba lluvia. Pero a Lizzie no le importaba. Su vida se había vuelto del revés y deseaba desesperadamente que volviera a enderezarse. Odiaba ser el centro de tanta atención, de un escándalo tan sórdido–. Casi me siento como si lo fuera.

–¡Tú no eres ninguna ramera! –exclamó Georgie–. Esas mujeres te conocen de toda la vida y saben lo buena que eres. He oído decir a alguna que tuvieron que seducirte..., que debías de estar enamorada. Creo que les asombra que la pequeña y tímida Lizzie se vea en esta situación –Georgie le sonrió–. Pero se les pasará. Ningún escándalo dura siempre.

Lizzie dudaba de que el escándalo remitiera, o de que sus antiguas amigas volvieran a relacionarse con ella.

–No sé si debo quedarme aquí, Georgie –dijo por fin–. Quizá sea mejor para papá y mamá que me vaya –seguía temiendo no ser bien recibida en casa de su tía si tenía que abandonar Raven Hall.

–¡Tonterías! Mamá se ha puesto muy dramática, como siempre. Papá está triste, pero se recuperará. Tú siempre has sido su preferida. El tiempo cura todas las heridas, Lizzie. Superaremos esto –dijo su hermana con firmeza, apretándole la mano–. Te lo prometo.

–Al menos papá me habla –dijo Lizzie, abatida.

Georgie se detuvo de pronto.

Lizzie estaba tan absorta en sus cavilaciones que no prestaba atención a los transeúntes. Vaciló y siguió la mirada de su hermana.

Tyrell de Warenne se aproximaba.

Estaba a media manzana de allí, pero su figura alta y de anchos hombros era inconfundible. Lizzie lo habría reconocido en cualquier parte, incluso después de un año y medio. Iba a pie y caminaba con paso decidido en compañía de otro caballero. Ambos parecían enfrascados en su conversación y aún no las habían visto.

Lizzie se volvió, angustiada.

—¡Rosie! ¡Lleva a Ned a la panadería y no salgas! —exclamó frenética. Su miedo no conocía límites. Había intentado convencerse de que era improbable que Tyrell y ella volvieran a encontrarse, pues él pasaba la mayor parte del tiempo en Dublín. Pero allí estaba, a unos pocos pasos de ella.

Rosie palideció. Sin decir palabra, entró con Ned en la panadería. Lizzie no podía pensar. De espaldas a Tyrell, rezaba por que cruzara la calle o entrara en la taberna que había un poco más allá. Pero, al mismo tiempo, su rostro moreno y apuesto, sus ojos abrasadores y su cuerpo fuerte y poderoso colmaba su mente. Cerró los ojos, pero aquella imagen persistía. Hacía mucho tiempo que no lo veía en persona.

—¡Vienen para acá! Creo que van a hablarnos —dijo Georgie, asombrada.

—No puede ser —repuso Lizzie.

Y, desde detrás de ella, una voz familiar exclamó:

—¿Lizzie? Lizzie, ¿eres tú?

Era Rory McBane. Lizzie se volvió, incrédula, y se encontró con los ojos verdes y cordiales de Rory, pero no se atrevió a mirar a su acompañante.

—¡Eres tú! —exclamó Rory, encantado. Su mirada se deslizó un momento hacia Georgie y pareció calibrarla un instante, pero después volvió a fijarse en Lizzie—. Había olvidado que eres de aquí, de Limerick. Creía que seguías con la tía Eleanor en Glen Barry.

Lizzie sabía que debía responder. Con las mejillas sofocadas, hizo una reverencia. Y por fin miró de reojo a Tyrell.

Él la estaba mirando con asombro… como si la reconociera. Pero, naturalmente, eso era sencillamente imposible… ¿no? Tyrell nunca le había parecido tan masculino, tan viril. Llevaba una chaqueta azul oscura de corte impecable y finas calzas de gamuza con botas altas y bien bruñidas. Lizzie se quedó sin aliento. La confusión se apoderó de ella.

—¿Lizzie? —dijo Rory.

Ella salió de su trance. Se volvió para mirarlo, consciente del rubor que ardía entre sus mejillas y sus pechos. Su cuerpo parecía haber cobrado vida por primera vez desde el descubrimiento de la traición de Anna.

—Ho-hola —tartamudeó. Le resultaba imposible pensar—. Cuánto... cuánto me alegro de verte, Rory.

Él pareció preocuparse aún más.

—¿Te encuentras bien?

Ella logró asentir con la cabeza y se atrevió a mirar de nuevo a Tyrell. La expresión de éste se había endurecido, como si estuviera labrada en piedra, y su mirada se había vuelto opaca. De hecho, parecía enfadado.

—Qué maleducado soy —dijo Rory, sorprendido—. Lizzie, éste es lord Tyrell de Warenne, un buen amigo mío. Ty, la señorita Elizabeth Fitzgerald.

Lizzie rezó por no desmayarse. ¿Rory y Tyrell eran amigos? Estaba perdida.

—Mi hermana —logró murmurar—, la señorita Georgina May Fitzgerald.

Notó vagamente que Georgie hacía una reverencia, aunque ella también estaba envarada por la tensión. Rory se inclinó galantemente y le sonrió con el encanto de un seductor.

—Es un placer, señorita Fitzgerald. Sólo puedo decir que lamento no haberla conocido el pasado verano en Glen Barry. Disfruté mucho de la compañía de sus hermanas. Se perdió usted ratos muy divertidos.

Un ligero rubor que la hacía sumamente atractiva cubrió las mejillas de Georgie. Era casi tan alta como él y lo miraba a los ojos al hablar:

—Me temo que pasé el verano cuidando de nuestros padres. Lizzie no... no me habló de usted —su rubor se intensificó al darse cuenta de que lo que había dicho resultaba muy poco halagüeño.

—¡Sí que la habré impresionado! —murmuró Rory, y sonrió a Georgie—. Es muy noble ocuparse de los padres de uno. Espero que no se hallen afligidos por ningún achaque de importancia.

Georgie apartó la mirada.

–Están bien, gracias, señor.

Georgie parecía azorada, lo cual era muy impropio de ella, pero Lizzie no podía pensar en eso. Tyrell no apartaba la mirada de ella. Lizzie intentó respirar de nuevo y descubrió que le resultaba aún más difícil.

Desde que sabía de la traición de Anna, se había negado a pensar en él salvo como el padre de Ned. Se resistía a soñar con él en modo alguno, y menos aún como amante. Y se negaba a recordar o a tomar en consideración cualquier sueño impúdico que pudiera tener dormida. Ahora, mientras lo miraba, se hallaba tan abrumada que sólo podía pensar en su seductora cercanía. Tyrell dio un solo paso hacia delante y se inclinó.

–Ya nos conocemos, ¿no es cierto, milady? –su tono era peligrosamente terso.

La inquietud de Lizzie se desbocó. ¿Cómo podía haberla reconocido?

–Me temo que está en un error, señor –logró decir.

–Pero rara vez me falla la memoria, sobre todo ante tal belleza –ronroneó él mientras la miraba abiertamente.

Lizzie se quedó sin habla. ¿Era posible que aún la encontrase atractiva? Por fin pareció recuperar el habla.

–Me temo, señor, que esta conversación no es apropiada. Tales halagos son más adecuados para un salón de baile –dio un respingo al darse cuenta de lo que había dicho.

Él se rió sin ganas.

–Yo hago halagos donde me place –dijo lisa y llanamente.

Ella respiró hondo.

–Pues sus ojos le engañan, señor.

Él la miró un instante en silencio.

–¿Ha oído decir alguna vez que la belleza reside en el ojo de quien la contempla?

Lizzie tragó saliva. ¿La encontraba hermosa?

–Eso dicen. Pero en todo caso eso no viene a cuento. Mi hermana y yo tenemos prisa –hizo una reverencia, dispuesta a huir. Pero Tyrell no le dio ocasión.

La agarró de la mano.

—¿Por qué finge que no nos conocemos? —preguntó.

Su contacto la inflamó como ninguna otra en casi dos años.

—De haber sido presentados alguna vez, me acordaría.

—Entonces, ¿soy inolvidable? —ella se tensó. Tyrell sonrió—. Debo tomarme su silencio por un sí. Juega usted a un juego muy entretenido, milady —dijo—. Y se lanza a una alegre partida de caza.

Estaba coqueteando con ella, como en el baile de Todos los Santos, y a Lizzie aquello le parecía tan incomprensible como aquel día. No podía apartar la mirada, ni admitir que se conocían.

—Está claro que me confunde con otra —dijo por fin—. Yo no soy precisamente un zorro al que pueda perseguirse por el bosque.

—Lamento disentir —respondió él con suavidad—. Y sé cuándo alguien está jugando.

—Entonces juegue usted solo, señor —dijo Lizzie con firmeza.

—¿Y quién sería el burlador y quién el burlado? —preguntó él—. Yo nunca juego solo.

El corazón de Lizzie palpitaba con violencia. Aquel coqueteo iba demasiado aprisa. Y, lo que era aún peor, casi se estaba divirtiendo.

—Le ruego se disculpe, milord.

Pero él se había cansado de bromear.

—Nos conocemos, señora. En el bosque de Sherwood —Lizzie dio un paso atrás. ¿Qué podía hacer?—. No lo niegue.

Lizzie seguía aturdida, pero en parte se sentía eufórica. Tyrell sabía que ella era lady Marian. Había pasado un año y medio desde el baile de máscaras, y él no sólo recordaba su apasionado encuentro, sino que la había reconocido sin el disfraz. Una parte de su espíritu, libre por fin de represiones, se abrió como la compuerta de un dique y un millar de fantasías seductoras se derramaron en tromba. Imágenes impúdicas destellaban en su cabeza, y en todas ellas aparecía en brazos de Tyrell de Warenne.

—¿Os conocisteis en el bosque de Sherwood? —preguntó Rory, y Lizzie recordó que no estaban solos. Su amigo los miraba con interés—. ¿En el bosque de Sherwood? —insistió.

—Nos conocimos en el baile de Todos los Santos. La señorita Fitzgerald iba vestida de lady Marian.

Lizzie abrió la boca para negarlo y le faltaron las palabras. Convencido de su identidad, Tyrell no la creería. Rory levantó las cejas mientras los miraba.

—Ah, eso lo explica todo —dijo irónicamente.

Lizzie respiró hondo, temblorosa y consumida aún por el deseo de un hombre que jamás sería suyo. Al oír el llanto de un niño en la calle, se acordó de Ned. Tyrell era una amenaza para ella: la mayor amenaza que había afrontado nunca. Se humedeció los labios. Aquello debía acabar de una vez por todas.

—Me temo que me confunde usted con otra.

—Y yo me temo que disimula usted, señorita Fitzgerald. No la confundo, oh, no. Lo cual plantea una sola pregunta. ¿Por qué?

Lizzie se mordió el labio. ¿Qué debía hacer? Sabía instintivamente que jugar con él era jugar con fuego. Georgie se acercó a ella y le dio el brazo con firmeza.

—Milord, creo que, en efecto, se confunde usted. Verá, Lizzie no asistió al baile de su familia disfrazada de ese modo. Fue de viuda. Pero se parece un poco a nuestra hermana Anna. Y Anna fue vestida de lady Marian —dijo.

Lizzie casi dejó escapar un gemido. Apretó la mano de Georgie para advertirla, aunque su hermana no entendería por qué no debía decir que Anna iba vestida de aquel modo. Pero Tyrell ignoró a Georgie. Sin dejar de mirar a Lizzie, dijo:

—Entonces admito la derrota. Usted gana, *madame*. Mis más sinceras disculpas, señorita Fitzgerald.

Lizzie sabía que sus palabras eran pura mofa. Tyrell sabía que había ido al baile disfrazada de lady Marian y no iba a dejarse convencer de lo contrario.

—Es usted muy generoso —murmuró.

Él le lanzó una mirada de advertencia. Se volvió bruscamente hacia Rory.

—¿Cómo es que conoces a la señorita Fitzgerald? —preguntó.

—El padre de Lizzie es el hermano de mi tía, Eleanor Fitzgerald de Barry —contestó Rory—. Somos primos políticos y nos conocimos hace más de un año.

Tyrell cruzó los brazos y volvió a fijar una mirada dura en Lizzie.

—Entonces, es usted prima de Rory —dijo pensativamente—. Qué interesante.

Lizzie titubeó. ¿Adónde quería ir a parar ahora Tyrell? A ella no le gustaba aquel nuevo tono. Miró a su hermana en busca de ayuda. Georgie dijo con decisión:

—Ha sido un placer, señores. Pero llegamos tarde a una cita.

Rory la miró e hizo una reverencia.

—Le pido disculpas, entonces. Por favor, no permitan que las entretengamos. Y el placer ha sido mío —sonrió.

Pero Tyrell no parecía dispuesto a marcharse aún. Miró a Lizzie.

—¿Dónde viven?

A ella le dio un vuelco el corazón.

—¿Qué?

—Rory ha dicho que son ustedes de este condado. Pero aquí hay media docena de Fitzgerald. ¿Dónde viven? ¿Quién es su padre? —hablaba con rapidez, como si esperara con impaciencia sus respuestas.

Lizzie parpadeó. Sus mejillas se pusieron coloradas. Mientras buscaba un modo de zafarse de sus preguntas, Rory contestó:

—Residen en Raven Hall.

Lizzie le lanzó una mirada reprobatoria, para confusión de su amigo.

—Son ustedes de Raven Hall —dijo Tyrell lentamente, y Lizzie comprendió que su mente funcionaba a toda velocidad, aunque no entendía por qué. Él entornó la mirada—. Entonces es hija de Gerald Fitzgerald.

Estaba haciendo indagaciones y Lizzie se asustó por fin.

—Sí —no podía negarlo, pero ahora Tyrell sabía su nombre, el de su familia y dónde vivían Ned y ella. Tyrell cruzó los brazos. Parecía extrañamente satisfecho.

—¿Puedo pasar a visitarte? —le preguntó Rory, y Lizzie notó que estaba perplejo por su conversación con Tyrell. Estaba atónita. Las cosas no podían haber salido peor. A pesar del afecto que sentía por Rory, no podía permitir que fuera a Raven Hall.

Georgie volvió a intervernir. Sin sonreír, dijo:

—Me temo que nuestra madre está muy enferma. Hace días que no sale de sus habitaciones. Éste sería un momento muy poco conveniente.

Rory se quedó pasmado, pero Tyrell sólo parecía divertido.

—Iremos a fines de esta semana, entonces —dijo, y bajó las pestañas para ocultar sus ojos. Hizo una reverencia—. Buenos días.

Lizzie no pudo contestar. Rory también se inclinó ante ellas y, sin mirar atrás, ambos se alejaron. Lizzie miró a Georgie con los ojos dilatados por el asombro.

—¿Piensa ir a visitarnos?

Al principio, Georgie no parecía oírla. Miraba a los dos caballeros que se alejaban y tardó un momento en contestar.

—Sí, piensa ir a visitarnos y, si no me equivoco, no habría modo de impedírselo —concluyó, desalentada.

Una proposición escandalosa

Lizzie entró corriendo en la casa con intención de refugiarse en su cuarto, donde intentaría comprender lo sucedido esa tarde. Seguía trémula y consumida por el temor. ¡Tyrell no debía ir a visitarla! Pero, antes de que pudiera dejar atrás el salón, la voz de su madre la detuvo.

—¡Lizzie! ¿Dónde has estado?

Lizzie vaciló. No esperaba encontrar a su madre fuera de sus habitaciones. Dio media vuelta y entró en el salón, donde su madre estaba sentada con Eleanor. Sintió alivio al ver que su madre había decidido levantarse.

—Mamá… ¿cómo te encuentras? —preguntó con cautela.

Su madre se encogió de hombros. No sonreía, ni estaba alterada por esta o aquella noticia, como solía, pero parecía encontrarse bien de salud. Había cierto color en sus mejillas, sin duda debido al maquillaje, y llevaba un hermoso vestido color bronce con rayas oscuras.

—He estado mejor, pero es hora de volver al mundo —anunció—. ¿Dónde has estado??

Lizzie se tensó.

—Georgie y yo decidimos dar un paseo por la ciudad.

Su madre la observó con atención.

—¿Has visto a alguien? —preguntó por fin.

Lizzie sabía que se refería a alguna señora de importancia.

—No.

—Lizzie, ¿qué ocurrió cuando vinieron de visita lady O'Dell

y lady Marriot? —luego, su madre sacudió la cabeza—. No, no te molestes en decírmelo. Ya lo sé.

Lizzie se acercó a ella y la tomó de las manos.

—Mamá, siento mucho causarte tanto sufrimiento —dijo—. Nunca quise que esto pasara. Pero quiero mucho a Ned. Pensé que tú también lo querrías. Me iré de Raven Hall, si ése es tu deseo —añadió mientras intentaba refrenar la angustia que le producía aquella idea. Pero ¿acaso no sería lo mejor irse, teniendo en cuenta su reciente encuentro con Tyrell?—. No quiero que papá, Georgie y tú sufráis por mi culpa.

Su madre le sonrió tristemente.

—Siempre has sido una niña amable y buena —dijo con suavidad—. No tienes ni un solo pelo de egoísta. No irás a ninguna parte, querida mía. Raven Hall es tu hogar. Papá y yo necesitamos tiempo para recuperarnos de la impresión, eso es todo —Lizzie se puso de rodillas y apoyó la cabeza en el regazo de su madre. La señora Fitzgerald le acarició el pelo y musitó—: ¡Pobre Lizzie! ¡Has pasado por tantas cosas sin mí! ¡Pobre, pobre Lizzie! ¡Si lo hubiéramos sabido…!

—Estoy bien —murmuró Lizzie. Había temido que su madre nunca la perdonara por deshonrar el nombre de la familia y se sentía aliviada, a pesar de todo.

Su madre la urgió a levantarse.

—Voy a ir a dar un paseo por el jardín. Y me gustaría mucho comer una de tus famosas tartas —sonrió a su hija y salió del salón.

Lizzie miró a Eleanor, que había presenciado en silencio su conversación.

—Mamá no me desprecia por lo que he hecho —dijo.

—¿Era eso lo que temías? Pobrecita mía. Lydia siempre te ha adorado, hija.

Lizzie corrió a la puerta del salón, la cerró y miró a su tía.

—Ha pasado algo terrible —dijo. Eleanor levantó las cejas—. Nos hemos encontrado con Tyrell de Warenne y Rory en Limerick.

Eleanor levantó aún más las cejas.

—¿Rory está aquí? ¿Te ha visto con Ned?

Lizzie negó con la cabeza.

—¡Tía Eleanor! Si Rory se entera de que afirmo que Ned es mi hijo, sabrá que es mentira. Tengo que hablar en privado con él y suplicarle que guarde el secreto.

Eleanor se levantó.

—Rory es amigo de Tyrell de Warenne y de sus hermanos desde hace algunos años, pero sólo ha estado en Adare un par de veces. No creí que fuéramos a encontrárnoslo aquí.

Lizzie se retorció las manos.

—¿Por qué no me dijiste que era amigo de Tyrell?

—Simplemente no me pareció importante —contestó Eleanor, muy seria. Miró a Lizzie con más atención—. ¿Qué ocurre? ¿Qué pasó en la ciudad? ¿Debo deducir que por fin has conocido a Tyrell? Sin duda Rory os presentó.

Lizzie se apartó de su tía para que Eleanor no viera su expresión.

—La verdad, tía Eleanor, es que conocí a Tyrell en el baile de disfraces de Todos los Santos —de pronto era consciente de que necesitaba el consejo y la sabiduría de su tía. Y eso significa sincerarse con ella—. Me persiguió, tía Eleanor —los ojos de su tía se agrandaron—. Quería que nos viéramos a escondidas. Pero no acudí a la cita —logró decir Lizzie—. Después, le dejé a Anna mi traje y mi antifaz. Ella se había manchado el vestido. Yo me fui a casa... y Anna se quedó. Y ahora está Ned.

Eleanor se había quedado boquiabierta. Cerró la boca y tomó la mano de Lizzie.

—¿Me estás diciendo que el hombre a cuyo hijo has hecho tuyo, el hombre del que llevas enamorada toda la vida, te persiguió con intenciones románticas?

Lizzie recordó la mirada apasionada de Tyrell.

—Sí.

—¿Me estás diciendo que tu hermana quedó encinta esa noche? —Lizzie asintió con la cabeza—. ¿Y Tyrell te ha reconocido hoy?

—No sólo me ha reconocido, sino que se comportó de manera extraña. Estaba enfadado, tía Eleanor —miró desolada a su tía—. ¿Por qué? —preguntó en un susurro—. ¿Por qué se enfada conmigo? ¿Y porque insiste en que soy hermosa? ¿Por qué me mira así?

Eleanor se quedó callada un momento; luego agarró el hombro de su sobrina.

—Hay que decírselo. Debes renunciar a Ned y decirle la verdad..., que es hijo suyo.

—¡No! —Lizzie se desasió—. ¿De qué serviría? ¡Tyrell me quitaría a Ned! —sentía las palabras de su tía como la punzada de la traición. De pronto tenía a Eleanor, que hasta entonces había sido su más firme aliada.

—Puede que no —comenzó a decir Eleanor en tono amable y sereno—. Puede que haga lo que es debido.

Pero Lizzie no la escuchaba.

—¡No! No, hiciste una promesa. ¡Las dos la hicimos! Le prometimos a Anna que moriríamos antes de revelar la verdad. ¡No! Dame tu palabra. Prométeme que no le dirás nada a Tyrell. Prométeme que no le dirás que Ned es hijo suyo —Eleanor la miró con fijeza—. ¡Tía Eleanor!

—Te lo prometo —dijo su tía lentamente—. Pero te aseguro, Lizzie, que de esto no saldrá nada bueno. Este engaño ha ido demasiado lejos.

Lizzie retrocedió. Por desgracia, sabía que su tía tenía razón.

La tarde siguiente, Lizzie, Georgie y Ned estaban en la habitación de Lizzie. Ambas hermanas se hallaban sentadas en el suelo con el pequeño, que jugaba con soldados de juguete y diminutos caballos a juego. Georgie estaba construyendo un fuerte con papel maché, y en el suelo reinaba el desorden.

—Ned, puedes meter dentro el soldadito. Dentro —dijo Georgie. Ned le sonrió y arrojó el soldadito al fuerte—. No, no es eso —añadió Georgie con una sonrisa—. Dentro. Puede dormir dentro —dijo mientras enderezaba el fuerte.

—¡Gi! —exclamó Ned—. ¡Gi!

Lizzie les sonrió, a pesar de que no había podido deshacerse de la angustia provocada por su encuentro de la víspera en Limerick y por el consejo de Eleanor. Se puso en pie y empezó a vagar sin rumbo por la habitación. Se sentía abatida y triste, y su estado de ánimo armonizaba con el día fresco y neblinoso. Oyó que un coche se acercaba y se preguntó quién iría de visita. No tenía intención de volver a exhibirse ante los vecinos.

—Hoy no me apetece recibir a nadie —dijo Georgie.

—Muy bien —Lizzie intentó sonreírle—. A mí tampoco.

Georgie se irguió, todavía sentada en el suelo, y la miró sin vacilar.

—Estás tan triste... ¿Quieres hablar de ello, Lizzie? —su hermana se acercó a la ventana—. O, mejor dicho, ¿quieres hablar de él?

Lizzie se aferró al alféizar. La ventana entornada dejaba pasar la deliciosa brisa de junio. Deseaba ardientemente hablar de Tyrell.

—No sé qué hacer —dijo, angustiada.

Georgie se levantó y se sacudió el vestido de color marfil.

—Está interesado en ti, Lizzie.

Lizzie se volvió bruscamente.

—¡Eso es imposible!

—¿Por qué lo niegas? Después de todo, te dio a este niño. Está claro que su interés no ha disminuido.

Lizzie sacudió la cabeza mientras su corazón daba un vuelco. Seguía perdidamente enamorada de Tyrell de Warenne, y siempre lo estaría, pero al mismo tiempo lo temía más que a ningún otro ser humano.

—¿Qué... qué te hace pensar que está interesado en mí?

Georgie casi se rió.

—Bueno, por distintas cosas. Piensa venir a visitarte. No podía apartar los ojos de ti. Su mirada era por momentos francamente lasciva. Saltaba a la vista que estaba enfadado contigo, y tanto ardor indica, como mínimo, interés. ¿Le has hecho algún desaire?

—¡No había vuelto a verlo desde el baile de disfraces! —exclamó Lizzie—. Hace un año y medio. ¡No, más!

—Tal vez sepa que has tenido un hijo suyo —sugirió Georgie.

Lizzie se volvió hacia la ventana, afligida.

—No —de pronto se preguntaba si podía atreverse a decirle a su hermana que Ned era hijo de Anna, no suyo. La necesitaba como confidente, tanto como necesitaba a Eleanor. Y odiaba mentir. Pero le había prometido a Anna guardar para siempre su secreto. Y Anna era tan feliz… Su última carta dejaba traslucir que confiaban en tener hijos pronto. Parecía profundamente enamorada de Thomas.

Lizzie vio que una figura voluminosa que le resultaba familiar bajaba del coche tirado por un solo caballo que se había detenido en el patio.

—¡Georgie! —exclamó—. Es ese sapo… Quiero decir, tu prometido, el señor Harold. Sin duda se ha enterado de la noticia.

Georgie logró asentir de algún modo. Dos manchas rojas aparecieron en sus mejillas.

—Habrá venido a poner fin a nuestro compromiso —dijo inexpresivamente.

—¡Oh, eso espero! —Lizzie se acercó a ella corriendo y la abrazó, emocionada porque su hermana fuera a librarse al fin de aquella carga.

Georgie comenzó a sonreír.

—He intentado mostrarme valerosa —susurró—. ¡Ay, Lizzie, de tu deshonra va a salir algo bueno! Lo cierto es que prefiero quedarme soltera a casarme con el señor Harold.

—Lo sé —dijo Lizzie, sonriendo—. Vamos, ve. Frunce el ceño y, cuando te rompa el compromiso, derrama una lágrima o dos.

—Sí —Georgie se puso seria—. Sí, estoy muy disgustada porque sé lo que va a suceder —luego volvió a sonreír—. ¡Gracias a Dios! —y salió corriendo de la habitación.

Lizzie pensó que era hora de que Ned durmiera la siesta; el niño parecía soñoliento y se había puesto a jugar con una araña que había en el suelo. Lizzie lo puso en la cuna. Ned no protestó; le sonrió cuando ella lo tapó con una manta de lana fina. Bajó los párpados de pestañas negras, largas y densas, como las de su padre, y se quedó dormido al instante.

Lizzie recordó la imagen de Tyrell. Casi podía sentir su presencia, allí, en la habitación. Deseaba saber qué hacer. Intentó no desanimarse y se volvió hacia la ventana, esperando ver partir al señor Harold. Pero, tras un cuarto de hora o más, seguía sin haber ni rastro de él y empezó a preocuparse por Georgie. Romper un compromiso sólo requería un instante, sobre todo teniendo en cuenta que su madre no estaba en casa y, por tanto, no podía prolongar el encuentro con sus histerismos. ¿Por qué tardaba tanto el señor Harold?

Mientras aguardaba junto a la ventana, dos jinetes se acercaron a Raven Hall. La inquietud se apoderó al punto de ella. ¿Quién podía ir de visita a caballo? Abrió un poco más la ventana mientras los jinetes se aproximaban a lomos de sus hermosas monturas. Uno de los caballos era negro y de gran tamaño; el otro, un alazán elegante con una hermosa crin blanca. Lizzie reconoció enseguida el alazán. Era la yegua de Rory.

Se quedó paralizada y fijó la mirada en el caballo negro y su jinete. Éste resultaba inconfundible. Tyrell había dicho que irían de visita a fines de esa semana. ¡Pero sólo había pasado un día!

Estaba claro que su interés no había disminuido.

El corazón le palpitaba violentamente en el pecho. En otras circunstancias, habría dado cualquier cosa porque Tyrell de Warenne fuera a visitarla. Pero ahora no, no mientras su hijo dormía en aquella habitación.

Lizzie los vio desmontar. Se acercaron a la escalinata de la casa y desaparecieron de su vista. Lizzie se pegó a la ventana. ¿A qué había ido Tyrell? ¿Qué quería?

«Nos encontraremos en el jardín del oeste a medianoche».

Nunca olvidaría aquella orden, ni su mirada al pronunciar aquellas palabras. La había mirado entonces del mismo modo que el día anterior, en la calle Mayor.

Alterada, Lizzie corrió a la cuna para ver cómo estaba Ned, pero el niño seguía durmiendo profundamente. Georgie entró corriendo en la habitación.

—¡Lizzie! ¡Está aquí! Ha venido a verte con ese bufón. Será mejor que bajes —tenía los ojos agrandados y las mejillas congestionadas.

—No puedo —comenzó a decir Lizzie—. Tienes que decirle

que estoy enferma –sin embargo, estaba a punto de abandonar toda cautela y correr abajo.

Georgie la agarró de la muñeca.

–No pienso hacer tal cosa. Dile tú que estás enferma, si quieres hacer esa tontería. ¿No es esto lo que has querido siempre?

–Pero está Ned –exclamó Lizzie.

–Sí, está Ned… y también tienes una oportunidad asombrosa. ¡Baja, Lizzie! ¡No vas a meterte en su cama! ¡Ve a ver que quiere! –respondió su hermana.

La presencia de Tyrell parecía llamar a Lizzie, y una fiebre se había apoderado de sus venas. Se humedeció los labios y pasó junto a su hermana, que salió tras ella de la habitación.

Tyrell estaba de pie de espaldas a la puerta, mirando el jardín. Rory se paseaba con extraña impaciencia por la habitación y el señor Harold, cuya enorme barriga rebosaba por encima de los pantalones, permanecía sentado en una silla. Lizzie había olvidado que estaba allí y miró, confusa, a Georgie. Su hermana seguía teniendo las mejillas coloradas y le lanzó una mirada impotente. Lizzie comprendió con desaliento que el señor Harold no había roto el compromiso.

–Lizzie… –Rory le sonrió afectuosamente e hizo una reverencia–. Me temo que no hemos podido esperar una semana. Hemos decidido arriesgarnos a encontrar las puertas cerradas a causa de la enfermedad de tu madre –su mirada se deslizó hacia Georgie, que permanecía junto a Lizzie, tiesa como un palo.

Lizzie hizo una reverencia, con la mirada ya fija en Tyrell. Él se volvió y el corazón de Lizzie dio un vuelco cuando sus miradas se encontraron. Tyrell la miró con ardor antes de inclinarse. Georgie tenía razón. Su interés no se había desvanecido. Era increíble. Lizzie se olvidó de Ned.

Peter Harold se levantó con esfuerzo de la silla.

–¿Y por qué iban a encontrarse las puertas de Raven Hall cerradas sus señorías? –se acercó a Georgie y la tomó del brazo.

Lizzie se dio cuenta de que Rory había estado mirando fijamente a su hermana. Él apartó la vista. Georgie tenía las mejillas encarnadas. Harold le dio unas palmaditas en la mano.

—¿Y bien?

—Mamá ha estado enferma —contestó Georgie, aturdida—. Pero no impedimos a nadie el paso a Raven Hall.

—Claro que no —dijo Harold suavemente.

—Mi enhorabuena —dijo Rory, con la mirada fija en la de Georgie—. ¿Cuándo es el feliz acontecimiento?

Georgie irguió la cabeza.

—Aún no hemos fijado la fecha.

—Pronto —Peter Harold sonrió—. Estoy deseando llevar a mi flamante esposa a casa y ya me he cansado de esperar —Georgie logró desasirse de algún modo de su prometido. Harold se acercó un poco más a Rory—. ¿Verdad que soy afortunado? ¡Va a ser la madre de mis hijos!

Rory inclinó la cabeza.

—Sí, es usted un hombre muy afortunado. Le doy de nuevo mi más sincera enhorabuena.

Lizzie notó que Tyrell la observaba como si fuera un ratón sobre el que se dispusiera a saltar. Él aún no había dicho nada. Entre la aflicción de Georgie, la extraña tensión de Rory y la intensa mirada de Tyrell, Lizzie se sentía profundamente incómoda. Rory la miró.

—¿Cómo está tu madre?

—Mejor —logró decir ella.

Tyrell avanzó.

—En Adare tenemos un médico excelente. Le diré que venga a ver a la señora Fitzgerald.

—No es necesario... —comenzó a decir Lizzie.

—Vamos a dar un paseo por el jardín —la interrumpió él imperiosamente. Quería dar un paseo con ella, a solas. Antes de que Lizzie pudiera responder, la agarró del brazo con firmeza—. No hay nada como un paseo entre la niebla irlandesa —murmuró.

Lizzie no podía decir nada. El fuerte brazo de Tyrell la mantenía apretada contra su cuerpo fuerte y musculoso. Asintió de algún modo y Tyrell la condujo fuera de la habitación.

Salieron de la casa. Hacía fresco y ella no llevaba más que un vestido de algodón de manga corta; aun así, tenía calor. Él la miró un instante pensativamente mientras la conducía hacia los jardines que se extendían por la parte de atrás de la casa. Allí había un cenador y un estanque.

De pronto, Lizzie imaginó que Tyrell la estrechaba entre sus brazos, que se apoderaba de su boca con ardor y que ella se aferraba a sus anchos hombros…

Tyrell se detuvo bruscamente. Aquella súbita parada rompió el ensueño de Lizzie, aunque su sangre siguió palpitando con violencia. Lizzie rezó por controlar sus licenciosos pensamientos antes de que él pudiera intuirlos. Tyrell la miraba de frente, con intensidad. Lizzie tuvo que hacer un esfuerzo por hablar.

—¿Qué es lo que quiere de mí, milord?

Él torció la boca.

—Tú sabes lo que quiero.

Sus ojos tenían una expresión tan ardiente que no había modo de malinterpretar sus palabras. Antes de que Lizzie pudiera responder, él le sonrió muy suavemente y la estrechó entre sus brazos.

Lizzie quedó petrificada. Tyrell la apretó contra su pecho y la besó con fuerza, exigiendo su capitulación. Y Lizzie se rindió por completo. Abrió los labios con un suspiro y la lengua de Tyrell penetró en su boca inmediatamente. Lizzie se sintió morir. Se aferró a él y osó salir al encuentro de su lengua. Tenía la espalda contra un árbol y el cuerpo entero de Tyrell parecía cubrir el suyo. Él había deslizado un muslo entre sus piernas y aquella fricción parecía amenazar con hacerla enloquecer de deseo. Debilitada por la pasión, Lizzie empezó a retorcerse y a gemir. El sexo de Tyrell, duro y enhiesto, se apretaba contra su cadera.

Lizzie se volvió inconscientemente hacia allí. Su excitación crecía sin control; el ansia y el deseo se mezclaban. Estaba a punto de suplicarle una sola caricia, un solo contacto allí, entre sus muslos, bajo la ropa, segura de que aquello aliviaría el ansia atormentadora de su carne. Él dejó escapar un gemido áspero y apartó su boca de la de ella. Lizzie abrió los ojos y sus miradas se encontraron. Los ojos de Tyrell parecían haberse vuelto humo.

—Por favor... —gimió ella.

Él tomó su cara entre las manos y volvió a besarla. Y mientras la besaba dijo:

—He esperado casi dos años para esto.

Lizzie apenas lo oyó. Estaba a punto de deshacerse de placer.

—Vamos al cenador —le rogó casi sin aliento.

Él se envaró, sorprendido. Ella se dio cuenta de lo que había sugerido y abrió los ojos bruscamente. Recuperó en parte la cordura. Estaba haciendo el amor con Tyrell de Warenne en el jardín de detrás de su casa, donde cualquiera podía verlos.

Y Ned estaba en la casa.

Todavía sujetándola, con el muslo entre sus piernas, Tyrell volvió a mirarla a los ojos.

—Haré de ti mi amante —dijo. Ella tardó un momento en comprender lo que había dicho—. No te faltará de nada. Si son riquezas lo que quieres, las tendrás. Todos tus deseos se verán cumplidos, Elizabeth —añadió él con determinación.

Lizzie comenzó a comprender. Tyrell quería que fuera su amante. Le estaba pidiendo que fuera su querida. ¿Podía estar sucediendo aquello de verdad? Lizzie temía hallarse en medio de un sueño tórrido.

Él sonrió de pronto y tocó sus labios con la punta de un dedo.

—Sabía que sería sí —dijo con voz ronca.

Un niño comenzó a llorar.

Ned...

Y, mientras miraba a Tyrell, cuya sonrisa era infinitamente seductora, Lizzie comenzó a sentir miedo. No estaba soñando. Se hallaba en sus brazos y él le había pedido que fuera su amante. Su cuerpo y su corazón le rogaban que aceptara. En ese instante, no quería otra cosa que entregarse a él. Pero quería a Ned más que a nada en el mundo. ¿Y si Tyrell sospechaba que era hijo suyo? ¿Y si acababa por descubrir la verdad? Georgie sólo había tenido que ver a Ned un instante para adivinar de quién era hijo.

Tyrell le dio la espalda y se tiró de las calzas. Lizzie sintió que los ojos se le llenaban de lágrimas. Los cerró con fuerza, se tocó las mejillas, que seguían ardiendo, y musitó:

—Me temo que me ha malinterpretado, milord.

Él se volvió bruscamente.

—¿Que te he malinterpretado?

—No puedo aceptar su proposición —dijo ella.

Él la miraba con pasmo.

—¡Yo no he malinterpretado nada!

Ella levantó la barbilla y logró mirarlo a los ojos.

—No puedo ser su amante —dijo con firmeza.

—¿Por qué demonios no? —preguntó él con un destello en los ojos negros—. Sé que no eres virgen. He hecho averiguaciones.

—¿Averiguaciones? —Lizzie estaba aterrorizada.

—Eso es —se cernió sobre ella—. Eres soltera. Tu reputación está hecha añicos. No tienes nada más que perder. Te lo he dicho, te daré cuanto desees —sus ojos brillaron de nuevo—. Me aseguraré de que a tu hijo no le falte de nada. Tu familia vive en la pobreza. Yo puedo cambiar eso. ¡Sólo tienes que calentarme la cama!

Lizzie pensó en el futuro, en el día en que Tyrell se daría cuenta de que Ned era hijo suyo y, cansado ya de ella y convencido de que no era la madre del niño, la arrojaría de su lado y se quedaría con Ned.

Sacudió la cabeza.

—No puedo.

Él la miraba con perplejidad.

—¿Qué juego es éste? —preguntó—. Primero me provocas en el baile y luego mandas a una puta en tu lugar. Todavía no entiendo por qué. Y ahora rechazas una pequeña fortuna, cuando está claro que me deseas tanto como yo a ti.

—Esto no es un juego —repuso ella.

Pero Tyrell se inclinó sobre ella.

—Ten cuidado. Puede que cambie de idea y te quedes sin nada.

Por un instante, Lizzie pensó que la estaba amenazando con

arrebatarle a Ned. Sacudió la cabeza con los ojos llenos de lágrimas.

—Estaré en Adare otra semana, luego debo regresar a Dublín. Espero concluir nuestro acuerdo mucho antes. De hecho, espero que te reúnas conmigo en la ciudad —dijo él con aspereza. Lizzie estaba sin habla. Él hizo una reverencia—. Buenos días.

Lizzie lo vio marchar, temblorosa hasta lo más profundo de su ser. El destino le había brindado de nuevo una ocasión única. Y ahora debía elegir.

No deseaba otra cosa que aceptar la escandalosa proposición de Tyrell, pero no podía arriesgarse a perder a Ned. Así que, en definitiva, no había elección posible.

Se abrazó y regresó a la casa con paso lento.

Y, en una habitación del piso de arriba, las cortinas se movieron. Eleanor también había visto marchar a Tyrell.

Entre la espada y la pared

Toda la familia estaba sentada en el comedor para la cena. Eleanor se puso en pie. Sostenía una copa de vino que tocó con una cuchara. Los demás se volvieron hacia ella.

–Tengo algo que decir –anunció.

Lizzie se sentía perdida en medio de su aflicción, incapaz de pensar en nada ni en nadie, como no fuera en Tyrell y en su proposición. Creía conocerlo bien, pero nunca había comprendido lo autoritario que era. ¿Y por qué la deseaba como amante? ¿Por qué no elegir a una mujer bella, seductora y experimentada?

Miró sombríamente a su tía. Ignoraba de qué quería hablarles Eleanor, pero tal vez lo que fuera a decir la distrajera de la maraña de mentiras que ella misma había creado.

–Debo regresar a Merrion Square. Tengo asuntos de los que ocuparme en casa –dijo Eleanor.

En ese instante, Lizzie comprendió lo muy unida que se sentía a su tía y cuánto se había apoyado en ella durante el año y medio anterior. Egoístamente, no quería que Eleanor se fuera. Pero Eleanor había sacrificado su vida por ella y por Ned, y era hora de que volviera a ocuparse de sus asuntos.

Entonces su tía la miró fijamente.

–Lo siento, Elizabeth, pero esta situación se nos ha ido completamente de las manos –dijo con gravedad –Lizzie se crispó, alarmada. ¿Qué quería decir Eleanor?–. Puede que algún día me des las gracias por mi atrevimiento. Y puede que no. Pero debo hacer lo que creo mejor para Ned, para su padre y también, confío, para ti —añadió Eleanor como si Lizzie estuviera sola.

Ésta se levantó de un salto, temblando.

—¡Eleanor, no, por favor!

—Lo siento, niña, pero he de hacer lo que me dicta la conciencia —miró a sus padres—. Tyrell de Warenne es el padre de Ned —dijo.

La madre de Lizzie dejó escapar un gemido de estupor; su padre se puso blanco.

—¿Cómo has podido traicionarme así? —exclamó Lizzie, estupefacta—. ¡Me hiciste una promesa!

Eleanor parecía terriblemente triste.

—Prometí no decirle a Tyrell que es el padre, y lo he cumplido. Tú sabías, querida mía, que la verdad acabaría saliendo a la luz.

—¡Y además te burlas de tu promesa! ¡Yo no sabía tal cosa! ¡Nunca te perdonaré esta traición! —gritó Lizzie, enfurecida—. ¡Nunca te perdonaré por esto! —en ese momento, comprendió que su vida no volvería a ser la misma. Y de pronto tuvo miedo.

Georgie le tocó la mano.

—Lizzie, yo también creo que es lo mejor.

¿Cómo podía ser lo mejor? El secreto se había desvelado y, tarde o temprano, Tyrell iba a descubrir que era el padre de Ned. Cuando ese día llegara, Lizzie tendría que afrontar su peor pesadilla hecha realidad: Ned le sería arrebatado.

—¿Cómo puedes traicionarme tú también? —Lizzie se apartó de Georgie.

Su madre se levantó trabajosamente.

—Esto no puede ser cierto. ¿Es una broma? ¿Una broma terrible y cruel? —preguntó.

—No es ninguna broma, Lydia —dijo Eleanor, volviendo a sentarse. Lizzie se negaba a mirarla.

Su madre miró a Lizzie boquiabierta.

—No puedes, mamá. No puedes decírselo a Tyrell. ¿Es que no lo entiendes? Cuando descubra que Ned es su hijo, ¡se lo llevará! –el horror de Lizzie crecía sin cesar. Debía convencer a sus padres de que guardaran silencio. Ni siquiera podía imaginar lo que sucedería si aquel asunto se hacía público. A fin de cuentas, Tyrell sabía que nunca habían hecho el amor. Si se veía obligada a enfrentarse a él, tendría que revelarle el hecho de que no era la madre del pequeño. El secreto de Anna saldría a la luz y la vida de su hermana quedaría arruinada.

Pero, si tenía el coraje de insistir en que era la madre de Ned, él sencillamente negaría ser el padre. Tyrell le echaría un solo vistazo y se reiría de ella, lleno de desdén e incredulidad.

Su madre miró a su padre. Una fuerte emoción empezaba a adueñarse de su semblante.

–¡Papá! ¿Puedes creerlo? ¡Tyrell de Warenne es el padre del hijo de Lizzie! –su padre también se había puesto en pie. Parecía petrificado–. ¡Papá! ¡Espabila! –exclamó su madre atropelladamente–. Los condes están en Adare y tengo entendido que lord Harrington llegaba hoy con su hija y que el compromiso iba a anunciarse la semana que viene en un baile. ¡Debemos pedir una entrevista inmediatamente! ¡Quizás incluso esta noche!

Lizzie se dejó caer en su silla. ¿Se atrevía a defender su pretensión de ser la madre de Ned? ¿Se atrevía a enfrentarse a Ned? ¿No se merecía Anna su vida, su felicidad? Ned podía saber la verdad cuando fuera mayor, ¿no era cierto? Sólo sintió vagamente que Georgie la agarraba del hombro para ofrecerle algún consuelo.

–No, mamá –dijo su padre–, iremos a Adare mañana a mediodía. No temas. El conde hablará conmigo y su hijo hará lo correcto con nuestra hija.

¡Las cosas empeoraban por momentos! Lizzie se levantó de un salto.

–¿No querrás decir…?

–Casarse –contestó su padre con vehemencia–. Me refiero a casarse, Lizzie. Te dejó encinta y ahora se casará contigo.

Lizzie sacudió la cabeza, horrorizada ante la mera idea de verse arrastrada hasta Adare como la madre del hijo de Tyrell. Tenía que detener aquella locura antes incluso de que empezara.

—Nunca se rebajará a casarse conmigo. Tú misma has dicho que está a punto de prometerse con una heredera inglesa. ¡No tiene sentido acudir a él! Jamás admitirá que Ned es hijo suyo —dijo. Luego añadió firmemente—: Lo negará todo.

—Tú desciendes de reyes celtas —exclamó su madre con energía, agitando el puño—. Tu antepasado, Gerald Fitzgerald, fue conde de Desmond. ¡En su día gobernó toda la mitad sur de Irlanda!

—Y perdió la cabeza por ello —masculló Georgie, pero sólo Lizzie la oyó.

—Tu sangre es mucho más azul que la de cualquier De Warenne —gritó su padre con las mejillas congestionadas—. ¡Ni siquiera son irlandeses! ¡Tú llevarás la sangre real al linaje de los De Warenne!

Lizzie miraba atónita a su padre. Nunca lo había visto tan alterado. Saltaba a la vista que el señor Fitzgerald creía lo que decía. ¿Acaso había perdido la razón?

—Nunca se casará conmigo —repitió Lizzie, desesperada—. ¡Papá, tienes que escucharme! ¡Tyrell no reconocerá que Ned es hijo suyo! No tiene sentido presionarlo. ¡Es absurdo decírselo! Nosotros podemos criar a Ned. ¡Por favor, no me hagáis esto!

—¡No negará a su propio hijo! ¡Oh, no! Se casará contigo, Lizzie, o yo no me llamo Fitzgerald —dijo su padre con fiereza.

Georgie entró sin hacer ruido en la habitación. Lizzie supo que era ella sin necesidad de levantar la mirada. Estaba tumbada de lado en la cama, con Ned dormido en sus brazos y las mejillas llenas de lágrimas. Sentía angustia por sus padres y temía que los derechos de Ned estuvieran en peligro. Pero también temía a Tyrell.

Él parecía desearla, pero sin duda sus sentimientos cambiarían cuando se presentara ante él afirmando ser la madre de su hijo. Cerró los ojos, acongojada. Cuando él negara sus pretensiones, sus padres lo considerarían un hombre sin moral, cuando la que había faltado a la honestidad era ella.

Georgie se sentó a los pies de la cama.

—¿Podemos hablar? —preguntó.

Lizzie sofocó un sollozo. Ya no tenía en su tía a una confidente, y necesitaba una más que nunca.

—Sí.

—Eleanor te adora, Lizzie —dijo Georgie, y alargó la mano para acariciarle el pelo—. Ha hecho lo que le ha parecido lo correcto.

Lizzie se sentó con cuidado de no despertar a su hijo. Miró a Georgie mientras se enjugaba las lágrimas con el dorso de la mano.

—Prometió guardar el secreto. No me hables de ella ni ahora ni nunca. Además, Tyrell va a negar que sea el padre de Ned.

Georgie vaciló.

—¿Por qué estás tan segura de eso? Tyrell no es tonto. Sólo tiene que ver a Ned para ver cuánto se parece a él.

Lizzie se estremeció.

—Nunca creerá que he tenido un hijo suyo.

—No veo por qué no. Oh, Lizzie. Puede que se case contigo. ¡Está tan prendado de ti! —exclamó Georgie.

Lizzie miró a su hermana con intensidad. Tenía que confesarlo todo, no tenía nadie más a quien recurrir.

—No quiere casarse conmigo, Georgie. Casi no puedo creer que sugieras tal cosa siendo tan sensata. De hecho, me pidió que fuera su amante —Georgie se quedó boquiabierta—. Así que ya ves que piensa casarse como es debido —curiosamente, se sentía dolida—. Y es lo que debe hacer —añadió con firmeza. El matrimonio nunca había formado parte de sus sueños, ni siquiera de los más osados.

—¡Qué cara más dura! —exclamó Georgie. Se levantó, sofocada por la ira—. Te deja embarazada, te abandona casi durante dos años y luego espera que vuelvas a meterte en su cama mientras él se casa con la bella lady Blanche.

A Lizzie le sorprendió la cólera de su hermana... hasta que comprendió de dónde surgía. Georgie también tenía problemas. Y, en ese momento, se dio cuenta de lo egoísta que estaba siendo. Se puso en pie, descalza, y abrazó a su hermana.

—Lo siento. ¿Qué ha pasado con el señor Harold?

Georgie levantó la barbilla, pero sus ojos se llenaron de lágrimas.

—Me quiere a pesar de lo desafortunado de mi situación familiar —dijo con amargura—. Y nunca me abandonaría por causa de mis parientes. Creo que nuestra noche de bodas me moriré —dijo, y luego se puso colorada—. ¡Ah, cómo disfrutó tu amigo el señor McBane viendo cómo me tocaba!

Lizzie se sorprendió.

—Dudo que Rory disfrute con la desgracia de una mujer —dijo.

—¡Qué equivocada estás! Me miraba de la manera más grosera mientras el señor Harold me acariciaba el brazo. ¿Cómo soportas la amista de ese dandi?

Lizzie dio un respingo.

—Rory siempre ha sido amable conmigo. Además, es muy inteligente y divertido. Hace unas caricaturas de lo más ingeniosas para el *Dublin Times*. ¿Por qué dices que es un dandi? ¿No te fijaste en los codos de su chaqueta? Estaban raídos.

—Entonces es una pobre imitación de un dandi —Georgie se encogió de hombros—. Si sus caricaturas aparecen en el *Dublin Times*, seguramente las habré visto.

—Estoy segura de que las habrás visto muchas veces —dijo Lizzie, deseosa de que Rory agradara tanto a su hermana como la agradaba a ella.

Georgie soltó un bufido.

—No parece tan listo.

Lizzie suspiró y se abrazó. No se quitaba de la cabeza la espantosa entrevista que tendría lugar al día siguiente. Georgie se equivocaba. Tyrell sabía que no se había acostado con ella, y Ned y ella serían arrojados a la calle… que era lo que ella quería, ¿no?

—Lizzie, ¿qué ocurre? Estoy segura de que hay algo más que te angustia.

Lizzie se mordió el labio.

—Cuánta razón tienes. No he sido del todo sincera contigo… pero hice una promesa que me resisto a romper.

Georgie la miró con perplejidad.

—Si esa promesa te compromete, tal vez debas reconsiderarla.

Lizzie se sentó en una silla. Se había visto comprometida desde el instante en que le había hecho aquella promesa a Anna, pero en aquel momento no se había dado cuenta.

—Georgie, prometí a alguien muy querido para mí guardar silencio de por vida respecto a un asunto. Pero el secreto me ha puesto en una situación insostenible, en una situación que nunca creí posible. Y, lo que es peor, el secreto tendrá que salir a la luz tarde o temprano.

Georgie estaba atónita.

—Deduzco que sólo puedes referirte a Anna —dijo por fin—. ¿Qué pudiste prometerle? —Lizzie hizo una mueca—. Anna ha conseguido todo con lo que había soñado. ¿Le perjudicará ese secreto como te está perjudicando a ti ahora?

—Sólo si se hace público —contestó Lizzie con cautela.

—Si debes compartirlo para que te aconseje, te juro que nunca lo revelaré —dijo Georgie.

Lizzie asintió con la cabeza. Se sentía muy mal, pero sabía que no tenía nadie más a quien recurrir.

—Anna es la madre de Ned —dijo por fin.

Georgie se quedó de una pieza. Se agarró al poste de la cama para no perder el equilibrio.

—¿Cómo dices?

Lizzie asintió de nuevo.

—Yo nunca he estado en la cama de Tyrell y él lo sabe. Si papá y mamá van a Adare y afirman que soy la madre de su hijo, Tyrell sin duda descubrirá mi mentira. Por eso he insistido en que negará ser el padre de Ned. ¡Y Rory! ¡Rory me vio varias veces cuando se suponía que debía estar embarazada! Si alguna vez descubre que tengo un hijo, sabrá que no es mío. Esta fantástica mentira está a punto de deshacerse —sollozó atropelladamente.

Georgie respiró hondo.

—¡Qué egoísta es Anna! —Lizzie dejó escapar un gemido de asombro—. Sí, ya sé que no es justo por mi parte. Pero mira por lo que estás pasando para que ella pueda vivir feliz y contenta con Thomas. ¡Esto no es justo! Anna siempre ha tenido todo lo que ambicionaba. No ha sufrido ni un solo día de su vida. Sólo tiene que sonreía para seducir a todo el mundo. ¡Y te cargó así con su hijo!

—Yo quiero a Ned como si fuera hijo mío, Georgie. Fui yo quien quiso afirmar que era mío. Fue idea mía, no suya. Eleanor intentó convencerme de que no lo hiciera, pero me enamoré de Ned en cuanto lo tuve en mis brazos.

—Llevas toda tu vida enamorada de Tyrell y Anna lo sabía, y sin embargo se acostó con él —dijo Georgie.

Lizzie cerró los ojos, traspasada por el mismo dolor que había sentido al descubrir la traición de su hermana.

—Anna nunca ha tenido muchos escrúpulos. ¡Y esto lo demuestra! —exclamó Georgie.

Lizzie sacudió la cabeza.

—Dejemos en paz a Anna. Lamenta sinceramente su desliz. Y sólo fue una vez, esa noche en el baile de Todos los Santos, cuando nos cambiamos el traje —Lizzie no tenía intención de decirle a su hermana que Anna había tenido otros amantes antes de Tyrell.

Georgie dejó escapar un sonido de incredulidad y la miró con estupor.

—Siempre ha sido la salvaje, ¿no es cierto? Y nosotras pasamos años defendiendo su coquetería y su desparpajo. Quizá no debimos poner tanto empeño —dijo con amargura.

—Es nuestra hermana —repuso Lizzie—. Yo también me enfadé con ella, pero al final tenemos que sernos fieles las unas a las otras.

—Eres demasiado generosa, Lizzie —dijo Georgie, muy seria—. No sé si yo podría serlo tanto, si estuviera en tu lugar.

—¿Qué voy a hacer? —preguntó Lizzie, desesperada, pensando en la humillación que sin duda la esperaba al día siguiente—. Papá y mamá irán a Adare y dirán a los condes que soy la madre del hijo de Tyrell. No hay modo de detenerlos. Estoy a punto de verme en las circunstancias más humillantes que quepa imaginar. Pero no podemos destruir la vida de Anna. ¿Qué voy a hacer? —repitió.

Georgie se sentó.

—Qué complicado es esto. Tienes razón. Debemos proteger a Anna, naturalmente. Y no habrá modo de disuadir a papá y mamá. No veo ninguna esperanza —la miró a los ojos—. Pobrecita mía. Tyrell va a pensar que eres una mentirosa de la peor especie.

Lizzie asintió con la cabeza.

—Y no me tiene ya en muy alta estima.

—Eso es muy injusto —dijo Georgie.

—No creo que haya otra solución posible —repuso Lizzie.

—No, a no ser que queramos arruinar la vida de Anna.

Las hermanas se miraron. Georgie se levantó.

—Eres demasiado buena, Lizzie. Tal vez algún día Tyrell también se dé cuenta.

Lizzie lo dudaba.

Lizzie no había pegado ojo en toda la noche. Ahora permanecía sentada con sus padres en el opulento salón, con las manos sobre el regazo, a la espera de los condes de Adare. Ned estaba sentado sobre las rodillas de Rosie, en una silla contigua. Al llegar, su padre había dado al mayordomo una tarjeta de visita y había insistido en que debía hablar con el conde.

Lizzie sabía muy bien que el conde podía mandar al mayordomo de vuelta con una excusa para no recibirlos. Pero Adare era conocido por ser un hombre generoso y compasivo, un caballero verdaderamente honorable. Aunque su padre raramente se movía en los mismos círculos que el conde, su madre aseguraba que su marido era primo lejano del hijastro del conde, Devlin O'Neill. Por lo visto ambos podían remontar su linaje hasta Gerald Fitzgerald, el célebre conde de Desmond al que había mencionado su marido. Aquel vínculo, y el hecho de que fueran vecinos, convencieron a Lizzie de que el conde los recibiría.

Se oyeron unos pasos de mujer. Lizzie se tensó cuando las grandes puertas de roble se abrieron. El mayordomo apareció con la condesa.

A Lizzie le dio un vuelco el corazón. Se levantó e hizo una reverencia al tiempo que sus padres hacían lo propio. La condesa se había detenido a la entrada del salón con una sonrisa amable en su bello rostro. Tenía el cabello rubio oscuro, pero su tez era muy clara, y los topacios azules que lucía en la garganta, las manos y las orejas armonizaban con sus ojos. El señor Fitzgerald se aclaró la garganta y Lizzie comprendió que estaba nervioso.

—Milady —dijo—, confiaba en poder hablar con el conde.

La condesa inclinó la cabeza y miró con cierta confusión a Rosie y Ned.

—Mi querido señor Fitzgerald, ¿cómo se encuentra? Es usted muy amable por venir a visitarnos, pero por desgracia mi marido está ocupado en este momento. Estoy segura de que habrá oído que tenemos algunos invitados en casa.

—Sí, claro que lo he oído —dijo su padre, crispado—. Milady, me temo que debo hablar con el conde. Lamentablemente, esto no es una visita de cortesía. Se ha perpetrado una terrible injusticia que sólo su familia puede resolver.

La condesa levantó las cejas. No parecía muy sorprendida; tal vez creyera al señor Fitzgerald dado a la exageración, como su famoso ancestro. O tal vez fuera su carácter el permanecer serena y en calma. Lizzie no pudo por menos de sentirse impresionada por su aplomo.

—¿Una injusticia? No logro imaginar a qué se refiere. Lo siento muchísimo, pero no puedo interrumpir a mi esposo en este momento. ¿Le importaría volver otro día? —sonrió a su padre amablemente.

—Entonces me temo que tendré que cargarla a usted con el peso de las noticias que traigo.

La condesa pareció ligeramente perpleja. Sin embargo sonrió y dijo:

—¿Nos sentamos?

—Sí, desde luego —contestó su padre, muy serio, y le acercó una silla.

La condesa, cuya sonrisa se había esfumado por fin, miró un momento a Lizzie, que se sonrojó, y, como si notara su malestar, le dedicó una sonrisa cordial.

—Adelante, señor —dijo.
El señor Fitzgerald miró a Lizzie.
—Ven aquí, Elizabeth —dijo.
Lizzie se armó de valor y, obedeciendo a su padre, se acercó a él y eludió los ojos de la condesa, que la observaba con curiosidad indisimulada.
—Mi hija, Elizabeth Anne Fitzgerald —dijo su padre.
Lizzie hizo una reverencia, tan baja que tocó el suelo son las puntas de los dedos para sujetarse.
—Levántate, chiquilla —dijo la condesa, y Lizzie notó su mano en el hombro. Obedeció y la miró a los ojos. En ese momento, comprendió que aquella mujer sólo podía ser amable.
—Mi hija ha estado fuera de casa casi dos años —dijo su padre con cierta crispación—. Nunca nos dijo por qué deseaba irse a casa de su tía Eleanor en Dublín. Pensábamos que Eleanor la había invitado. Pero nadie la invitó. Se fue para tener a su hijo en secreto. Su hijo… y el nieto de usted —añadió.
La condesa lo miró con los ojos como platos.
—¿Cómo dice?
—Rosie, trae a Ned —dijo su padre, muy colorado.
Lizzie se volvió y tomó la mano de Ned al adelantarse el pequeño. Había empezado a temblar cuando lo tomó en brazos y lo apretó con fuerza. Temía ser arrojada a la calle y que Ned se quedara en aquella casa.
—Su hijastro Tyrell es el padre de este niño —dijo su padre gravemente.
Lizzie cerró los ojos.
—Lo siento —musitó dirigiéndose a la condesa.
—No puedo creerlo —dijo la condesa—. No hace falta que mire a su hija dos veces para saber que es una señorita. Tyrell no es ningún libertino. Jamás se comportaría de manera tan deshonrosa.
—Debe hacer lo correcto con Elizabeth y su hijo —dijo su padre.
Lizzie se atrevió a mirar a la condesa. Sus miradas se encontraron y Lizzie apartó la suya al instante. Estaba mintiendo a la condesa, y aquélla la perturbaba terriblemente.
—Deje al niño en el suelo —dijo la condesa con firmeza.

Aunque hablaba con suavidad, aquello era indudablemente una orden. Lizzie dejó a Ned en el suelo. Él le sonrió y dijo:

—Mamá, ¿paseo? ¡Paseo!

—Luego —susurró Lizzie.

La condesa miraba a Ned con incredulidad. Luego dijo con voz tensa:

—Señorita Fitzgerald... —Lizzie la miró—. ¿Tyrell es el padre de su hijo?

Lizzie respiró hondo. Lo único que tenía que hacer era negarlo, pero curiosamente no podía. Asintió con la cabeza.

—Sí, señora —dijo.

La condesa miró a Ned, que le sonrió y dijo:

—¡Paseo! ¡Paseo! —dio un golpe con el puño en el brazo de la silla y sonrió, muy satisfecho de sí mismo.

La condesa respiró hondo. Parecía alterada.

—Voy a llamar a mi esposo —dijo.

—Espere —la señora Fitzgerald se adelantó con lágrimas en los ojos—. ¿Puedo hablar, por favor?

La condesa asintió con la cabeza. La madre de Lizzie se sacó un pañuelo de la manga y se enjugó los ojos.

—Nuestra Lizzie es una buena chica —logró decir con voz quebrada—. Nosotros ignorábamos cuando se fue a Dublín, a visitar a lady de Barry, que estaba encinta. Verá, milady, Lizzie es la más tímida de mis hijas. Siempre ha sido la menos espabilada. ¡No tiene ni un pelo de deshonesta!

La condesa miró a Lizzie y Lizzie adivinó lo que estaba pensando: que, si había tenido un hijo ilegítimo, no podía ser ni tan buena, ni tan honesta.

—No quiero ni pensar en cómo fue seducida —añadió su madre.

—¡Mamá, no! —exclamó Lizzie. No acusaría a Tyrell se seducirla con malas artes—. Fue enteramente culpa mía.

La condesa parecía asombrada, tanto por la declaración de Lizzie como por la acusación de su madre.

—Conozco a Tyrell tan bien como a mis hijos —dijo, crispada—, y sé que es un caballero. No pudo seducirla. No, si ella era de veras inocente.

–¿Acaso no ve con sólo mirar a Lizzie lo tímida y recatada que es? –exclamó su madre–. ¡No es una coqueta ni una perdida! Pero él la ha convertido precisamente en eso. De algún modo hizo que olvidara su educación. ¡Ha de hacerse justicia!

–Basta, mamá, por favor –le suplicó Lizzie.

–Sí, debería usted refrenarse –dijo la condesa a modo de serena advertencia.

El señor Fitzgerald agarró a su esposa del brazo. Pero ella gritó:

–Todo el mundo conoce la reputación de Lizzie. Sólo tiene que preguntar por mi hija pequeña.

–Iré a buscar al conde –dijo la condesa.

Pero Lizzie no podía soportar ni un momento más de conflicto. Se acercó corriendo a la condesa, consciente de que debía hablar con ella inmediatamente.

–Puedo hablarle, ¿por favor? Sólo un momento. Cuando acabe, comprenderá usted que no hay necesidad de llamar al conde, ni a Tyrell –la condesa vaciló. Luego asintió amablemente con la cabeza–. Fue del todo culpa mía –dijo Lizzie, sin apartar la mirada de su interlocutora–. Tyrell no tiene la culpa. Yo iba disfrazada… Llevaba toda la vida enamorada de él. Coqueteó conmigo, sólo un poco… y yo lo seduje. Él ignoraba quién era y estoy segura de que, por mi modo de conducirme, me creyó una cortesana experimentada.

–¡Lizzie! –gritó su padre, enfadado.

–Lizzie… –repitió su madre con horror.

–¿Me está diciendo que mi hijo cometió un error? –preguntó la condesa.

–Sí, milady, toda la culpa es mía. No hay necesidad de molestar a su esposo, ni a su hijastro. No culpe a Tyrell por lo ocurrido. Cúlpeme a mí y acepte mis disculpas… y deje que me lleve a mi hijo a casa. ¡Yo no quería venir! –agarró la mano de la dama–. ¡Deje que volvamos a casa! Yo quiero a Ned, soy una buena madre… ¡No moleste a su esposo ni a Tyrell!

Su madre se dejó caer en una silla y comenzó a llorar desconsoladamente.

La condesa miró a Lizzie con auténtica sorpresa y le levantó la barbilla suavemente.

—Pero has venido a mi casa buscando casarte.

—No —murmuró Lizzie—, no soy tonta. Sé que Tyrell nunca se casaría conmigo. Eso es lo que buscan mis padres, no yo.

—¿No quieres casarte con mi hijo?

Lizzie titubeó. Casi le estallaba la cabeza.

—No —la condesa la miraba inquisitivamente. Lizzie se sonrojó—. No me quiten a Ned —dijo—. Por favor. Usted es buena. Lo he oído decir y ahora lo veo. Yo no quería venir. Por favor, deje que nos vayamos. Deje que me lleve a mi hijo a casa.

La condesa bajó la mano.

—Te quedarás aquí un momento más —Lizzie sintió entonces auténtico temor—. Enseguida vuelvo —añadió la condesa—. Voy a llamar a mi esposo… y a mi hijo.

Un terrible suplicio

Tyrell de Warenne se detuvo en la terraza de piedra caliza y contempló los prados y los jardines que se extendían tras la mansión de Adare. Las rosas, las flores preferidas de su madrastra, florecían por todas partes, pero él no las veía. Era vagamente consciente de que su hermano Rex estaba sentado en una silla de hierro, con una copa en la mano. Sonaban risas femeninas.

Siguió rápidamente aquel sonido. Varias damas emergieron del laberinto de setos del otro lado del cenador. Una de ellas era su prometida.

Tyrell había sido educado en la tradición de los De Warenne desde el mismo momento de su nacimiento. Era aquélla una herencia antigua de honor, valentía, lealtad y deber. Pero era mucho más que eso, pues él sería el próximo conde. Sus obligaciones como heredero siempre habían estado claras: sólo él era el responsable de la dignidad, la posición política y las finanzas de la familia y su legado. Siempre había sabido que algún día tendría que hacer una boda ventajosa, una boda que mejorara la posición de los De Warenne económica, política o socialmente... o las tres cosas a la vez. Nunca se había cuestionado su destino.

Deseaba aquella unión. Al igual que su padre y que, antes que él, su abuelo, cumpliría su deber con orgullo. Y ese deber incluía el asegurarse de que a nadie de su familia le faltara nada. Sería él quien mantendría a sus hermanos, a su hermana y, con el tiempo, a sus padres; sus actos podían realzar o manchar el nombre, grandioso y antiguo, de los Adare.

Aunque las posesiones de su familia eran vastas, acababan de vender ventajosamente una finca en Inglaterra para sanear sus finanzas con vistas a las necesidades de futuras generaciones. No bastaba con garantizar una vida de riqueza y poder para sus hijos y los de sus hermanos y hermana. Lord Harrington sólo era vizconde, y desde hacía apenas una década. Era, sin embargo, inmensamente rico, pues había hecho fortuna en el comercio. La boda con su hija aseguraría una posición económica muy sólida a la siguiente generación de la familia De Warenne y procuraría a ésta otro punto de apoyo en Inglaterra.

Tyrell vio acercarse a la mujer que pronto sería su esposa.

—Así que no tiene los dientes negros —comentó su hermano.

Tyrell se volvió al tiempo que Rex se ponía en pie, lo cual no resultaba tarea fácil, pues sólo tenía una pierna; había perdido la otra en la Guerra de España, en la primavera de 1813. Había recibido en premio a su heroísmo el título de caballero y una finca en Cornualles, donde había pasado en casi total reclusión la mayor parte del año anterior. Rex era algo más bajo que Tyrell y mucho más fornido. Sus rasgos, sin embargo, eran muy semejantes; ambos tenían la tez morena, los pómulos altos, la nariz recta y la mandíbula fuerte. A diferencia de Tyrell, Rex tenía los ojos marrones oscuros, como su famoso antepasado, Stephen de Warenne. En ese momento, su semblante tenía una expresión sardónica. ¿O acaso se debía aquel rictus al dolor? Tyrell sabía que el muñón de su pierna derecha le molestaba enormemente. Rex vivía presa del dolor.

—No esperaba que se pareciera a su retrato —comentó Tyrell con calma mientras observaba con más detenimiento a su prometida. En realidad, se había sorprendido al encontrarse con una mujer genuinamente atractiva, de rasgos menudos y clásicos, cabello rubio claro, ojos azules y piel de porcelana. Muchos hombres la habrían encontrado terriblemente atractiva. Suponía que él también, aunque de un modo clínico.

—Es muy guapa. Más que su retrato —Rex se acercó a Tyrell apoyándose en una muleta—. Pero no pareces muy contento. Anoche también parecías contrariado. De hecho, mirabas la chimenea con el ceño fruncido. ¿Ocurre algo? Esperaba que estuvieras satisfecho. Será divertido tener a esa muchacha en la cama, y te dará hijos apuestos y hermosas hijas.

La noche anterior, Tyrell se había bebido casi una botella de brandy. Recordó al instante el motivo de su ensimismamiento. Ella tenía los ojos grises y el pelo rojizo y agreste.

—Estoy satisfecho. ¿Por qué no iba a estarlo? —dijo con aplomo—. He esperado mucho tiempo este día. Lady Blanche es hermosa, y su padre es lord Harrington. Claro que estoy satisfecho.

Rex lo observaba con atención. Tyrell comprendió de pronto que sentía muy escasa emoción, como no fuera una tibia sorpresa porque su matrimonio fuera a efectuarse por fin. El placer, sin embargo, parecía eludirlo.

La persecución de Elizabeth Fitzgerald que había emprendido lo tenía terriblemente distraído, y él lo sabía. Quizá por eso no lograba sentir placer, ni satisfacción. Pero no permitiría que nada ni nadie pusiera en peligro su porvenir. Ni siquiera él mismo. Y menos aún una mujer de ojos grises a la que, sencillamente, no entendía.

Se alejó de su prometida, que seguía caminando hacia él. Elizabeth Fitzgerald parecía dulce e ingenua, bien educada y honesta, pero todo aquello era una inmensa farsa. ¿Cómo no iba a afrontar él los hechos? Ella había vuelto a casa con el hijo de otro hombre, nacido fuera del matrimonio.

¿Y por qué lo rechazaba ahora? Ya no tenía reputación que perder. Él conocía a las mujeres lo bastante bien como para saber que Elizabeth también lo deseaba. ¿Qué creía poder ganar rechazándolo de nuevo? ¿O era aquél otro de sus astutos juegos? Porque, ciertamente, en el baile de máscaras de Todos los Santos había jugado con él como con un tonto.

—No pareces contento. Ni siquiera aunque lo afirmes. Pareces completamente desinteresado —dijo Rex.

Tyrell reconoció que tenía razón: no podía mostrar interés

alguno por su futura esposa y, sin embargo, su interés por una joven caída en desgracia no conocía límites. Se concentró en su hermano.

—¿Te molesta la pierna? —confiaba en que fuera ésa la razón por la que su hermano estaba bebiendo a mediodía, aunque no lo creía.

—Mi pierna está bien, pero tú no —repuso Rex, pero, desmintiendo sus palabras, se frotó el muñón en que se había convertido su muslo derecho.

Tyrell lo vio y se reprendió al instante. Él estaba preocupado por una mujer que no era su novia, mientras que su hermano había perdido una pierna, vivía en constante sufrimiento físico y parecía empeñado en condenarse a un exilio que él mismo se imponía.

—No me preocupa mi boda, Rex —vaciló—. Es en otra mujer en la que pienso —añadió impulsivamente, y al instante se arrepintió de su candor.

—¿De veras? Pues te sugiero que te sacies cuanto antes de ella para que puedas fijar tu atención donde es debido —Rex parecía sorprendido. Vieron acercarse a Blanche con dos amigas.

Tyrell no deseaba otra cosa que saciarse de Elizabeth Fitzgerald. Sintió una oleada de deseo al pensarlo, y al mismo tiempo se dio cuenta con desagrado de que lady Blanche esperaba ante él con una sonrisa en el rostro. Sus dos amigas permanecían a su lado. Tyrell les sonrió y se inclinó ante ellas.

—Confío en que esté disfrutando de este hermoso día —dijo sin dejar de sonreír.

—¿Cómo no? —contestó ella con sencillez—. Hace un día muy agradable y su casa es preciosa, milord.

Tyrell escudriñó su mirada verde azulada en busca de alguna falsa pretensión, pero no vio ninguna. Muchos ingleses miraban con desdén a los irlandeses, y él lo sabía. Blanche no parecía en absoluto condescendiente. Se habían visto por segunda vez la noche anterior, cuando ella había llegado con su padre, pero no habían tenido ocasión de hablar en privado. Tyrell, sin embargo, la había observado durante la cena, y había descubierto que su aplomo y su amabilidad no parecían flaquear en ningún momento.

–Gracias. Me alegra que le agrade mi casa. ¿Le apetecería acompañarme a dar un paseo a caballo más tarde? Puedo enseñarle los alrededores –dar un paseo por el campo era lo último que le apetecía, pero debía cumplir con su deber. Quizás incluso pudieran llegar a conocerse un poco mejor antes de la boda.

–Sería un honor, señor –contestó ella con otra ligera sonrisa–. ¿Puedo presentarle a mis mejores amigas, lady Bess Harcliffe y lady Felicia Greene? Han llegado esta mañana.

Las damas hicieron una reverencia y se sonrojaron. Tyrell se inclinó ante ellas y murmuró un saludo adecuado. Después tomó la mano de Blanche, se la llevó a los labios y depositó en ella un ligero beso. Al levantar la mirada, ella lo miró a los ojos y Tyrell notó que apenas parecía azorada. Su compostura le pareció admirable, y se preguntó si habría algo capaz de hacerla perder el equilibrio.

–Hasta esta tarde, pues –dijo educadamente.

–Lo estoy deseando –ella hizo una reverencia con elegancia natural, al igual que sus amigas, y las tres se alejaron.

Tyrell las miró alejarse. Su prometida caminaba derecha, pero relajada, mientras sus amigas comenzaban a cuchichearle al oído. Tyrell no tenía duda alguna de que hablaban de él. Si Blanche estaba turbada, no lo demostró.

Elizabeth lo miraba fijamente, todavía jadeante por sus besos. Tenía las mejillas teñidas por la vergüenza, ¿o era quizá por el enojo? Sus ojos se llenaban de lágrimas y los cerraba, pero aun así él lo veía.

–¿Tyrell? –Rex le tiró del brazo–. Nunca te he visto tan distraído –dijo con cierto reproche.

–Esa mujer me está volviendo loco –contestó Tyrell.

Rex se quedó callado un momento.

–No es propio de ti pensar en otra mujer en un momento tan crucial. La mayoría de los hombres se habrían enamorado al instante de Blanche Harrington. ¿Desde cuándo persigues a esa clase de mujeres hasta el punto de distraerte de tus obligaciones? Eres el más diplomático de los hombres que conozco, y así debe ser, teniendo en cuenta que vas a seguir los pasos de nuestro padre. No eres de los que perderían el control y se arriesgarían a insultar a Harrington o a su hija.

Rex tenía razón. Tyrell tenía, al igual que su padre, una tendencia natural hacia la política, y perseguir a otra mujer en aquel momento suponía una grave falta de etiqueta.

—Debe de ser muy hermosa... y muy lista —añadió Rex.

—Lo es. La verdad es que es una tramposa, por muy inocente que parezca. Pero pienso poner fin a este juego de una vez por todas —contestó Tyrell—. Esta cacería comenzó hace casi dos años —explicó—. Y ahora se atreve a reaparecer en Limerick con el bastardo de otro hombre, ¡y a rechazarme a mí!

Rex lo miró boquiabierto.

—¿Estás enamorado?

Tyrell se sobresaltó.

—¡Claro que no!

Su hermano se quedó pensativo.

—Eres un De Warenne. Todos sabemos que los hombres de nuestra familia, una vez enamorados, quieren profunda y lealmente, hasta el final.

—Eso no es más que una leyenda familiar y yo no estoy enamorado —replicó Tyrell, pero se sentía turbado. Al igual que toda su familia, había aceptado aquella leyenda como un hecho durante toda su vida. Y era lógico, pues sólo tenía que mirar a su padre y a su madrastra para ver cuán profundamente se amaban, y lo mismo podía decirse de su hermanastro, Devlin O'Neill, y de la esposa de éste, Virginia—. Si no se hubiera esfumado en el baile de disfraces, esto ya se habría acabado —pero empezaba a tener serias dudas. Había deseado a muchas mujeres a lo largo de su vida, pero nunca había tenido que perseguir a una durante tanto tiempo, y el deseo se había extinguido rápidamente. Su deseo por Elizabeth, en cambio, seguía ardiendo, cada vez más intensamente.

Sin duda, ella no se atrevería a rechazarlo por segunda vez. Él era el heredero del condado de Adare, por el amor de Dios. Mujeres de todo tipo y rango lo perseguían desvergonzadamente. Nunca le había costado seducir a una mujer. Elizabeth Fitzgerald era la primera que lo rechazaba. Pero ¿acaso no era aquello un juego? Tyrell tenía que hacerla suya. Y sin duda eso era lo que ella pretendía, enloquecerlo con sus rechazos hasta el punto de que no pudiera pensar claramente o comportarse conforme a los dictados de su razón. Tyrell ignoraba por qué se empeñaba en aquel juego. Ya estaba dispuesto a ofrecerle una pequeña fortuna por su cuerpo. ¿Qué más podía querer? Y, además, ella debía ser consciente de que necesitaba su protección, dadas las desafortunadas circunstancias en que se hallaba.

Rex lo agarró del hombro.

–¿Quién es? ¿Quién te hace cavilar así?

–Una muchacha de ojos grises con un cuerpo hecho para volver locos a los hombres –contestó Tyrell hoscamente.

–Ty –dijo Rex con cautela–, espero que esto sea un capricho pasajero. ¿La conozco?

–Quizá. A su familia la conoces, sin duda. Es la señorita Elizabeth Fitzgerald, la hija de Gerald Fitzgerald. Creo que su padre es pariente lejano de Devlin –dijo Tyrell.

–¿Me estás diciendo que estás persiguiendo a una dama? –Rex no daba crédito.

Tyrell sintió que su humor se ensombrecía.

–No es tal dama. Ya te he dicho que es madre soltera y que está a punto de caramelo, de eso puedes estar seguro.

–Creo que deberías olvidarte de ella. Tienes que empezar a pensar en tu futuro y en el de esta familia –la mirada de Rex era negra y penetrante–. Blanche Harrington es muy bella. Sin duda tendrás una agradable vida de casado. No te hace falta una amante ahora.

Tyrell sacudió la cabeza para despejarse. Rex tenía razón… pero sólo hasta cierto punto.

–No te preocupes, no tengo intención de ofender a lady Blanche. Pero tampoco voy a permitir que se me contraríe –le dijo a su hermano–, ni que se rían de mí.

–¿De veras? ¿Y por qué está ella aquí?

–No sé de qué hablas –contestó Tyrell.

—Hablo de la dama que ocupa tu corazón —contestó Rex con ironía.

—¿Qué? —exclamó su hermano, atónito.

—Yo estaba en el vestíbulo cuando llegaron. Al parecer, ha venido con su familia.

—Debes de estar en un error. No puede ser ella.

—No, iba cruzando el vestíbulo cuando llegaron. El señor Gerald Fitzgerald, su esposa y su hija. Había un niño pequeño y una niñera con ellos —añadió—. El señor Fitzgerald quería hablar con nuestro padre.

En ese momento, Tyrell supo que los juegos de Elizabeth no habían acabado. Pero no acertaba a imaginar qué nuevo truco era aquél.

La condesa regresó al salón con su marido, el conde de Adare. Lizzie estaba sentada al borde de su silla y rezaba por convencer a la condesa de que la dejara marchar con Ned. Se sentía febril y enferma de angustia. En cuanto el conde fijó su mirada dura e incrédula en ella, comprendió que estaba perdida.

El conde estaba enojado y, aunque conservaba la calma, sus emociones eran evidentes. Lizzie hizo una profunda reverencia ante él. Su corazón latía a toda velocidad. Rezó por que aquella entrevista acabara pronto y por no perder a Ned para siempre.

—Señorita Fitzgerald —dijo el conde y, tomándola del brazo, la ayudó a incorporarse.

Lizzie se obligó a mirar sus ojos azules y brillantes. Lo mismo que Tyrell, tenía el cabello moreno y rizado, pero su tez era, en cambio, clara. Era un hombre muy apuesto y poseía un aire de autoridad al que era imposible sustraerse. Lizzie se dio cuenta de que la condesa había cerrado las puertas del salón. Su miedo aumentó.

—¿Es usted la madre del hijo de Tyrell? —preguntó el conde con brusquedad.

Lizzie sabía que sus padres estaban tras ella y aguardaban

con impaciencia su respuesta. No podía negarlo en aquel punto. Se aferró a la esperanza de que le permitieran marcharse con Ned.

—Sí, milord —logró decir.

El rostro del conde se endureció. Su mirada la recorrió lentamente. No había nada insultante en su modo de observarla, pero Lizzie volvió a sonrojarse.

—Afirma usted que mi hijo la sedujo —dijo él lisa y llanamente.

Lizzie deseó morir.

—No, milord —contestó, e hizo caso omiso de su padre, que le tiró del brazo—. La culpa fue enteramente mía. Yo lo seduje a él.

El conde profirió un sonido. Estaba claro que no la creía.

—No me parece usted una seductora. Y mi hijo no es ningún bribón.

Ella se humedeció los labios.

—Íbamos disfrazados. Él no sabía quién era yo. Fue culpa mía.

—¿Ahora lo defiende?

Lizzie tragó saliva. Se sentía como si la estuvieran juzgando. Pero no iba a acusar a Tyrell de seducirla.

—Fue un coqueteo que se nos fue de las manos —musitó.

El conde se volvió hacia Ned. Sus mejillas se colorearon al hacerlo. La condesa, que se había acercado a él, dijo con suavidad:

—No hay duda de que es hijo de Ty.

El conde pareció quedarse sin respiración un momento.

—Ya lo veo.

Lizzie se sintió desfallecer. Estaban tan seguros como era de esperar. Pero sin duda cambiarían de opinión cuando Tyrell se mofara de sus pretensiones. La condesa puso una mano sobre el brazo de su marido. El conde dijo:

—No, no me parece usted una seductora, señorita Fitzgerald. Antes de hablar con Tyrell, quisiera comprender exactamente cómo ha sucedido esto.

Lizzie estaba acongojada. Quería preguntarle qué importaba aquello, pero no se atrevía. Se oyó decir:

—Llevo toda la vida enamorada de Tyrell —en cuanto hubo pronunciado aquellas palabras, se le saltaron las lágrimas y se tapó la boca.

—Es cierto —exclamó su madre, dando un paso adelante—. Mi Lizzie ha estado enamorada de su hijo desde que era una niña. Antes nos hacía reír. Bromeábamos con ella y creíamos que se le pasaría con la edad, pero no ha sido así.

El conde miró fijamente a Lizzie. Ella sintió que le temblaban las rodillas.

—Entonces, ¿se le ocurrió tenderle una trampa a mi hijo?

—¡No! —exclamó Lizzie, horrorizada.

—Pero está aquí con su hijo y exige casarse con él. Sigo sin entender. Puede que estuviera disfrazada, pero Tyrell no permitiría que un episodio así cayera en el olvido. Conozco a mi hijo. En cuanto se hubiera dado cuenta de su error, habría intentado repararlo de un modo u otro.

Lizzie no sabía qué decir.

—Le oculté mi identidad —dijo—. Y luego me fui.

El conde se apartó por fin de ella y miró a Ned con atención. El niño estaba jugando tranquilamente en el suelo con un soldadito de juguete, pero de pronto se detuvo y levantó la vista hacia su abuelo.

La condesa se aclaró la voz.

—El retrato del comedor de Ty con su madre. Este niño podría haber posado para él.

El conde se apartó de Ned y volvió a mirar a Lizzie y a sus padres.

—Todo esto es una circunstancia muy desafortunada en lo que concierne a su hija —dijo tajantemente.

—Usted es un hombre justo —contestó el padre de Lizzie con la misma firmeza—. Sabía que lo vería de ese modo.

—Me malinterpreta usted —añadió el conde—. Lamento mucho la deshonra de su hija, pero no puedo lamentar el tener un nieto, ni siquiera aunque sea ilegítimo.

Lizzie sintió pánico. Corrió hacia Ned y lo tomó en brazos.

—¿Qué quiere decir, señor? —preguntó su padre con crispación.

—Mi hijo está a punto de prometerse en matrimonio con la hija de lord Harrington y no pienso interferir en su compromiso.

Lizzie cerró los ojos con fuerza. Sin duda iban a mandarlos a casa. Su corazón latía enloquecidamente y sentía las piernas flojas. No lograba inhalar suficiente aire.

—Criaremos gustosamente a mi nieto aquí —dijo el conde—. De hecho, no hay otra posibilidad.

Lizzie sacudió la cabeza.

—No.

El conde fijó en ella una mirada fría.

—Le concederé a usted una pensión. Repito que lamento profundamente tan desafortunada circunstancia. Y puede estar segura de que mi hijo se comportará honorablemente en el futuro. Sé que sirve de poco consuelo, pero es lo único que puedo ofrecerle. No le faltará a usted de nada, señorita Fitzgerald.

—¡Me faltará mi hijo! —gritó Lizzie—. ¡No permitiré que me separen de él!

El conde la miró con auténtica sorpresa. La condesa se adelantó. Parecía conmovida.

—Milady —sollozó Lizzie—, ¡no puedo abandonar a mi hijo!

—Lizzie —dijo su madre mientras le tiraba de la mano—, quizá sea lo mejor.

—La vida de nuestra Lizzie está arruinada —dijo su padre.

Lizzie se desasió bruscamente de su madre.

—Ned me necesita —sollozó, desesperada—. No voy a abandonarlo. ¡Yo puedo criarlo y lo haré!

El conde la miraba como si se hubiera vuelto loca.

Y en ese preciso momento Tyrell entró en la habitación. Lizzie se quedó paralizada, con Ned todavía en brazos. Tyrell ya había fijado en ella su mirada oscura.

—¿Me estabais buscando? —preguntó educadamente. La pregunta parecía dirigida a sus padres, pero Lizzie lo dudó, pues no había dejado de mirarla fijamente.

Su corazón aleteaba dentro de su pecho como un pájaro frenético, atrapado en una jaula de hierro.

—Creo que ya conoces al señor y la señora Fitzgerald —dijo el conde severamente—. Y a su hija, la señorita Elizabeth Anne.

Tyrell no hizo una reverencia. Se limitó a inclinar la cabeza. Lizzie creyó sentir la tensión que emanaba de él y se preparó para soportar su desprecio. Se sentía profundamente avergonzada por aquella mentira que ella misma había creado.

—Pero tengo entendido que no conoces a tu hijo —añadió el conde.

Tyrell dio un respingo y su mirada voló hacia el niño que Lizzie sostenía en brazos.

—¿Mi qué?

La condesa le tocó el brazo.

—Sé que esto es muy inesperado. Todos estamos impresionados, y con razón —dijo con suavidad.

Tyrell miraba a Ned con perplejidad. Después volvió a clavar los ojos en Lizzie. Ella se mordió el labio.

—¿Afirma usted que ése es mi hijo? —preguntó, incrédulo.

Lizzie no pudo responder.

—Tengo entendido que fue concebido el día de Todos los Santos, ¿no es así, señorita Fitzgerald?

Tyrell se envaró, miró un momento a su padre y volvió a fijar los ojos en Lizzie. Ella se encogió por dentro.

—¿El día de Todos los Santos? —preguntó él con frialdad, amenazadoramente.

Lizzie logró pensar de algún modo.

—Ned es mi hijo —musitó, pero nadie pareció oírla.

Su padre dio un paso adelante y señaló a Tyrell, con el rostro rojo de rabia.

—¡Me importa un bledo las mentiras que haya inventado mi hija para protegerlo, señor! ¡Usted la dejó encinta! ¡Ha destruido su vida! ¡Y su padre se niega a casarlos! ¿Qué clase de hombre es usted para abusar así de mi pobre hija y huir luego?

Tyrell se puso tenso. Tenía una expresión muy extraña: como si con su absoluta perplejidad se mezclara cierto grado de comprensión. Se volvió hacia ella.

—¿Que yo la dejé encinta? —repitió, incrédulo.

Lizzie cerró los ojos y sintió que se le escapaba una lágrima. Al menos, pensó, acongojada, Tyrell diría que Ned no era hijo suyo. Pero la consideraría por siempre una embustera de la peor especie... y en eso se había convertido. Sólo podía confiar en que algún día Ned pudiera reclamar sus derechos de nacimiento.

—Criaremos al niño aquí —dijo el conde con firmeza—. Yo me ocuparé de la señorita Fitzgerald. Por lo demás, esto no cambia nada. Casarte con la señorita Fitzgerald está descartado.

—Casarme con la señorita Fitzgerald —repitió Tyrell.

Lizzie abrió los ojos bruscamente. Tyrell la estaba mirando y se reía, pero ella no vio regocijo alguno en su semblante. Sólo había en él ira.

—¡Esto no es cosa de risa, señor! —gritó su padre, furioso.

Tyrell levantó la mano y el señor Fitzgerald se calló.

—Ya basta —dijo—. Quisiera hablar un momento a solas con la señorita Fitzgerald.

Lizzie logró sofocar un gemido de sorpresa. Sacudió la cabeza y retrocedió. No podía quedarse a solas con él en ese momento.

—Deseo hablar en privado con la madre de mi hijo —añadió Tyrell. Y le dedicó una sonrisa fría y dura que no se extendió a sus ojos.

Un plan que se tuerce

Todavía perplejo y muy enfadado, Tyrell pensó que le gustaba verla acobardarse. Ella apretaba a su supuesto hijo contra su pecho, con las mejillas terriblemente sofocadas. Pero él sabía que no había nada de inocente en ella, más allá de su apariencia.

—Madre —le dijo a la condesa con una calma que su tensión desmentía—, ocúpate del niño, por favor.

Lizzie dio un paso atrás, pálida a pesar del rubor de sus mejillas.

—No —sollozó, mirando a Tyrell aterrorizada.

Tyrell se dijo que aún le quedarían ganas de protegerla, si no fuera una mentirosa tan calculadora. Apenas podía creer que fuera tan distinta a como la había creído. Su cólera no conocía límites. ¡Ella sabía perfectamente que aquel niño no era suyo! ¿Qué farsa era aquélla?

—Por favor —le dijo Lizzie a la condesa en un susurro—, no me quiten a mi hijo.

La expresión de la condesa se llenó de piedad.

—Es sólo para que Tyrell y tú podáis hablar en privado —dijo con una leve sonrisa—. Te doy mi palabra.

Tyrell notó con fastidio que ella estaba llorando. Y de pronto sintió el impulso de tomarla en sus brazos hasta que cesaran sus lágrimas. Hacer el amor con ella debía de ser lo último que se le pasara por la cabeza, cuando ella intentaba forzar así su mano. ¡Y pensar que se había propuesto darle todo lo que quisiera si aceptaba ser su amante! Estaba claro que ella tenía planes mucho más grandiosos.

Vio cómo ella entregaba a su hijo con tal reticencia que se habría dicho que temía no verlo nunca más. Un asomo de compasión se agitó dentro de él, pero se acorazó contra aquella flaqueza: aquella joven no merecía compasión alguna de él.

Tyrell miró con detenimiento al niño y toda suerte de nuevas sospechas se avivaron en su interior. El bebé era moreno, y podía pasar fácilmente por su hijo. Naturalmente, había cientos de niños morenos en Irlanda. ¿Era aquello una coincidencia? La piel atezada del niño debía proceder de su padre, pues Elizabeth era muy blanca. Entonces se le ocurrió otra idea aún más impensable: ¿era siquiera de ella aquel niño?

Decidió al instante que ella no llegaría hasta el extremo de hacer pasar por suya a una criatura que no lo era… ni siquiera para casarse con él. Saltaba a la vista que temía perder al pequeño. El niño tenía que ser suyo… a menos que fuera una gran actriz.

Tyrell estaba furioso. No le gustaba hallarse en medio de aquella confusión. Durante toda su vida había reinado el orden, la seguridad y las normas. Su universo era un universo fijo: él era el heredero, se debía a Adare y debía proteger su familia y el condado a toda costa. Y de pronto aparecían aquella mujer, que ya no era una muchacha dulce y gentil, sino una madre soltera, y aquel niño, que podía ser o no ser de ella, y él se hallaba ante aquella horrible confabulación.

Cuando todos salieron del salón, Tyrell fue a asegurarse de que las puertas estaban cerradas. Al volver a mirarla, cruzó los brazos y casi gozó de su evidente congoja. Ella se merecía aquello… y mucho más. Pero, por desgracia, él estaba tan enfadado que no podía disfrutar de nada.

–¿Por qué clase de tonto me has tomado? –preguntó con mucha suavidad. Ella negó con la cabeza–. Entonces, ¿no me consideras un tonto? –la ira volvió a aflorar.

–No, milord, en absoluto –murmuró ella, avergonzada.

Pero aquello era otra treta. Tyrell no podía soportarlo. Se acercó a ella y la agarró de los hombros. Parecía pequeña y frágil.

—¡Deja de fingir que eres una doncella ingenua! Los dos sabemos que no tienes ni una pizca de inocencia. Y los dos sabemos que ese niño no es hijo mío —dijo con aspereza—. ¿Y te atreves a venir aquí con intención de forzarme a casarme contigo? —nunca se había hallado frente a una intrigante tan calculadora y, sin embargo, cuando la miraba a los ojos, veía dolor y vulnerabilidad.

Ella temblaba.

—La tonta soy yo. Lo siento.

—¿Lo sientes? —la apretó un momento con más fuerza. Se le pasó por la cabeza estrecharla entre sus brazos y castigarla con sus besos hasta que le suplicara perdón y lo confesara todo—. Nunca me había enfrentado a un plan tan monstruoso y osado —la soltó y se apartó de ella. Estaba confuso. Temía perder el dominio de sí mismo.

Ella respiraba entrecortadamente.

—No va a creer hasta dónde alcanza mi locura.

—Estoy seguro de que no —contestó él con aspereza—. ¿De veras creías que podías presentarte aquí con ese niño y convencernos a todos de que soy el padre? ¿Creías que ibas a convencerme a mí... cuando nunca hemos compartido la cama?

Ella se mordió de nuevo el labio.

—No —dijo casi inaudiblemente.

—¿No?

—Quería que mis padres nos dejaran en paz a mi hijo y a mí. Pero me atosigaban sin cesar, exigían saber la identidad del padre de Ned. No podía decirles la verdad. Pensé que, si les decía que era usted, un hombre tan por encima de mi alcance, me dejarían tranquila. Pero me han arrastrado hasta aquí contra mi voluntad, dispuestos a exigir nuestro matrimonio. Sólo he venido porque sabía que usted lo negaría todo —buscó la mirada de Tyrell. De pronto sentía una leve esperanza—. Comprenda usted, milord, nunca pensé tenderle una trampa para forzarlo a casarse conmigo.

Tyrell seguía desconfiando de ella.

—¿Por qué no revelar quién es el padre del niño? —preguntó—. ¿Qué estás escondiendo?

Ella se tensó visiblemente.

–No quiero casarme con él –dijo tras vacilar un momento.

Él seguía mirándola con fijeza.

–¿Quién es el padre?

Ella se limitó a sacudir la cabeza y se negó a hablar. Tyrell se acercó a ella y Lizzie se encogió. Cerniéndose sobre ella, él dijo:

–Quiero saberlo. ¿Quién es el padre?

Una lágrima cayó mientras ella movía la cabeza con impotencia. Tyrell se odió a sí mismo. Se inclinó hacia ella.

–¿No me tienes miedo?

Ella asintió sin dejar de llorar.

–Pero sé que nunca me haría daño, milord –murmuró.

Él se quedó paralizado. De alguna forma, aquella mujer lograba desbaratar su determinación con una sola mirada, con una simple palabra. Decidió dejar correr aquel asunto, pero sólo de momento. Al final, sabría la verdad. Se apartó de ella, consciente de que, a pesar de su cólera, sentía también un intenso deseo.

–¿Sueles acostarte con hombres con los que no quieres casarte? –preguntó con frialdad.

–Fue un error –Tyrell se volvió para mirarla, pero ella parecía incapaz de levantar la vista–. Fue una sola noche, la luna y las estrellas… Estoy segura de que usted lo entiende –masculló ella, en voz tan baja que él apenas la oyó. Tenía de nuevo las mejillas encarnadas.

Tyrell se la imaginó con un amante sin rostro, gimiendo de pasión bajo la luna llena. Sin duda su amante había gozado infinitamente de su cuerpo, hundiéndose en ella una y otra vez. Tyrell se preguntó cuándo habría comenzado su idilio y cuándo habría acabado. Nunca había sentido el sexo tan cargado, tan lleno.

Notó que su boca se curvaba.

–Sí, ya entiendo –dijo con intención de herirla–. Entiendo que sigues mintiéndome a la cara. No creo que tu intención fuera ocultar la verdad acerca del padre de tu hijo, oh, no. Creo que ideaste este plan para casarte conmigo.

Ella sacudió la cabeza.

—No sé por qué dice eso. No quiero casarme. No quiero casarme con usted. Sólo quiero irme a casa, con mi hijo —sollozó, suplicante.

Tyrell se cernió sobre ella.

—Insisto en que seas sincera —dijo—. Dime la verdadera razón por la que estás aquí y aseguras ser la madre de mi hijo. Si no buscas casarte, entonces lo que buscas es dinero. Reconócelo.

Ella se limitó a mirarlo. Parecía tan angustiada y frágil que Tyrell sintió el absurdo impulso de reconfortarla. Y ella musitó:

—Tiene razón, milord. Quería forzarlo a casarse conmigo, pero es evidente que no soy lo bastante lista. Los Fitzgerald somos unos infelices.

Aquélla era la confesión que Tyrell esperaba y, sin embargo, se sintió extrañamente turbado y desmoralizado por ella. Y, lo que era aún peor, las palabras de Lizzie ni siquiera le sonaban ciertas. La miró fijamente y deseó poder adivinar sus pensamientos. Los ojos grises de ella escudriñaron los suyos. Tyrell sintió crecer la tensión dentro de sí. Siempre había sabido juzgar con acierto los caracteres ajenos. Siempre le había resultado fácil percibir la ambición, las argucias y las tretas de los demás. Él, por su parte, era siempre franco en sus asuntos: había heredado aquel rasgo de carácter de su padre. Ahora estaba perplejo. Elizabeth Fitzgerald había confesado su ambición y, no obstante, él sabía que aquella confesión era tan falsa como todo lo demás.

—Sé que mis padres van a considerarlo un hombre sin escrúpulos, y lo lamento, pero poco importa —dijo ella en voz baja—. Juro no volver a acercarme a usted. Ned y yo nos iremos a nuestra casa, en Raven Hall. Usted regresará a Dublín y se casará con la hija de lord Harrington. Este desagradable episodio quedará pronto olvidado.

Tyrell se preguntaba por qué las lágrimas seguían empañando sus ojos. Casi podía jurar sobre la Biblia que lo único que deseaba aquella mujer era marcharse con su hijo. ¿Sería posible que estuviera diciendo la verdad?

Él vaciló, consciente de sus serias dudas. Y ella pareció comprenderlo, porque dio un paso adelante y lo tocó.

—Haré cualquier cosa, milord, si le dice al conde que no es el padre de Ned y deja que nos vayamos a casa.

Tyrell cerró la mano sobre la suya con fuerza.

—¿Cualquier cosa? —murmuró, casi triunfante.

Los ojos de ella se llenaron de alarma. Intentó desasirse.

—Quería decir… casi cualquier cosa…

Él se rió.

—Quiere usted decir que me daría lo que deseo, ¿no es eso, señorita Fitzgerald?

Ella comenzó a negar con la cabeza. Parecía lista para huir. Pero Tyrell no tenía intención de soltarla.

—Ayer te pedí que fueras mi amante.

Ella intentó apartarse.

—Está usted a punto de comprometerse en matrimonio —dijo, atónita.

Tyrell la empujó lentamente hacia atrás, atrapándola contra la pared. Le gustaba que su cabeza sólo le llegara al pecho.

—Me temo que así es. Sin embargo, eso no tiene nada que ver contigo y conmigo —dijo suavemente.

—¿Qué va a hacer? —preguntó ella, temerosa, y por fin empujó su pecho. Pero sus manos se quedaron allí, sobre el corazón acelerado de Tyrell.

—¿Que qué voy a hacer? —él pensó en hacerle el amor esa noche, en gozar de cada rincón de su cuerpo voluptuoso, y sonrió—. Voy a reconocer a tu hijo como mío —dijo.

—¿Qué?

Él deslizó las manos hasta su cintura y ella dejó escapar un gemido cuando la apretó contra sí.

—Os mantendré a los dos. ¿Verdad que hoy es un día de suerte? Sólo tienes que calentarme la cama. A cambio, tu hijo llevará mi nombre —sentía con agudeza casi dolorosa el cuerpo suave de Lizzie apretado contra el suyo, sus pechos pegados a sus costillas. Con una mano le levantó la cara. Con el otro brazo la sujetó. Los ojos de Lizzie parecían enormes, al mismo tiempo horrorizados y cautivos.

Tyrell no podía comprender su espanto. Dijo suavemente:

—Después de esta noche, no serás tan reticente. No tienes

nada que temer, Elizabeth. Como te dije ayer, no te faltará nada. Ni a ti, ni a tu hijo.

Ella profirió un sonido suave, que sólo en parte era de protesta. Tyrell notó su excitación. Su lujuria estalló de pronto y todo pensamiento cesó. Tomó su cara entre las manos y bajó lentamente la cabeza. Sabía que no podía esperar ni un instante más para acariciar sus labios, para rozarlos con su lengua. Ansiaba saborear su garganta, sus pechos. Ansiaba hundirse dentro de ella, y su miembro luchaba contra el constreñimiento de sus calzas. Se apretó contra ella y la besó.

Ella dejó escapar un gemido, pero de deseo, no de congoja. Tyrell la estrechó entre sus brazos y aprovechó aquel instante para introducir la lengua dentro de su boca. No sabía si podría dominarse y esperar a que llegara la noche. Nunca había deseado a una mujer como la deseaba a ella. Aquello no tenía lógica... pero la lógica le importaba muy poco en ese instante.

Y ella se apretó contra él y le devolvió el beso con la misma ansia y el mismo frenesí. «Qué delicia», fue el único pensamiento que logró articular Tyrell, y, mientras la besaba y su lujuria crecía peligrosamente, aquella idea resonó en su cabeza una y otra vez.

—Tyrell... —dijo el conde, su padre.

Tyrell lo oyó de algún modo. Llevaba una eternidad besando a Elizabeth... ¿o había sido sólo un instante? Cerró los ojos, todavía abrazándola con fuerza. Su cuerpo estaba en llamas. Ella, por su parte, parecía febril. Tyrell luchó por reponerse. Había tanto en juego... Y, aunque no lograba entender sus propios pensamientos, recobró lentamente la compostura y la soltó.

Se volvió hacia su padre. El conde estaba no muy lejos de la puerta, con el semblante lleno de desaprobación. Tyrell lo miró, consciente de que Elizabeth permanecía a su lado. Curiosamente, deseaba evitarle una nueva humillación. Se volvió y le sonrió levemente.

—Ve a reunirte con tu hijo. Hablaremos dentro de un rato —dijo.

Ella estaba acalorada y tenía el pelo algo desaliñado y los labios hinchados, pero sus ojos se llenaron de gratitud y asintió con la cabeza. Luego pasó a su lado con la cabeza agachada, sin atreverse a mirar al conde, y salió de la habitación.

Tyrell cruzó la sala y cerró la puerta. Se volvió y dijo:

—He decidido que van a quedarse los dos aquí, en Adare. Yo mantendré a la señorita Fitzgerald, así como a mi hijo.

—¿Piensas quedarte con ella? —preguntó el conde con incredulidad.

—No voy a separarla de su… de mi hijo —dijo Tyrell con firmeza—. Me temo que he de insistir. Es lo mejor para el niño. Ella puede alojarse no muy lejos del cuarto de los niños. Pero se queda en Adare.

El conde lo miró fijamente sin decir nada.

Tyrell inclinó la cabeza. Nunca antes había dado una orden a su padre. En ese momento, sus papeles habían cambiado y ambos lo sabían. El hijo había subido al trono, y ya era hora de que así fuera.

Lizzie se detuvo en el umbral de la habitación a la que la habían conducido. Rosie estaba tras ella, con Ned de la mano. La condesa estaba ordenando a una doncella que encendiera el fuego y abriera las ventanas.

—Espero que aquí estés bien —dijo con una sonrisa.

Lizzie sabía ya lo rico que era el conde, pero no estaba preparada para hallarse ante aquella vasta habitación. Sin duda aquello era un error. Había apenas cinco minutos que les había explicado apresuradamente a sus padres que iba a quedarse en Adare con Ned, y seguía hallándose en un estado de aturdimiento y confusión.

Esperaba que le dieran un cuartito de criada, o, con suerte, una alcoba modesta, parecida a la que tenía en Raven Hall. Pero se hallaba frente a una habitación tan grande que en ella cabía una casita de campo entera. Había una enorme chimenea con repisa de mármol y, enfrente de ella, una zona para sentarse. Sobre la repisa de la chimenea colgaba el retrato de un antepasado de los De Warenne. El sofá era del mismo color verde musgo que las paredes pintadas, y los sillones eran de color rosa y oro, como las cenefas del techo. Los suelos eran de roble y estaban cubiertos por media docena de alfombras persas, rojas y amarillas. Una lustrosa mesa de roble, puesta con mantel de hilo y cristalería y un arreglo floral central, junto con cuatro sillas tapizadas en suave cuero marrón oscuro, ocupaban el centro de la zona destinada a comedor. Finalmente, al otro lado de la estancia, unas cuantas ventanas miraban sobre los famosos jardines de Adare.

—Tu dormitorio está aquí —dijo la condesa, y señaló la puerta abierta que daba a otra habitación.

Lizzie vio una habitación decorada en colores dorados y dominada por una enorme cama con dosel, igualmente dorada. Tembló, todavía abrumada por la confusión y el desconcierto. Tyrell iba a instalarla en Adare como su amante. Ella había esperado que la ridiculizaran y la echaran de allí. Había esperado marcharse a casa con Ned y que Tyrell la odiara por ser tan mentirosa. Pero Tyrell no la odiaba. Oh, no. Aquella cama era prueba de ello. La deseaba tanto que estaba dispuesto a corroborar su mentira y a afirmar que era el padre de Ned. Y se vio a sí misma incorporándose en la cama mientras Tyrell permanecía en la puerta, con una mirada cargada de abrasadora pasión. ¿Se hallaba acaso en medio de un sueño fantástico? ¿Se despertaría si se pellizcaba? ¡Pero no quería despertar!

¿La visitaría Tyrell esa noche? ¿De veras estaba ella a punto de convertirse en su amante? Ella, Lizzie Fitzgerald, había sido siempre la tímida, la que en todas las fiestas se quedaba como un pasmarote junto a la pared. ¿Era posible que él la deseara hasta el punto de darle todo aquello, incluso de reconocer a Ned como hijo suyo?

—¿Te encuentras bien, Elizabeth? —preguntó suavemente la condesa.

Lizzie ni siquiera la había oído acercarse. Logró concentrarse de algún modo y la imagen de Tyrell se desvaneció.

—¿Está segura de que estas habitaciones son para mí? —se oyó preguntar.

La condesa sonrió.

–Claro que sí. Ésta es una de las alas de invitados, y Tyrell sugirió que te alojaras aquí –su mirada se había vuelto escrutadora.

Lizzie vaciló.

–No sé cómo darle las gracias por su amabilidad –dijo en voz baja–. Lamento mucho haber causado tal escena.

–Y yo siento que hayas tenido que pasar ese mal rato –contestó la condesa–. Pero, si no querías que hubiera una escena, ¿por qué les dijiste a tus padres que Tyrell es el padre de Ned?

–No fui yo –dijo Lizzie, que ya no estaba enfadada con Eleanor–. Sólo mi tía Eleanor lo sabía y prometió guardar el secreto. Pero rompió su promesa ayer.

La condesa la tomó de la mano.

–No nos conocemos bien, me temo, aunque confío en que eso cambiará muy pronto. Me alegro, en todo caso, de que tu tía rompiera su promesa. Ned tiene todo el derecho a la vida que podemos darle. Y yo, al menos, estoy encantada de tener un nieto –sonrió ampliamente.

Lizzie le devolvió la sonrisa.

–¡Es tan listo, tan guapo y noble! Se parece mucho a su padre… –se detuvo y notó que sus mejillas se sonrojaban.

La condesa la observó un momento.

–El otro dormitorio es para Ned y Rosie. ¿Necesitas algo más?

Lizzie paseó la mirada por la enorme habitación y sintió que su corazón se llenaba de excitación.

–Creo que no nos falta nada.

–Bien –la condesa titubeó–. ¿Puedo llevarme a Ned a dar un paseo por el jardín? Estoy deseando conocerlo mejor. Parece bastante despierto.

Lizzie miró a Ned, que estaba en brazos de Rosie. Bostezaba, pero sus ojos seguían brillando.

–Claro que sí –dijo.

–Prometo no tardar mucho –dijo la condesa, y tomó a Ned en brazos–. Hola, mi precioso nieto. Soy tu abuela. Puedes llamarme abuelita.

Ned bostezó otra vez como si se aburriera y dijo:
—¡Ned!
Lizzie sofocó una sonrisa.
—Rosie, ¿puedes acompañar a lady Adare? —dijo.
La niñera asintió y los tres se marcharon.

Al quedarse sola, el nerviosismo de Lizzie creció. Pero había también gran parte de expectación. Llevaba toda la vida soñando con estar en brazos de Tyrell, pero nunca había esperado que sus sueños se hicieran realidad en parte. Hacía menos de una hora, él la había besado y ella había estado a punto de desmayarse de puro placer. Se tocó las mejillas acaloradas. Resultaba imposible negar ya que era una mujer extremadamente apasionada, pues ansiaba hallarse de nuevo en sus brazos. Pero ¿de veras podría ser su amante? ¿Cómo podía haberle ocurrido aquello a ella?

Se sentó y procuró despejar su confusión. Aunque ya se la consideraba deshonrada, conocía la diferencia entre el bien y el mal. Y una aventura carnal estaba mal. Pero ¿acaso importaba aquello, teniendo en cuenta que, a ojos del mundo, era poco menos que una ramera? ¿Importaba, cuando Tyrell iba a reconocer a su hijo?

Lizzie respiró hondo. En cierto modo, él estaba chantajeándola, pero aquel acuerdo favorecía a Ned. Sería doloroso para su familia, ella lo sabía, pero sólo tenía que tocarse las mejillas para saber que no había marcha atrás. Tyrell había dejado claras sus intenciones. Incluso aunque ella decidiera marcharse con Ned, él no se lo permitiría.

Lizzie reconoció para sus adentros que no quería irse. Muy pronto sería la amante de Tyrell de Warenne.

Pero quedaba un asunto pendiente. ¿Se daría él cuenta de que era virgen cuando la llevara a la cama? Ella sabía lo suficiente del acto amoroso como para creer que un hombre como él distinguiría la diferencia entre una cortesana y una virgen. De algún modo debía ocultarle el alcance de su inocencia.

Su corazón seguía palpitando con violencia, tanto que empezaba a sentirse aturdida. Miró la enorme cama del dormitorio. Estaba deseando que Tyrell fuera en su busca. Nunca había sentido un ansia semejante, ni se había sentido tan vacía. ¿Cuánto tiempo tenía para idear un plan para engañarlo, para que no adivinara que no era la madre de Ned?

Había oído decir que la primera vez había un poco de sangre y cierto dolor. Podía ignorar el dolor, y la sangre podía lavarse. ¿Podría acaso emborrachar con vino a Tyrell para que no sospechara que era su primera vez? Si estaba soñoliento y embriagado, sin duda no se daría cuenta de que era virgen.

Pediría un poco de vino, pensó con nerviosismo, y le pondría una pizca de valeriana. En todos los botiquines medicinales había valeriana, como en casi todas las cocinas.

Con los brazos cruzados y el cuerpo tan acalorado como las mejillas, miró de nuevo la cama. Las colgaduras del dosel eran de brocado dorado y la parte inferior de un azul pálido. Grandes almohadones amarillos con bordados se amontonaban contra el cabecero. Los bordados eran fantásticos y el cobertor de la cama era del mismo brocado que las cortinas del dosel. Lizzie entró en la alcoba y apartó la colcha. Como sospechaba, las sábanas eran de seda. Las acarició y su cuerpo se estremeció por entero.

—No puedo esperar hasta que salga la luna —dijo suavemente Tyrell de Warenne—, y veo que tú tampoco.

Lizzie se volvió bruscamente.

Él estaba en la puerta del dormitorio, con un hombro apoyado en la puerta. Tenía una sonrisa indolente, pero sus ojos azules oscuros brillaban. Sus intenciones estaban tan claras que una oleada de excitación se apoderó de Lizzie.

—Milord —musitó—, no esperaba nada de esto —si apartar la mirada de él, señaló las habitaciones.

—Como te dije, no te faltará de nada. Deduzco, entonces, que te gustan las habitaciones que he elegido.

Ella asintió con la cabeza. Tyrell estaba a unos pasos de ella, pero Lizzie sentía que su presencia la envolvía por completo, indomable en su fuerza, en su voluntad.

—Entonces, estoy satisfecho —murmuró él, y se acercó con pasos largos y lentos.

Todo el cuerpo de Lizzie se tensó, lleno de expectación. El fuego rugía en sus venas aunque él no la había tocado aún.

—La condesa volverá dentro de poco —dijo.

Tyrell se detuvo ante ella y la tomó en sus brazos.

—La puerta está cerrada.

Resultaba difícil alarmarse cuando sus muslos recios se apretaban contra el cuerpo suave de Lizzie. Ella sólo ansiaba que la besara. Ya no podía hablar, ni moverse, y tenía la impresión de que el corazón iba a salírsele del pecho. Tyrell sonrió lentamente y tocó su cara con una mano.

—Te encuentro muy hermosa —dijo con voz áspera.

Lizzie comprendió que hablaba sinceramente.

—Tú eres el hombre más guapo que he visto —dijo con fervor.

Él pareció sorprendido y luego el regocijo iluminó sus ojos.

—¿Quieres que sigamos haciéndonos cumplidos, entonces? —preguntó con suavidad mientras deslizaba un dedo por su mejilla, hasta su mandíbula y su boca, donde se detuvo.

Había encendido tal fuego en las entrañas de Lizzie con una sola caricia que ella no podía respirar. Él lo sabía, porque sonrió y bajó el dedo por su garganta.

—Tu pulso vuela a la velocidad de las alas de un colibrí, Elizabeth —dijo en voz baja. Y deslizó la punta de un dedo por su escote desnudo.

Lizzie se oyó gemir. Él había fijado la mirada en el borde de encaje con el que estaba jugueteando. De pronto, levantó la vista hacia su cara. Lizzie miró sus ojos brumosos y lo oyó decir:

—Quiero que te desnudes.

Lizzie se quedó atónita por su petición y, sin embargo, no sintió miedo, sino una especie de euforia. Él sonrió y susurró mientras tiraba hacia abajo del borde de su corpiño:

—Quiero admirar cada palmo de tu cuerpo. Sabía que no te importaría.

Su vestido se rasgó, y a él no pareció importarle. La raja dejó al descubierto su blanquísima camisa y el contorno oscuro de su aureola. La mano de Tyrell se detuvo. Luego cerró la mano.

Lizzie no podía apartar la mirada. Él frotó con los nudillos un lado de su pecho, dos veces, y los movió luego hasta el borde del anillo rosado y oscuro que había dejado al descubierto. Inhaló bruscamente y sus nudillos duros se deslizaron dentro de la camisa, contra la punta erizada y caliente del pezón.

Lizzie se mordió el labio para no gemir y fracasó. Él frotó su pezón una y otra vez. Respiraba con fuerza, entrecortadamente. Después, inclinó a Lizzie hacia atrás, sobre su brazo, y se apoderó de la punta de su pezón con la boca. Ella se aferró a sus hombros y sintió los rizos de su pelo mientras él chupaba y lamía su pecho. Sus dientes le hacían daño y al mismo tiempo le procuraban un placer extremo. Casi sin darse cuenta, comenzó a jadear áspera e incontrolablemente mientras el delta de entre sus piernas se hinchaba hasta alcanzar proporciones imposibles.

–No pares –se oyó suplicar.

–No voy a parar –dijo él. La levantó en brazos y la depositó rápidamente sobre la cama. Lizzie vio su expresión crispada, próxima al clímax, e, incapaz de refrenarse, agarró su cabeza y se incorporó un poco para besarlo con ansia. Un gemido de sorpresa, áspero y entrecortado, surgió de él. A Lizzie no le importó: quería saborearlo por entero, y no sólo sus labios. Frustrada por su vacilación, lo mordió y volvió a besarlo.

–¡Oh, oh! –exclamó él, sorprendido. Apartó la boca, cubrió su vientre con uno de sus recios muslos y aquel movimiento hizo que Lizzie entreviera el contorno largo y rígido de su sexo delineado claramente bajo sus calzas de gamuza. Él rasgó su vestido en dos y le sonrió.

Lizzie se quedó quieta, llena de asombro. Lentamente, Tyrell apretó sus pechos. Una gota de sudor se deslizaba por su frente. Comenzó a acariciarla sin prisa aparente, a pesar de que su mandíbula vibraba.

–Me recuerdas a la Venus de Botticelli –murmuró– y muy pronto voy a hundirme dentro de ti.

Sus miradas se encontraron.

–Aprisa, milord, aprisa –suplicó ella–, antes de que sea demasiado tarde.

Él se inclinó para besarla y hundió profundamente en su boca la lengua. Lizzie se arqueó contra él. Su sexo inflamado parecía a punto de estallar. Intentó en vano tocar cualquier parte de la anatomía de Tyrell. Gemía, llena de ansiedad.

—Mi pobre y dulce chiquilla —murmuró él, y le levantó las faldas.

Ella apenas sabía lo que estaba haciendo, pero sollozó:

—Sí, sí, aprisa...

Él la tocó enérgicamente. Lizzie abrió los ojos de golpe y sus miradas volvieron a encontrarse. Él la miraba con auténtico asombro. Su expresión se llenó de una satisfacción salvaje, pero Lizzie ya no lo veía. Él había abierto su sexo y la estaba acariciando, y el frenesí de la sangre de Lizzie se hallaba fuera de control. Por fin estalló y dejó escapar un grito mientras se sentía arrastrada hacia un lugar muy lejano.

Y, cuando volvió en sí, yacía jadeante en una enorme cama con dosel que no era la suya, con el vestido rasgado en dos y la falda por la cintura. Tyrell se estaba quitando la chaqueta y desabrochando la camisa. Tenía el rostro crispado por el deseo y la determinación. Pero la miraba sin vacilar. Lizzie tuvo que cerrar los ojos, todavía incapaz de respirar con calma.

Él agarró su cara con una mano y ella abrió los ojos. Tyrell seguía sentado a horcajadas sobre ella, con una mano sobre su camisa, que había desabrochado casi por completo.

—¿Siempre eres así, o esto es para mí y sólo para mí? —preguntó con voz tersa.

Ella no sabía a qué se refería, pero casi se había recuperado de aquel clímax arrollador y logró recordar su plan. Necesitaba vino.

—¿Cómo dices?

—¡Ya me has oído! —exclamó él, y se apoderó de su boca con violencia, introduciéndole la lengua. Aquel beso duró tanto y fue tan intenso que Lizzie comenzó a aturdirse de nuevo, llena de deseo. Tyrell se sostenía sobre ella con la camisa abierta—. Sabía que sería así —dijo con voz ronca. Bajó la cara, pero no la besó—. Voy a besar cada centímetro de tu cuerpo, Elizabeth. Voy a tomarme mi tiempo, voy a apoderarme de todo lo que quiero. Pero lo que quiero de ti a cambio es muy sencillo –añadió–. Quiero toda la pasión que tienes y más aún, para que no quede nada para otros... ni siquiera para el padre de Ned.

Ella seguía mirándolo y se preguntaba cuántas veces podría hacerla gozar si le hacía el amor en la forma en que acababa de describir.

–Sí –logró decir.

Los ojos de Tyrell brillaron.

–Así que al fin te doblegas ante mí –dijo, visiblemente complacido. Y en ese momento se parecía tanto a Ned que aquello fue como un jarro de agua fría. Lizzie luchó por incorporarse–. No he acabado contigo –la advirtió él, negándose a soltarla.

–Tu madre volverá en cualquier momento. ¿Quieres que nos encuentre así? ¡Siempre queda esta noche, milord!

Tyrell respondió sujetándola por los hombros para que no se moviera, mientras su mandíbula vibraba. Su cuerpo traicionó a Lizzie; la excitación se apoderó de ella. En aquella posición tan vulnerable, Tyrell podía hacer fácilmente con ella lo que quisiera. Él pareció adivinar sus pensamientos.

–Nos compenetramos bien, tú y yo –murmuró–. Y tengo muchas ganas de ti.

Lizzie se sintió desfallecer. De pronto, nada le parecía tan importante como hacer el amor con Tyrell.

Alguien llamó a la puerta de la salita. Tyrell reaccionó antes de que Lizzie se percatara siquiera de que habían llamado, se levantó de un salto y casi simultáneamente se abotonó la camisa. Se puso la chaqueta, que estaba en el suelo, se volvió y dijo con cierta acritud:

–Te he roto el vestido.

Lizzie se sentó, se bajó las faldas e intentó cerrarse el corpiño, alarmada.

–¡Son Ned y la condesa! ¿Qué hago?

–Le diré que estás descansando –contestó Tyrell rápidamente–. Ya he mandado a un criado a Raven Hall a recoger tus pertenencias, pero tendrás que quedarte aquí hasta que llegue tu equipaje.

—Pero podría tardar horas —murmuró Lizzie—. ¿Y si tu padre o tu madre me mandan bajar?

—Les diré que no te molesten —dijo él. Su color, su tono de voz y sus maneras volvían a ser las de siempre. Y le lanzó una mirada poderosa.

Lizzie apartó la mirada tímidamente al recordar todo lo que habían hecho... y lo que Tyrell había dicho que haría muy pronto. Su corazón palpitaba con fuerza insoportable. Lo deseaba tanto que aquel deseo le resultaba doloroso.

—Te compraré otro vestido —dijo él, y luego vaciló. Lizzie lo miró.

—¿Milord?

—¿Te he hecho daño? —preguntó él bruscamente.

Ella se sorprendió.

—No. Me... —se detuvo y notó que se sonrojaba. Bajó los ojos de nuevo, consciente de que estaba sonriendo, y musitó—: Ha sido muy placentero —al ver que él no decía nada, ni se movía, levantó la vista y descubrió que la estaba mirando como si estuviera empeñado en descubrir todos sus secretos. Lizzie se alarmó—. Milord...

Él se sobresaltó.

—Nos veremos esta noche —inclinó la cabeza y se marchó, cerrando la puerta a su espalda.

Lizzie, que aún se sujetaba el corpiño con las manos, se permitió sonreír y la euforia se apoderó de ella.

Tyrell de Warenne era ahora su amante. Aquello era sencillamente demasiado hermoso para ser cierto.

3

Primeras impresiones

—Señorita Fitzgerald, no sé si deberíamos estar aquí —dijo Rosie, muy pálida.

No había sido fácil encontrar la cocina, que ocupaba un ala entera de la casa y estaba situada al fondo de ésta. Lizzie, Ned y Rosie se habían detenido antes de entrar en la enorme estancia. Lizzie estaba pasmada por su tamaño. Había cuatro pasillos centrales, donde el personal de cocina estaba preparando una complicada cena. En una de las paredes había empotrados dos hornos grandes y cuatro más pequeños; en la de al lado había cuatro fogones. Bajo las ventanas, desde las que se veían los establos y los graneros y, más allá, las colinas salpicadas de ovejas y vacas, había media docena de pilas. De los techos colgaban sartenes y cazuelas, así como hierbas frescas de todo tipo. Lizzie pensó con cierto desaliento que quizá no fuera tan fácil encontrar valeriana.

De pronto el bullicio de voces de la sala empezó a difuminarse. Lizzie se dio cuenta de que los criados se habían percatado de su presencia. Desde el extremo más alejado de la habitación se adelantó una mujer con vestido negro y delantal blanco. Se acercó a ellas y al instante calibró con la mirada el vestido de Lizzie. Al darse cuenta de que era una dama, hizo una reverencia.

—¿Puedo servirla en algo, señorita?

Los baúles de Lizzie habían llegado hacía una hora. Se había puesto un vestido de color marfil pálido, con estampado de ramos verdes y rosas. Sonrió a la mujer de mediana edad, a la que supuso la gobernanta.

—Hola, soy la señorita Fitzgerald. Acabamos de instalarnos en la casa. No duermo bien y confiaba en poder prepararme una tisana para conciliar el sueño.

—Sí, se me ha informado de su llegada. Soy la señorita Hind, el ama de llaves. Ordenaré encantada que le preparen una infusión, señorita Fitzgerald.

—Eso sería estupendo —dijo Lizzie, sorprendida por lo fácil que parecía aquello. No podía, sin embargo, mantener la vista fija en el ama de llaves, pues el funcionamiento de la inmensa cocina la fascinaba. En una encimera, varias criadas estaban preparando salmones enteros para asarlos. Lizzie contó dos docenas. En otra, vio costados de ternera atados y colocados sobre grandes fuentes de asar. Había también varias docenas de pollos rellenos. Algunos muchachos estaban pelando guisantes y cortando zanahorias y patatas, y un grupo de mozos más mayores preparaba la masa para las tartas. Un hombre grueso en uniforme blanco de chef permanecía tras ellos, con los brazos en jarras. Había vuelto la cabeza, sin embargo, y estaba mirando a Lizzie.

—¿Qué necesita? —preguntó la señorita Hind.

Lizzie volvió a mirar al ama de llaves de pelo canoso.

—Sólo un poco de valeriana molida —dijo—. Y quisiera también que subieran un poco de vino tinto a mi habitación, si hace el favor, porque me ayuda a dormir.

—Desde luego. ¿Necesita algo para el niño?

—Un poco de fruta, si no es molestia.

—Claro que no.

Sin poder remediarlo, Lizzie pasó a su lado y se detuvo junto al hombre del uniforme de chef.

—¿Están haciendo tartas de manzana? —preguntó.

—A la condesa le encanta todo lo que lleve manzanas —contestó él.

Lizzie sonrió.

—A mí me encanta hacer dulces. ¿Podría hacerle una tarta a lady Adare? ¡Ha sido tan buena conmigo!

El hombre pareció muy sorprendido por su sugerencia y titubeó un momento.

—Es usted una invitada —dijo por fin—. No sé si sería apropiado, señorita.

—Pero también me han dicho que todos mis deseos se verían cumplidos —dijo—. Y tengo el más urgente deseo de preparar una tarta de manzana.

El chef se encogió de hombros, azorado.

—Confío en que sepa lo que hace —contestó por fin.

—Oh, lo sé —dijo Lizzie, y se acercó con premura a la encimera—. ¿Puedo? —preguntó a un muchacho que la miraba boquiabierto.

El chico asintió con la cabeza, muy colorado. Lizzie tomó el trozo de masa, pero no le gustó su textura.

—¡Jimmy le pasará el rodillo a la masa en su lugar! —exclamó el chef.

Lizzie sonrió con firmeza y se acercó a un saco de harina.

—Nadie hace una masa tan fina y delicada como yo —dijo por encima del hombro—. La masa la hago yo, y me temo que debo empezar desde el principio.

Tras ellas se oyeron murmullos de sorpresa, pero a Lizzie no le importó. Empezó a canturrear, espolvoreó la encimera con un poco de harina y se puso manos a la obra.

Lizzie caminaba por un pasillo que comunicaba la cocina con el ala de la casa donde estaban sus habitaciones. Rosie se había quedado en la cocina, cenando con el servicio, y Lizzie llevaba a Ned de la mano. De pronto vaciló. El salón por el que acababa de pasar contenía un piano, un arpa y un violonchelo, y estaba segura de no haber pasado por allí antes.

—¿Mamá? —preguntó Ned, que tenía harina en la nariz.

Sólo había girado una vez, pensó ella. Había ido a la derecha, no a la izquierda, y debería haber llegado ya al ala de invitados. Sonrió a Ned y le limpió la nariz con la punta del dedo.

—Somos un desastre —dijo con suavidad, llena de contento.

El niño la había ayudado a hacer las tartas y había disfrutado enormemente. Estaba cubierto de harina, y ella también–. Bueno, no hemos podido perdernos –le dijo a su hijo. No quería encontrarse con nadie de la familia estando tan desaliñada–. Vamos, cariño, adentrémonos con valor en territorio desconocido.

Tomó a Ned de la mano y echó a andar, pero de pronto vislumbró el pie de un hombre, enfundado en una bota. Dio un respingo, levantó la vista y se encontró con unos ojos muy negros en una cara dolorosamente familiar. Dejó escapar un gemido de sorpresa y retrocedió. Por un momento, había creído que era Tyrell. Después comprendió que se hallaba ante su hermano, Rex.

Él se apoyaba en una muleta; le faltaba la mayor parte de la pierna derecha y llevaba cosida la pernera del pantalón sobre el muñón que quedaba. Su mirada oscura era extraordinariamente intensa y demasiado directa para ser amable. Lizzie se dio cuenta de que sus ojos eran marrones, no azules. Era además más musculoso que Tyrell, si ello era posible. Los miraba a ambos en medio de un tenso silencio.

Lizzie sonrió, pero él no le devolvió la sonrisa. La observaba, sin embargo, de la cabeza a los pies. Ella se sentía tan desalentada que no pudo tomarse aquella mirada como un insulto. La mirada de Rex no era desdeñosa, ni sexual: era fría y clínica, pensó con cierta ansiedad. Ignoraba que estuviera en Adare. Había oído hablar de su desafortunada herida en el campo de batalla y sabía también que había sido nombrado caballero y que ahora residía en Cornualles, donde el príncipe regente le había concedido una finca.

–Buenos días –dijo él por fin–. La señorita Fitzgerald, supongo.

Lizzie logró recobrarse de su sorpresa. Hizo una reverencia.

–Sí. Creo que me he perdido –dijo, incómoda en extremo. No le cabía duda alguna de que estaba siendo inspeccionada, juzgada y sentenciada, y no a su favor–. Debo de haber tomado algún recodo equivocado. Estábamos en la cocina –intentó explicar.

—Ya lo veo. Están cubiertos de harina.

Lizzie se avergonzó.

—Hemos estado haciendo tartas de manzana —dijo—. Me gusta hacer dulces y se me ha ocurrido preparar alguno para la condesa —él levantó las cejas—. Lo siento. Discúlpenos —dijo, y dando media vuelta se preparó para huir.

Él la agarró de la cintura, pero perdió el equilibrio y se tambaleó. Lizzie lo agarró rápidamente de la cintura, temiendo que se cayera y se hiciera daño, pero él se desasió al instante.

—¿Se encuentra bien, señor? —preguntó, preocupada.

—Sí, estoy bien —replicó él con aspereza. Se recolocó la muleta bajo el brazo derecho e hizo una reverencia—. Soy el hermano de Tyrell, sir Rex de Warenne, de Land's End —dijo.

—Lo sé —logró decir Lizzie—. Lo he visto muchas veces en las fiestas de san Patricio. Yo soy la señorita Elizabeth Fitzgerald y éste es mi hijo, Ned.

Él miró a Ned.

—Mi sobrino —dijo.

Ella asintió con el corazón acelerado.

—Sí.

Rex miró fríamente a Ned, que le devolvió una mirada idéntica.

—Se parece mucho a mi hermano cuando era niño —dijo por fin. Lizzie no sabía qué decir, así que no dijo nada. Rex fijó su mirada en ella—. Le mostraré el camino al ala oeste —dijo él.

—Podemos arreglárnoslas solos, pero gracias de todos modos —contestó Lizzie. Rex desconfiaba de ella, y ella no podía reprochárselo.

—Le mostraré el camino —repitió él.

Lizzie conocía aquel tono. ¿Sería Rex tan exigente y autoritario como su hermano? Eso parecía, desde luego. Lizzie inclinó la cabeza y dijo con la mayor amabilidad posible:

—Gracias.

Él le indicó con la mano izquierda que diera la vuelta y echó a andar por el pasillo por el que Lizzie había llegado. Ella decidió que irían más rápido si llevaba a Ned en brazos, así que lo levantó en volandas.

—Abajo, mamá, abajo —dijo Ned al instante—. Ned anda.

No había modo de confundir aquel tono: Ned quería ir andando, y no admitía discusiones.

—Ahora no —susurró ella—. Podrás ir andando dentro de un momento, pero ahora te llevo yo.

—Ned anda —replicó él, tan autoritario como un rey.

Lizzie miró a Rex y vio que los estaba observando como si esperara a ver quién ganaba aquella batalla, la madre o el hijo. Ella no vaciló.

—Algún día serás un hombre muy fuerte —dijo—. Pero ahora yo soy tu madre y harás lo que te diga. Cuando lleguemos a nuestro pasillo, podrás ir andando, pero hasta entonces no.

Ned la miró con el ceño fruncido. Saltaba a la vista que estaba furioso. Luego se volvió a mirar a su tío con la misma expresión, como si dijera: «¡Esto es culpa tuya!». La boca de Rex se tensó. Era como si quisiera sonreír pero se negara a hacerlo.

—¿Señorita Fitzgerald?

Lizzie pasó a su lado apresuradamente y él la siguió, cojeando.

Tyrell había recibido orden de acudir a la biblioteca. Cerró las puertas tras él. Su padre estaba de pie delante de la chimenea, apoyado en la repisa de piedra gris. La biblioteca era una habitación de grandes dimensiones, con dos paredes cubiertas de estanterías repletas de libros. Había un sofá delante de la chimenea y otro en la pared de enfrente. Varias puertas acristaladas se abrían a la terraza de pizarra y los jardines. Tyrell notó que su padre estaba enfrascado en sus pensamientos y parecía preocupado.

Se acercó a él. Estaba seguro de cuál era el motivo de aquella entrevista y se sentía ya culpable y desalentado por su conducta de esa tarde. Era consciente de que no debía ofender a lord Harrington, ni a su hija. Y, cuando recordaba la lujuria que no había podido controlar esa tarde, comprendía que debía deshacerse de Elizabeth Fitzgerald. No sólo estaba a punto de casarse con lady Blanche, sino que ésta se hallaba alojada bajo su techo. No había nadie a quien respetara más que a su padre y, ciertamente, respetaba a Harrington y a su hija, pero su comportamiento de esa tarde parecía indicar que no sentía respeto alguno por nadie, y menos aún por las tradiciones en las que se había educado. Siempre se había considerado un caballero, un hombre de honor. Pero su moral parecía haberse resquebrajado seriamente.

Elizabeth Fitzgerald surtía sobre él un efecto poderoso. Incluso pasadas varias horas desde que había visitado su cama, le costaba pensar en otra cosa que no fuera la consumación que aguardaba. Le resultaba difícil pensar en otra cosa que no fuera ella, como si se hubiera convertido en un colegial enamorado. Pero él no era un muchacho inexperto. Su comportamiento no tenía justificación.

El conde de Adare lo miró de frente, interrumpiendo sus cavilaciones.

—Lord Harrington me ha preguntado por la señorita Fitzgerald.

Tyrell se tensó. Era muy consciente de que en cualquier casa, aunque tuviera el tamaño de Adare, las habladurías campaban por sus respetos. Indudablemente, en cuanto había reconocido como suyo al hijo de Elizabeth, la noticia se había difundido por la mansión como un fuego descontrolado en un bosque. Pero, en todo caso, no importaba. Un secreto semejante no podía guardarse por mucho tiempo.

—¿Deseas que le asegure que la existencia de mi hijo ilegítimo no afectará a mis deberes para con su hija?

—Eso ya se lo he dicho yo —el conde lo observó atentamente—. Harrington te admira enormemente, Tyrell, y con toda razón, y no le preocupa tu hijo ilegítimo. Después de todo, prácticamente todos los hombres que conocemos tienen uno o dos bastardos. Pero no le hace mucha gracia que hayamos instalado a la señorita Fitzgerald aquí, en la casa.

—¿No le dijiste que me pareció lo mejor no separar a mi hijo de su madre? —Tyrell se preguntaba cuánto tiempo se mantendría en pie aquella penosa excusa. En aquellas circunstancias, las familias nobles solían acoger al hijo ilegítimo, pero dejaban de lado a la madre, aunque considerablemente mejor situada. Si Ned hubiera sido realmente su hijo y su madre no fuera Elizabeth Fitzgerald, eso era exactamente lo que él habría hecho.

—Sí, se lo dije. Se opuso, y tiene razón. Cree que la presencia de la señorita Fitzgerald podría ser una ofensa para su hija. Da la casualidad de que estoy de acuerdo con él.

Tyrell se envaró. El recuerdo de aquella tarde se apoderó de él, tan vívido que sintió el sabor de los labios de Lizzie y el tacto de sus pechos grandes y suaves. Como caballero, estaba de acuerdo con su padre y su futuro suegro, pero Elizabeth Fitzgerald había excitado su lado más oscuro. No tenía intención de alejarla de allí; un deseo egoísta lo consumía. Sin duda podría llegarse a una solución de compromiso.

Había muy pocos hombres de su rango y posición que no tuvieran amantes, aunque su padre era una excepción a esa norma. Y aunque siempre había admirado a su padre por su lealtad a la condesa, empezaba a hacerse penosamente claro que el suyo no sería un matrimonio fiel.

—Padre, he tomado una decisión. Hablaré de buen grado con lord Harrington. No me cabe duda de que sabré tranquilizarlo. Mi intención no es ofender a mi prometida, sino hacer lo mejor para mi hijo.

—Ya le he insinuado que esta situación sólo es temporal. Le dije que, en cuanto Ned se acostumbre a su nueva vida, mandarás a la señorita Fitzgerald a casa.

—Gracias —dijo Tyrell. Aquello sin duda aplacaría al padre de Blanche de momento.

—Eres un hombre adulto, Tyrell. Sé que eres capaz de decidir por ti mismo... y de cometer errores. Creo que los dos sabemos que esto es un error. La señorita Fitzgerald no le conviene a esta casa.

Tyrell se puso rígido. Sospechaba que el conde tenía razón.

—No está interfiriendo en ningún modo —dijo de tal manera que advirtió a su padre que dejara correr la cuestión—. No tengo intención de descuidar mis obligaciones.

—Sé que nunca nos fallarías ni a Adare, ni a mí —el conde hizo una pausa—. ¿Estás enamorado de ella?

Tyrell se sobresaltó.

—Claro que no.

Su padre se le acercó.

—Tyrell —dijo al cabo de un momento—, sencillamente no comprendo cómo has podido romper de este modo la etiqueta.

Tyrell sabía que no se refería a su deseo de que la señorita Fitzgerald permaneciera una semana en Adare, ni a su deseo de convertirla en su amante. Por primera vez en su vida, había mentido a su madre al asegurar que el niño era suyo... y todo ello por una mujer a la que quería en su cama. No pensaba enmarañar más aún aquella mentira, ni inventar otra. Sencillamente, no podía hacerlo.

—Por favor, no me pides que te lo explique —dijo gravemente—. No tengo justificación por haberme aprovechado de la señorita Fitzgerald. Lo siento mucho, padre. Lamento haberte defraudado.

El conde levantó las cejas.

—Qué extraño. Ella asegura que vuestra aventura fue enteramente culpa suya y que fue ella quien te sedujo.

Tyrell casi se quedó boquiabierto de sorpresa. ¿Por qué había dicho Elizabeth tal cosa?

—¿Por qué intenta protegerte? —preguntó su padre suavemente.

No era posible que ella intentara defenderlo, se dijo Tyrell. Aquello tenía que ser algún truco. Pero no lograba imaginar qué pensaba obtener ella con aquel ardid.

—No lo sé. La culpa fue mía... completamente.

—Sigo sin entenderlo. Te conozco muy bien. No me importa si ella iba disfrazada. ¡Tú jamás habrías tocado a una señorita decente! —exclamó su padre.

Tyrell se alejó de él.

—Te repito que no tengo justificación —dijo por fin.

Pero el conde lo siguió.

—Voy a fingir sólo por un momento que te creo. Conoces a

una joven en un baile de disfraces y pierdes la cabeza. Tyrell, tú no eres ningún ingenuo. ¿No la buscaste al día siguiente para arreglar la situación? Vamos, Tyrell, sin duda te diste cuenta de lo grave que era tu error.

Tyrell sabía que se refería a su supuesta seducción de una virgen. Se sonrojó.

—¿No podemos olvidar ese sórdido asunto? Al parecer, no soy infalible.

El conde sacudió la cabeza.

—Si fuera muy bella, como tu amante francesa o esa viuda rusa, lo entendería. Pero yo sólo veo a una muchacha reticente, más bien sosa y algo rellenita que parece del todo ingenua. No es ninguna mujer fatal. No creo que tenga ni pizca de calculadora. ¿Y pese a todo te hizo perder el control?

Visiblemente molesto, Tyrell no dijo nada. Odiaba aquella mentira con todo su ser.

—¿Acaso nunca has perdido la cabeza por una mujer? —se oyó preguntar, y de inmediato lamentó haberlo hecho, pues aquello era una confesión de sus sentimientos, y sabía cuál sería la respuesta de su padre.

—Sí. Por tu madrastra, la condesa. Me enamoré de ella poco después de conocerla, muchos años antes de que tu madre muriera y su marido fuera asesinado. Puede incluso que me enamorara de ella a simple vista —su sonrisa era agria—. Pero las circunstancias me impidieron perder el control y la razón.

—Entonces eres mucho mejor que yo —repuso Tyrell, y se volvió para irse.

El conde lo agarró del hombro y lo detuvo.

—Esto no me gusta, Tyrell.

Él se volvió y lo miró a los ojos.

—Te preocupas innecesariamente.

—¿Piensas seguir con ella? —preguntó el conde sin rodeos. La sonrisa de Tyrell se desvaneció. Su padre tensó la mandíbula—. Ya sé la respuesta, después de verte con ella esta tarde. No puedo hacerte cambiar de opinión, eso está claro, pero, dadas las circunstancias, tampoco puedo acoger a tu amante bajo mi techo.

Tyrell se sintió de pronto atrapado, por su padre, por Harrington y hasta por el futuro que lo aguardaba.

—La señorita Fitzgerald y el niño me acompañarán a Dublín la semana que viene —dijo—. Descuida, no saciaré mi deseo bajo tu techo, padre. Si no te importa, tengo unos asuntos que atender —inclinó la cabeza y esperó permiso para irse.

El conde parecía a punto de estallar.

—¿Y crees que Harrington no va a enterarse?

Tyrell perdió los estribos.

—Nunca he cuestionado mi deber y nunca lo haré. Te agradecería que tú tampoco cuestionaras mi capacidad para desempeñarlo. Voy a casarme con lady Blanche, como está acordado. Pero mis asuntos privados seguirán siendo eso, privados. Buenos días, padre —salió de la biblioteca sin esperar respuesta.

Pero no importaba. El conde no tenía nada más que decir. Tomó asiento en una silla, con el semblante lleno de consternación.

Las ventanas de las habitaciones de Lizzie daban a los prados de atrás y a las onduladas colinas del condado de Limerick. Lizzie se hallaba allí, contemplando el paisaje. Se había lavado y cambiado de vestido. Estaba anocheciendo y veía una luna difuminada alzarse sobre las colinas lejanas. El día había estado tan repleto de acontecimientos que Lizzie había olvidado por completo lo que ocurriría esa noche. Pero de pronto era consciente de que en las cocinas se estaba preparando una gran cena. Esa noche era el baile de compromiso de Tyrell.

Naturalmente, ella no había sido invitada.

Tyrell estaba a punto de comprometerse. Y había dicho que iría a verla esa misma noche.

Lizzie se mordió el labio. Aunque ansiaba volver a verlo, aquella cita le parecía de pronto espantosa. Pero eso era lo que hacían las queridas: se encontraban a escondidas con sus amantes, con hombres casados con otras.

Todo aquello era un error.

Su burbuja de alegría y excitación estalló repentinamente, y sintió dolor. Intentó recordarse que muchos nobles tenían amantes, pero le falló la razón. ¿Qué tenía eso que ver con ella? Después de aquella noche, Tyrell pertenecería a otra. ¿Cómo iba a afrontar ella aquella situación?

Pero ¿podía acaso alejarse de él llegados a aquel punto?

Había oído decir que los Harrington se marchaban al día siguiente, con toda probabilidad para regresar a Londres. Pero su partida no desharía el compromiso matrimonial. Lizzie estaba acostumbrada a soñar, y de pronto deseaba que Tyrell pospusiera su compromiso unos meses, o incluso un año. Sabía que, si podía compartir su vida durante ese tiempo, estaría por siempre feliz y agradecida.

Pero no era tonta. No podía imaginar que el compromiso se pospusiera ni un solo día. Y no podía hacer aquello, no en ese momento, no así... y menos aún con la prometida de Tyrell bajo el mismo techo que ellos.

Un dolor opresivo en el pecho reemplazó a su alegría anterior. No sabía qué hacer. Sólo podía confiar en que a Tyrell le agradara su prometida y en que ésta le hiciera feliz. En aquel momento, deseó ver con sus propios ojos cuán bella era su novia y juzgar si era una mujer buena y amable, la mujer que Tyrell merecía. Sabía en parte que buscar a Blanche Harrington era un error, pero se negó a considerar sus posibles consecuencias.

Se levantó las faldas de color marfil y recorrió a toda prisa el pasillo y las escaleras. Una parte de su razón le decía que aquello era demasiado peligroso. Al acercarse al cuerpo principal de la casa, oyó las risas y las conversaciones de los invitados y el tintineo de la cristalería. Vaciló, jadeante y con el corazón acelerado. ¿Qué diría si alguien de la familia la veía entre los invitados? ¿Qué excusa pondría si se tropezaba con Tyrell?

Pero, a pesar de sus buenas intenciones, el corazón le dio un vuelco ante la sola idea de encontrarse cara a cara con él otra vez. Se reprendió a sí misma y se deslizó por la puerta de un extremo de un inmenso salón.

Era el salón de baile. Había allí docenas de damas, ataviadas con sus mejores galas, y de caballeros vestidos de esmoquin. Lizzie se sonrojó, consciente de que llevaba un vestido de tarde muy sencillo. Se quedó junto a la puerta y no se movió. ¿Cómo iba a identificar a la prometida de Tyrell?

Observó a la bulliciosa multitud. Reconoció a muchos de los caballeros y las damas presentes; los había visto otras veces en Adare. Pero a los demás no los conocía. De pronto tuvo la sensación de que estaba siendo observada. Inquieta, escudriñó el gentío y se ocultó rápidamente tras una de las muchas columnas corintias del salón.

—No sabía que estuviera usted invitada, señorita Fitzgerald —dijo una voz tras ella.

Lizzie reconoció aquella voz. Era Rex de Warenne. Ella dio un respingo antes de volverse para mirarlo. Notó que le ardían las mejillas mientras hacía una reverencia.

—Los dos sabemos que no lo estoy —dijo al levantar la mirada.

Él estaba asombrosamente guapo con su traje de gala. Le recordaba tanto a Tyrell que se le encogió el corazón con una mezcla de excitación y angustia.

—Entonces, ¿qué hace aquí? —preguntó él sin sonreír.

—Esperaba ver de lejos a lady Blanche —musitó ella, azorada—. He oído decir que es terriblemente bella.

—Lo es —contestó él tajantemente. Señaló con la mano izquierda—. Es aquella rubia de allí, la de ojos azules, con el pelo del color de la luz de la luna y el vestido a juego con el tono de su cabello —dijo.

Lizzie vio al instante a la joven dama en cuestión y comprendió de inmediato que no había esperanza. Blanche Harrington era tan bella como su hermana Anna, pero de un modo completamente distinto. Tenía un porte tan majestuoso que parecía una reina. No estaba muy lejos, y Lizzie podía ver con claridad sus rasgos perfectos y su esbelta silueta. ¿Cómo era posible que Tyrell la deseara a ella cuando estaba a punto de comprometerse con Blanche?, se preguntaba, apesadumbrada. Blanche era tan elegante... Era, de hecho, la pareja perfecta para Tyrell.

—¿Ha satisfecho ya su curiosidad? —preguntó Rex en tono menos áspero.

—Podría ser una reina —musitó ella.

Él se quedó callado. Lizzie luchó por conservar la compostura. Blanche estaba rodeada de admiradores, hombres y mujeres, y se reía suavemente. Lizzie se preguntó de pronto dónde estaba Tyrell y por qué no se hallaba al lado de su prometida.

—Me voy ya, naturalmente —murmuró, incapaz de apartar la mirada de Blanche—. Pero ¿por qué no está Tyrell con ella?

—Creo tener cierta idea de por qué mi hermano no se encuentra bailando con su futura esposa —contestó él.

Su tono era extraño y Lizzie se volvió para mirarlo.

—¡No es por culpa mía, sir Rex! —exclamó—. Ni siquiera se me ocurriría competir con una dama tan bella como ella.

Él levantó las cejas.

—Pero compite, ¿no es cierto? Si no, estaría en Raven Hall y habría dejado a Ned aquí, en el lugar que le corresponde.

Ella notó que su boca se tensaba.

—No me tiene usted aprecio.

—No la conozco. Sólo sé que el encaprichamiento de mi hermano con usted no es muy oportuno, ni le conviene. Lady Blanche, en cambio, sí le conviene, señorita Fitzgerald. Y conviene también a Adare.

Lizzie se puso rígida.

—Tyrell no está encaprichado —dijo en voz baja—. Y yo no lo perseguí. Es él quien ha insistido en este arreglo, señor. Yo no puedo, ni quiero dejar a mi hijo —y, mientras hablaba, se dio cuenta de que, aunque no pudiera convertirse en su amante, tampoco podía marcharse de Adare, pues no estaba dispuesta a dejar a Ned. En ese instante comprendió que Tyrell estaría muy descontento con ella.

Él bajó las pestañas, largas y densas como las de su hermano.

—Y eso es muy admirable, creo. Pero será mejor que vuelva a sus habitaciones, señorita Fitzgerald, porque, si yo he advertido su presencia, es posible que la adviertan otros. Y provocar un escándalo esta noche no sería de provecho para nadie, ni siquiera para usted.

Lizzie se abrazó y asintió con la cabeza.

—Yo pienso en el interés de mi hijo —murmuró.

—Cuán loable —comentó él lacónicamente y, tras hacer una reverencia, se alejó.

Lizzie se ocultó tras la columna, al borde de las lágrimas. El hermano de Tyrell la consideraba una ramera egoísta y ambiciosa, se dijo, afligida. Pero en una cosa tenía razón: si Blanche descubría su presencia allí, habría una tremenda crisis. Lizzie pensó en cuánto se enfadarían los condes y se estremeció; después se imaginó lo mucho que se enfadaría Tyrell, y se sintió enferma.

Debía marcharse.

Asomó la cabeza por detrás de la columna y su corazón pareció detenerse. No muy lejos de allí, lady Blanche y otras dos señoritas se habían separado del resto de los invitados para conversar en privado. Lizzie las miró con fijeza. Las dos damas charlaban animadamente y tiraban de la mano de Blanche. El corazón de Lizzie comenzó a latir con violencia. Se dijo que no debía espiarlas. Pero sus pies se movieron de algún modo y de pronto se halló detrás de la columna que quedaba a espaldas de Blanche.

—Vamos, Blanche, dinos cómo fue el paseo en carruaje.

—Fue una salida muy agradable, Bess —contestó Blanche suavemente, con una sonrisa.

—¿Una salida muy agradable? —exclamó, atónita, Bess, una joven pelirroja—. ¡Pero, Blanche, si es terriblemente guapo y galante! ¿Te besó? ¡No nos mientas!

Lizzie cerró los ojos y se dijo que se merecía la angustia que sentía por espiarlas. La sola idea de que Tyrell tomara a otra mujer entre sus brazos bastaba para hacerla llorar.

—Yo nunca haría eso —contestó Blanche, divertida—. No, no me besó, y eso es porque es un perfecto caballero, como asegura mi padre.

Las dos damas se miraron.

—Ahora no es momento de conservar la calma —exclamó la morena—. ¿No estás emocionada, ahora que lo has visto? Es la clase de hombre que toda mujer codicia, ¡y va a ser tuyo!

—Soy muy afortunada —respondió Blanche sinceramente—, y se lo tengo que agradecer a mi padre, que se ha esforzado tanto por encontrarme un marido tan excelente. Pero estamos siendo terriblemente groseras por apartarnos así de la fiesta —y, con ésas, volvieron a perderse entre el gentío.

Lizzie se dijo que debía estar contenta. Blanche era elegante, bella y parecía amable. No le cabía duda alguna de que sería una buena esposa, madre y condesa. Deseaba odiarla, pero le era imposible, pues no había nada que odiar en ella.

La sensación de que estaba siendo observada interrumpió sus pensamientos. Escudriñó frenéticamente la multitud. Al otro lado del salón, enfrente de otra puerta, estaba Tyrell. Y la miraba con fijeza.

Lizzie se debatió entre salir corriendo o esconderse, pero era ya demasiado tarde. Tyrell iba hacia ella.

Y parecía enojado.

Una promesa temible

Lizzie no lo dudó. Dio media vuelta y salió corriendo del salón de baile. Sólo tenía que salir por otra puerta para llegar al ala oeste de la casa. La cruzó y, al hacerlo, comenzó a pensar que había escapado. Pero Tyrell la agarró del hombro.

–No creía que mis ojos me hubieran engañado –exclamó, incrédulo, y la hizo volverse para mirarla cara a cara.

Lizzie se descubrió con la espalda pegada a la pared.

–Puedo explicarlo –dijo.

–¿Puedes explicar tu presencia en mi baile de compromiso? –preguntó él, furioso–. ¿Es mucho pedir que muestres un poco de respeto por mi familia?

–No pretendía faltar al respeto a nadie –contestó ella, abatida.

Sus miradas se encontraron. Lizzie deseó no haberse atrevido a ir al baile. Pero deseaba también que Tyrell no estuviera a punto de prometerse en matrimonio, ni entonces ni nunca. ¡Qué necia era!

Él tensó la mandíbula.

–¡No me gusta que me mires como si fuera yo quien te está perjudicando! –exclamó–. ¿Por qué estabas espiando a lady Blanche? Y no te atrevas a negarlo porque te he visto detrás de la columna, escuchándola a ella y a sus amigas.

–No niego nada –contestó ella con voz estrangulada–. Quería verla. Había oído decir que era muy bella, y es cierto.

–Si vas a ponerte a llorar, piénsatelo dos veces –dijo él, crispado–. No vas a conmoverme con tus lágrimas, ni con tus ojos.

A Lizzie le parecieron un tanto extrañas sus palabras, pero no pudo pararse a reflexionar sobre ello. Intentó conservar la compostura.

—Siento mucho haber bajado al baile. Pero ¿puedo felicitarlo, milord, por su buena suerte? Lady Blanche será una esposa perfecta —murmuró sinceramente.

Siguió un silencio. Ella quería correr a su habitación y abrazar a Ned. Pero de pronto él le agarró la barbilla y le hizo levantar la cara y mirarlo.

—¿Qué juego es éste? —preguntó con suavidad mientras la observaba atentamente—. Tal vez otro creyera que eres sincera, pero yo no. ¿Tienes alguna estratagema pensada para interferir en mi compromiso? Pues sepa usted que no tiene sentido, *madame*.

Sus palabras eran como la punzada de un cuchillo. Lizzie sacudió la cabeza.

—Me juzga usted injustamente, milord. ¡No tengo ninguna estratagema!

Él le soltó la barbilla.

—¿Que te juzgo injustamente? —la observó y Lizzie consiguió no estremecerse—. ¿Quién es quien se atrevió a venir aquí, a mi casa, afirmando que soy el padre de su hijo bastardo?

Apoyó una mano en la pared, junto a su mejilla, acorralándola. Era imposible no tener presente su virilidad, después de la tarde que habían compartido. Nunca había estado más guapo ni más cautivador que en ese instante, y Lizzie deseó que la estrechara entre sus brazos, no con el ardor de la pasión, sino con ternura y cariño. De nuevo estaba soñando.

Aun así, él tenía los ojos llenos de algo más que de rabia, y Lizzie comprendió que se hallaba atrapado en un torbellino.

—Ya le expliqué ese malentendido. ¿Está disgustado por alguna otra razón, milord?

—¿Qué otra razón podría haber?

—No sé. No sé nada de su vida, aparte de que esta noche se ha prometido en matrimonio y de que tiene un puesto importante en Dublín. Pero parece… –vaciló–. Parece preocupado. Quizás incluso infeliz.

Los ojos de Tyrell se agrandaron y, cuando habló, se hizo evidente que estaba enfadado y que, sin embargo, intentaba dominarse.

–Te equivocas –dijo con firmeza–. No estoy ni preocupado, ni infeliz. ¿Por qué habría de estarlo?

Lizzie lo tocó.

–Me alegro, entonces.

Él se apartó bruscamente.

–Señorita Fitzgerald, es cuestión de decoro que evite usted a mi prometida. Sería humillante para ella el que sus caminos se cruzaran –hizo una pausa–. Y también para usted. ¿Ha quedado claro?

Ella asintió con la cabeza. De pronto estaba furiosa.

–No podría estar más claro. Debo esperar arriba, en las habitaciones que me ha procurado, sin bajar nunca sin su consentimiento. Estoy aquí para calentar su cama y nada más.

Los ojos de Tyrell se oscurecieron.

–Haces que parezca un desalmado. La coqueta eres tú, jovencita. ¿Acaso no flirteaste conmigo sin ningún pudor en la fiesta de disfraces y luego te esfumaste? ¿No me engatusaste con tus palabras y tus miradas seductoras? ¿Y pasó lo mismo el otro día, en la calle… y en tu propia casa? No estoy persiguiendo a una virgen reticente. ¡Y deja de mirarme como si siempre te estuviera hiriendo!

–Intentaré no mirarlo sino con sonrisas luminosas o miradas seductoras –logró decir ella. ¿De qué estaba hablando Tyrell? Ella no sabía coquetear, ni miraba seductoramente a nadie.

–Ya estoy de muy mal humor. No te burles de mí ahora.

–No me burlo de usted, milord. Nunca haría tal cosa. Lo admiro demasiado –él pareció sorprenderse. Lizzie cerró los ojos un momento, temerosa de su reacción–. No puedo hacer esto, milord –masculló.

Tyrell se inclinó hacia ella.

–Creo que no te he oído bien –dijo con voz crispada.

Ella se estremeció.

—Esto es un error —musitó. Él se irguió en toda su estatura. Lizzie se atrevió a mirarlo y vio que parecía perplejo—. Lo siento, no puedo ser su amante —dijo.

Tyrell sonrió sin alegría y se inclinó de nuevo hacia ella. Su aliento le rozó la mejilla.

—Vaya —dijo muy suavemente—. Este juego lo conozco. Y no me gusta, *mademoiselle*. Habíamos llegado a un acuerdo. Serás mi amante.

—No puedo —contestó ella en tono suplicante. Quería decirle cómo se sentía (que lo amaba profundamente y que siempre lo había amado), pero temía que no la creyera y que se mofara de sus sentimientos.

—Tal vez —dijo él, y Lizzie se tensó al notar la frialdad de su voz—, esto sea un golpe de suerte. A fin de cuentas, nadie en mi familia te quiere a ti.

Lizzie se llenó de temor. Iban a arrojarlos a la calle, a ella y a Ned. Nunca se había sentido tan infeliz, pero no había elección.

—Nos iremos a primera hora de la mañana —comenzó a decir.

—Mi hijo se queda aquí. Si decide usted irse, señorita Fitzgerald, se irá sola.

Lizzie dejó escapar un sollozo. ¿La estaba amenazando Tyrell con arrebatarle a Ned con intención de chantajearla y conseguir que compartiera su cama?

Él la estrechó entre sus brazos. Sus ojos parecían negros.

—Puede irse sola, señorita Fitzgerald, o puede quedarse aquí, con su hijo, como mi querida.

Lizzie estaba atónita.

—¡Creía que eras un buen hombre! ¿Cómo puedes ser tan frío y cruel? —exclamó—. ¿Serías capaz de quitarme a Ned?

—Tus juegos me obligan —repuso él—. No me gusta que jueguen conmigo, que me usen y me tomen por tonto. Esta tarde nos hicimos gozar el uno al otro ¿y ahora quieres marcharte? Pues yo creo que no, a no ser que quieras dejar aquí a tu bastardo.

Lizzie no daba crédito. Aquél no era el hombre al que ella conocía desde siempre. Después se maldijo por ser tan necia. El hombre al que ella conocía y amaba era un producto de sus sueños. Le había salvado la vida de niña... y ella lo había coronado príncipe. Pero no conocía a Tyrell de Warenne, ni lo había conocido nunca.

–Eres una mujer embrujadora. Pareces angustiada, como si te estuviera hiriendo de verdad, cuando la víctima de tus argucias soy yo.

Lizzie logró recuperar el habla.

–No estoy angustiada, milord –mintió–. Muy bien, tú ganas. Tu voluntad y tu intelecto son mucho más fuertes que los míos. ¿Cuándo he de estar preparada para ti? ¡Ah, espera! Deseas verme esta noche, ya lo has dicho. Estaré en esa cama, perfumada y desnuda, ansiosa y complaciente. Supongo que primero tomarás una copa de jerez con tu prometida, o quizás incluso le des un beso de buenas noches antes de reunirte conmigo en la cama.

Él levantó la mano y Lizzie guardó silencio. Sus miradas se encontraron.

–Eres una mujer extraña –dijo, y a Lizzie le sorprendió que de pronto hablara con tanta suavidad–. Nueve de cada diez hombres tienen queridas.

–Pero yo nunca he sido una querida.

La mirada de Tyrell vaciló.

–Sólo una amante pasajera.

–Es distinto –contestó ella.

–Sí, supongo que sí. No quiero seguir peleándome contigo, Elizabeth. Y, a decir verdad, no puedes ganar, porque estoy decidido a todo para hacerte mía.

Lizzie se sintió desfallecer de deseo al oírlo.

–¿Por qué? –musitó.

Él sonrió lentamente y ella creyó que iba a hablar. Pero Tyrell tomó su cara entre las manos. Su sonrisa se desvaneció y la miró fijamente a los ojos.

–No lo sé.

Lizzie comprendió que iba a besarla y todas sus objeciones

morales desaparecieron de pronto. Tyrell se inclinó hacia ella y rozó con los labios los de ella. Fue un beso muy suave. Sus labios se deslizaron como una pluma sobre los de Lizzie, lentamente, una y otra vez, hasta que ella se olvidó de su crueldad y su chantaje y quedó allí, temblorosa, con las piernas flojas y el sexo palpitante. Tyrell dejó escapar un sonido áspero y finalmente la abrazó contra su cuerpo duro y se apoderó por completo de su boca.

El cuerpo de Lizzie se inflamó por entero de deseo y desesperación. Sus lenguas se encontraron mientras ella se aferraba a sus hombros. Todo pensamiento se desvaneció: sólo quedó un deseo frenético. Lizzie le devolvió el beso una y otra vez, y deslizó las manos bajo su chaqueta, bajo su chaleco, por su camisa y su pecho. Sintió el pálpito violento de su corazón, fuerte y viril.

Él apartó de pronto la boca, pero siguió inclinado sobre ella, con las manos apoyadas en la pared. Sus ojos brillaban. Lizzie apenas entendía por qué había puesto fin al beso. Esperó a que la besara de nuevo, a que tocara sus pechos, su cara o su pelo, a que la tomara en sus brazos y la llevara arriba y la desvistiera para acabar lo que había empezado. De repente oyó risas a lo lejos y cobró conciencia de que, más allá del pasillo, seguía habiendo un baile.

—No se te ocurra volver a provocarme —dijo él con aspereza, y fijó la mirada en su boca—. Creo que la cuestión de nuestra relación ha quedado zanjada.

El recuerdo de su discusión y de su amenaza de quitarle a Ned asaltó a Lizzie. Tembló. El corazón todavía le latía salvajemente en el pecho. Tyrell no iba a aceptar un no por respuesta y, en ese momento, ella no quería una confrontación.

Él notó que se rendía. Su expresión se suavizó.

—No quiero pelearme contigo, Elizabeth. No quiero amenazarte. Por favor, abandona esos juegos. Sé que te haré gozar. Y nunca hablo deshonestamente. Cuidaré de ti y de tu hijo —la escudriñó con la mirada—. Me necesitas —añadió con voz suave.

Él ignoraba hasta qué punto lo necesitaba, y cuánto necesitaba Ned un padre.

—Sé que cuidarás de nosotros —musitó—. No lo he dudado ni un instante.

—Bien —él le sonrió, pero sus ojos tenían una expresión inquisitiva.

Lizzie comprendió que, pese a su crudo chantaje, estaba esperando a que ella aceptara su acuerdo.

—Regresaré a mis habitaciones —dijo—. Te esperaré allí.

Vio que sus ojos se llenaban de alivio.

—Debo regresar con mis invitados —Tyrell vaciló—. Se van mañana. Para nosotros será más fácil entonces.

—Quiero creerte —dijo ella.

Él la observó un momento antes de sonreír ligeramente.

—Pues créeme. Empezaremos de nuevo en Dublín. Pensándolo bien, es mejor que no nos embarquemos en una aventura aquí, en esta casa.

Lizzie asintió con la cabeza. A pesar del deseo que sentía, se sentía aliviada. La cara de Tyrell se relajó.

—Veo que por fin me crees —hizo una reverencia—. No te arrepentirás de nuestro acuerdo. Te doy mi palabra. Buenas noches —se apartó bruscamente de ella, entró en el otro pasillo y desapareció.

Lizzie lo estuvo mirando hasta que se perdió de vista. ¿Podría ella ser feliz así? ¿De veras podía hacerla feliz Tyrell estando comprometido con otra?

Ella se hallaba a punto de olvidarse de toda cautela. Era tan fácil creer la temible promesa que Tyrell acababa de hacerle…

Lizzie estaba sentada en un banco de piedra del jardín, no muy lejos de la casa. Desde donde estaba sentada, veía la fuente de piedra del centro de la glorieta, pero no la fachada de la casa. Era cerca de mediodía y sólo había dormido una o dos horas, al amanecer. A pesar del cansancio, no había podido dejar de pensar en Tyrell y en el futuro inminente que la aguardaba en su calidad de amante. Tal vez le fuera más fácil una vez lord Harrington y lady Blanche hubieran abandonado Adare.

Se puso tensa al ver que varios carruajes de gran tamaño

pasaban junto a la fuente y salían a la avenida. Se quedó mirando los cinco coches. Temblaba sin darse cuenta. Los observó hasta que el último se convirtió en un borrón, a lo lejos. Luego no vio más que pastos verdes, colinas onduladas y un cielo azul.

Se habían ido.

Ella se había ido.

Lizzie se sintió como si le hubieran quitado un gran peso de encima. Sabía que aquello no estaba bien, pero sentía alivio.

—¿Señorita Fitzgerald?

Lizzie se sobresaltó al oír la voz de la condesa. Se levantó e hizo apresuradamente una reverencia.

—Buenos días, milady —dijo.

La condesa le dedicó una sonrisa amable y se inclinó para saludar a Ned. El niño lanzó un grito de alegría y se levantó con esfuerzo.

—¡Arriba, arriba! —gritó.

La condesa sonrió, llena de placer, y lo tomó en brazos. Él le dio unas palmadas en la mejilla.

—¡Abu-ela! —dijo.

—Mi querido nieto —dijo ella, abrazándolo. Luego sonrió a Lizzie—. ¡Es tan irresistible…!

La ansiedad de Lizzie se desvaneció en parte al verlos juntos. Aquello estaba bien, se dijo con vehemencia. Ned debía estar en Adare. Aunque lady de Warenne no era la madre natural de Tyrell, Lizzie había notado enseguida cuánto quería al conde. Su inminente aventura con Tyrell tal vez estuviera mal, pero llevar allí a Ned era cosa bien distinta.

—Querida, voy a ir a la ciudad. Voy todos los miércoles a llevar nuestras sobras al orfanato de Saint Mary. ¿Necesitas algo?

Lizzie se sobresaltó.

—Milady —exclamó—, antes de ir a vivir con mi tía, solía ayudar a las hermanas todos los martes.

Los ojos de la condesa de agrandaron.

—Entonces tenemos algo en común.

—¿Puedo acompañarla? —dijo Lizzie sin darse cuenta siquiera de su audacia—. Me encantaría seguir ayudándolas. He echado mucho de menos a los niños. ¿Beth sigue allí? ¿Y Stephen? ¡Oh, estará grandísimo!

La condesa la miraba pensativamente.

—A Beth la adoptaron la pasada primavera. Y a Stephen su padre fue a buscarlo el invierno pasado.

—Qué excelente noticia —dijo Lizzie. Sonrió a la condesa.

—Me encantaría que me acompañaras —dijo lady de Warenne—. ¿Por qué no dejamos a Ned con Rosie?

Tyrell cabalgaba a galope tendido sobre su caballo negro. Sólo aminoró la marcha para saltar un cercado de piedra. Después volvió a espolear a su montura y emprendió el regreso a Adare como perseguido por el diablo.

Desmontó enfrente de los establos. El caballo resoplaba con fuerza. Ralph, el jefe de mozos, se hizo cargo de él. Parecía descontento. Tyrell se enjugó la frente con la manga de la chaqueta de caza.

—Paséalo hasta que se calme. Y dale luego una buena ración de forraje —dijo. De pronto estaba enfadado consigo mismo por forzar así a su caballo predilecto.

—Tiene usted suerte de que no se haya roto una pata al pisar un agujero —contestó Ralph—. Un caballo tan bueno.

Tyrell acarició el cuello sudoroso del animal. ¿Qué le pasaba? ¿Por qué desahogaba su irritación con el caballo? Le dio una palmada y el caballo resopló como si dijera que estaba listo para seguir.

—Lo dejaremos descansar unos días —dijo Ty, que sabía muy bien cuál era su problema.

—Sí, señor —dijo Ralph, y se llevó al animal.

Tyrell volvió a secarse el sudor de la frente y procuró no pensar en Elizabeth Fitzgerald y en su propia conducta. Pero fracasó. Entró en la casa por la parte de atrás. Se fue derecho al salón que usaba la familia y se dirigió al carrito de las bebidas. Mientras se servía un whisky, Rex entró cojeando en la habitación.

—¿Intentas matarte? —preguntó—. ¿O intentas matar a tu mejor caballo?

Ty se bebió el vaso de un trago y notó el ardor del licor. La noche anterior, había chantajeado a Elizabeth para que se quedara con él. ¿En qué clase de hombre se había convertido?

—Espero matarme yo antes que matar a Safyr —dijo. Se sirvió otra copa. Lo peor de todo era que no había podido refrenarse: ni siquiera había querido hacerlo. Incluso a la luz de un nuevo día, no quería dar marcha atrás. Por el contrario, estaba pensando en partir hacia Dublín antes de lo previsto.

—Es mediodía —comentó Rex—. ¿Puedo acompañarte?

Tyrell sirvió otra copa y se la dio a su hermano sin contestar. Si no podía controlar su conducta, no sería más que una marioneta en manos de Elizabeth. ¿Y qué decir de su inminente matrimonio? Era evidente que estaba poniendo en peligro su relación con lady Blanche y con el padre de ésta.

—Por los Harrington —murmuró Rex con ironía—. Por la hermosa lady Blanche.

Tyrell sintió que su tensión aumentaba de pronto. Levantó el vaso y bebió otro trago. Rex tomó un sorbo del suyo, observó a su hermano y dijo:

—Es un enlace excelente en todos los sentidos. Estoy seguro de que lo sabes.

—Sí, lo es. Estoy entusiasmado —enseguida se dio cuenta de que parecía enojado.

—¿De veras? Pues no lo pareces. Pareces inmensamente irritado.

Tyrell lo miró cara a cara.

—No lo estoy —compuso una sonrisa.

Rex bebió de su copa un momento.

—No te molestes, Ty. Te conozco de toda la vida y sé cuándo estás enfadado. A fin de cuentas, rara vez estabas de mal humor. Hasta hace unos días —añadió.

—No hace falta que te molestes en ser diplomático. Adelante, dilo. Di que mi comportamiento es inaceptable. Que tengo a mi querida en la misma casa que a mi prometida.

—Está claro que no es necesario que diga nada. Eres muy consciente de lo que estás haciendo —Tyrell lanzó una maldición—. Deberías tener más cuidado —dijo Rex bruscamente, y añadió en tono firme–: Finge al menos que te agrada tu prometida.

–Me agrada –Tyrell era consciente de que hablaba mecánicamente.

–Entonces quizá deberías tomarla de la mano y sonreírle de vez en cuando.

Tyrell lo miró sombríamente.

–Admito que anoche estaba algo distraído.

–Harrington se puso furioso. Oí a nuestro padre defenderte delante de él, Ty. Por el amor de Dios, si hasta Eleanor preguntó si estabas enfermo –dijo Rex, refiriéndose a su hermana pequeña–. Estabas de un humor de perros. Y eso no es propio de ti.

–Tenía otras cosas en la cabeza –dijo Tyrell por fin.

–¿Y qué puede haber más importante que asegurar el futuro de tu herederos… y de los míos, y de los de Cliff y Eleanor? –preguntó su hermano.

Rex tenía razón. Nada había más importante que aquel matrimonio, y tenía que empezar a comportarse como si así fuera. Pero estaba preparado para renunciar a Elizabeth Fitzgerald.

–Ella no es como esperaba –dijo Rex, muy serio.

Tyrell comprendió instintivamente que no se refería a Blanche. Miró lentamente a los ojos a su hermano. Rex tenía una mirada penetrante. Tyrell titubeó al recordar los ojos suaves y vulnerables de Elizabeth.

–Tampoco es lo que esperaba yo –se oyó decir. Y de pronto recordó el momento, hacía dos años, en que salvó a Elizabeth de ser atropellada por un carruaje. Había actuado movido por un reflejo, y de pronto se había encontrado arrodillado en el barro, sosteniendo entre sus brazos a la mujer más bella y tentadora que había contemplado nunca.

–¿Por qué sonríes? Estoy hablando de tu amante, la señorita Fitzgerald.

Tyrell regresó lentamente a Adare y, conmovido, dejó su copa. Luego dijo lentamente:

–Jamás tendría una aventura bajo el techo de mi padre, estando mi prometida y su familia en casa.

Rex le lanzó una sonrisa burlona.

—Has sido muy sabio al refrenarte. Pero no creas que me engañas. Es obvio que, si no es tu querida ya, pretendes que lo sea muy pronto.

Tyrell suspiró.

—¿También vas a sermonearme sobre las consecuencias de tener una aventura?

—No, porque sé que no me escucharás y que tampoco serías el primero en tener una amante. Además, tarde o temprano te la quitarás de la cabeza… ¿no?

—Eso espero, desde luego —contestó Tyrell—. ¿Crees que no soy consciente de las consecuencias de mis actos? Nunca he tenido intención de serle infiel a mi esposa, Rex. Siempre asumí que mi esposa sería más que una esposa, que sería una amante y una amiga.

Rex parecía sorprendido.

—No hay razón para que Blanche no pueda ser una amiga y una amante, pero me parece que ya estás planeando serle infiel después de la boda.

—Ni siquiera me interesa llevarla a la cama, así ¿cómo podré serle fiel cuando nos casemos? —exclamó Tyrell.

Rex se acercó a él y le puso una mano sobre el hombro.

—Mira, poco importa si le eres fiel o no. Pocos hombres lo son. Sólo tienes que ser amable, respetuoso y discreto.

—Desde luego —dijo Tyrell, y se apartó de su hermano. Se sentó en el sofá, lleno de fastidio. Siempre había creído que su esposa sería una mujer amable, elegante y bella, que tendría hijos e hijas y que su hogar sería un remanso de paz. Nunca había contado con tener una amante. Y sin embargo allí estaba, en vísperas de su compromiso oficial, distraído por una aventura amorosa y, al parecer, incapaz de dominar sus propios actos.

—Me ha parecido muy agradable —dijo Rex—. Esperaba una belleza espectacular, como Marie Claire, tu última amante, o una vil cazafortunas. Pero en ella no hay nada obvio, ni tiene astucia alguna. Cuando nos conocimos, volvía de la cocina; había estado haciendo tartas con su hijo. Estaba cubierta de harina y de chocolate, y de una especie de zumo de fruta. No fue nada descarada. De hecho, me pareció muy tímida y algo asustada. Salta a la vista que no es la típica mantenida.

Tyrell miró extrañado a su hermano. ¿Elizabeth había estado haciendo tartas en la cocina?

—¿Estás seguro? —la imagen de Elizabeth en la cocina desfilaba una y otra vez por su cabeza. De pronto, deseaba que Rex tuviera razón.

Su hermano comenzó a sonreír.

—Sí, estoy seguro de que estuvo haciendo tartas. De hecho, hice algunas averiguaciones. El personal de cocina está encantado con ella. Y a mamá también le gusta.

Tyrell se recordó que debía recelar del placer que intentaba crecer dentro de él.

—Da la impresión de que tú también la admiras.

—Puede que sí... con cautela.

—¿Sabes que vino aquí intentando obligarme a casarme con ella?

Rex suspiró.

—Sí, desde luego, todo el mundo lo sabe. Pero he oído decir que ésa era la intención de su padre, no la suya. Por lo visto su madre está desesperada por casar a las dos hijas que tiene aún solteras.

Tyrell quería creer que Elizabeth había sido una víctima de los planes de sus padres para tenderle una trampa y forzarlo a casarse. Aun así, sabía juzgar un carácter. Y la explicación que Elizabeth le había dado para justificar su treta (que no quería casarse con el verdadero padre de Ned) era mentira y él lo sabía.

—Ya no importa —dijo con firmeza—. Lo que importa es que está aquí.

Rex enarcó las cejas.

—¿De veras? Querrás decir que lo que importa es tu hijo.

—Naturalmente —repuso Tyrell, y se alejó para que su hermano no adivinara que le estaba mintiendo sobre Ned.

Pero Rex lo siguió.

—Ty, esto es muy extraño. Te comportas de manera muy

rara. ¿Por qué no actúas como un padre encandilado de pronto por su primer hijo?

Tyrell se volvió y logró sonreírle.

—Necesito tiempo —dijo—, para acostumbrarme a las circunstancias.

—Eso es mentira —repuso Rex, y le tocó el brazo—. ¿Qué ocurre? ¿Por qué estás tenso y a veces incluso enfadado? ¿Por qué descuidas tus deberes para con esta familia y tu prometida? ¿Por qué abordaste a una joven tan gentil y bien educada? ¿Y por qué la traes ahora aquí, como tu amante? Soy consciente de que es la madre de tu hijo, pero, vamos, Ty, ella se merece un marido y un hogar propios. Sé que lo sabes. ¿Qué demonios te pasa?

Tyrell se puso furioso de pronto. Su hermano tenía razón en todo.

—Está claro que me he convertido en un loco sin un ápice de sentido común, ni una pizca de respeto por la familia o el deber —replicó—. Elizabeth debería haber pensado en su futuro antes de acostarse conmigo tan rápidamente.

Rex no se dejó convencer.

—Lo mejor para todos sería que entraras en razón y colmaras de atenciones a tu prometida. No puedo defender a la señorita Fitzgerald, pero me gusta mucho. Se merece mucho más de lo que tú puedes darle —se acercó cojeando a la puerta abierta y se detuvo en el umbral, enojado—. Y nosotros también nos merecemos mucho más, si vas a ser el cabeza de esta familia.

Tyrell no vaciló. Arrojó su copa a la puerta que su hermano acababa de cruzar. Pero Rex se había ido y el vaso se estrelló en el suelo. Tyrell se cubrió la cara con las manos.

5

Un torbellino de emociones

Mary de Warenne entró en la enorme biblioteca, donde sabía que su esposo estaría revisando los libros de cuentas de la finca o leyendo el *Times* de Londres. Estaba absorta en sus pensamientos, preocupada por el carácter de Elizabeth Fitzgerald, y no podía olvidarse de lo sucedido ese día... ni de lo ocurrido el día que la conoció.

–Cariño, ya has vuelto –dijo el conde con una sonrisa, y se puso en pie. Salió de detrás del escritorio para saludar a su esposa con un abrazo y un beso–. Confiaba en que volvieras pronto –sus ojos azules brillaron–. Estaba pensando en descansar un poco antes de la cena. ¿Te apetece acompañarme?

Mary había querido mucho a su primer marido, pero siempre se había sentido turbada por la presencia de Edward de Warenne, incluso en los días de su primer matrimonio. Cuando Gerald O'Neill fue asesinado por soldados británicos en una terrible rebelión, en Wexford, Edward acudió en rescate de Mary. Unos meses después, se casaron, y él había criado a los dos hijos de ella, Devlin y Sean, junto a sus tres hijos varones y su hija. Mary se había enamorado de él mucho antes del asesinato de su marido, a pesar de que nunca habían hecho más que intercambiar un saludo cordial o una palabra amable. Llevaban dieciséis años casados; aun así, una invitación como aquélla solía surtir en ella un efecto inmediato. Los dos se habían adentrado ya en la madurez, pero entre ellos nada había cambiado. Rara era la noche que Mary no se quedaba dormida en brazos de Edward.

—La señorita Fitzgerald me ha acompañado al orfanato, Edward —dijo ella sombríamente.

La sonrisa de su marido se desvaneció.

—¿Y? —preguntó.

Mary se acercó a una butaca amarilla y se sentó.

—Es muy amable —dijo al cabo de un momento.

Edward se acercó a la bandeja de plata que había sobre la encimera de una librería. Sirvió una copa de jerez y un whisky. Regresó junto a su esposa y se sentó en una otomana, frente a ella, mientras le daba la copa de vino.

—¿Estás segura de que no pretendía impresionarte?

—Estoy segura —dijo Mary—. Resulta que las monjas la conocen muy bien. Trabajó allí durante años, hasta que se quedó encinta y se marchó. Estaban encantadas de verla. Y también dos niños que aún siguen allí. Es tan buena y cariñosa con los huérfanos como con su propio hijo.

Edward bebió un sorbo de whisky.

—Ya he hecho indagaciones sobre su caso, y su reputación ha sido impecable hasta ahora. De hecho, es exactamente como la describió su madre: siempre ha sido tímida y recatada, un auténtico pasmarote en las fiestas, sin un solo pretendiente. Naturalmente, esto último puede deberse a su juventud. Gusta a todo el mundo, y se sabe que es capaz de regalar hasta la ropa que lleva puesta si algún pobre mendigo se cruza en su camino.

—¡Oh, Edward! ¡Es una muchacha tan dulce y buena…! ¡Y ha sufrido tantos agravios…!

Edward se levantó de un salto.

—¿Qué quieres que haga? ¿Debo romper el compromiso de Ty? Su hijo tendrá más poder y riqueza que cualquiera de los De Warenne.

Mary se levantó, temblorosa.

—Pero tú eres feliz. No has necesitado vivir en la corte, susurrar al oído de este o aquel miembro del Consejo Privado, jugar al dominó político con las otras grandes familias de la Unión. Hemos tenido una vida maravillosa y doy gracias a Dios por cada uno de sus días. ¿De veras necesita Tyrell una alianza que lo afiance en Inglaterra política y socialmente mucho más de lo que lo hemos estado nosotros?

−¿Qué hay de nuestros nietos, Mary? Los tiempos han cambiado y siguen cambiando. Este matrimonio asegurará la fortuna de la próxima generación. Sé que eres consciente de ello.

−Lo soy −murmuró Mary tristemente.

−¿Quieres que se case con esa joven? −Edward tenía una expresión amarga.

−¡No lo sé! −contestó ella−. Pero Tyrell no es un libertino. No me creo su historia… ni la de ella. Creo que los dos nos están ocultando parte de la verdad. ¿Cómo pudo Tyrell aprovecharse de una muchacha como ésa? Es prácticamente imposible, y estoy segura de que ella no lo sedujo −sus ojos se llenaron de lágrimas.

Edward suspiró.

−En eso estoy de acuerdo contigo. No es ninguna mujer fatal. Y eso es, francamente, lo que más me desconcierta.

Mary se acercó a él y lo abrazó.

−¿Sólo te desconcierta? Porque hoy para mí la respuesta se ha hecho clara.

Su marido hizo una mueca.

−Si vas a decirme que Tyrell está enamorado de ella, creo que no quiero oírlo.

−No hay otra explicación posible a su falta de dominio sobre sí mismo, a esta falta de decoro. Y los dos los vimos juntos el otro día, cuando llegó ella.

Edward la miró a los ojos.

−Muy bien. Confieso que pienso lo mismo que tú. Pero, Mary, quiero tantas cosas para mi hijo… y aún más para los suyos. Quiero que los hijos de Ty, de Rex, de Cliff y de Eleanor vivan seguros. No quiero que tengan que preocuparse nunca por ganarse la vida.

−Pero ¿tan malo sería? Mira la fortuna que ha hecho Devlin, y creo que Cliff ha conseguido unos cuantos tesoros en la costa de Berbería. Tengo confianza en nuestros hijos, Edward. No creo que vayan a morirse de hambre.

−¡Pero acabamos de vender Brentwood, nuestra última propiedad en Inglaterra! —exclamó él—. Esta boda nos afianzará de nuevo en Inglaterra. Mary... —la tomó de las manos—. Quiero que Tyrell sea feliz, quiero que todos nuestros hijos sean felices, y quiero que tengan privilegios. ¿Recuerdas la angustia de Eleanor cuando volvió de Bath? A pesar de lo bella y rica que es, seguía siendo irlandesa, una señorita de segunda fila. Quiero que mis hijos sean tratados como iguales por todos los ingleses con los que se encuentren.

Mary se quedó callada un momento.

—Nadie conoce mejor que yo la impotencia que siente una irlandesa —murmuró, y los dos sabían que se refería al asesinato de su primer marido y a su cautiverio posterior—. Pero sobreviví. Todos sobrevivimos a esa tiranía, Edward. Y no estoy segura de que a ninguno de nuestros hijos les importe el respeto de los ingleses. Hemos criado a cinco jóvenes muy fuertes y a una muchacha fuerte y bella —dijo con una sonrisa. Edward no dijo nada—. Cariño, Tyrell nunca descuidará su deber, los dos lo sabemos. Pero, si se casa con Blanche y está enamorado de la señorita Fitzgerald, nunca será feliz como tú quieres que lo sea.

Edward no podía soportar aquel tema de conversación ni un momento más.

—Entonces deberíamos rezar por que no esté enamorado de la señorita Fitzgerald, ¿no crees? —dijo en tono extrañamente cortante.

Mary dio un respingo al notar la aspereza de su voz y prefirió sabiamente no responder.

Lizzie se llenó de aprensión al ver el carruaje de sus padres aparcado en el camino de entrada. Estaba ansiosa por verlos a ellos y a Georgie, pero ignoraba cómo iban a reaccionar sus padres.

—¿Señorita Fitzgerald? —dijo un sirviente—. Su hermana, la señorita Georgina Fitzgerald, está en la terraza del salón azul.

Lizzie sintió un arrebato de alegría. Echó a correr y luego se detuvo y dio media vuelta.

–¿Dónde está el salón azul? –preguntó.

–La primera puerta a la izquierda, señorita, y luego a la derecha –el criado disimuló una sonrisa.

Lizzie se dirigió allí corriendo y entró en un hermoso salón azul con dos chimeneas y cenefas doradas y blancas en el techo. Se disponía a cruzarlo cuando se dio cuenta de que la habitación estaba ocupada. Se detuvo bruscamente.

Tyrell estaba sentado en el sofá, con las piernas cruzadas. Su mirada era penetrante.

–¿Dónde has estado?

Era increíblemente guapo y sin embargo parecía desaliñado y molesto, como un león dormido que acabara de despertarse.

–Yo… eh… Tu madre me invitó a acompañarla y fuimos juntas a Saint Mary –dijo ella.

Él se levantó lentamente. Se había quitado la chaqueta y llevaba una bella camisa ribeteada de fino encaje, calzas casi blancas y altas botas negras de montar.

–¿La condesa te invitó… o la persuadiste tú para que te invitara?

Lizzie se alarmó.

–Pareces enfadado. Siento lo de anoche. No debí espiar a lady Blanche. Pero no he persuadido a tu madre para que me invitara. Tuvo la amabilidad de pedirme que la acompañara y hemos pasado una tarde muy agradable.

–¿Y el crío?

Lizzie dio un respingo. Tyrell nunca se había referido a Ned como a su hijo.

–Estaba con la niñera –dijo con suavidad.

Él deslizó la mirada por su corpiño.

–¿Dónde está tu chal?

Lizzie vaciló.

–Se lo di a una pobre muchacha que no iba bien vestida –Tyrell la miró con dureza. Lizzie estaba cada vez más nerviosa–. Supongo que no te opondrás…

Él se acercó y Lizzie se puso tensa. Tyrell se cernió sobre ella.

–Por lo visto –dijo en voz baja–, has encandilado a mi hermano y a todo el personal de cocina, y ahora también a mi madre. Confío de todo corazón, Elizabeth, en que esto no sea otro ardid.

—No lo es —exclamó ella—. Y no creo haber encandilado a nadie.

La mirada de Tyrell no vaciló.

—Ahora te haces la modesta —dijo.

Lizzie no lograba entender su mal humor. ¿No se había divertido la víspera, en el baile? Ella titubeó. No sabía si atreverse a sacar el tema a relucir.

—He oído decir que el baile fue un gran éxito.

Él le lanzó una mirada indescifrable.

—¿De veras? ¿Y quién te ha dicho esa idiotez, si puede saberse?

Lizzie tenía que saber si algo había ido mal.

—¿No fue una velada agradable, milord?

La mirada de exasperación de Tyrell se intensificó.

—No, no lo fue. Fue una obligación, nada más. Mañana regreso a mi puesto en Dublín —añadió.

Lizzie había creído que tardarían aún unos días en irse.

—¿Ha habido alguna emergencia? —preguntó.

—No. De hecho, no se me espera hasta la semana que viene. Sin embargo, he decidido regresar a Wicklowe mañana. El crío y tú me acompañaréis, como acordamos.

Lizzie apenas podía respirar. Al día siguiente, sería su amante. A pesar de su sentido común, la excitación se apoderó de ella.

—Ya he dado órdenes a Rose para que haga tu equipaje —dijo él, e inclinó la cabeza—. Lo lamento, si te causa algún inconveniente —con ésas, salió de la habitación.

Lizzie se quedó mirándolo. Se había cubierto el corazón acelerado con una mano. Sentía alivio porque Tyrell fuera a llevarlos con él, pero su extraño humor la inquietaba. Saltaba a la vista que ocurría algo.

Una figura se apartó de la cortina de las puertas de la terraza. Rex de Warenne la miró con las cejas levantadas.

—En mi vida había visto modales tan groseros, tratándose de Tyrell —dijo.

Lizzie dejó escapar un grito suave, horrorizada porque Rex los hubiera escuchado. Rex se acercó a ella con mirada intensa.

—Se defiende usted bien. La mayoría de la gente, hombres o mujeres, huirían con el rabo entre las piernas si tuvieran que enfrentarse al mal humor de mi hermano.

—De haber tenido elección, seguramente lo habría hecho —dijo Lizzie—. Pero creo que Tyrell necesita que se le plante cara.

Rex la observó con atención.

—Ha llamado a su propio hijo «el crío».

Lizzie se sintió de pronto abrumada por la ansiedad.

—Estoy segura de que ha sido un desliz.

—Cualquiera pensaría que mi hermano estaría encantado de tener un heredero.

—Estoy segura de que lo está.

—¿De veras? Está encantado porque haya venido usted con su hijo. De ahí su falta de modales y su mal humor.

—Debería ir a hacer las maletas —comenzó a decir ella, con la esperanza de escapar.

Pero él se interpuso en su camino hacia la puerta.

—No tiene por qué quedarse con él y soportar su grosería. Podría regresar a su casa.

—¡Jamás dejaré a mi hijo! —exclamó Lizzie.

—¿Y Tyrell? ¿Sufrirá usted sus atenciones por el bien del niño?

Ella titubeó y finalmente lo miró a los ojos.

—A veces me asusta, pero sé que es bueno y que tiene un corazón de oro. He trastornado su vida. No le reprocho que esté enfadado. Él no quería que nada de esto pasara en vísperas de su boda. Es un momento muy inoportuno —añadió—. Y lo lamento. Siento mucho causarle preocupaciones.

Rex la miró con fijeza. Por fin asintió con la cabeza y sonrió.

—¿Debo tirarle de las orejas y recordarle que ha de ser un caballero?

Lizzie comenzó a sonreír, aliviada porque lo peor hubiera pasado.

—Me encantaría que le tirara de las orejas, pero no creo que de todos modos vaya a escucharle.

—De momento, creo que tiene usted razón —su sonrisa se esfumó—. Nunca lo había visto tan preocupado, ni tan indeciso.

—No entiendo.

—No, no creo que lo entienda usted. Conociendo a Ty como lo conozco, estoy seguro de que jamás le revelaría sus sentimientos.

Lizzie tenía que saber a qué se refería Rex.

—¿Qué sentimientos?

—Mi hermano está faltando a su deber, señorita Fitzgerald. Sin duda usted lo sabe. Y creo que, en un sentido moral, se está faltando también a sí mismo.

Lizzie se quedó pasmada.

—No soy su primera amante.

—No, no lo es. Pero él nunca había estado comprometido. ¿Lo quiere usted?

A Lizzie le dio un vuelco el corazón. No sabía qué contestar y lo miró lentamente. Él tenía una mueca agria.

—Creo poder ver la respuesta en sus ojos, señorita Fitzgerald —Lizzie no intentó llevarle la contraria—. Me gustaría darle un consejo.

Lizzie sabía que no quería oírlo.

—Si lo cree su deber.

—Entre ustedes hay demasiada pasión. Me temo que nada bueno puede salir de este arreglo.

Lizzie se dejó caer en una silla. Sabía en el fondo que Rex tenía razón.

—Sé que me estoy extralimitando —prosiguió él—. Pero me preocupa profundamente mi hermano. Él no puede darle lo que usted merece, señorita Fitzgerald. Nunca podrá.

Lizzie lo miró a los ojos.

—No sé a qué se refiere.

—¡Vamos! Los dos sabemos que no es usted una mujer de vida alegre. Sabemos que este acuerdo no le conviene. Tyrell debe casarse con lady Blanche. No dejará en la estacada a su familia, señorita Fitzgerald, pese a toda su pasión. Debería usted dejarlo –dijo Rex sin rodeos–. Cuanto antes, mejor.

Lizzie dejó escapar un sollozo y cerró los ojos. Sabía que Rex estaba en lo cierto. Sin decir nada más, él se marchó.

Entonces la voz suave de su hermana le llegó a través de las puertas de la terraza. ¡Se había olvidado de Georgie! Se frotó las sienes doloridas y procuró recobrar la compostura. No importaba lo que pensara Rex, porque Tyrell no le permitiría dejarlo. Se levantó y salió a la terraza. Georgie estaba allí sentada, tomando el té.

–¡Lizzie! –las dos hermanas se abrazaron–. ¿Estás bien? –preguntó Georgie.

Lizzie se sentó y la agarró de la mano.

–¡Estoy atrapada en un torbellino de emociones!

–¿Qué está pasando? –murmuró Georgie–. Es evidente que Tyrell sabe que no eres la madre de Ned, ¡y sin embargo lo ha reconocido como hijo suyo!

–No, cree que soy la madre de Ned, pero no que él sea el padre –repuso Lizzie.

Georgie se quedó estupefacta.

–Entonces, ¿por qué ha reconocido a Ned? –preguntó por fin.

–Está jugando, Georgie. A cambio de su silencio, y si quiero quedarme con Ned, debo ser su amante. De hecho, mañana nos vamos a Wicklowe.

–¿Te está chantajeando? –su hermana estaba atónita.

Lizzie hizo una mueca.

–Sí.

–Pero ¿y su compromiso? Se anunció anoche.

Lizzie se puso tensa.

–No me ha dejado alternativa. No pudo abandonar a Ned.

–¡Oh, Lizzie! –murmuró Georgie, apretándole la mano–. Sé cuánto lo quieres. Nadie lo sabe mejor que yo. Pero ojalá te hubiera puesto en ridículo y nos hubiera arrojado a todos a la calle, como esperábamos.

Lizzie dijo lentamente:

–Lo conozco de toda la vida, pero siempre lo he visto desde

lejos... y todo lo que sé de él se basaba en habladurías. Georgie, empiezo a pensar que en realidad no lo conozco en absoluto.

—Eso es porque has hecho de él un héroe. Lo has glorificado, Lizzie, y es sólo un hombre.

—Tiene tanto temperamento... ¡Es tan autoritario...! —Lizzie se estremeció—. Creo que no es ni la mitad de amable de lo que yo creía. Es tan arrogante como un príncipe.

—¿Sigues queriéndolo? —preguntó Georgie.

Lizzie asintió con la cabeza.

—Más que nunca, al parecer.

Siguió una larga pausa.

—Creo que deberías saber que Rory fue a visitarnos ayer a Raven Hall. Tuve que recibirlo yo sola —añadió Georgie con nerviosismo—. Fue muy difícil. Ya sabes que no lo soporto. Preguntó por ti —levantó las manos—. Lo siento. Me puso tan nerviosa que le dije que te habías mudado aquí.

El corazón de Lizzie comenzó a llenarse de temor.

—¿Le hablaste de Ned?

—No —Georgie parecía afligida—. Le dije que te habían invitado a pasar una temporada aquí. Parecía desconfiar, y sólo es cuestión de tiempo que se entere de lo que ha pasado.

A Lizzie le dolía la cabeza. Estaba segura de que Rory se presentaría en Adare y exigiría verla. ¿Qué podía decirle?

—No es culpa tuya —dijo—. Es amigo de Tyrell y estoy segura de que tarde o temprano se habría enterado de mi situación.

—¿Y si les dice a los condes la verdad? El juego de Tyrell se acabará y tendrás que irte. No permitirán que te quedes después de haberles engañado, y te quitarán a Ned.

—¿Cuánto tiempo va a quedarse Rory en Limerick? —preguntó Lizzie.

—No mucho, creo. Tengo entendido que debe volver a Dublín. Puede que ya se haya ido.

—Eso sería una suerte —Lizzie miró los prados del jardín y las colinas redondeadas—. Voy a tener que convencerlo de que guarde silencio —dijo.

—Te adora —dijo Georgie con repentina crispación—. Quizá debiste decírselo desde el principio.

Lizzie se levantó.

–Georgie, sé que has venido a visitarme, pero estoy muy cansada. Esta farsa es insoportable. Tengo que echarme un rato.

Su hermana también se levantó.

–No te preocupes. Sólo quería saber si te encontrabas bien y por qué Tyrell había actuado así. Todavía no puedo creer que vaya a forzarte a ser su amante. Creo que no le tengo ya en mucha consideración.

El instinto de Lizzie la impulsó de inmediato a defender a Tyrell.

–Parece que saco lo peor de él, pero no lo juzgues mal. ¿Puedes reprocharle que me tenga en tan poca estima?

–¿De veras puedes enfrentarte a esto, Lizzie, sabiendo que está oficialmente comprometido con otra? ¿Estás segura de que debes hacerlo?

Lizzie cerró los ojos.

–No lo sé –musitó por fin–. Oh, Georgie, me siento como un pequeño velero perdido en el mar, zarandeado por corrientes que no puedo controlar. Creo que sólo me estoy dejando llevar por la marea más alta.

Georgie la abrazó con fuerza.

Lizzie estaba teniendo un sueño delicioso. Yacía de lado, con una almohada en los brazos, y Tyrell levantaba su gruesa trenza. Ella sonreía levemente. Sabía lo que ocurriría a continuación. Aquélla era la clase de sueño que siempre esperaba con ilusión. Tyrell acariciaba su mandíbula con una caricia tan exquisita que de inmediato el ardor se concentraba entre sus muslos. Su sangre corría a toda velocidad. Él acarició su cuello y su hombro, que el escote del corpiño dejaba al desnudo. Su caricia, sedosa y delicada, se desplazó hacia el costado de Lizzie, hasta su cintura y su cadera. Ella suspiró y se removió inquieta en la cama, con la piel erizada por el deseo.

Él pareció susurrar su nombre.

–Elizabeth…

Era Tyrell, pensó ella, e iba a hacerle el amor.

Él deslizó la palma de la mano sobre el firme promontorio de una de sus nalgas y se detuvo allí. Lizzie gimió y, al oír su propio gemido, su carne pareció cobrar vida bajo la mano de Tyrell. Él acarició la parte de atrás de su muslo hasta que Lizzie comenzó a sentir un fuerte pálpito entre las piernas.

—¿Estás despierta? —le pareció que preguntaba él.

Pero Lizzie no quería despertar en ese instante, cuando su cuerpo se hallaba a punto de estallar de placer. Él había metido la mano bajo el camisón de algodón y su caricia sobre la piel desnuda era casi insoportable. Lizzie se dio la vuelta.

En sueños, se vislumbró a sí misma a retazos, elevándose en el aire, entre un cielo tachonado por un millón de estrellas.

—Necesito que despiertes —dijo él con urgencia.

Lizzie comprendió entonces que no estaba soñando y despertó de inmediato. Yacía boca abajo, aferrada a la almohada, y Tyrell estaba sentado junto a su cadera. Lizzie se sentó bruscamente y lo miró.

Tyrell se había quitado la chaqueta. Llevaba la camisa suelta y sin abrochar. Lizzie echó un vistazo a sus ojos ardientes y miró luego su pecho ancho y musculoso. Su corazón comenzó a palpitar con violencia, ahogándola.

—Intentaba despertarte —dijo él con voz áspera.

Lizzie sintió que un nuevo ardor se concentraba no ya entre sus muslos, sino en sus mejillas. Tyrell había fijado la vista en el bajo de su camisón, que yacía sobre sus muslos. No sabía si sentirse feliz o consternada, pero las intenciones de Tyrell estaban claras.

Él posó la mano sobre su muslo pálido y desnudo. Lizzie respiró hondo mientras miraba con fijeza su mano. Los nudillos de Tyrell se tornaron blancos.

—Necesito llevarte a la cama, Elizabeth —dijo él con voz densa, y pasó la mano por su sexo—. No quiero esperar.

Lizzie dejó escapar un gemido y cayó sobre las almohadas. Su cerebro intentaba decirle algo, pero en ese momento no podía pensar.

Tyrell se arrancó la camisa y ella oyó caer sus botas al suelo.

—No quiero ser bruto —dijo él al inclinarse sobre ella, sujetándole los hombros contra la cama–, pero no sé si podré controlarme –entonces le sonrió.

El corazón de Lizzie dio un vuelco y se henchió de amor. Ella le devolvió la sonrisa. Deseaba decirle que cualquier cosa que hiciera le parecería bien.

Un hoyuelo apareció en la mejilla de Tyrell. La soltó y tiró del cordón del escote de su camisón. Éste se abrió; Tyrell separó los lados del escote y los deslizó por sus hombros y sus pechos, hasta la cintura.

Ned gimió en sueños.

Ned. Su plan… El vino…

Lizzie se levantó de un salto y tiró de su camisón frenéticamente. Tyrell se puso en pie, vestido únicamente con sus calzas y sus botas. Lizzie vio su erección y se sintió atravesada por un deseo insoportable.

–El crío está bien, Elizabeth. Rose cuidará de él. Hablé con ella hace un momento, antes de entrar.

–Vino –murmuró ella.

Se acercó tambaleándose a la mesilla de noche, donde reposaba la botella abierta con dos copas.

–¿Qué haces, Elizabeth? –preguntó Tyrell con calma, pero sus ojos brillaron mientras la miraba–. ¿Por qué estás de pronto tan nerviosa? Voy a hacerte gozar como nadie antes. Te doy mi palabra.

Ella no podía moverse. Se quedó allí parada, sujetándose el camisón sobre el pecho. Su cuerpo latía. Una caricia y alcanzaría el clímax, pensó. La excitación, mezclada con el miedo a lo desconocido, la hizo desfallecer.

–Dejaremos el vino para más tarde –dijo él con suavidad, como si adivinara su estado.

Lizzie se volvió, tomó la botella de vino y logró servir una copa. Sus manos temblaban.

Tyrell la asió de la muñeca para detenerla. Estaba tan cerca, a su espalda, que Lizzie sintió palpitar su miembro contra sus nalgas.

–¿Tienes miedo? –preguntó él con incredulidad.

–No –Lizzie recuperó la voz. Se resistía a soltar la copa de vino—. Sólo estoy un poco nerviosa, milord —dijo con voz pastosa.

—Pues no lo estés. No voy a hacerte daño. Después de todo, no eres virgen —susurró él a su oído.

Lizzie sintió que sus piernas comenzaban a flaquear. Tyrell la rodeó con los brazos y tomó sus pechos entre las manos.

—Deja el vino, Elizabeth —ordenó.

Ella intentaba sujetar el camisón y la copa de vino al mismo tiempo. Consiguió desasirse de algún modo y, al hacerlo, el vino salpicó las hermosas calzas de Tyrell. Retrocedió, se tropezó con la cama y, viendo una oportunidad, dejó escapar un grito y derramó la copa sobre las sábanas de color azul pálido.

Hubo un silencio.

Lizzie cerró los ojos y se volvió hacia él. Se olvidó del camisón y éste cayó al suelo. Tyrell la miraba con fijeza. Sonrió lentamente.

Ella se calmó de pronto. Había conseguido lo que quería: sobre la cama había una enorme mancha roja. Ahora podía olvidarse de todo, salvo del hombre que se proponía hacerle el amor.

Debería haber actuado con pudor; debería haberse agachado para recoger el camisón. Pero no se movió. De repente se sentía orgullosa de sus grandes pechos y sus amplias caderas, de sus muslos tersos y turgentes, pues no había duda de que Tyrell la contemplaba con admiración.

Ella vio que su mandíbula vibraba repetidamente. De pronto, Tyrell se volvió a medias y, para sorpresa de ella, se sirvió una copa de vino.

—Estás muy nerviosa. ¿Es porque soy grande? Iré despacio. No quiero hacerte daño, Elizabeth —la miró de frente, sosteniendo la copa—. Bebe un sorbo. Te calmará.

Al fin y al cabo, era amable. Lizzie negó con la cabeza, y no tomó la copa. Los ojos de Tyrell parecieron convertirse en humo. Dejó la copa, la tomó de la mano y la estrechó entre sus brazos. Su cuerpo fornido se estremeció. Le acarició los hombros, los brazos y los pechos.

—Eres tan hermosa...

Lizzie se aferró a sus hombros grandes y desnudos. Miró su

pecho duro, ligeramente cubierto de vello, y sus pequeños pezones erectos.

—No tanto como tú, mi señor —se oyó decir con voz densa.

Tyrell se quedó inmóvil.

—¿Me deseas? —preguntó ásperamente.

Ella consiguió apartar la mirada de su cuerpo. Asintió con la cabeza.

—Siempre... Siempre te he deseado, mi señor.

Él dejó escapar un gruñido y se apoderó de su boca. Lizzie estaba en su cama, en sus brazos, de espaldas, con Tyrell encima de ella. Se tensó para él mientras Tyrell la besaba en un frenesí de pasión.

Él se incorporó y tiró de sus calzas. Lizzie se apoyó sobre los codos. Sólo él podía llenarla ahora. Cuando por fin vio desnudo a Tyrell, se mordió el labio tan fuerte que se hizo sangre y procuró sofocar un gemido. Puesto en pie, él la miró con las calzas en la mano.

Ningún hombre podía ser tan bello, tan viril o tan fuerte, pensó Lizzie.

Como si adivinara sus pensamientos, Tyrell le sonrió muy ligeramente. Tiró las calzas a un lado y se subió sobre ella; al instante separó sus muslos y acomodó la punta de su miembro, grande y caliente, contra su sexo.

—Estás tan lista para mí.... —dijo con voz áspera.

Aquél era el instante con que ella había soñado, el momento en que se convertiría en parte de él. Y Tyrell lo sabía.

—Dios mío... —dijo, y de pronto bajó la cara hacia ella.

Lizzie se quedó quieta. Él la besó con ternura. Ella comenzó a llorar. Tyrell no la amaba, desde luego, pero en aquel beso había afecto. Él no podría haberla besado así si fuera sencillamente una prostituta.

Tyrell levantó la cabeza y sus miradas se encontraron. Lizzie vio entonces algo en sus ojos que no pudo comprender: una emoción descarnada y llena de asombro.

Luego, él la rodeó con sus brazos y comenzó a penetrarla. Lizzie había olvidado que quizá sintiera dolor. Tenía pensado ignorar el dolor, pero, tomada por sorpresa, dejó escapar un leve grito. Él se detuvo sin haberla penetrado del todo. ¡No podía descubrirlo! Frenética, ella se quedó inmóvil. Era consciente de que el miembro hinchado de Tyrell la invadía e ignoraba cómo podía dejar que continuara penetrándola.

Tyrell levantó la cabeza y la miró a los ojos con incredulidad. Y Lizzie vio en ellos que sabía lo que ocurría. Horrorizada, desvió la mirada.

—Aprisa, milord —logró decir mientras se retorcía, como si fuera presa del deseo—. Aprisa.

Él no se movió y tardó un momento en contestar. En voz baja preguntó:

—¿Te estoy haciendo daño?

Lizzie debía actuar. No se atrevía a mirarlo a los ojos.

—Claro que no —mintió, y agarró sus hombros con más firmeza. Pero sus ojos se llenaron de lágrimas. ¡Oh, no esperaba aquello!

Tyrell la miraba fijamente. Si adivinaba que era virgen, su vida acabaría pronto, pensó ella, afligida.

Después, Tyrell apoyó la mejilla contra la suya.

—Hace mucho tiempo que no estás con un hombre —dijo suavemente—. Relájate, cariño. Relájate. Iremos tan despacio como desees.

Ella se quedó atónita. Luego sintió alivio. Se aferró a aquella idea.

—Sí, hace mucho tiempo...

—Sss —dijo él, y le besó la mejilla, los ojos, la oreja. Y siguió penetrándola suavemente.

Pero Lizzie no podía relajarse. Tyrell se detuvo. Besó una y otra vez su cuello y acarició su brazo. Lizzie se dio cuenta de que no seguía penetrándola y suspiró. Por un momento se permitió disfrutar de sus besos. Él comenzó a acariciar sus pechos mientras seguía besando su cara.

—Lo siento —le pareció a Lizzie que murmuraba, y de pronto se hundió dentro de ella.

El dolor fue como una cuchillada. Lizzie gritó mientras él se hundía completamente en ella. Después, Tyrell se detuvo y la besó profundamente.

—Abre la boca, cariño —murmuró.

El corazón de Lizzie dio un vuelco. Aquella palabra llena de afecto la conmovió. Obedeció, dejó que sus labios paralizados se abrieran, y la lengua de Tyrell se introdujo en su boca. Él la besó con ansia, pero despacio, y el corazón de ella comenzó a latir con violencia. Sin dejar de besarla, Tyrell empezó a acariciarla muy cerca del lugar en que su verga se hallaba hundida en el cuerpo de ella.

Lizzie se sintió palpitar alrededor de su miembro.

Y de pronto el placer chisporroteó dentro de ella. Seguía sintiendo dolor, pero aquella molestia no le parecía ya tan importante. Para poner a prueba aquel nuevo deseo, se aferró a él y movió las caderas. Ardió un fuego y su carne se erizó.

El dolor había desaparecido y, en su lugar, había ahora un deseo feroz.

—Oh, Tyrell... —gimió mientras apretaba sus caderas contra las de él.

Tyrell inhaló bruscamente.

—Estoy a punto de deshacerme —dijo.

A Lizzie no le importó. Él se hundió profundamente en su interior (por fin se hallaban unidos). De su cuerpo irradiaban oleadas de placer que se transmitían al cuerpo de Lizzie, y viceversa. Ella gemía. El placer empezaba a hacerse cegador.

—¡Tyrell!

Él la penetró una y otra vez, con mayor urgencia, y Lizzie estalló mientras sollozaba su nombre. Ella lo oyó gemir, sintió su clímax a pesar de que seguía poseída por el placer del orgasmo.

Nunca lo había amado más. Su cuerpo se llenó de un calor gozoso, y le pareció sentir su cálida semilla dentro de ella. Habría dado cualquier cosa por tener un hijo suyo.

Se dio cuenta de que Tyrell yacía sobre ella. Seguía penetrándola, y su miembro apenas había disminuido de tamaño. Entonces ella volvió en sí por completo. Habían hecho el amor.

Tyrell comenzó a apartarse de ella.

Lizzie lo rodeó con los abrazos y lo apretó con fuerza.

—No —dijo.

Él se tensó.

—¿Estás bien? —preguntó en tono extraño.

Ella sonrió y le besó la mejilla.

—Sí, milord, estoy de maravilla.

Tyrell no le devolvió la sonrisa.

—¿Te he hecho daño?

Lizzie pensó que sí, que quizás un poco, pero no le importaba, porque el miembro de Tyrell comenzaba a endurecerse dentro de ella, y ella palpitaba de deseo y de expectación.

—No.

—Me parece que no te creo —dijo él suavemente. Levantó la cabeza y la miró.

Lizzie le sonrió.

—Oh, Tyrell —dijo—. Por favor...

Los ojos de él se oscurecieron.

—Estoy en desventaja, *madame* —dijo, pero comenzó a moverse dentro de ella, y Lizzie gimió y se aferró a él con fuerza. Tyrell entornó los párpados—. No quiero refrenarme —murmuró con voz densa mientras seguía moviéndose lentamente.

—Pues no lo hagas —gimió Lizzie, apenas capaz de esperar.

—Creo que debo, por ahora —él gimió de pronto y se hundió todo lo posible dentro de ella.

—Apresúrate —ordenó Lizzie.

Él abrió los ojos y sonrió.

—¿Siempre tienes tanta prisa?

Ella sonrió con descaro.

—¿De veras te importa? —preguntó.

Tyrell comenzó a moverse sin apartar la mirada de ella.

Lizzie cerró los ojos, se abrazó al amor de su vida y juntos encontraron el paraíso.

Una pequeña conspiración

Lizzie se despertó, consciente de que la luz del sol entraba en su cuarto. Se preguntó cómo era posible que se hubiera quedado dormida y, al volverse de lado, soñolienta, le dolía todo el cuerpo; sobre todo, los músculos de los muslos. Se sentía como si hubiera andado a marchas forzadas millas y millas, como un soldado. En ese instante recordó cada momento de la noche anterior y se despertó por completo.

Ahora era la amante de Tyrell.

Tyrell le había hecho el amor. Antes, aquello había sido el sueño de su vida. Ahora, mezclada con la alegría, había también vergüenza. Deseaba poder olvidarse de Blanche, pero le resultaba imposible.

Blanche no amaba a Tyrell y ella sí. Sin embargo, aquel argumento parecía absurdo.

De todos modos, Tyrell la había acorralado y ella no había podido zafarse, a menos que dejara allí a Ned. Ahora, no obstante, su secreto estaba a salvo. Era la amante de Tyrell y él nunca le quitaría a su hijo. Por fin comenzó a sentir alivio. Pensó en cómo habían hecho el amor. A veces, los besos de Tyrell habían sido increíblemente tiernos; en otras ocasiones, habían sido oscuros, exigentes y duros. Lizzie estaba casi segura de que abrigaba cierto afecto por ella.

Por fin se dio cuenta de que estaba sola y se incorporó. Miró el lugar vacío que había ocupado él, desanimada porque se hubiera ido. Después sintió unos ojos clavados en ella.

Se tensó y miró más allá de los pies de la cama. Tyrell estaba sentado en un sillón, no muy lejos de la chimenea, completamente vestido. Tenía las piernas cruzadas y la miraba con mucha intensidad, fijamente, sin vacilar. No se movió.

Lizzie se alarmó un poco. La expresión de él era tan desapasionada y estaba tan callado que parecía una copia en cera de sí mismo. ¿Qué significaba aquello?

—Buenos días —dijo ella con una sonrisa indecisa. Consciente de que estaba desnuda, se cubrió con la sábana hasta el cuello.

La mirada de Tyrell vaciló.

—Buenos días. No hace falta que te cubras ni que te comportes pudorosamente conmigo. Me gusta mirarte.

Lizzie se sonrojó de placer, emocionada por su cumplido y apenas capaz de creer que fuera sincero. Después, su alegría se empañó. Él seguía negándose a sonreír; no estaba, sin embargo, enojado. Así pues, ¿qué le sucedía? ¿Le había defraudado ella en algún sentido?

—Es pleno día.

—Sí, así es —contestó él.

Lizzie vaciló.

—¿Estás enojado conmigo, mi señor?

Por fin, la boca de Tyrell pareció moverse, aunque siguió sin sonreír.

—No. No, no estoy enojado en absoluto —su semblante pareció tensarse—. ¿Cómo estás esta mañana?

Lizzie se sobresaltó, sorprendida. ¿Estaba preocupado por ella?

—Muy bien, milord, y creo que sabes por qué —sintió que se sonrojaba y se miró los dedos de los pies. ¿Cómo podía ser tan osada? Tyrell se levantó lentamente. Ella se quedó muy quieta mientras él se acercaba a la cama—. ¿Tú no estás bien, mi señor? —preguntó con cautela. ¿Acaso no había disfrutado él también de su pasión?

El rostro de Tyrell se tensó.

—Si me preguntas si he gozado en tu cama, creo que la respuesta es obvia —Lizzie ignoraba qué quería decir. Él pareció ablandarse y le acarició un momento la mejilla–. Eres la mujer más apasionada que he conocido. Cuando dije que nos compenetrábamos bien, tú y yo, hablaba en serio.

Ella intentó respirar.

–¿Y eso significa...?

–Significa que he gozado enormemente... quizá demasiado –su mirada era oscura–. ¿Te he hecho daño? –preguntó.

Ella se sorprendió.

–Claro que no.

–Te estoy pidiendo la verdad, Elizabeth –titubeó–. Hacía mucho tiempo que no estabas con un hombre. Tu cuerpo no aceptó fácilmente el mío.

–Lo de anoche fue maravilloso, milord. No me arrepiento de nada –podría, naturalmente, haber puntualizado aquella afirmación. Blanche volvía a cernerse entre ellos.

–Me temo que yo sí –contestó él tajantemente.

Ella estaba perpleja.

–¿Te arrepientes de lo de anoche?

El rostro de Tyrell parecía a punto de resquebrajarse.

–Siempre me he preciado de ser no sólo un caballero, sino también un hombre considerado. Y anoche no tuve mucha consideración contigo. De hecho, fue extremadamente egoísta. Te debo una disculpa, Elizabeth, si la aceptas.

Ella se quedó boquiabierta.

–No me debes ninguna disculpa. Estoy bien y fuiste más que considerado... ¡Fuiste tan tierno, tan amable...!

Tyrell permaneció de pie, envarado.

–Jamás te haría daño a propósito –dijo.

–Era inevitable, ¿no es cierto? –musitó ella, pensando en su virginidad. Se sonrojó de inmediato y deseó no haber dicho aquello.

Él apartó la mirada, muy serio. Lizzie se puso en pie y se llevó la sábana consigo.

–Milord... hacía mucho tiempo, como hemos dicho. Pero estoy bien, de veras, y...

Tyrell la miró de frente.

–Debiste decírmelo –dijo con suavidad, incluso amenazadoradamente–. Habría estado preparado para seducirte mucho más despacio. Lizzie no sabía qué decir. Él se aclaró la garganta–. He decidido irme solo a Wicklowe.

–¿Solo? –el desaliento y la incredulidad asaltaron a Lizzie.

–Como ya te he demostrado, soy un hombre de apetitos extremos, al menos en lo que a ti respecta. Francamente, me falta el dominio de mí mismo y no confío en mí. Tú necesitas descansar un poco. Te quedarás aquí y, dentro de una semana o así, enviaré a por ti y a por el niño.

–No –dijo Lizzie con firmeza. No sabía cuánto tiempo le quedaba con él, pero tarde o temprano se le acabaría.

–¿No? ¿Te niegas a cumplir mis deseos? –preguntó él con incredulidad.

–Sí –contestó ella enérgicamente–. Voy a ir contigo, como estaba previsto.

Él sonrió inesperadamente.

–Eres muy atrevida, Elizabeth. Ven aquí.

–¿Qué?

Tyrell la rodeó con sus brazos.

–Esta noche no voy a venir a tu cama –murmuró mientras la miraba fijamente a los ojos.

El corazón de Lizzie se aceleró violentamente. Se descubrió sonriéndole, consciente de que estaba excitado. El futuro ya no le parecía preocupante, ni urgente. De hecho, lo había olvidado por completo.

–Pero ahora mismo pareces necesitar mi cama, milord. ¿Seguro que no cambiarás de opinión?

La sonrisa de Tyrell se desvaneció.

–Te deseo –dijo con franqueza– y no como ha sido hasta ahora. Mi sangre arde, Elizabeth. Mi sangre arde.

Ella se quedó muy quieta. Comprendía lo que quería decir. Tyrell no quería tener que imponerse con ella ninguna cautela, no quería tener que refrenarse. Excitaba ya hasta la fiebre, se preguntó si podría seducirlo para que volviera a acostarse con ella en aquel mismo momento.

–Mi sangre arde por ti –dijo él y, soltándola, retrocedió. Como si entendiera, la miró con recelo.

–Me alegro –repuso ella con todo su corazón–. Milord... –comenzó a decir con suavidad.
–¡No!
Lizzie sintió arder sus mejillas.
–Entonces, esperaremos.
–Sí, esperaremos –Tyrell esbozó una sonrisa crispada–. Tú ya has vencido hoy –hizo una reverencia–. Nos iremos a última hora de la tarde. Hay doce horas de viaje hasta Wicklowe. Pasaremos la noche en una posada. Hasta entonces.

Era apenas mediodía y el día era ya muy hermoso, con unas pocas nubes algodonosas que surcaban un cielo azul intenso. Lizzie y Ned estaban sentados sobre una gran manta de lana, en el jardín. Ned estaba entretenido con sus juguetes y ella se abrazaba, con las rodillas levantadas, y sonreía sin poder remediarlo. Tal vez Tyrell tuviera razón. Él le había prometido que no se arrepentiría de su acuerdo, y en ese momento no se arrepentía.
–¡Lizzie! ¡Lizzie!
Lizzie se dio la vuelta, encantada al oír la voz de Georgie. Pero enseguida se alarmó. Su hermana prácticamente corría hacia ella como si algo grave hubiera pasado. Lizzie se puso en pie, descalza y sin medias, mientras Georgie llegaba a su lado. Echó un vistazo a la cara pálida de su hermana y pensó que había estado llorando. Y Georgie nunca lloraba.
–¿Es mamá?
–No... ¡sí! –sollozó Georgie–. ¡Dice que me desheredará si me niego a casarme con Peter! Anoche Peter habló con papá y fijó una fecha para mediados de agosto.
Lizzie la rodeó con un brazo. Georgie temblaba.
–¿Qué le dijiste?
–Mantuve la sonrisa hasta que ese sapo odioso se marchó. Luego me di cuenta de que no podía casarme con él. Me he estado engañando a mí misma por pensarlo. Les dije a papá y a mamá que prefería meterme en un convento a casarme con él, y lo decía en serio.

—Pero tú no eres católica —dijo Lizzie.

—Eso dijo papá, pero le dije que me convertiría. Y entonces fue cuando mamá empezó a sufrir un ataque al corazón. Se negaba a echarse y se quejaba de dolores en el pecho mientras se lamentaba de tener una hija tan obstinada.

—¿Y ahora está bien? —preguntó Lizzie, preocupada.

Georgie la miró con disgusto.

—Me he convencido de que nuestra madre goza de tan buena salud como tú y como yo. Esos ataques suyos, esos desmayos, son puro teatro, Lizzie, para doblegarnos a su voluntad. Y, naturalmente, no se conformó con el ataque —continuó—. Habló de tu desgraciada situación y dejó claro que se moriría si yo deshonraba aún más a la familia. Papá se puso de su lado. Hasta tu desgracia, Lizzie, se había compadecido de mí. Ahora se pone de parte de mamá. Teme otra deshonra.

Lizzie sintió vergüenza de sí misma. Ella había sido feliz (no del todo, pero estaba enamorada, de eso no había duda), cuando era la causa de la deshonra de su familia.

—Esto es culpa mía, ¿verdad?

—No, es culpa de Anna. Aquí estamos, sufriendo por su falta de escrúpulos, mientras ella vive feliz con su apuesto marido —contestó Georgie, furiosa.

Una ira antigua prendió en el pecho de Lizzie. Era injusto que Georgie y ella estuvieran sufriendo de aquel modo mientras Anna tenía una vida perfecta.

—Anna nunca quiso que sufriéramos por el único error que cometió —dijo en voz muy baja. Se resistía a sucumbir a la piedad hacia sí misma y a los reproches contra su hermana.

—Dudo que fuera su único error —repuso Georgie amargamente.

Lizzie se tensó.

—¿Qué quieres decir con eso? —preguntó con cautela. ¿Sabía Georgie la verdad acerca de los escarceos de Anna?

—No creo que Tyrell de Warenne fuera su primer amante, Lizzie. Creo que las buenas señoras de Limerick la llamaban salvaje y vanidosa con razón. Nadie era más coqueta que ella.

A pesar de que Anna había admitido sus pecados, había hecho su confesión en privado y Lizzie sabía que no debían hablar en aquellos términos de ella.

—Anna es frívola y despreocupada por naturaleza y eso puede confundirse fácilmente con el atrevimiento —dijo—, aunque no haya mala intención.

—Nunca dejarás de defenderla, ¿verdad? A pesar de que te quitó a Tyrell.

Lizzie apartó la mirada. No quería volver a hablar del doloroso pasado. Y Georgie lo entendió. Suspiró.

—Lo siento. Claro que yo siempre he sido mezquina y tú siempre has tenido un carácter piadoso y comprensivo. Intentaré parecerme más a ti, Lizzie.

—No creo que yo sea el mejor modelo a seguir —contestó Lizzie, intentando aligerar el ánimo de ambas. De pronto la asaltó el recuerdo de Tyrell haciéndole el amor, y su piel se erizó.

Georgie la miró con atención. Lizzie comprendió que se había sonrojado. Los ojos de Georgie se agrandaron, llenos de comprensión.

—Oh —dijo tras un largo silencio.

Lizzie intentó sonreír y fracasó.

—Sé que lo que estamos haciendo está mal. No quiero ser tan feliz estando tú angustiada. Pero lo quiero tanto, Georgie...

—Dios mío —musitó su hermana, todavía con los ojos dilatados. Luego añadió—: Si puedes ser feliz, Lizzie, aprovecha el momento. Nadie se merece la felicidad más que tú.

Lizzie se sentó y levantó las rodillas.

—Quiero que tú también encuentres algo de felicidad. Odiaría que pasaras tu vida atrapada en un matrimonio semejante a una prisión, Georgie.

Su hermana se estremeció.

—Papá no va a ayudarme a deshacer el compromiso. Yo pensaba que podría seguir adelante por el bien de la familia, por nuestra reputación, pero sencillamente no puedo soportar a ese hombre. Si mamá no cambia de idea, tendré que irme de casa, convertirme al catolicismo y unirme a las hermanas de Saint Mary.

A Lizzie se le ocurrió de pronto una idea. Agarró la mano de su hermana.

—Georgie, tengo una solución mucho más sencilla.

Su hermana se volvió hacia ella con una expresión tan esperanzada que a Lizzie se le partió el corazón.

—¿Sí?

—Sí. Vendrás conmigo a Wicklowe. Nos vamos esta misma tarde. No te molestes en volver a Raven Hall a por tus cosas. Haré que un criado vaya a recogerlas. Escribirás a papá y a mamá y al señor Harold informándolos a todos de que el compromiso queda roto. Y puedes quedarte conmigo todo el tiempo que quieras —Lizzie sonrió.

—Pero... ¿cómo puedes proponerme eso? ¿No tienes que preguntárselo a Tyrell? —Georgie estaba boquiabierta y temblaba.

Lizzie se sonrió.

—Se lo preguntaré —dijo—, pero no le importará. Estoy segura de ello.

Lizzie yacía de espaldas, sonriendo al cielo. Georgie le estaba contando el cuento de los tres cerditos y el lobo malo a Ned, que permanecía sentado con una expresión extasiada. Lizzie escuchaba a su hermana, pero sobre todo soñaba con Tyrell. Suspiró mientras sonreía a las nubes que pasaban. De pronto, mudarse a Wicklowe le parecía algo extraño y maravilloso, como si se hubieran convertido en una familia y fueran a trasladarse a su propia casa. Se resistía a pensar en Blanche.

Georgie se detuvo en medio de una frase.

—¡Más! —gritó Ned.

Lizzie se volvió para mirarlos y vio que Rory McBane avanzaba por el prado en dirección a ellos. Se sentó mientras su corazón comenzaba a latir desbocadamente. Rory no vaciló, siguió avanzando con paso decidido, y Lizzie pudo ver la tensa expresión de su semblante.

Estaba frenética. ¿Qué haría Tyrell si descubría que le había mentido? ¿Era posible que le emocionara que Ned fuera su hijo... o su afecto volvería a convertirse en desconfianza, en recelo e incluso en odio? Lizzie se puso en pie, retorciéndose las manos. Rory estaba a punto de destruir su vida.

Georgie se levantó de un salto.

—Voy a decirle que se vaya. Llévate dentro a Ned.

Lizzie la agarró de la muñeca.

—No. No creo que haya modo de detenerlo.

Pero Georgie se desasió y se plantó delante de ella.

—Buenos tardes, señor McBane —dijo con la ansiedad reflejada en los ojos.

Él se vio obligado a detenerse. Apenas hizo una reverencia.

—Señorita Fitzgerald, me gustaría hablar un momento con su hermana, por favor.

—Lizzie no se encuentra bien y va a volver a sus habitaciones.

Rory fijó en ella una mirada brillante.

—¿También usted forma parte de esta conspiración?

—No sé de qué me habla —contestó Georgie—, pero he de advertirle, señor, de que se mantenga alejado de mi hermana.

—Georgie... —dijo Lizzie, dando un paso adelante.

Su hermana hizo caso omiso y Rory no parecía ver a Lizzie en absoluto.

—No creo que deba usted interferir en nuestra relación —dijo en tono tan suave y amenazante que Lizzie se estremeció.

—Ignoraba que tuviera usted una relación con mi hermana —replicó Georgie.

Sus miradas se encontraron.

—¿Le molestaría a usted semejante amistad? —preguntó él por fin.

Georgie se puso colorada.

—Me molesta que se le ocurra mezclarse en la vida de mi hermana —dijo, trémula—. Lizzie no necesita que la atosigue, señor.

Rory volvió a mirarla de hito en hito y contestó:

—No tengo deseos de discutir con usted, señorita Fitzgerald, puesto que ha dejado bien claros sus sentimientos hacia mí. Es evidente que apenas puede tolerar mi presencia. Lamento no ser tan galante y encantador como su amado prometido. Claro que algunas mujeres son capaces de pasar por alto ciertos atributos físicos y de sacrificarlo todo por un porvenir de seguridad económica. Espero que sea usted muy feliz, señorita Fitzgerald, con su comerciante de vinos.

—¡Rory, cómo puedes hablar así! —exclamó Lizzie.

Él se sobresaltó como si se hubiera olvidado de ella. Georgie estaba pálida.

—Algunas mujeres no tienen elección en lo que respecta al porvenir, señor McBane —dijo, visiblemente alterada—. No creo que haya nada más que decir. Buenos días.

Pero Rory no se movió.

—Le pido disculpas —dijo, muy serio, con las mejillas tan coloradas como las suyas—. Lo que he dicho no es propio de un caballero —titubeó—. No pretendía sugerir que vaya a casarse usted por dinero.

Georgie estaba dolida y Lizzie lo sabía, pero mantuvo la cabeza alta.

—Como usted dice, sus palabras no son propias de un caballero —se encogió de hombros como si dijera que, en todo caso, él no era un verdadero caballero, sino un farsante.

Dio media vuelta para alejarse, pero Lizzie vio con asombro que de pronto tenía los ojos llenos de lágrimas. Georgie nunca lloraba (era tan racional, tan sensata y tan equilibrada en todos los sentidos). Lizzie intentó salvar el orgullo de su hermana.

—Rory... —dijo.

Él apartó la mirada de la espalda de Georgie. Cuando sus miradas se encontraron, el rostro de él se volvió duro y amargo. Lizzie lo miró con fijeza. Un terrible instante de silencio pasó entre ellos.

—Creía que éramos amigos —dijo él con aspereza.

—Somos amigos. ¡Eres tan querido para mí...! —exclamó ella.

Rory miró a Georgie un instante y luego a Ned, al que ella

había tomado en brazos. Luego fijó de nuevo su mirada en Lizzie.

—Tyrell también es amigo mío —dijo.

Lizzie tomó aire. Tocó su manga.

—¿Qué vas a hacer?

—No lo sé. Pero primero debes explicarme qué estás haciendo y por qué. No puedo creer que la Lizzie Fitzgerald a la que conozco desde hace casi dos años sea capaz de semejante farsa.

Lizzie dio un respingo.

—No tuve elección.

—Los dos sabemos que nunca has estado encinta. Y te conozco bien, Lizzie. Tú no eres una cazafortunas desesperada que intente atrapar a Tyrell. Sólo puedo llegar a una conclusión. Anna fue la que se desmayó al llegar a Merino Square. Era la que estaba siempre indispuesta y nunca se veía con nadie. Ese niño tiene que ser hijo suyo.

Lizzie cerró los ojos. Su corazón latía con fuerza. No sabía qué hacer.

—Por favor —dijo finalmente—. Anna está felizmente casada. Por favor.

Los ojos de Rory se agrandaron.

—Entonces, ¿te estás haciendo pasar por la madre del hijo de tu hermana? —ella asintió con la cabeza—. ¿Y Tyrell? ¿Ha permitido que te sacrificaras de este modo? ¡Me cuesta creerlo!

Lizzie rezó por que no hubiera hablado con Tyrell acerca de Ned.

—¡Basta, Rory! Ned es hijo de Tyrell. Hemos llegado a un acuerdo..., a un compromiso, si quieres. Los dos estamos haciendo lo que nos parece mejor para Ned. ¿No te basta con eso? —mientras hablaba, se avergonzó de sí misma. Tyrell tenía todo el derecho a saber la verdad. Y, ahora que lo amaba sin freno, se daba cuenta de que no podía seguir así mucho más tiempo—. Y tengo que quedarme... He llegado a querer a Ned como si fuera hijo mío.

Rory seguía mirándola con perplejidad. Por fin dijo:

—Me has mentido. Somos primos. Y pensaba sinceramente

que éramos buenos amigos. Me has ocultado este secreto —sacudió la cabeza—. Y ahora... ahora eres su amante, ¿no es cierto? —Lizzie se sobresaltó—. ¡No soy ciego! Creía conocerte. Pero no te conocía. No te conozco —añadió. Y, sin siquiera inclinarse ante ella, dio media vuelta y se alejó, airado.

—¡Rory, espera! —gritó Lizzie tras él.

Pero él no se detuvo. En lugar de entrar en la casa por la terraza de atrás, dobló la esquina y desapareció. Georgie se había acercado a Lizzie con Ned en brazos.

—Está enamorado de ti —dijo en voz baja—. Por eso está tan enfadado.

Lizzie se volvió, sorprendida.

—¡No, te equivocas!

Georgie se limitó a mirarla.

La señora de Wicklowe

Tyrell miraba por las puertas acristaladas; veía a Elizabeth caminar con Ned de la mano, hacia la casa, junto a su hermana. Su corazón latía velozmente y no lograba apartar la mirada. Ella soltó a Ned y el pequeño comenzó a correr, tambaleándose. Elizabeth apretó el paso para seguirlo. Ned cayó de bruces sobre la hierba y Tyrell se tensó, listo a salir corriendo para ayudarlo. Pero Elizabeth se acercó a Ned casi al instante y lo ayudó a levantarse. Él se desasió y echó de nuevo a correr. Tyrell notó que Elizabeth sonreía mientras se apresuraba tras él.

Su corazón dio un extraño vuelco.

Rex se había acercado a él y permanecía a su espalda.

—He oído decir que el otro día vació su bolso y dio todas las monedas que tenía a una mendiga. Y, sin embargo, tengo entendido que su familia es bastante pobre —añadió.

Tyrell no apartó la mirada. Elizabeth caminaba más despacio por la pradera, conversando con su hermana mientras Ned correteaba ante ellas. El pequeño se detuvo con cierta precariedad y gritó triunfalmente:

—¡Mamá!

Tyrell oyó reír y batir palmas a Elizabeth.

—¿Y dónde has oído decir eso? —preguntó sin apartar la mirada del objeto de su interés.

Rex sonrió.

—Se lo he oído contar a la condesa. Fueron juntas al orfanato. Por lo visto, la señorita Fitzgerald ha trabajado durante años allí como voluntaria.

Tyrell se volvió por fin hacia su hermano.

—No me digas.

—Sí, de veras —murmuró Rex.

A Tyrell aquello debía sorprenderle, pero no le sorprendía. Ya sabía de la vinculación de Lizzie con el orfanato de Saint Mary, pues se había preocupado de averiguar cuanto pudiera acerca de ella. Conocía su reputación: era un ratón de biblioteca, una muchacha tímida y apocada a la que todo el mundo tenía en alta estima. Hasta que, al regresar a casa con un hijo ilegítimo, se había convertido en una paria. De hecho, aquello parecía absolutamente impropio de ella, pero, en su enojo, Tyrell no se había parado a pensar en ello. Sólo podía pensar en cómo su dulce apariencia podía haberlo engañado otra vez.

Pero, en realidad, nadie lo había engañado.

Lizzie no había estado con ningún otro hombre.

No era una madre soltera. Él había sido el primero. Se sentía eufórico y triunfante.

Notó que había vuelto a fijar la mirada en ella. Era incapaz de apartarla y su corazón latía con una mezcla de deseo y de una emoción mucho más poderosa, una emoción que no deseaba identificar. Ella se arrodilló en la hierba con su hijo y se pusieron los dos a contemplar una flor, o quizás algún insecto. Tyrell oía su risa dulce y suave, y se descubrió incapaz de respirar con normalidad. A fin de cuentas, las apariencias no eran tan engañosas, pensó con satisfacción y alivio. Elizabeth era dulce, buena y amable.

La noche anterior, se había dado cuenta al instante de que era virgen. Lo había comprendido nada más empezar a hacerle el amor, y, de haber sido más noble, se habría negado a desflorarla. Pero aquella certeza le había hecho perder el poco control que le quedaba: sólo había sentido un deseo inmenso y devorador, el deseo de poseerla de una vez por todas.

Su euforia era casi salvaje y no conocía límites. Veía a Elizabeth con Ned y la veía bajo él en la cama. Era la mujer más apasionada que había conocido, la más deseable que había contemplado nunca. Sonrió al recordar sus torpes intentos de ocultar su evidente virginidad, su nerviosismo cuando llegó a su habitación, el modo en que derramó el vino sobre la cama.

¿Qué mujer negaría ser virgen, intentaría comportarse como una cortesana y haría pasar por suyo un hijo que no lo era, arruinando de ese modo su buen nombre y su futuro?

Sólo cabía una respuesta. Elizabeth quería a Ned (eso cualquiera podía verlo) y ansiaba desesperadamente seguir siendo su madre. Todo aquello había sido un acto de valentía y de sacrificio.

Contempló a Elizabeth tomar al niño en brazos y sonreír, llena de felicidad. Después, Georgie y ella desaparecieron por otra entrada de la casa.

¿Era Ned hijo de él?

Tyrell se apartó de la terraza y de su hermano y cruzó pensativamente la habitación. Su pulsó latía con fuerza. No era ningún tonto. Y, tal y como de pronto le resultaba evidente que Elizabeth no era la madre de Ned, se le hacía igualmente claro que Ned podía muy bien ser hijo suyo. Después de todo, él había notado tanto como cualquiera su asombroso parecido con el pequeño.

Su hijo... Estaba extrañamente seguro de ello.

Elizabeth podía haber alegado que cualquier otro hombre era el padre de aquel niño que no era suyo. No hacía falta que se pusiera en una situación tan humillante y precaria. Pero ni una sola vez había negado expresamente que Ned fuera hijo de él. De hecho, hablaba de Ned más como hijo de Tyrell que como hijo de ella. Aquel comportamiento, junto con sus propias intuiciones, lo convencían de que así era en realidad.

Aquello era asombroso, increíble, un regalo inaudito. Él sabía que debía ser cauteloso, pues no tenía ninguna prueba auténtica de que las cosas fueran así, sólo un presentimiento y una sospecha, pero no lograba refrenarse.

De pronto veía con claridad lo sucedido. Evidentemente, la cortesana que se había puesto el traje de lady Marion de Elizabeth el día del baile de Todos los Santos se había quedado embarazada. Tyrell no creía ya que Elizabeth hubiera decidido jugarle una mala pasada: era impropio de su carácter, como lo habría sido el quedarse encinta de un desconocido. No lograba imaginar qué había provocado aquel cambio. Algún día tendría que preguntarle qué había pasado exactamente. Pero ya no estaba seguro de que importara.

Tampoco alcanzaba a entender por qué la impostora no había acudido a él al saber que esperaba un hijo. En lugar de hacerlo, había recurrido a Elizabeth, lo cual indicaba que tenía algún tipo de relación con ella. Tyrell deseó que Elizabeth hubiera ido en su busca entonces. Pero ninguna de las dos había pretendido vincularse al nombre o la fortuna de los De Warenne. Por el contrario, Elizabeth había adoptado al pequeño y se había hecho pasar por su madre.

Quizás no hubiera dado a luz al hijo de Tyrell, pero era la madre de Ned en todos los demás sentidos, y aquello era al mismo tiempo un golpe de suerte y un milagro. Al fin y al cabo, Elizabeth no era una farsante. No era una fría y astuta embustera, ni una tramposa. Era aquella muchacha tímida, amable y bonita que no tenía pretendientes, y sólo un extraño giro del destino la había colocado en una situación tan comprometida.

Tyrell admiraba su valentía y su capacidad de sacrificio.

—Por fin miras a tu hijo como si creyeras que es realmente tuyo —comentó Rex.

Tyrell no vaciló.

—Nunca he dicho que no creyera que sea carne de mi carne y sangre de mi sangre.

Rex lo miró con incredulidad.

—He oído decir que te vas hoy a Pale.

Tyrell se volvió.

—Sí, es cierto. Y sé lo que quieres preguntarme, así que te lo diré. Se vienen conmigo.

—Supongo que te refieres a la señorita Fitzgerald y a tu hijo.

—Sí. Ahora, ¿me disculpas?

Antes de que pudiera volverse, Rex lo agarró del brazo.

—No volveré a hablar de esto, pero la señorita Fitzgerald es una joven excelente y se merece algo mejor que la deshonra que has hecho caer sobre ella.

Tyrell se apartó bruscamente, presa de la culpa. Salió apresuradamente al vestíbulo. Era muy consciente de que su hermano tenía razón. Antes de arrebatar a Elizabeth su inocencia, cuando creía que se trataba de una perdida, de una mujer sin escrúpulos, no había dudado ni un instante en hacerla su amante. Ahora aquello le daba que pensar.

Pero ¿qué podía hacer? Ya la había deshonrado. Si no fuera el heredero, si fuera un hijo menor, habría podido casarse con ella, que era lo que Elizabeth merecía. Empezó a dolerle la cabeza y tuvo la sensación de sentirse atrapado. Sería el siguiente conde de Adare y no había duda respecto a cuál era su deber. Su matrimonio estaba acordado y él no lo cuestionaría... aunque en parte quisiera hacerlo. En parte, incluso se imaginaba a Elizabeth como la próxima condesa. Sería generosa y amable, amada por todos... Tyrell lo creía de todo corazón.

Se apoyó contra la pared. Le dolía la cabeza y sentía una opresión en el pecho. Sabía que sus pensamientos eran una pura traición. Ahora, más que nunca, su rumbo estaba fijado. Ned era su hijo y, en todos los sentidos excepto en el biológico, Elizabeth era la madre del pequeño. Él cuidaría de ambos. Tener una amante y una esposa no era la situación ideal, pero muchos hombres no se lo pensarían dos veces. Después de la noche anterior, no había elección. Necesitaba a Elizabeth y era muy consciente de ello. Ned también la necesitaba. La vida de Tyrell se hallaba en la cuerda floja. Acusaba la presión de dar un paso en falso. De momento, debía ser cauteloso y discreto. Elizabeth se merecía todo su respeto y su protección, pero lo mismo podía decirse de lady Blanche. ¿Y en el futuro? Sus entrañas se tensaron con sólo pensarlo. Una vez estuviera casado, se las arreglaría de algún modo para compaginar su vida con ambas familias. Si otros hombres podían, él también.

Se envaró. Elizabeth, Ned y Georgie habían entrado por el otro lado del vestíbulo. Ella vaciló al intuir su presencia y miró hacia atrás. Al verlo, se quedó quieta.

Tyrell se acercó, se detuvo ante ellas e hizo una reverencia.

—¿Habéis disfrutado de vuestro picnic? —preguntó amablemente, a pesar de que el corazón le palpitaba incontrolablemente en el pecho. Sólo podía pensar en estrecharla entre sus brazos y llevarla a la cama.

Elizabeth se sonrojó.

—Sí, milord, mucho, gracias.

Tyrell miró a Ned, que estaba junto a Elizabeth y lo observaba con severidad. Notaba las emociones del pequeño: desconfiaba de él y, al mismo tiempo, deseaba proteger a su madre. De pronto, sintió tal alegría que sólo se le ocurrió un pensamiento coherente.

—Tiene que aprender a montar a caballo —dijo.

Elizabeth se sobresaltó.

—Sólo tiene un año...

Tyrell le sonrió y, al ver sus ojos grandes y grises, llenos de asombro, recordó cómo se empañaban justo antes de alcanzar el clímax.

—Yo a su edad ya estaba subido a lomos de un caballo. Con mi padre, por supuesto. Con tu permiso, debería hacer lo mismo con él cuando lleguemos a Wicklowe.

Elizabeth parecía incrédula.

—Tiene usted mi permiso, desde luego, milord.

—Y tú también puedes acompañarnos, por supuesto —añadió él.

Ella le sonrió con timidez.

—Creo que no, milord.

A Tyrell le sorprendió que se negara, y hasta le dolió.

—¿Te niegas? —preguntó, y casi estuvo a punto de añadir: «¿Después de lo de anoche?».

—No —dijo ella con un leve gemido que le recordó sus gritos apasionados de la víspera—. No sé montar. Si lo intentara, seguro que me caería.

Tyrell se echó a reír y, llevado por un impulso, tomó su mano, se la llevó a los labios y la besó. En cuanto sintió su piel, se olvidó por completo de montar a caballo. Se había excitado bruscamente y al instante.

—Yo te enseñaré —murmuró, y pensó en todo lo que deseaba enseñarle–. Te enseñaré todo lo que necesitas saber, si me lo permites.

Ella lo miró sin aliento, con las mejillas coloradas.

–Puede enseñarme lo que quiera, milord –musitó, y luego bajó los párpados.

Tyrell sintió más deseo que nunca antes. Soltó su mano, lo cual no le resultó fácil, y se inclinó ante ella.

–Hasta esta tarde –dijo con voz áspera.

Ella no contestó.

Al darse cuenta de que ni siquiera había saludado a su hermana, Tyrell inclinó finalmente la cabeza hacia ella. Luego tocó la mejilla de Ned. Nunca antes había tocado al niño, y de pronto vaciló, emocionado.

Aquél era su hijo. Él lo sabía con cada fibra de su ser, con cada pulso de su corazón.

Ned le sonrió. Su desconfianza parecía haberse desvanecido por completo.

Tyrell le devolvió la sonrisa. Luego se incorporó, consciente del ardor de sus mejillas, y se encontró con la mirada fija y sorprendida de Elizabeth. Por un instante se sostuvieron la mirada y lo único que vio Tyrell fue a su hijo y a su esposa.

Sólo cuando se alejó se dio cuenta de lo que había estado pensando, y se sintió horrorizado.

Tyrell había decidido ir a caballo a Wicklowe, junto al carruaje, montado en un hermoso potro negro. Hablaron poco, pero a Lizzie no le importó. Tenía la compañía de Georgie, de Ned y Rosie, y estaba sencillamente demasiado emocionada. Habían pasado la primera noche en una posada, y viajaron durante casi todo el día siguiente. Caía la tarde cuando el carruaje traspuso por fin unas verjas altas de hierro forjado.

Lizzie se asomó a la ventanilla. El condado de Pale era célebre por sus mansiones palaciegas, construidas durante la centuria anterior, cuando las aristocracias irlandesa y británica preferían vivir a unas horas de Dublín, donde entonces tenía su sede el gobierno. El carruaje había tomado una amplia avenida de conchas machacadas, bordeada de árboles. Lizzie vio la mansión ante ella y dejó escapar un gemido de sorpresa.

Desde la carretera a la mansión se extendían verdes y exuberantes prados y magníficos jardines. La casa, de un blanco deslumbrante y cuatro o cinco plantas, era más bien cuadrada y se hallaba algo apartada de un amplio lago artificial que ocupaba el centro de la glorieta. Dos alas, la mitad de altas que la parte central del edificio, se desplegaban a ambos lados. Entre la bruma del lago había una gran fuente de piedra caliza. Y enmarcando aquel perfecto escenario se alzaban los montes Wicklow y el cielo de un azul brillante.

—Esto es mucho más grandioso que Adare —dijo Georgie, asombrada—. No tiene cincuenta años siquiera. Me han dicho que la construyó el abuelo del actual conde.

—Es como un palacio —añadió Lizzie, perpleja. ¿Allí era donde iban a vivir? ¿Era posible? Aquella residencia era digna de los condes y no de alguien de menor rango. Georgie le sonrió.

—¿Puedes creerlo? ¡Éste es tu nuevo hogar!

—Es nuestro nuevo hogar —contestó Lizzie. Habían acabado de bordear el lago, que estaba flanqueado por setos perfectamente recortados, la mayoría de ellos formando figuras fantásticas. La avenida se enderezaba entonces y unos cien metros más allá se levantaba la casa, cuya fachada estaba diseñada como un templo romano. Lizzie vio que de ellas salían los sirvientes. Todo el personal de la casa se estaba poniendo en fila para recibir al hijo del dueño, al hombre que algún día sería su amo y señor, el siguiente conde de Adare.

Lizzie se recostó contra los cojines de terciopelo del carruaje. ¿Qué estaba haciendo? Ella no era la esposa de Tyrell, sino su amante, y de pronto era muy consciente de ello. No debía importarle lo que pensaran los criados, pero le importaba. Se recordó que en Adare todo el mundo había sido amable con ella. Pero allí había sido presentada con gran tacto; esto era completamente distinto.

El carruaje se detuvo. Lizzie miró a Georgie.

—Entré en Adare como una invitada —dijo—. Esto es muy

violento, Georgie. Ahora soy su amante. Y, para serte sincera, he decidido olvidar que lady Blanche es su prometida y hasta que existe. Es el único modo en que puedo ser feliz.

—Tal vez sea preferible que evites pensar en ella y en el futuro —dijo Georgie, indecisa—. No serviría de nada, ¿no crees? Y Lizzie... Estoy segura de que aquí también va a presentarte como a su invitada —añadió con firmeza.

Lizzie sabía que Tyrell jamás la presentaría como a su querida, pero eso era precisamente lo que era. Todo el mundo sabría pronto la verdad... si no la sabían ya. Lizzie era muy consciente de lo rápido que viajaban las habladurías. En cuanto se difundiera la noticia del regreso de Tyrell, comenzarían a llegar las visitas. Ella podía fingir que Blanche no existía, pero allí no vivirían en perfecta reclusión y pronto la realidad haría acto de aparición. Durante el día y medio anterior, había estado tan inmersa en sus sueños fantásticos que no se había parado a pensar cómo sería su vida de verdad. De pronto se sentía asustada e insegura.

Pero no había elección. Abrumada por la angustia, comprendió repentinamente cuántas cosas habían cambiado desde que Tyrell la llevara a la cama. Ahora lo amaba demasiado como para alejarse de él.

—Están esperando a que salgamos —dijo Georgie, dándole una palmada en la mano—. Valor, Lizzie.

Lizzie logró sonreír a su hermana y se apeó del carruaje con ayuda de un lacayo. Tyrell estaba estrechando la mano de un caballero al que Lizzie supuso su administrador. Ella se volvió y tomó a Ned de la mano.

—¿Mamá? —preguntó el niño, lleno de curiosidad.

—Vamos a vivir aquí una temporada —dijo ella en voz baja. El corazón le latía a toda prisa.

Tyrell se volvió bruscamente, como si adivinara sus pensamientos. Sonrió y se acercó a ella. Vaciló, la miró a los ojos y finalmente tomó a Ned en brazos.

—Ven —le dijo a Lizzie.

Ella estaba aturdida. El hecho de que Tyrell llevara en brazos a Ned como si fuera su padre suponía una afirmación que a nadie pasaría desapercibida. Tyrell se acercó a la fila de criados que esperaban, con Ned en brazos.

—Es un placer estar de vuelta —dijo—. Los jardines parecen en perfectas condiciones y estoy seguro de que cuando entre en la casa la encontraré igual de bien cuidada. Gracias.

Lizzie comenzó a mirar con detenimiento a los criados de la fila. Eran cerca de cincuenta. Distinguió leves sonrisas de placer y se dio cuenta de que los sirvientes apreciaban a su señor y estaban ansiosos por recibir sus cumplidos.

—Quisiera presentarles a la señorita Elizabeth Fitzgerald —dijo él, con Ned todavía en brazos—. La señorita Fitzgerald va a quedarse aquí indefinidamente, en calidad de invitada. Todos sus deseos deben cumplirse.

Se oyeron algunos murmullos de comprensión y cincuenta pares de ojos se clavaron en ella. Lizzie se dijo que no debía dar demasiada importancia al hecho de que él hubiera empleado la palabra «indefinidamente». Pero ¿decía en serio lo que acababa de decir? ¿Iba a tener ella cuanto quisiera?

—Su hermana, la señorita Georgina Fitzgerald, también está de visita —Tyrell sonreía a los criados—. Y ahora me gustaría presentarles a mi hijo —añadió—. Edward Fitzgerald de Warenne.

Lizzie dejó escapar un gemido de asombro. Georgie la agarró del brazo para que no se cayera. No se oyó ni un solo murmullo de sorpresa, pero todas las miradas se fijaron en Ned. Ninguna declaración podría haberse hecho con mayor firmeza, pensó ella, asombrada. Tyrell había reconocido definitivamente a Ned como a su hijo. Y acababa de proclamarla a ella su madre. Al hacerlo, había hecho algo más que instituirla como su amante. Le había dado una importancia tremenda y tremendos derechos.

—¿Elizabeth? —se volvió hacia ella y le indicó que se acercara.

Lizzie sintió de nuevo que las miradas se volvían hacia ella. No acertaba a imaginar qué diría Tyrell a continuación. Se acercó. Él sonrió y le puso a Ned en brazos.

—Puedes decidir qué habitaciones son las mejores para

nuestro hijo –dijo, bajando la voz–. Pero prefiero que vivas conmigo en el ala oeste, donde está el dormitorio principal –no era una orden; Lizzie vio un interrogante en sus ojos.

Lo miró con fijeza, incapaz de apartar la vista, y en sus ojos se formaron lágrimas de felicidad. ¿Cómo podía negarse, estando tan enamorada? Aquello era lo que deseaba su corazón, más que nada en el mundo... siempre que pudiera mantener aquel engaño y evitar cualquier pensamiento relativo al futuro.

–No tengo nada que objetar, milord –musitó con voz temblorosa.

Él le tocó la mejilla.

–Quiero hacerte feliz. Si soy el causante de tus lágrimas...

Ella agarró su mano y se la apretó contra la mejilla.

–Me estás haciendo muy feliz –logró decir.

Tyrell sonrió.

–Smythe, enseñe a la señorita Fitzgerald el ala principal. Su hermana se alojará en el ala este. Por favor, asegúrese de que nada les falte a la señorita Fitzgerald y a su hermana.

El mayordomo, un hombre alto y de porte distinguido, hizo una reverencia.

–Desde luego, señor.

–Ah –dijo Tyrell–, debería usted saber que a la señorita Fitzgerald le gusta cocinar. Que tenga pleno acceso a las cocinas. Cerciórese de que dispone de todos los ingredientes que necesite.

El mayordomo pareció sorprendido, pero recobró rápidamente la compostura. Volvió a inclinarse.

–Desde luego, milord.

Lizzie estaba boquiabierta. ¿Cómo sabía Tyrell que le encantaba cocinar?

Él le sonrió.

–Todavía estoy esperando que cocines algo para mí –murmuró–. Me encanta el chocolate.

–Sólo tenías que pedirlo –contestó ella de algún modo. Una docena de dulces de chocolate se le vino a la imaginación, y se vio dándoselos a Tyrell uno a uno, en una noche de luna, en su cama.

Él hizo una reverencia.

—Me retiro a la biblioteca, Elizabeth. Tengo muchos expedientes que revisar antes de incorporarme al Tesoro, la semana que viene.

Lizzie asintió con la cabeza.

—Claro —su corazón latía incontrolablemente.

—Explora tu nuevo hogar cuanto quieras —dijo él con una mirada cálida. Inclinó la cabeza y se alejó.

Lizzie parpadeó a la luz brillante del sol y dejó a Ned en el suelo. El mayordomo estaba ordenando a los criados que volvieran a sus quehaceres. Georgie susurró:

—Éste es tu nuevo hogar, Lizzie.

Lizzie la miró.

—¿De veras está pasando esto?

—¿Te das cuenta de lo que acaba de hacer Tyrell? Acaba de convertirte en la señora de Wicklowe.

La cena se sirvió tarde y con la única compañía de Georgie. Lizzie se había sentado en un extremo de la mesa en la que cabían cuarenta personas. Georgie estaba a su lado. Acababan de terminar una deliciosa cena a base de salmón, bacalao asado y capones asados, con ensaladas, guisantes, judías verdes y patatas asadas. Había habido champán y vino, blanco y tinto, y los criados les habían servido pastel de ruibarbo de postre. Lizzie sólo pensaba en Tyrell, que, enfrascado al parecer en su trabajo, seguía encerrado en la biblioteca, donde le habían servido la cena.

Lizzie apenas probó un bocado de la tarta. Casi daba escalofríos estar sola con su hermana en una habitación tan grande, sentadas a una mesa interminable. Lizzie miró de nuevo la larga mesa. Aunque no se habían colocado más cubiertos, había una docena de arreglos florales a lo largo de ella. Lizzie podía imaginársela con toda facilidad adornada con cristalería y cubiertos de plata.

—Debían de recibir mucho aquí cuando Dublín era todavía la sede del gobierno de Irlanda —susurró Georgie. Llevaban toda la noche hablando en susurros, y no por el criado que permanecía apostado junto a la pared, tras Lizzie. Sus susurros resonaban como un eco–. Antes de que el Edicto de Unión mandara a todo el mundo a Londres.

–Casi puedo sentir esta habitación llena de señores y señoras irlandeses –contestó Lizzie en voz baja–. Los hombres con peluca empolvada, calzas, medias y levitas y las señoras con grandes tocados y vestidos de noche de raso. El conde debía de ser muy pequeño en aquellos tiempos, no mucho mayor que Ned –se preguntó si Tyrell estaría ya listo para retirarse. El corazón le dio un vuelco al pensarlo. Apenas podía contener las ganas de hallarse de nuevo en sus brazos.

–Habría sido asombroso participar en veladas así, con tantas conversaciones intelectuales y debates políticos –dijo Georgie–. En aquellos días, Dublín era el colmo de la moda. Me pregunto qué conversaciones habrán tenido lugar en esta sala. ¿Debatían aquí acerca de los méritos de la Unión? ¿De la pérdida de las colonias? ¿Del motín del té de Boston? Lizzie, ¿de veras es posible que estemos aquí?

Lizzie sacudió la cabeza.

–Sigo preguntándome si no me despertaré si me pellizco y descubriré que estaba soñando –intentó tomar la mano de su hermana alargando el brazo por encima de la mesa, pero resultaba imposible–. Estoy cansada –no lo estaba en absoluto y se sonrojó–. Creo que voy a ir a ver cómo está Tyrell y luego subiré a mis habitaciones. ¿Te importa?

Georgie ni siquiera intentó disimular su sonrisa sagaz.

–¡Qué afortunada eres! Sé que no eres su esposa, pero tienes todo lo que habías soñado. Y creo que está enamorado de ti, Lizzie.

Lizzie se agarró al borde de la mesa. Deseaba desesperadamente que su hermana tuviera razón.

–Lo dudo.

Georgie se limitó a apretar los labios.

–Soy muy feliz por ti –dijo por fin.

Lizzie se volvió hacia el sirviente.

–Bernard, haga el favor de traerme un cuenco de la *crème brûlée* de chocolate que hice antes.

—Sí, señora —el criado hizo una reverencia y salió presuroso de la habitación.

Georgie la miró. Lizzie le devolvió la sonrisa.

—Si Tyrell quiere chocolate que haya hecho yo, sus deseos son órdenes para mí.

Georgie rodeó la mesa y le dio un beso en la mejilla.

—Que pases una noche agradable —dijo.

—Y tú que duermas bien —contestó Lizzie cariñosamente.

Georgie salió y Lizzie se quedó sola en el comedor.

Pero no se sentía del todo sola, pensó mientras miraba cuidadosamente a su alrededor. La casa no era vieja, pero había sido testigo de una buena porción de historia y, de algún modo, la habitación no le parecía vacía. Se preguntó si estaría allí sentada con los fantasmas de los ancestros de Tyrell. Si así era, no tenía miedo, porque, a pesar de su tamaño, la habitación le parecía extrañamente acogedora, casi familiar. Se levantó y contempló los diversos retratos que colgaban de las paredes cubiertas de paneles de madera. Dedujo que eran antepasados de los De Warenne, y un retrato en particular llamó su atención. Lizzie se acercó a él.

Era un cuadro muy antiguo. Lizzie calculó a qué época pertenecía por la vestimenta y el estilizado método de pintura: el retratado aparecía en dos dimensiones. Aun así, y por plano que pareciese, tenía un parecido tan marcado con Tyrell que Lizzie se quedó sin aliento. Lucía una cota de malla. Lizzie no era muy aficionada a la historia, pero dedujo que aquel hombre había vivido seis o siete siglos atrás. Se inclinó hacia el cuadro y quitó el polvo de la fina placa que había en la parte de abajo del marco. Por fin logró leer la inscripción. *Stephen de Warenne, 1070-1171*.

La antigüedad del retrato la dejó atónita. Aquel caballero tenía que ser el padre fundador de la familia.

Bernard había regresado al comedor con una bandejita de plata y la crema de chocolate que ella había hecho para Tyrell.

—Gracias —dijo Lizzie, y sorprendió al criado al quitarle la bandeja de las manos—. Yo llevaré esto al señor —le dijo.

—Si me permite, señora...

Ella no tenía intención de devolverle la bandeja.

—Sólo tiene que indicarme dónde está la biblioteca. Me temo que todavía me siento perdida en esta casa.

Unos minutos después, se hallaba sola frente a una gran puerta de madera cerrada, con la bandeja en las manos. Su corazón latía enloquecidamente, señal segura de sus intenciones ilícitas. Se había vuelto una desvergonzada, pensó, tras una sola noche de pasión. Pero ¿acaso no debía serlo una querida? En ese momento, sólo podía pensar en estar en brazos de Tyrell y unir sus cuerpos otra vez.

No era, sin embargo, lo bastante atrevida como para entrar sin llamar. Sostuvo en equilibrio con todo cuidado la bandeja y tocó ligeramente a la puerta. Oyó claramente la respuesta de Tyrell diciéndole que entrara.

Se deslizó en la habitación y miró con asombro en derredor. La biblioteca era casi por entero de ladrillo rojo y tenía los mismos techos altos que el comedor, que se alzaban casi diez metros por encima de ella. Dos de sus paredes estaban recubiertas de altísimas estanterías que alcanzaban hasta el techo, pintadas de un rojo vivo y adornadas con marfil y oro. Lizzie contó cuatro zonas para sentarse, sumamente opulentas, dominadas todas ellas por sofás y sillones tapizados en diversos tonos de rojo. Los muebles más pequeños eran de colores dorados y beis. Había también una enorme chimenea bajo una repisa de mármol blanco, con un espejo dorado de gran tamaño encima. A pesar de que en ella ardía un fuego, el resto de la habitación estaba en su mayor parte en sombras. Lizzie tardó un momento en ver a Tyrell tras su escritorio.

Estaba sentado al fondo de la habitación, a unos quince metros de ella, con una sola lámpara de aceite junto a su codo. Parecía enfrascado en las notas y cálculos que estaba haciendo.

Lizzie no lo había visto nunca ocuparse de asuntos de gobierno, y de pronto la importancia de su puesto la llenó de asombro. Tyrell sólo tenía veintiséis años, pero pese a su edad era el ayudante del Comisionado del Tesoro en Irlanda, quizás el ministerio más lucrativo y poderoso del país. En ese momento, ella intuyó su absoluta dedicación a su puesto. Nunca lo había admirado más. Sabía también que era amble. Y que era suyo.

Él levantó la mirada bruscamente. Lizzie intentó sonreír.

—Te he traído una golosina, mi señor —dijo con voz áspera, y se atrevió a adentrarse en la habitación—. Espero no interrumpir.

Él no parecía ya interesado en las páginas que tenía ante sí. No dijo nada, pero siguió mirándola fijamente, sin moverse. No hacía falta, sin embargo, que hablara. Lizzie percibió el instante en que captaba por completo su interés. Se había convertido en una mujer y entendía aquellas cosas. Él se levantó lentamente.

—Tú nunca podrías interrumpir, Elizabeth.

Ella sintió un arrebato de alegría al oír su nombre salido de los labios de Tyrell. Quiso sonreír, pero no pudo. Había demasiada tensión entre ellos. Cruzó el amplio espacio que los separaba mientras él seguía mirándola sin parpadear.

Y se estremeció de deseo. La mirada de Tyrell conseguía excitar su cuerpo sin esfuerzo hasta un nivel febril. Se detuvo ante el escritorio.

—*Crème brûlée* de chocolate —musitó.

Los ojos de Tyrell se agrandaron, llenos de sorpresa.

—¿La has hecho tú? ¿Cuándo?

—Esta tarde. Tus despensas están muy bien surtidas. Y tus deseos —añadió, consciente de lo ronca que sonaba su voz— son órdenes para mí.

Él apoyó las manos sobre el escritorio. Sus nudillos se habían vuelto blancos.

—Debo de ser un hombre muy afortunado —murmuró mientras salía de detrás del escritorio.

Lizzie dejó la bandeja sobre la mesa.

—Pero si aún no has probado nada —dijo con suavidad, y hundió la cuchara en la crema aterciopelada.

Él se detuvo, con la cadera apoyada contra el borde del escritorio.

—Creo haber probado lo suficiente para saber hasta qué punto soy afortunado —dijo con voz suave y baja.

Lizzie no podía malinterpretar la intención de sus palabras. Sintió que le ardían las mejillas y se detuvo con la cuchara en vilo. Él la agarró de la muñeca. El corazón de Lizzie dio un vuelco mientras Tyrell guiaba su mano y la cuchara hacia su boca. Y, a pesar de su excitación, en ese instante deseaba hacerle gozar con su golosina. Inclinó ligeramente la cuchara dentro de su boca y el trocito de crema de chocolate desapareció. Lo vio tragar y el deseo de besar su garganta se apoderó de ella. Agarró con fuerza la cuchara y esperó.

–¿Posees otros talentos, señora, que aún tenga que descubrir?

Ella se sonrojó de placer.

–¿Te gusta?

–Es, sin duda alguna, el mejor postre de chocolate que he probado nunca –contestó él con gravedad.

Lizzie sintió aún más placer.

–Me alegro mucho.

Tyrell se recostó en el escritorio, la observó un momento y luego se volvió y hundió un dedo en el cuenco. Después volvió a mirarla directamente. Lizzie intuyó lo que pretendía, pero su intuición era aún vaga e informe.

–¿Milord?

Las palabras no habían salido aún de su boca cuando Tyrell deslizó el dedo sobre sus labios, cubriéndolos de chocolate. Le sonrió maliciosamente y ella sintió un ardor líquido entre los muslos. Ahora comprendía del todo aquella mirada llena de atrevimiento, oh, sí.

Él le levantó la barbilla. Lizzie se inclinó hacia él y Tyrell sonrió antes de lamerle el chocolate de la boca.

–Milord... –jadeó ella, aferrándose a su cintura.

Y de pronto se halló estrechada entre sus brazos y Tyrell se apoderó de su boca en un beso frenético y duro. Lizzie se agarró a él; la cabeza le daba vueltas. Sentía un placer delicioso y se estremecía de deseo mientras las manos de él se deslizaban por su espalda y sus nalgas. No podía pasar ni un instante más separada de él. Buscó los botones de su camisa y tiró de ellos. Cedieron (algunos saltaron) y deslizó las manos sobre su pecho desnudo y duro. Mientras lo acariciaba, asombrada de nuevo por la fortaleza de su cuerpo, él le desabrochó rápidamente el vestido. Antes de que pudiera parpadear, Lizzie estaba ante él en ropa interior.

Tyrell seguía sentado al borde de la mesa y ella se hallaba entre sus muslos. Él la sujetó para que no se moviera y le lanzó una sonrisa malévola.

—¿Tienes algo que objetar? —y su mirada se deslizó por sus pechos, que se veían claramente bajo la camisa transparente.

—Mi única objeción es que tardas mucho en desnudarme —se oyó decir ella.

Los ojos de Tyrell se dilataron.

—Me encantan los desafíos —contestó, y de un solo tirón su corsé cayó al suelo. Después, le rasgó la camisa en dos.

Lizzie parpadeó mientras él apartaba la prenda. Tyrell agarró la cinturilla de sus enaguas y sus pololos. Ella tembló y él lo notó. El semblante de Tyrell se tensó. Tiró hacia abajo de la ropa interior que aún llevaba ella.

Lizzie vio aparecer su ombligo, seguido por una mata de vello rojizo. Ya no podía respirar. Tyrell empujó las prendas hasta sus pies y al erguirse murmuró:

—¿Alguna otra objeción, Elizabeth?

Ella no podía hablar, y con razón. Él rozaba sus pechos con la mano, sin apenas acariciarlos. Después, comenzó a tocar suavemente sus pezones duros. Ella cerró los ojos y se mordió el labio para no gemir, pero fracasó.

—Eres indeciblemente hermosa —murmuró él.

Lizzie abrió los ojos bruscamente. Él estaba contemplando su cuerpo desnudo con una expresión llena de ansia y asombro. En ese momento, Lizzie supo que era la mujer más deseable del mundo. Él le sonrió ligeramente.

—Quiero hacerte gozar —murmuró—. Quiero darte placer.

Lizzie se arqueó hacia él. Mientras Tyrell se inclinaba para saborear sus pechos, musitó:

—Puede darme placer, mi señor, quitándose la ropa.

Él se irguió lentamente y se quitó la camisa abierta. Cada

uno de sus movimientos hacía que los músculos de su pecho, de su torso y de sus brazos vibraran bajo la piel. Lizzie no se movió. Estaba hipnotizada. Las calzas de gamuza de Tyrell no dejaban nada a la imaginación. Justo por debajo de la cinturilla, Lizzie distinguía claramente la punta de su miembro erecto.

—¿Te estoy asustando? —preguntó él con aspereza.

Ella logró de algún modo negar con la cabeza y alargar la mano. Su caricia fue breve, pero la llenó de placer. Él la apretó entonces contra su pecho con un gruñido. La fricción sedosa entre la piel desnuda de ambos hizo perder por completo el sentido a Lizzie. Gimió y levantó hacia él la boca abierta para que se la besara. Tyrell hundió la lengua profundamente entre sus labios. Lizzie sintió que su miembro latía contra su vientre y comenzó a gemir.

Quería decírselo todo: cuánto lo amaba, cómo lo había querido desde el momento en que él la rescató cuando tenía diez años. Quería ofrecerle mucho más que el regalo de su cuerpo o de su amor. Quería contarle la verdad acerca de Ned y hacerle el mayor presente de todos: su hijo.

Pero se hallaba en sus brazos y él la estaba llevando al sofá mientras cubría de besos su cara, su garganta y sus pechos.

—Eres todavía tan inocente... —musitó de pronto—, pero eres también la mujer más sensual que he conocido. Voy a enseñarte a hacer el amor, cariño, si me dejas.

Lizzie estaba de espaldas sobre el sofá y Tyrell se cernía sobre ella, magníficamente desnudo. Ella comprendió que pronto desfallecería. Le abrió los brazos.

—Enséñame lo que quieras, pero creo que será mejor que te des prisa.

Tyrell se montó a horcajadas sobre ella, con una risa áspera, y ella dejó escapar un gemido de placer y pasó las manos por su espalda musculosa. Él frotó la cara contra sus pechos y murmuró:

—Lo primero que he de enseñarte es a tener paciencia, creo. Es una pena desperdiciar nuestro amor apresurándose.

Lizzie logró abrir los ojos. Su cuerpo palpitaba, ansioso,

pero tuvo la suficiente coherencia como para extrañarse por sus palabras. Tyrell, sin embargo, estaba besando sus costados, bajo sus pechos, y todo pensamiento se desvaneció. Él se deslizó aún más abajo y saboreó su vientre de tal modo que Lizzie no pudo soportarlo. Nunca había sentido tal excitación como cuando el aliento de Tyrell rozó la juntura de entre sus muslos. Ya no podía respirar. Entonces la osada lengua de Tyrell comenzó a acariciarla.

Comenzó en ese instante una danza delicada en la que la lengua se frotaba contra la carne turgente, la rozaba como una pluma, la apretaba, la acariciaba, la lamía.

Lizzie estalló, se rompió en mil pedazos y se perdió en el universo. Jadeante y temblorosa, seguía sintiéndose, sin embargo, dolorosamente excitada. Tyrell siguió acariciándola con la lengua y ella dejó escapar un gemido, sin saber si debía suplicarle que parara o exigirle que continuara. Él murmuró sin dejar de tocarla:

—La segunda vez será mejor, créeme, cariño.

Lizzie intentó protestar, pero la lengua de Tyrell se hundió en su sexo y ella se sintió vacilar al borde del dolor. Y, de pronto, llegó la liberación.

Lizzie sollozó de placer.

Cuando por fin regresó flotando al sofá, Tyrell estaba sentado y la abrazaba suavemente mientras le acariciaba el brazo y el pecho y besaba su pelo y su hombro. Lizzie respiraba trabajosamente, incapaz de creer el intenso placer que había experimentado. Seguía aturdida. La mano de Tyrell se deslizó por su vientre y cubrió su sexo.

—¿Quieres que te haga gozar de nuevo, Elizabeth? —preguntó él con voz densa.

Ella empezaba a recobrar la razón. Se volvió para mirarlo a los ojos.

—No sé si podría soportarlo.

Él la miró con lujuria apenas contenida.

—¿Cuánto más crees que puedes soportar?

Ella estaba terriblemente inflamada de deseo, pero cobró conciencia del dilema de Tyrell. Cerró los ojos un momento y alargó la mano para acariciar su sexo grande y erecto. Tyrell se tensó y ella le sintió sofocar un áspero gemido.

Lizzie levantó la mirada. Comprendió lo que ocurría y de pronto se sintió poderosa. Sus dedos se cerraron lentamente en torno a su verga. Con la misma lentitud sonrió.

–Juegas a un juego muy peligroso –dijo él.

–No –musitó ella, temblorosa y consciente de un nuevo e intenso deseo–. Contigo nunca juego, milord.

Él respiraba trabajosamente. Y, apenas consciente de lo que hacía, Lizzie se inclinó sobre él, segura de que aquello sería para Tyrell un suplicio, y tocó con la lengua su sexo, temblando de excitación. Él se estremeció. Agarró su mano y Lizzie pensó por un momento que, en su frenesí, iba a rompérsela. Su excitación aumentó.

–¿Sabes lo que haces? –ginió él, asombrado.

–No –contestó ella, extrañamente segura de sí misma. Y puso la lengua sobre su sexo, como él había hecho poco antes con ella.

Tyrell comenzó a jadear.

Lizzie recorrió cuidadosamente su sexo. Él gruñó, y de pronto ella se halló tumbada de espaldas. Tyrell tocó su cara con una mano.

–Debes decírmelo si empiezo a hacerte daño –dijo. Sudaba por las sienes, y Lizzie notó que el sudor de su torso humedecía sus pechos. En ese momento, comprendió hasta qué punto se estaba refrenando Tyrell.

Le sonrió y tomó su amada cara entre las manos.

–Tú nunca podrías hacerme daño, mi señor. Te quiero demasiado –dijo.

Los ojos de Tyrell se agrandaron, llenos de perplejidad. Lizzie se dio cuenta de lo que había dicho, pero, mientras empezaba a angustiarse, él dejó escapar un gemido y, apartando la mirada de ella, se hundió por completo en su interior.

Lizzie se olvidó de su declaración, terrible pero sincera. El sexo de Tyrell la llenaba por completo, perfectamente, caliente, duro y húmedo. Ella comenzó a jadear de placer; palpitaba en torno a él, contra él, hasta que no pudo refrenar la tensión creciente. Tyrell se dio cuenta. Dejó escapar un gruñido de satisfacción cuando Lizzie estalló, convertida en una parte de él, y se movió mientras seguía mirándola, cada vez más fuerte y más rápido. Lizzie lo amaba locamente. De algún modo logró tomar su cara entre las manos. Lloraba mientras se dejaba llevar por el clímax.

–Lo sé –creyó oírle decir, y él la apretó con más fuerza–. Lo sé, Elizabeth.

Un dilema moral

Sentada en la cama que había compartido con Tyrell, Lizzie se cubría con la sábana el pecho desnudo, abrumada por un amor tan intenso que resultaba casi insoportable. Se había quedado dormida hasta tarde. Las imágenes de la noche anterior desfilaban una y otra vez por su cabeza: algunas ardientes y frenéticas, otras tiernas y parsimoniosas. Tyrell la había poseído de todos los modos posibles y Lizzie se sonrojó al pensar en ello. Pero, lo que era mucho más importante, él la había abrazado cuando no estaban haciendo el amor, como si la quisiera.

Lizzie vaciló. Quería levantarse, pero no tenía ropa. La última vez que la había visto, su ropa estaba en el suelo de la biblioteca, pues Tyrell la había llevado en brazos al piso de arriba, cubierta con una manta. Su armario estaba en su dormitorio, al fondo del pasillo.

Sonrió mientras miraba la lujosa cama en la que había dormido. Sin decir nada, Tyrell había dejado claro que quería que pasara toda la noche con él, y eso había hecho ella, quedándose dormida en sus brazos.

Era tan feliz que se sentía flotar.

Quitó una sábana de la cama, se levantó y se envolvió en ella. Luego se acercó a las cortinas y las abrió. Tenía razón, era muy tarde: el sol estaba tan alto que debía de ser cerca de mediodía. Se sonrió. Se sentía maliciosa y lasciva, y ello le resultaba encantador.

Se acercó a la puerta de la habitación y la encontró firmemente cerrada. La abrió con la esperanza de encontrar a Tyrell en el cuarto de estar. Pero éste estaba vacío: seguramente Tyrell estaba con el administrador, inspeccionando la finca, o en la biblioteca, repasando las cuentas del ministerio. Entonces vio la mesa. Estaba puesta para un comensal, repleta de cristal, cubertería de plata y porcelana, y el aroma que salía de los platos cubiertos y de la tetera de plata la convencieron de que su desayuno la aguardaba.

Estaba claro que Tyrell había pedido a los criados que pusieran la mesa y le llevaran la comida. Era tan considerado que a Lizzie se le llenaron los ojos de lágrimas.

En ese momento, debía de ser la mujer más afortunada sobre la faz de la tierra.

Se acercó a la mesa y, al levantar la tapa de un plato, descubrió una tortilla, tortitas y salchichas. El centro de flores era un ramo de rosas rojas. Las rosas rojas eran para los amantes, y eso eran Tyrell y ella.

—¿Tienes hambre? —preguntó Tyrell suavemente.

Ella se volvió y lo vio salir del dormitorio abrochándose la chaqueta azul oscura. Saltaba a la vista que acababa de vestirse. Lizzie no se había dado cuenta de que estaba en el vestidor al levantarse.

Tyrell tenía una levísima sonrisa en la cara y una mirada llena de calor y afecto. Lizzie logró asentir con la cabeza, turbada por su modo de mirarla.

—Mucha —musitó. Comprendió que él no pensaba acompañarla en el desayuno. Pero ansiaba que se quedara, aunque sólo fuera un rato.

Él entró en el cuarto de estar y deslizó la mirada por sus hombros desnudos, hasta la sábana en la que ella se había envuelto. Entornó rápidamente los párpados, escondiendo el súbito brillo de sus ojos. Pasó a su lado y Lizzie se dio cuenta de que una doncella había sacado su camisón de encaje y una bata. Tyrell recogió ésta última y se detuvo a su lado:

—¿Puedo?

Lizzie asintió, estremecida. Tyrell tiró de la sábana hasta hacerla caer a sus pies y deslizó la bata sobre sus hombros. Sus manos se detuvieron allí. Lizzie metió lentamente los brazos en las mangas, consciente de que él contemplaba su desnudez con algo más que admiración. Nunca se había sentido tan sensual, ni tan femenina. Lo miró lentamente mientras se cerraba y se ataba la bata.

–Por raro que parezca –dijo él por fin–, te deseo otra vez.

Lizzie nunca había soñado que pudiera albergar sentimientos tan intensos por nadie, ni siquiera por Tyrell. Y el deseo había empezado a alzarse de nuevo rápidamente.

–Yo también a ti, milord.

–Ya lo veo –contestó él con voz áspera–. ¿Cómo es posible? ¿Acaso no te sacié anoche?

Ella se sonrojó.

–Claro que sí. ¿No te sacié yo a ti? –se atrevió a preguntar abiertamente.

Y se sorprendió al ver que él también se sonrojaba.

–Señora, nunca he disfrutado más de una noche. No creo que me hayas dejado dormir ni un instante.

–Milord, ha sido más bien al contrario, no hay duda.

Él sonrió.

–Tyrell. Y fuiste tú quien me provocaba constantemente. Ni se te ocurra echarme la culpa.

Lizzie intentó no sonreír y puso los brazos en jarras.

–Milord –protestó, y él levantó las cejas–. Tyrell –se corrigió ella–, fuiste terriblemente fogoso y yo no hice nada más que seguirte la corriente.

Los hoyuelos de Tyrell se acentuaron.

–Mi querida Elizabeth –murmuró, y a ella le dio un vuelco el corazón–, eres la mujer más sensual que he tenido el placer de conocer. ¿Es posible que no tengas conciencia de tu atractivo? Cuando te mueves de cierta manera, estás dando pábulo a mis apetitos viriles.

Ella movió las caderas tres veces.

–¿Y si me contoneo?

Él la atrajo hacia sí.

–¡Desvergonzada! Conoces muy bien el alcance de tus poderes –le besó la oreja y ella se estremeció.

Lizzie se frotó contra su miembro erecto.

—Sólo porque me has enseñado muy bien, y muy rápidamente —murmuró—, Tyrell.

Él la agarró de las nalgas.

—Hoy tengo muchas cosas que hacer —le susurró al oído.

Lizzie deslizó las manos bajo su camisa, sobre su piel cálida y su pecho duro. Levantó la mirada hacia sus ojos entornados.

—Sí, hoy tienes mucho que hacer —musitó—. Después de todo, ¿no eres un caballero? ¿No rescatarás a una damisela en apuros?

Él profirió un gemido de rendición.

—Me precio de mi noble naturaleza y jamás abandonaría a una dama necesitada de auxilio —susurró.

Lizzie quería sonreír, pero no pudo, porque él había desatado su bata y de pronto se hallaba desnuda y él estaba acariciando sus pechos.

—Tú ganas, mi señora —dijo Tyrell con aspereza—. Considérame seducido.

Tres días después, Lizzie estaba tomando el té con Georgie en una terraza de la parte de atrás de la casa. La vista sobre los montes Wicklow era espléndida. Lizzie no se cansaba de ella. Georgie, por su parte, disfrutaba del día cálido y soleado y de la espléndida majestuosidad del campo irlandés. Tyrell se había marchado al amanecer a Dublín, donde tenía numerosas reuniones a las que asistir antes de volver a hacerse cargo de su puesto a la semana siguiente. Ned dormía en el cuarto de los niños.

—¿Señora? —dijo Smythe tras ellos.

Lizzie acababa de levantar su taza de té y se volvió con una sonrisa. Vio que su padre se acercaba con el mayordomo y dejó escapar un gemido de sorpresa, derramando un poco el té. Logró dejar la taza en la mesa y se levantó, encantada de ver a su padre.

—¡Papá!

Pero él no sonreía. Inclinó la cabeza para dar las gracias al mayordomo.

—Lizzie —la besó en la mejilla—. Georgie —también besó a su hermana, que se había puesto en pie y parecía igualmente sorprendida de verlo allí.

Lizzie comprendió al instante que algo iba mal.

—Señor Smythe, ¿le importaría traer más té y emparedados? Gracias —el mayordomo se marchó y ella agarró las manos de su padre—. ¿Ocurre algo? ¿Es mamá?

Él dio un paso atrás y la miró fijamente.

—Tu madre tiene el corazón roto y está muy débil. Sufre una melancolía extrema. Entre las dos le habéis destrozado la vida.

Lizzie se puso tensa y miró a Georgie.

—Papá —dijo su hermana—, antes estabas de acuerdo conmigo respecto a Peter Harold. Nunca me he sentido más aliviada. No puedo cambiar de idea.

Su padre tenía una expresión severa.

—El señor Harold se ha prometido en matrimonio con una dama de Cork, así que sin duda no te aceptaría. Pero ¿venirte aquí con tu hermana? ¿Es que no tienes vergüenza?

Georgie dio un respingo y volvió a mirar a Lizzie. Y ésta empezó a comprender.

Cuando sus padres la habían dejado en Adare, ella era una invitada de los De Warenne, no la amante de Tyrell. ¡Cuán rápido había viajado la noticia de su deshonra! Y Georgie se veía salpicada triplemente: primero, por su relación con Lizzie como madre soltera; después, por la ruptura de su compromiso y ahora por residir en Wicklowe, con su desvergonzada hermana.

—Esto es precioso en verano —comenzó a decir con voz extraña y pastosa por el dolor.

Su padre levantó la mano.

—No empieces con tus argumentaciones. No hay ninguna que valga. Y tú no eres en realidad la causante de la pena de tu madre —fijó en Lizzie una mirada desesperada—. Quisiera hablar contigo a solas.

Lizzie asintió con la cabeza, llena de temor y aflicción.

—Papá —dijo Georgie—, conozco todos los secretos de Lizzie. Por favor, no me obligues a abandonarla ahora.

Antes de que su padre pudiera responder, Lizzie la agarró de la mano.

—Quizá sea mejor que hablemos en privado —Georgie se resistía visiblemente a dejarla—. Estaré bien —añadió Lizzie, segura de que no era cierto.

Georgie asintió y, al borde de las lágrimas, salió de la terraza y los dejó solos.

—¿Cómo has podido hacer esto? —preguntó su padre con voz densa—. ¿Cómo, Lizzie?

Lizzie sabía a qué se refería. Su padre quería saber cómo podía vivir abiertamente con un hombre que no era su esposo.

—Estoy muy enamorada, papá —comenzó a decir con nerviosismo.

—¡Eres su querida! ¡Vives aquí abiertamente! Todo el mundo lo sabe y apenas se habla de otra cosa.

—Lo quiero —sollozó ella, sin saber qué más decir.

—¿Acaso no tienes vergüenza? —preguntó su padre con lágrimas en los ojos.

Lizzie no contestó. La respuesta era evidente. Pero, en ese momento, se sentía algo más que avergonzada: se sentía abrumada por la mala conciencia. Nunca había soñado que, al satisfacer su amor por Tyrell, heriría de tal modo a sus padres. Nunca había visto a su padre tan angustiado.

—Esto es una desgracia —sollozó él—. Santo Dios, nunca creí que llegaría el día en que tendría que avergonzarme de mi hija preferida.

Lizzie comenzó a llorar. ¿La consideraba su padre poco más que una furcia?

—Lo siento.

—¡Eso no basta! Y es demasiado tarde para lamentarse, ¿no crees? Aunque lo dejaras ahora, eso no cambiaría lo ocurrido estas últimas semanas. Nadie olvidará nunca tu deshonra y, a causa de ello, tu hermana no encontrará marido. A causa de ello, tu madre y yo nos vemos rechazados por todos. Estamos por fin completa e irrevocablemente arruinados.

Lizzie se sentó bruscamente, presa de la culpa y el dolor.

¿En qué había pensado al aceptar la proposición de Tyrell? ¿Cómo podía haber sido tan egoísta y desconsiderada?

Pero, desde su llegada a Wicklowe, era feliz.

—A mí no me importa por mí mismo —dijo su padre airadamente—. Nunca me han gustado esos bailes y esas fiestas. Pero mamá no tiene amigas. No la invitan a un solo té. ¿Cómo crees que sobrevivirá?

—Oh, Dios —musitó Lizzie, llorando—. No lo pensé, papá. No imaginé que mamá pudiera convertirse en una paria. No quería hacer daño a nadie. Sólo quería que Tyrell reconociera que Ned es hijo suyo.

Su padre se arrodilló ante ella y la tomó de las manos.

—¿Y tú, Lizzie? Sé que lo quieres. Nadie sabe mejor que yo que no te comportarías de este modo si no fuera así. Pero ese hombre está prometido con otra. En otoño se casará con otra mujer. ¿Qué harás entonces? ¿Ser su mantenida? ¿Serás feliz entonces?

Lizzie lo miró con fijeza, con el corazón en un puño. Durante la semana anterior, se había negado a pensar en el futuro y en la prometida de Tyrell. Se había sumergido en su amor, en su pasión y en cada momento que pasaba con Tyrell.

—Veo que no puedes contestarme. ¿Qué harás cuando te dé de lado, lo que sin duda hará tarde o temprano? —Lizzie apartó la mirada—. Los hombres no tienen amantes viejas. Maldita sea, Lizzie, ¿qué harás cuando se canse de ti? —preguntó su padre.

—No lo sé —gimió ella, pues de pronto imaginaba un día en el que Tyrell ya no la desearía. Y aquello le dolía demasiado—. ¡No lo sé! —pero sí lo sabía: moriría con el corazón roto.

Su padre se puso en pie y se enjugó los ojos con un pañuelo de hilo. Lizzie sólo pudo mirarlo. La conciencia de lo que le había hecho a su familia, de cómo había destruido su buen nombre y su felicidad, la ponía enferma. Y de pronto el futuro se cernía ante ella, gris y amenazador. Había sido una necia al ignorarlo, al pensar que podía fingir que no existía.

Su padre se volvió para mirarla.

—Te quiero —dijo con aspereza—, pero no tengo elección. Debo cuidar de mamá. Y también he de salvar a Georgie, si es que es posible.

Lizzie comenzó a temblar.

—No, papá...

—Georgie se viene a casa conmigo —anunció él, muy pálido—. Y voy a desheredarte, Lizzie.

Ella cerró los ojos. Una terrible angustia ocupó el lugar de la perplejidad.

—No —musitó—. Papá...

—No me queda más remedio, si quiero salvar la reputación del resto de la familia —dijo él con voz estrangulada. Y, cubriéndose la cara con las manos, se echó a llorar.

Tenía razón, pensó Lizzie mientras lloraba. Si su familia la desheredaba públicamente, la buena sociedad perdonaría a sus padres y acabaría por recibirlos de nuevo en su seno. Lizzie abrió los ojos, pero no vio nada. Las lágrimas emborronaban su vista.

—Lo siento —dijo su padre—. Pero ya no puedes ser mi hija.

—Entiendo —sollozó ella.

Su padre tenía lágrimas en las mejillas. Dio media vuelta y se detuvo en seco al ver a Georgie en la terraza, tras él.

Ella también lloraba, pero mantenía la cabeza erguida.

—Me quedo con Lizzie —dijo.

La cena fue espantosa.

Su padre se había ido definitivamente. Era imposible saber si Georgie estaba también desheredada por haberse negado a regresar a Raven Hall. Tyrell volvió poco antes de las siete. Georgie y Lizzie estaban ya sentadas a la larga mesa del comedor, en completo silencio, cuando se reunió con ellas para cenar. Lizzie temía mirarlo. No quería que supiera lo que había ocurrido, y no sólo por su orgullo. Estaba afligida, y de pronto se avergonzaba de su relación y de las terribles decisiones que había tomado.

Él las saludó a ambas y se sentó entre ellas. Lizzie logró sonreír y evitó rápidamente sus ojos mientras los criados comenzaban a servirles la cena. Georgie estaba pálida y sabía que parecía angustiada. Notó que Tyrell las miraba extrañado y con creciente preocupación.

Les sirvieron un asado de cordero con patatas y judías verdes. Lizzie no tenía apetito. Tomó su copa de vino, notó lo mucho que le temblaba la mano y la apartó al instante. Miró a Tyrell furtivamente. Él la estaba observando con los ojos entornados. Ella le lanzó una sonrisa insincera y recogió su cuchillo y su tenedor.

–¿Qué está pasando aquí? –preguntó él en medio del denso silencio.

Georgie se levantó bruscamente.

–Milord, Lizzie necesita echarse. Discúlpenos, por favor –sonrió alegremente y rodeó rápidamente la mesa para ayudar a Lizzie a levantarse. Tyrell la miró fijamente y Lizzie la retuvo un momento. De algún modo logró sostenerle la mirada.

–Sólo estoy un poco mareada –musitó–. ¿Te importa que vaya a echarme y que me atienda mi hermana?

Tyrell, que la miraba con detenimiento, sacudió la cabeza.

–Claro que no. ¿Quieres que mande a por el médico?

Lizzie se encogió de hombros. Ya no podía hablar. Georgie se la llevó fuera de la habitación. No hablaron hasta que llegaron al dormitorio principal.

–¿Quieres que pida vino? –preguntó Georgie.

Lizzie se dejó caer en el sofá, ante la chimenea.

–Georgie, ¿qué he hecho?

Su hermana se sentó a su lado.

–No lo sé. Pero has sido muy feliz, Lizzie.

–¡Mamá no tiene amigas! Nadie va a visitarlos. ¡Nadie los invita! ¡Se morirá!

–Eso es un mito –dijo Georgie con firmeza–. Nadie se muere por tener el corazón roto.

Lizzie la miró.

–¿Qué debo hacer? –preguntó, acongojada–. He destruido el nombre de mi familia. ¿No es eso egoísmo? ¿No es abominable? ¿No es despreciable?

–Lizzie –dijo su hermana en voz baja–, ¿no estarás pensando en dejar a Tyrell?

Lizzie se echó a llorar. ¿Cómo iba a quedarse allí y a poner más clavos en el ataúd de la deshonra de su familia? ¿Y qué había de la boda de Tyrell con lady Blanche? Antes de marcharse de Adare, había oído rumores de que la boda se celebraría en otoño. Y estaba también Ned, que se merecía tener un padre.

Nada de aquello era bueno... salvo el amor genuino que ella sentía por un hombre con el que no debía estar.

Llegó entonces a la conclusión de que aquello estaba bien. No debía desear a un hombre que pertenecía a otra.

Tyrell entró en la habitación.

—Señorita Fitzgerald, desearía hablar con Elizabeth a solas —le dijo a Georgie. No era una petición.

Pero Georgie se levantó, se volvió hacia él e irguió los hombros.

—Milord, mi hermana no se encuentra bien. ¿No puede esperar hasta mañana?

—No, no puedo —contestó él tajantemente.

Georgie no se movió.

Lizzie levantó la mirada y se enjugó los ojos con las puntas de los dedos.

—No pasa nada, Georgie.

Su hermana vaciló.

—Liz, si me necesitas, manda a buscarme.

—Te lo prometo —dijo Lizzie con una sonrisa levísima.

Georgie consiguió lanzar a Tyrell una mirada de advertencia que él ignoró, y salió de la habitación. Tyrell miró cara a cara a Lizzie.

—Por tu expresión se diría que alguien ha muerto —Lizzie sacudió la cabeza—. Tu padre ha estado aquí hoy —añadió Tyrell—. ¿Qué te ha dicho para disgustarte hasta ese punto? —a ella la sorprendió que supiera de la visita de su padre—. Elizabeth, sólo he tenido que preguntar si había pasado algo. Sólo has tenido una visita. Smythe me informó enseguida de ello. ¿Qué te dijo tu padre?

Lizzie se miró el regazo.

—Quiero tanto a papá... —murmuró. Él aguardó—. Lo sabe. Sabe que soy tu amante. Están deshonrados. Todos les dan de lado. Con el corazón roto. No tengo vergüenza, Tyrell —sollozó—. ¡Soy tan terriblemente egoísta!

Tyrell se arrodilló ante ella y tomó sus manos.

–¡No! Yo te obligué a esto. Si alguien tiene la culpa, soy yo.

–Los he destrozado –musitó ella mientras intentaba no llorar. Quería apoyarse en él y que la abrazara; quería apartarse y huir de él inmediatamente, mientras aún podía... si todavía podía.

Él acarició su mejilla.

–Yo lo arreglaré. Haré que los inviten a todas las fiestas que se den en Adare. Del mismo modo que te he protegido a ti, los protegeré a ellos. No llores, cariño.

–¿Puedes hacer eso? –Lizzie sintió por fin un leve atisbo de esperanza.

Él la besó suavemente.

–Claro que puedo, Elizabeth. Removería cielo y tierra para que no sufrieras. Me encargaré de que sean aceptados en los más altos círculos de la sociedad, pero no puedes dejarme –dijo, y sus ojos brillaron con una peligrosa advertencia.

Ella estaba aturdida. Tyrell había intuido de algún modo que estaba a punto de abandonarlo. Sería maravilloso que ayudara a sus padres a regresar al seno de la buena sociedad, pero eso no lo arreglaría todo.

El futuro seguía allí. Lizzie no podía seguir fingiendo que no existía y que no la incluía a ella en modo alguno.

–Elizabeth –dijo Tyrell como si supiera qué estaba pensando–. Por favor, mírame.

Ella apretó sus manos y obedeció.

–He sido tan feliz... –murmuró.

–Lo sé –dijo él con una leve sonrisa–. Quiero que seas feliz. Deja que te haga feliz –añadió, y sus ojos se oscurecieron–. Déjame llevarte a la cama.

Hacer el amor era lo último en lo que pensaba Lizzie, y no resolvería nada.

–¿De veras introducirás a mis padres en la alta sociedad? ¿Es posible siquiera? –preguntó, trémula y consciente de que no debía aferrarse a aquella migaja.

Pero él no contestó al principio. La besó con urgencia y Lizzie se abrió para él. Tyrell se apartó por fin cuando ella era ya presa de un fuego feroz que sólo él podía prender.

—Si yo doy mi palabra, es cosa hecha, y te la estoy dando. No tienes que preocuparte por tus padres —y volvió a besarla, pero esta vez deslizó la mano bajo su corpiño y sobre su pecho.

El deseo luchaba con el dilema moral que ella había intentado eludir. Si sus padres eran aceptados en la alta sociedad, ¿la perdonaría su padre? ¿Sería feliz su madre? ¿Aunque ella se quedara en Wicklowe, como amante de Tyrell, durante un tiempo?

—¡Elizabeth! —exclamó él. Y era una orden, pues notaba claramente que ella sólo le estaba brindando su cuerpo ansioso y no su atención. Sostuvo su cara entre las manos y la obligó a mirar sus ojos ardientes y duros—. No vas a dejarme —dijo con aspereza—. Ni ahora, ni nunca. Solucionaremos esto juntos.

Ella sintió su autoridad y no pudo seguir resistiéndose. De todos modos, no quería abandonarlo. Se rindió.

—No me marcharé —musitó mientras él enjugaba sus lágrimas con besos y desabrochaba los botones de la espalda de su vestido.

Pero las palabras que Lizzie no había dicho resonaban como un eco. «Aún no».

Tyrell apartó la boca de la suya y sus miradas se encontraron, como si la hubiera oído expresar en voz alta aquella terrible idea.

Lizzie intentó sonreír, pero no pudo.

Tyrell la levantó en brazos y la llevó al dormitorio. Y, después de que la depositara en la cama, Lizzie le dio la bienvenida. Sus bocas se fundieron, sus ropas desaparecieron y él se hundió frenéticamente en ella.

Era como si se oyera el tictac de un reloj y ambos lo supieran.

Tyrell cobró conciencia de que empezaba a salir el sol. Su resplandor rosado se colaba en la habitación en penumbra. Estaba sentado en el sofá, ante la chimenea, con la cabeza entre las manos y un vaso vacío a los pies, en el suelo, vestido únicamente con sus calzas. El fuego se había ido debilitando hasta quedar reducido a rescoldos, pero horas antes, cuando había dejado a Elizabeth dormida en su cama, era una llama viva. Tyrell se frotó con los dedos las sienes doloridas. El dolor no hizo sino aumentar.

«No volveré a hablar de esto. Ella se merece mucho más de lo que puedes darle y tú lo sabes».

Las palabras de Rex llevaban atormentándolo toda la noche. Pero ya la semana anterior, cuando aún estaba en Adare, había comprendido que su hermano tenía razón. Elizabeth se merecía un hogar propio. Se merecía tener un marido, no un amante, y felicidad, no vergüenza, y, conociéndola tan bien como la conocía ya, sabiendo lo buena y sincera que era, Tyrell era agudamente consciente de lo que había hecho.

«He destrozado sus vidas. Están deshonrados. No tengo vergüenza, Tyrell. ¡Soy tan terriblemente egoísta!».

Pero la egoísta no era ella. Tyrell se echó a reír, pero su risa sonó amarga y sintió una quemazón en los ojos, aunque se dijo que se debía al humo del fuego. El egoísta era él, que la había chantajeado para que fuera su amante y le había arrebatado luego la inocencia en lugar de alejarse honorablemente. Él la había deshonrado. Había arruinado su vida sin pensar ni un instante en su bienestar o su futuro. Se había comportado como una bestia, no como un hombre.

Sabía que cualquier reparación que intentara llegaría demasiado tarde, pero, si era la mitad de honorable de lo que se había creído siempre, intentaría arreglar aquella situación. Podía fácilmente comprar un marido para Elizabeth, un título y tierras, y toda la legitimidad que ella pudiera necesitar.

«Tú nunca podrías hacerme daño, mi señor. Te quiero demasiado».

Tyrell se tapó la cara con las manos. Sabía que no debía creer una declaración hecha en el calor del momento, pero en parte deseaba creer sus palabras. Elizabeth era sumamente inocente y cándida, y cada momento que pasaban juntos la hería más de lo que ella era consciente. Pero ¿cómo podía dejarla marchar?

¿Y cómo podía permitir que se quedara?

Ella se merecía más que un lugar en su cama. Se merecía algo más que aquella vergüenza. Se merecía llevar su nombre, pero él estaba comprometido con otra y, mientras fuera el heredero de su padre, eso no cambiaría. Unos meses después, se casaría con Blanche Harrington, asegurando de ese modo el porvenir de su familia. Se recordó que su suerte era una bendición, no una carga. Siempre había querido aquello, y no había razón para albergar dudas, para sentirse enjaulado. De pronto imaginó un camino largo, sombrío y brumoso, de cielos cubiertos y grises, un futuro sin Elizabeth, y su corazón lanzó un grito de advertencia y de protesta.

Dios, había creído que sería capaz de afrontar el futuro teniendo una esposa y una amante, pero la mala conciencia lo consumía ya, y Elizabeth había empezado a pagar el precio terrible de su lujuria y su egoísmo. Ni siquiera se atrevía a considerar lo que pensaría o sentiría Blanche. Ninguna de las dos se merecía aquella vida.

Tyrell tembló. Nunca había pretendido que las cosas salieran así. Quería proteger a Elizabeth y hacerla feliz, no lastimarla y hacerla desgraciada. El bien y el mal existían, y él había sido educado para distinguir el uno del otro. Elizabeth se merecía más de lo que él podría darle nunca. Tyrell debía comportarse con nobleza. Debía dejarla marchar.

Se levantó, estremecido.

Sencillamente, no podía hacerlo.

El verano tocaba a su fin. Habían pasado tres semanas y Lizzie se hallaba sentada ante un pequeño escritorio Luis XIV, en el agradable saloncito que Georgie y ella solían usar. Intentaba escribir una carta a sus padres. Éstos habían estado dos veces en Adare, invitados a cenar, y recientemente habían recibido una invitación para acudir a Askeaton, la residencia del capitán O'Neill, el hermanastro de Tyrell, y de su esposa americana, con la que tenía una hija. Muy pronto, pensó Lizzie, las antiguas amigas de su madre estarían ansiosas por volver a recibirla en sus hogares. ¿Verdad?

Y sin duda su padre ya no estaría tan furioso, ni tan decepcionado con ella.

Lizzie quería suplicarles que la perdonaran e intentaran comprender por qué había elegido vivir con Tyrell, por ilícita que fuera su relación. Quería explicarles que no había pensado con claridad, pues jamás habría hecho nada para lastimar a quienes más amaba. Deseaba explicarles que aquélla era su única oportunidad de estar con Tyrell y que no duraría para siempre. De momento, sólo había escrito: *Queridos papá y mamá.*

Finalmente comenzó a escribir.

El verano ha sido sumamente agradable, de días largos y cálidos, con mucho sol y poca lluvia. Estoy bien, igual que Ned y Georgie. Hemos pasado casi todo el tiempo aquí, en Wicklowe. Casi todos los días cenamos en los prados de la parte trasera de la casa, como en una comida campestre. Un día fuimos de compras a Dublín. Ned está aprendiendo a montar a caballo y le encanta. Su padre le compró un poni galés, con calcetines blancos y una estrella en el morro. Ned le ha puesto de nombre Wick, para regocijo de todos.

Os echamos mucho de menos y esperamos que estéis bien.

Vuestra hija devota,

Lizzie

La carta no le gustaba, pero temía suplicar perdón. Y no podía explicar sus decisiones, y menos aún en una carta. Tal vez la reciente tormenta hubiera pasado ya. Quizá, con su nueva vida social, sus padres la hubieran perdonado ya por la desgracia que había hecho caer sobre el nombre de los Fitzgerald. Rezaba por que la contestaran.

Se levantó y se estiró. Era domingo por la tarde, así que Tyrell no estaba en Dublín, y ella sabía que estaría ocupado con el jefe de jardineros, inspeccionando la reciente ampliación de los jardines. Ese día había dicho que quería llevarla a comer al campo, solos los dos, sin Ned. Y que quería enseñarle a montar a caballo. Lizzie sonrió y se acercó a los grandes ventanales que daban a la fachada de la casa. Se preguntaba si podría ver a Tyrell. Desde donde estaba, veía parte de la avenida, el lago y, en su centro, la fuente de piedra. Se sorprendió al ver acercarse un carruaje.

Habían recibido visitas durante las semanas anteriores. Y habían celebrado algunas cenas. Tyrell tenía responsabilidades sociales que no podía eludir y, para sorpresa de Lizzie, nadie la había mirado con desdén. Aunque era presentada como una invitada de la casa, todo el mundo sabía que era la madre de Ned y que vivía abiertamente con Tyrell. Pero nadie mostraba condescendencia y Lizzie había sido invitada a visitar a sus vecinos a cambio de su hospitalidad. Tyrell la había animado a hacerlo.

–En Limerick, soy una perdida. Pero aquí a nadie parece importarle mi situación –le había dicho ella una noche, mientras estaba en sus brazos. Dormía en su cama cada noche.

–Casi todos los hombres que han venido de visita o han cenado en Wicklowe tienen una querida o una amante. No somos una excepción, sino la norma.

Lizzie conocía aquel tópico (que la infidelidad era moneda corriente entre las clases más altas de la sociedad), pero nunca antes lo había creído.

–Pero estoy viviendo contigo, en tu casa.

–Y estás bajo mi protección –Tyrell la había observado mientras le acariciaba la mejilla–. Lord Robieson tiene tres hijos ilegítimos y todos ellos viven bajo su techo, con sus dos hijas legítimas. Sí, lo sé, su amante no vive con él. Tiene su propia casa.

Lizzie había ido a visitar a lady Robieson, una mujer guapa, rolliza y vivaz que le era simpática.

–Y a lady Robieson no parece importarle –murmuró, extrañada.

–Todo el mundo sabe que ella también tiene amantes –Lizzie lo miró con fijeza y él le devolvió la mirada–. Puede que no esté bien –dijo por fin–. Pero así son nuestros tiempos.

Lizzie lo observó detenidamente. ¿Condenaba él moralmente su relación como hacía ella cuando se detenía a pensarlo? Lizzie lo conocía lo bastante como para pensar que Tyrell no aprobaba en realidad el adulterio y que no podía sentirse satisfecho de sí mismo por violar su propio código moral.

—Y nosotros somos como todos los demás.

Tyrell había apartado la mirada.

—Sí.

Lizzie no había añadido: «Pero eso no hace que lo nuestro esté bien». Se había acurrucado contra él, abatida y preocupada de pronto. Había muchos momentos en que era posible mantener a raya el futuro, pero éste siempre acababa por hacerse presente.

Tyrell había tomado de pronto su cara entre las manos.

—Elizabeth, ¿has sido feliz aquí, en Wicklowe?

Lizzie se había quedado quieta. Su corazón latía incontrolablemente. Quería decirle cuánto lo amaba y lo amaría siempre, pasara lo que pasase. Había asentido, pensando sólo en él.

—Sí. Me haces más que feliz, Tyrell.

Él había sonreído, se había colocado sobre ella y poco después la había penetrado, pero, al alzar la mirada, Lizzie había visto una sombra en sus ojos.

Aquélla no había sido la primera vez que veía aquella sombra... ni la última. Sabía, con la intuición de una amante, que algo angustiaba a Tyrell. Ella se preocupaba por el futuro de ambos, pero sin duda los desvelos de él eran de muy distinta naturaleza. Lizzie se decía que tenía graves asuntos de estado en la cabeza.

La realidad volvía a imponerse ahora, en la forma de un visitante inesperado. Lizzie estaba deseando pasar la tarde a solas con Tyrell. Contempló el carruaje mientras éste pasaba junto al lago y la fuente. Era muy grande y lujoso, de seis caballos. Empezó a sentirse alarmada.

Comprendió que no se trataba de una visita cualquiera. Y lo que era peor aún, aquellos seis hermosos caballos le resultaban terriblemente familiares. Cuando un lacayo con librea abrió la puerta, se acordó por fin.

Lord Harrington se había marchado de Adare en un carruaje idéntico a aquél.

Era imposible. Nadie esperaba a lord Harrington, que debía

estar en Londres o en su residencia de verano en el condado de los lagos. Tenía que ser un mensajero, ¿no?

Pero un mensajero no viajaría en semejante carruaje y ella lo sabía.

Lizzie reconoció entonces al caballero enjuto que se apeó del coche. Su porte, lleno de aplomo, resultaba inconfundible. Dejó escapar un gemido y se ocultó tras las cortinas. Temía instintivamente que la viera.

Lord Harrington estaba allí.

Lizzie se sintió aturdida por el miedo, y el enorme reloj que no había dejado de hacer tictac ni un solo segundo durante aquellos días se detuvo de pronto.

De pronto deseó volver a oírlo. Quería sacudirlo, zarandearlo para que volviera a funcionar. Pero, presa de un temor creciente, abrió las puertas de la terraza y salió. Se detuvo en la barandilla de piedra. Se aferró a ella y se inclinó hacia delante.

Tyrell estaba junto al lago, con el jardinero, a unos pocos pasos de la avenida. Miraba fijamente el carruaje. Lizzie no podía distinguir su expresión, pues estaba demasiado lejos. Harrington había visto a Tyrell. Saludó con la mano y cambió de dirección. Tyrell contestó levantando la mano.

Incapaz de respirar, Lizzie vio que Harrington se acercaba a él con paso decidido. Tyrell echó a andar hacia él. Un momento después se dieron la mano. Harrington le dio una palmada en la espalda con gesto afectuoso y familiar.

Lizzie se tapó la boca con la mano para sofocar un sollozo. ¿Qué haría ahora?

—¡Lizzie!

Lizzie se volvió al oír la voz angustiada de su hermana. Georgie estaba en el umbral del salón.

—¡Lord Harrington acaba de llegar!

Lizzie logró asentir.

—Lo sé.

—¿Qué vamos a hacer? ¿Qué vas a hacer? —por primera vez en su vida, Georgie parecía asustada.

Lizzie sintió el impulso de huir, de esconderse.

—No lo sé.

—¡No puedes quedarte ahí!

La mente de Lizzie comenzó a funcionar. No era la señora de aquella casa, por más que Tyrell hubiera pretendido que lo fuera, por más deferencia que le mostraran los criados y los vecinos. Era la querida de Tyrell y nada más, y el hombre que pronto sería su suegro estaba allí fuera.

Cruzó corriendo la terraza y volvió a entrar en la casa. Georgie se acercó a ella. Atravesaron a toda prisa el ala este, pero Georgie la agarró de la muñeca y la detuvo.

—Tus habitaciones están en el ala oeste —dijo.

Lizzie la miró. Se sentía exangüe.

—Georgie, no voy a ir al dormitorio principal.

Su hermana asintió con la cabeza.

—Tienes razón. Será mejor que compartamos mi habitación. ¡Oh, por qué no habrá avisado de su llegada!

—Yo te diré por qué —dijo Lizzie con aspereza—. Lord Harrington no ha avisado porque los rumores han llegado hasta Londres. Quería sorprendernos a Tyrell y a mí viviendo juntos abiertamente aquí —de pronto se sintió al borde de las lágrimas—. Está aquí por una única razón.

El futuro en el que se había negado a pensar se había hecho presente.

El sacrificio definitivo

Las habitaciones de Georgie estaban frente al cuarto de los niños. Lizzie y Georgie entraron rápidamente en ellas y Lizzie se volvió para mirar a su hermana.

–¿Por qué estás tan callada? ¡Sé lo que estás pensando!

Georgie respiró hondo.

–Estoy pensando que todo esto es muy violento.

Lizzie se sobresaltó.

–Yo creo que es vergonzoso.

Georgie se acercó a ella y habló con la mayor serenidad, intentando tranquilizarla.

–Os queréis. Eso no puede ser vergonzoso. Lo que es vergonzoso es que Tyrell no abra los ojos, rompa su compromiso y te lleve al altar.

Lizzie se mordió el labio, conmovida. Cuando estaba en sus brazos, en las horas más oscuras de la noche, sabía con toda certeza que Tyrell también la quería. Pero a la luz del día no estaba tan segura.

–Los primogénitos de los condes no se casan con muchachas de la pequeña nobleza rural empobrecida y tú lo sabes.

–¡A veces sí! –exclamó Georgie–. Podría casarse por amor. Es tan rico que puede hacer lo que quiera.

¿Tenía razón su hermana? Confusa, Lizzie se apresuró a cambiar de tema.

–¿Qué voy a hacer? ¿Me quedo aquí, en tus habitaciones, y me escondo hasta que se vaya Harrington? No podemos bajar a cenar esta noche, ¿verdad? ¿Y Ned? ¿También él tiene que esconderse en el cuarto de los niños?

Georgie se aproximó a ella.

—Debes hablar con Tyrell en cuanto tengas ocasión. Estoy segura de que no tendrá dudas sobre el modo más correcto de proceder.

Lizzie sabía cuál era el modo más correcto de proceder: siempre lo había sabido. Se abrazó.

—Nunca te he dicho esto. La espié. Espié a lady Blanche.

—¿Qué?

—Me colé en el baile de compromiso.

Georgie la miró con perplejidad.

—¿Y? —preguntó por fin.

Lizzie tomó aire.

—Es terriblemente bella, Georgie. No pude encontrarle ni un solo defecto. Es elegante, grácil y parecía tener un carácter muy agradable.

—Supongo que sería una grosería confiar en que fuera fea, gorda y mezquina.

—Es la pareja perfecta para Tyrell —dijo Lizzie, abatida—. Estoy segura de que acabará enamorándose de él, si no lo está ya. Y él, naturalmente, estará encantado de tener una esposa inglesa, tan elegante y bien educada. Sin duda también llegará a amarla.

«Podría casarse por amor. Es tan rico que puede hacer lo que quiera». Lizzie deseó que su hermana no hubiera dicho aquello. Se equivocaba, de todos modos. Tyrell se merecía una esposa rica y aristocrática. Blanche sería una gran condesa algún día, a Lizzie no le cabía ninguna duda. Y era tan bella que sin duda Tyrell se enamoraría de ella tarde o temprano.

—Quiero que sea feliz, Georgie. Y no veo razón para que no lo sea con Blanche Harrington.

Georgie la agarró de la mano.

—¿Y tú? Tú estás enamorada de Tyrell desde que eras una niña. Tú no le pediste esto: fue él quien insistió en convertirte en su amante. Has sido muy feliz y te mereces todo lo que has tenido. Pero veo qué te propones, Lizzie, lo veo claramente.

—¿Perdón? —dijo Tyrell desde la puerta abierta.

Lizzie se volvió bruscamente, preguntándose cuánto tiempo llevaba allí, y deseó no haber dejado la puerta entornada. De pronto sintió que su mundo comenzaba a desplomarse. Georgie tenía razón. Sabía lo que debía hacer.

—Milord —musitó.

—Confío en no interrumpir —dijo él, mirándola sólo a ella—, pero debo hablar contigo, Elizabeth.

Georgie inclinó la cabeza hacia Tyrell y salió presurosa, cerrando firmemente la puerta a su espalda. Lizzie cruzó los brazos. No se atrevía a mirar los ojos inquisitivos de Tyrell.

—Lord Harrington ha llegado inesperadamente —dijo él con voz dura.

—Lo sé. Lo he visto —ella logró levantar la mirada. Tyrell tenía una expresión severa.

Se acercó a ella y la agarró de las manos.

—Lo siento mucho.

Ella sacudió la cabeza, llena de impotencia.

—Habrá oído hablar de lo nuestro. No hay otra explicación para que se presente así, tan inesperadamente, sin avisar.

—Dice que pasó el fin de semana con lord Montague en el sur y que se le ocurrió repentinamente hacerme una visita —él no había soltado sus manos.

—¿Y tú le crees?

—No, no le creo.

Lizzie se dijo con firmeza que no debía llorar. Las lágrimas no resolverían nada.

—Tal vez desee hablar de tu boda —dijo, y le horrorizó lo acongojada que parecía.

El rostro de Tyrell se tensó. No dijo nada.

Por su semblante, Lizzie comprendió que eso era justamente lo que había dicho Harrington.

—Entonces, ¿quiere que habléis de la boda? —preguntó con voz trémula.

Tyrell se dio la vuelta.

—No debería sorprendernos. Los dos sabemos que estoy prometido. Lo hemos sabido desde el principio.

A Lizzie le dolían las sienes. Le costaba pensar.

—¿Qué quieres que haga, milord? ¿Debo recoger mis cosas y huir de la casa en plena noche, mientras todos duermen? —se dio cuenta demasiado tarde de lo amargas que sonaban sus palabras.

Él la apretó con más fuerza.

—¡No! Su llegada no cambia nada, Elizabeth. No cambia nada.

—Lo cambia todo, milord —murmuró ella.

Tyrell la abrazó contra su pecho y buscó su boca. Lizzie comenzó a llorar mientras la besaba una y otra vez. Ella no pudo reaccionar. Su vida había acabado. Tyrell se detuvo y la estrechó con fuerza.

—No llores. Esto no cambia nada, Elizabeth. Sigo queriendo tenerte en mis brazos cada noche —le levantó la barbilla para mirarla a los ojos—. Haré que trasladen tus cosas a la habitación contigua a la de tu hermana. Sólo serán unos días —su tono era firme, pero amable y cargado de compasión.

Pero Lizzie no quería su compasión. Intentó apartarse de él, pero Tyrell no la dejó. Ella se dio por vencida y apoyó las manos sobre su duro pecho. Respiró profundamente y por fin logró recuperar hasta cierto punto la compostura.

—Ella debe de estar en Londres mientras hablamos, haciendo los preparativos para la boda —dijo con voz ronca. Tenía que preguntar por el futuro.

Él la miró con fijeza antes de responder.

—Imagino que sí.

Lizzie se humedeció los labios y cerró los ojos un momento.

—¿La boda será en Adare?

—Será en Londres —contestó él con voz crispada y expresión insondable. Titubeó—. Tienes todo el derecho a conocer los detalles. Nos casaremos en San Pablo el 15 de septiembre.

—Entiendo —dijo ella, y se aferró a su orgullo, pues era lo único que le quedaba. Parecía haberse salido de sí misma y le parecía estar contemplando un drama en el escenario de un teatro. Había conseguido distanciarse por completo de su corazón. Pero ¿cuánto tiempo podría seguir así?, se preguntaba. Con suerte, el resto de su vida–. Sólo queda un mes. ¿Cuándo te vas a Londres?

Él hablaba formalmente, pero su mirada estaba repleta de cautela, como si Lizzie fuera una adversaria a la que debía temer, o una presa que no podía dejar escapar.

–Dentro de dos semanas.

Abandonaría Irlanda dentro de dos semanas. La abandonaría a ella. Y el escenario se derrumbó; los actores a los que Lizzie observaba se esfumaron en el aire. Sólo quedaron Tyrell y ella, y un dolor que la consumía.

Había estado viviendo en un mundo de ensueño que ella misma había creado. Desde su llegada a Wicklowe, se había negado a pensar en el porvenir, en la mujer con la que Tyrell iba a casarse, incluso después de la espantosa visita de su padre. Toda la casa la trataba como a una esposa, no como a una mantenida, lo mismo que el propio Tyrell, y ella se había pasado los días soñando con él y con el tiempo que ya habían compartido, con los recuerdos que ya habían creado. Habían pasado las noches en un frenesí apasionado. Desde la visita de su padre, aquel reloj no había dejado de hacer tictac, o tal vez no había dejado de sonar desde que sus padres la obligaron a ir a Adare con Ned. Ya no importaba. El reloj se había detenido con la llegada de lord Harrington, y ahora aquellos pocos recuerdos tendrían que durarle toda una vida.

Todo había acabado.

Un gran peso, el peso del dolor y la pérdida, comenzó a agobiarla.

Tyrell dijo lenta y cautelosamente:

–Pasaré dos semanas en Londres y volveré a Wicklowe. Tengo que seguir ocupando mi puesto en Dublín.

Lizzie nunca había imaginado que pudiera sufrir aquella pena. Lo oía, pero vagamente. ¿Y qué pasaría con Ned?

Tyrell le estaba hablando. Se humedeció los labios y dijo con gran cuidado:

–Le he dado muchas vueltas. Te compraré una casa en Dublín. La casa que tú quieras, tan grande como prefieras. Vivirás allí con Ned y con tu hermana, y yo iré a visitaros todos los días.

Lizzie intentó contenerse, pero el dolor aumentaba de todos modos. Levantó la mirada hacia él, el hombre al que siempre había amado sin tener derecho a ello. Tyrell pensaba visitarla todos los días... y volver a casa con su esposa cada noche.

—No vas a dejarme —dijo él en tono de terrible advertencia.

Lizzie apartó la mirada. Si intentaba hablar, la pena brotaría de su cuerpo, de su corazón y de su alma como una marea, y él lo sabría.

Tyrell se arrodilló de pronto ante ella y la agarró de las manos.

—Por favor, no hagas esto. No llores —vaciló—. Te tengo muchísimo cariño. Lo sabes, ¿verdad?

Ella ni siquiera pudo asentir con la cabeza.

Él intentó sonrió y fracasó por completo.

—¿Qué quieres que haga? Es mi obligación casarme con Blanche. Es mi deber para con el conde, para con Adare —hablaba con extraña precipitación—. Nunca he faltado a mi deber, Elizabeth. Desde el día de mi primer aliento, me han educado para que anteponga el nombre de los De Warenne, la familia y el condado a todo lo demás. Yo soy Adare. Debo pensar en la generación venidera.

Qué extraño era, pensó ella, que hablara como si tuviera miedo.

—No quiero que faltes a tu deber. Nunca lo he querido.

Tyrell se levantó y la besó con urgencia... ¿o frenéticamente?

—Elizabeth —dijo, como si le leyera el pensamiento—, ¡nada ha cambiado!

Pero todo había cambiado, se dijo ella. Se apartó de él y miró por la ventana, hacia las hermosas montañas, pero no vio nada salvo negrura. Dejar a Tyrell después de todo lo que habían compartido sería lo más duro que había hecho nunca. Ansiaba darse por vencida, derrumbarse y llorar con desconsuelo. Pero no delante de Tyrell. Si él adivinaba lo que se proponía, no la dejaría marchar.

Encontró unas fuerzas y una determinación que no creía poseer. Irguiendo los hombros, dijo sin volverse a mirarlo:

—Yo también te tengo cariño, Tyrell.

Su respuesta fue un silencio asombrado.

Ella se volvió lentamente.

—Tyrell, necesito estar sola.

Él tenía una expresión alarmada.

—No me gusta tu tono.

—Pues te pido disculpas —quería sonreír, pero sabía que no podría ni aunque su vida dependiera de ella. Pero su vida ya no importaba. Lo que importaba era la vida de Tyrell y el futuro de Ned.

Él dio súbitamente un paso que lo acercó a ella y tomó su cara entre las manos.

—¡Cariño! Nadie va a cambiar en realidad. Te compraré una casa tan grande como ésta. Estaré contigo todos los días y tendremos más hijos.

No habría más hijos, al menos para ella.

—Basta —dijo, y cerró los ojos con fuerza. Las lágrimas se le escaparon, de todos modos.

Él la estrechó entre sus brazos.

—No puedes dejarme —dijo, y era una orden.

Lizzie no le contestó.

Sólo cuando estuvo a solas en su cuarto comprendió las consecuencias de su decisión.

Ned era un De Warenne. Ned pertenecía a su padre.

Dejar a Tyrell significaba que debía abandonar a Ned. Lizzie quería demasiado al niño como para privarlo de sus derechos de nacimiento o de su padre, del mismo modo que quería demasiado a Tyrell como para considerar siquiera la posibilidad de separarlo de su hijo. Por suerte, Tyrell se había encariñado profundamente con Ned y se comportaba como su creyera realmente que era hijo suyo. Lizzie tendría que decirle la verdad antes de marcharse. Pero, como no le quedaba valor, lo haría por carta.

Lloró hasta que no le quedaron más lágrimas. Georgie había intentado consolarla y hacerla cambiar de ideas, pues intuía lo que se proponía. Lizzie no quería hablar con ella. Su fortaleza era demasiado precaria y debía aferrarse a la determinación que había tomado. Era hora de encarar el futuro y hacer lo correcto.

Sólo abandonó la cama porque quería pasar con Ned el poco tiempo que le quedaba allí. No quería que el niño fuera testigo de su pena y se alarmara, así que se cambió de vestido y se lavó la cara con cuidado. Se disponía a recorrer el pasillo camino del cuarto de los niños cuando llamaron con premura a la puerta de su habitación.

—¡Señora! ¡Señorita Fitzgerald! —era Rosie y parecía asustada.

La pena de Lizzie se disipó. Pensando que algo le había pasado a Ned, corrió a la puerta.

—¿Le pasa algo a Ned?

—No, está bien, señora. Pero no sé qué hacer. Es su señoría. Está en el cuarto de los niños. ¡Está en el cuarto de los niños con Ned!

Lizzie no entendía y no sentía deseos de ver a Ned en ese instante.

—Es su señoría el vizconde —añadió Rosie.

Lizzie salió corriendo de su cuarto, aturdida porque Harrington hubiera ido a ver a su hijo y presa de un miedo espantoso. Se detuvo ante la puerta del cuarto de los niños, con Rosie tras ella, sin saber qué iba a encontrarse.

Harrington era un hombre enjuto, de mediana estatura y pelo cano. Era muy elegante y apuesto, y sin duda su hija salía a él. Estaba sentado en el sofá, con Ned, que sostenía un muñeco de peluche y lo miraba con recelo.

Lizzie sintió el impulso de irrumpir en la habitación y exigir a Harrington que se apartara de su hijo. Pero se quedó mirándolos sin respirar, llena de preocupación.

Ned ofreció por fin el muñeco a lord Harrington. Él lo tomó y dijo, muy serio:

—Gracias.

Harrington la había visto y se levantó rápidamente. Inclinó la cabeza.

—La señorita Fitzgerald, supongo.

Lizzie logró hacer una reverencia y miró a aquel hombre que la observaba con todo detenimiento. Siguió un embarazoso silencio.

—¡Mamá! —gritó Ned alegremente. Se bajó del sofá a duras penas y corrió hacia ella, pero se cayó al llegar a su lado. Lizzie se arrodilló y lo abrazó, pero él protestó y la apartó—. ¡Ned arriba! —dijo, y usó sus faldas para levantarse con una gran sonrisa triunfal.

Lizzie se incorporó lentamente y miró a Harrington.

—Milord —dijo—, ¿qué le trae al cuarto de los niños?

—Quisiera hablar con usted —contestó Harrington de tal modo que a nadie se le habría ocurrido rehusarse.

Lizzie no quería hablar con él, pero, por otro lado, tenía que saber qué quería.

—Desde luego.

Harrington seguía observándola.

—Veo que el niño sale a su padre. Debe de estar usted muy orgullosa de él —hablaba con firmeza.

—Sí, lo estoy —contestó ella sin pensar.

Él le sostuvo la mirada.

—Confieso que no es usted como esperaba.

Lizzie no pudo responder. Las palabras de Harrington eran algo rudas.

—Esperaba una mujer más mayor, una mujer de vasta experiencia. ¿Cuántos años tiene?

—Acabo de cumplir dieciocho —logró decir ella.

—¿Y su familia?

—Son los Fitzgerald de Raven Hall —dijo ella, y añadió—: Pertenecemos a la nobleza rural empobrecida. Pero antaño, hace siglos, un antepasado mío fue conde de todo el sur de Irlanda.

Él levantó las cejas.

—Ya veo, aunque no puedo decir que lo entienda. Está escandalizando usted a la buena sociedad, al igual que Tyrell, en víspera de su boda con mi hija.

—Lo siento —dijo Lizzie sinceramente—. Lo siento muchísimo —él pareció sorprendido—. Lo he querido toda mi vida. Desde que era una niña... cuando me rescató de una muerte segura. Si estoy aquí es solamente porque mi corazón se ha impuesto a mi intelecto.

Harrington permanecía rígido como un soldado.

—¿Tyrell también está enamorado de usted?

Ella vaciló.

—No estoy segura. A veces creo que sí, o eso espero. No lo sé.

Él la observó antes de hablar.

—Siéntese, señorita Fitzgerald. Me gustaría contarle una historia —dijo.

Lizzie se tensó, sorprendida, preguntándose qué táctica era aquélla. Pero tomó asiento en una silla y cruzó las manos sobre el regazo.

Harrington no se sentó. Se acercó a mirar por la ventana. Las montañas, verdes y boscosas, orlaban el cielo azul del verano.

—Blanche siempre ha sabido que le permitiría casarse por amor —se volvió y miró a Lizzie, que estaba muy sorprendida—. En efecto, le pedí que eligiera marido hace unos años.

Lizzie sintió que sus ojos se agrandaban. ¿Qué significaba todo aquello?

—El dinero no nos falta y yo estoy sumamente bien relacionado. Mi hija es una gran heredera, su título es de poca importancia, pero sus posesiones son tan vastas que no necesito pensar en aumentar más mi patrimonio en ningún sentido.

—¿Por qué me cuenta todo esto? —preguntó ella.

Él levantó la mano.

—Blanche tiene diecinueve años y durante varios años he esperado a que viniera a verme llena de felicidad para decirme a quién había elegido para casarse.

Lizzie se preguntó si habría oído mal a Blanche en el baile de compromiso. ¿Estaría enamorada de Tyrell al fin y al cabo?

Las siguientes palabras de Harrington la aliviaron.

—Pero ese día no llegó. Y empecé a temer que no llegara nunca.

Harrington había captado por completo la atención de Lizzie.

De pronto acercó una butaca y se sentó. Su rostro parecía exhausto y resignado.

—Mi hija no es como otras mujeres, señorita Fitzgerald. Pero bien sabe Dios que no es culpa suya —ella estaba perpleja—. ¿Sabía usted que nadie la ha visto llorar, ni una sola vez en trece años? Mi hija no llora porque no se desespera. Nunca pierde la calma, el aplomo, ni se exalta por nada ni por nadie. Del mismo modo que no puede sentir angustia, parece incapaz de hallar la alegría.

—¿Por qué? —preguntó Lizzie, asombrada.

—Cuando tenía seis años, vio cómo su madre era brutalmente asesinada en un tumulto. Yo estaba allí, pero no puede abrirme pase entre la muchedumbre para rescatarlas. Blanche intentó proteger a su madre, pero era demasiado tarde. Mi mujer ya estaba muerta. Algún matón apartó a Blanche de un empujón y ella perdió el conocimiento. Cuando se despertó, muchas horas después, no recordaba a su madre, ni el asesinato.

Lizzie estaba horrorizada.

—Lo siento muchísimo.

—Fue una suerte que perdiera la memoria, pero desde aquel día mi hija se olvidó también de reír y de llorar —Harrington se puso en pie—. No es usted lo que esperaba. Esperaba encontrarme con una desvergonzada llena de descaro. Y le he confiado este asunto tan delicado por una razón.

Ella adivinó lo que diría a continuación.

Él la miró directamente.

—Elegí a Tyrell para ella con el mayor cuidado. Es un gran hombre, honorable y bondadoso, y, lo que es igual de importante, sabe bien lo que es tener una buena familia. Es todo cuanto deseo para mi hija, señorita Fitzgerald. Y espero de todo corazón que Blanche llegue a quererlo algún día... aunque tenga que aprender a hacerlo —Lizzie sintió caer una lágrima. Si Harrington pretendía conmoverla, lo había conseguido—. Sé que cuidará bien de ella. Y rezo todos los días por que ella encuentre el amor a su lado, por más tiempo que lleve. ¿Acaso no se merece amar mi hija, señorita Fitzgerald? ¿Después de todo lo que ha pasado?

Ella asintió con la cabeza, consternada.

—Sí —dijo, sintiendo auténtica congoja por su rival—. Sí.

—¿Mamá? —preguntó Ned con preocupación, como si percibiera claramente su angustia.

Lizzie lo agarró de la mano.

—Mamá está bien —susurró.

Harrington aguardó.

Ella se levantó lentamente.

—No tiene nada que temer de mí —dijo con voz temblorosa—. Ya había decidido dejar a Tyrell. No soy una cualquiera, y mi decisión de vivir aquí con él abiertamente, estando a punto de casarse, fue un terrible error. Mi resolución es ahora más fuerte. No me interpondré en el camino de su hija, lord Harrington.

Un respeto sincero llenó los ojos de Harrington.

—Gracias —dijo.

Lizzie cerró los ojos para intentar sofocar una nueva punzada de dolor. Luego los abrió y consiguió decir:

—Tengo una petición que hacerle.

Él se envaró.

—Por supuesto.

—No es lo que está pensando —dijo ella con amargura—. Ned debe estar con su padre. Quiero su palabra, su palabra de honor como caballero, de que su hija será una buena madre para él y de que nunca le faltará nada.

—La tiene —contestó Harrington con serenidad.

Lizzie se enjugó las lágrimas que caían libremente por su cara. Harrington hizo una profunda reverencia y, sin mirar atrás, se marchó.

No le quedaban lágrimas.

Lizzie miraba el techo y, embotada por la pena, observaba cómo la luz del alba se deslizaba por la escayola. Hasta respirar le causaba dolor. En otro tiempo su corazón había latido repleto de alegría, de esperanza y amor. Ahora cada uno de sus latidos era frío, impotente, mortecino. Ahora comprendía lo que significaba el sufrimiento. No parecía haber modo alguno de aliviar aquella pena.

Esa mañana, Tyrell se iría a Dublín, como de costumbre. Aquello era perfecto, pensó, pues ella tenía previsto partir justo después que él.

No lo había visto desde su discusión del día anterior. La víspera, él había cenado con lord Harrington y Lizzie sabía que respetaba demasiado a su futuro suegro como para intentar ir a verla a hurtadillas al acabar la velada. De modo que Tyrell partiría hacia Dublín una hora después... y, a media mañana, ella también se habría ido.

Había decidido ir a Glen Barry, donde sabía que se hallaba viviendo Eleanor. Después, no vería a Tyrell nunca más... o, si lo veía, él sería un hombre casado, como debía ser. Blanche tenía un pasado trágico y Lizzie sabía que estaba haciendo lo correcto. Aunque estuviera mal querer a Tyrell, nunca dejaría de hacerlo, desde la distancia. Pero ¿volvería a ver a Ned alguna vez?

Era incapaz de contemplar aquella pregunta en ese instante. No dudaba de que Ned debía quedarse junto a su padre. Si se atrevía a pensar en un futuro sin su hijo, tal vez cambiara de idea y se lo llevara consigo.

Entonces oyó a Tyrell entrar en el cuarto de estar, más allá de la puerta de su alcoba. La sorpresa se apoderó de ella, seguida por una repentina y absurda esperanza y una consternación abrumadora. Sus pasos decididos resonaron cuando cruzó el salón, acercándose a su puerta, y el alivio la invadió por completo. Iba a verlo una última vez.

La puerta crujió al abrirla Tyrell. Lizzie cerró los ojos, consciente de que debía fingirse dormida. Si Tyrell veía su expresión, si miraba sus ojos, si intentaban siquiera conversar, adivinaría al instante su plan.

Él cruzó el cuarto.

Lizzie se olvidó de respirar.

La cama se hundió cuando él se sentó a su lado. Le acarició

el hombro y la mejilla con la mano. Le apartó unos mechones de pelo de la cara.

Ella quería precipitarse en sus brazos y estrecharlo con fuerza, pero no se atrevió.

Él suspiró, se puso en pie y se dispuso a marchar.

—¡Tyrell! —Lizzie se levantó de un salto y cruzó presurosa la habitación.

Él se volvió y ella se lanzó en sus brazos y lo apretó con fuerza, con tanta fuerza como él a ella. Escondió la cara contra su pecho y procuró guardar en la memoria su tacto, la poderosa energía con que la envolvía, la fortaleza que siempre sería el puerto más seguro que ella había conocido. Él no podía saberlo, pero aquello era un adiós.

—Creía que estabas dormida. No quería despertarte. Elizabeth, sé lo difícil que es esto para ti —le acarició la larga y gruesa trenza.

Lizzie no podía articular palabra. Sólo se le ocurría decir «te quiero», y no debía.

El tono de Tyrell era áspero.

—Elizabeth, esto es difícil para mí también —ella levantó la vista y vio desesperación y arrepentimiento en sus ojos—. Superaremos esta crisis.

Y Lizzie comprendió que él sufría por su relación tanto como ella. Levantó la mano para tocar su cara.

—No te culpes —musitó.

—Pero yo quería hacerte feliz. Y has estado llorando.

—He sido feliz, Tyrell...

—Muchos hombres tienen dos familias, dos vidas —dijo él ásperamente—. He pensado mucho en ello. Pero veo la duda en tus ojos incluso ahora, mientras hablo. Elizabeth, debes confiar en mí —vaciló—. Debes confiar en lo que te digo.

Una parte traicionera de Lizzie deseó quedarse en ese instante, pues no había nadie en quien confiara más. Pero eso no cambiaría nada. Ella cerró los ojos.

—Siempre confiaré en ti, Tyrell.

Él tomó su cara entre las manos y la besó repentinamente con urgencia y ardor. El cuerpo de Lizzie respondió de inmediato estremeciéndose contra el de él, pero ella sabía que, si lo llevaba a la cama, aunque sólo fuera un momento, no podría mantener su resolución. Logró de algún modo romper el beso, trémula y conmovida.

Él la agarró de las manos y miró hacia la cama. Parecía a punto de levantarla en brazos y llevarla a ella.

–No –musitó Lizzie, con las manos todavía sobre su pecho–. No, Tyrell, debes irte –se desasió de él–. Que tengas buen viaje.

Harrington estaba junto a la ventana del salón de música, que quedaba justo a la izquierda del vestíbulo de entrada. Observaba a Elizabeth Fitzgerald y a su hermana, de pie en el camino, mientras los criados cargaban sus baúles en un carruaje. Tenía una expresión amarga.

Había esperado sinceramente encontrarse con una auténtica ramera, no con una joven de buena familia, compasiva y amable. Era muy consciente de que Elizabeth estaba profundamente enamorada de Tyrell, pero tendría que superarlo. Lamentaba que ella tuviera que sufrir. Se daba cuenta de por qué Tyrell se había encaprichado con ella y confiaba con todo su corazón en que no la amara demasiado.

Pero, si la amaba, tampoco importaba.

Porque él debía darle a su hija la ocasión de vivir. Si había algo que debía conseguir antes de morir, era ver a su hija como una mujer capaz de derramar auténticas lágrimas y de sentir verdadera alegría. Al pensar en su única hija, sintió, como le ocurría siempre, una pesadumbre en el corazón. Blanche era una mujer muy bella, la buena sociedad la ensalzaba como el colmo de la perfección, pues eso aparentaba ser. Nadie sabía la verdad, excepto él y, ahora, la señorita Fitzgerald. Las cicatrices de Blanche eran invisibles, pero la hacían prisionera de un desapasionamiento aterrador.

Harrington vio a las hermanas subir al carruaje. Suspiró, lleno de una mala conciencia que no podía evitar, al vislumbrar las lágrimas de la señorita Fitzgerald. Confiaba en que Tyrell se ocupara de ella generosamente, pues ella misma había admitido que su familia pasaba por dificultades económicas. Anotó mentalmente que debía indagar acerca de la situación de los Fitzgerald. Si Tyrell no la compensaba, quizá lo hiciera él.

Se disponía a apartarse de la ventana cuando un movimiento en el exterior captó su atención. Se volvió y vio que Elizabeth se asomaba a la ventanilla y entregaba un sobre al mayordomo. Había escrito una carta a Tyrell. Harrington comprendió de inmediato que debía interceptarla. Juzgaba con gran acierto el carácter de las personas y estaba seguro de que la carta de la señorita Fitzgerald contenía alguna suerte de declaración sentimental. Si así era, su contenido podía animar a Tyrell a ir tras ella. Y eso no podía permitirlo, por más que lamentara el sufrimiento de aquella joven.

Harrington salió del salón de música. La puerta principal estaba entornada y vio que el carruaje se ponía por fin en marcha. El mayordomo entró en la casa con la carta en la mano y cerró con firmeza.

—Smythe —Harrington se acercó y extendió la mano—, yo me ocuparé de eso.

El semblante de Smythe permaneció impasible y, sin embargo, lleno de deferencia.

—Milord, esta carta es para el señor.

—Yo me ocuparé de que la reciba —contestó Harrington fríamente, y le lanzó tal mirada que hubiera sido imposible oponerse a él.

El mayordomo se sonrojó y le entregó rápidamente el sobre. Harrington vio que estaba sellado.

—Eso es todo —dijo.

Smythe hizo una reverencia y se alejó con premura.

Harrington entró en la biblioteca y encontró un abrecartas en el escritorio.

Mi querido Tyrell:
Me he dado cuenta de que no puedo continuar así. Es demasiado doloroso. Me enamoré profundamente de ti hace mucho tiempo. Te he

amado en la distancia desde que era una niña, y te querré en la distancia hasta el día que me muera, ya vieja. Mi pena no conoce límites, pues ya te echo de menos terriblemente, pero no quiero estorbar tu matrimonio. Te deseo un futuro lleno de felicidad y alegría, y estoy segura de que lo encontrarás junto a Blanche.

Ned es hijo tuyo, no mío. Fue concebido la noche de Todos los Santos por la mujer que llevaba mi disfraz. Le pido a Dios que puedas perdonarme por tan espantosa mentira, pero lo he querido desde el día que nació como si fuera verdaderamente hijo mío. Por favor, quiérelo bien, mi señor. Quiérelo mucho, quiérelo por mí.

Eternamente tuya, Elizabeth.

Harrington experimentó un extraño cosquilleo de culpa. La señorita Fitzgerald estaba profundamente enamorada. Era una mujer muy noble para sacrificar de ese modo sus intereses y hasta animar a su amante a seguir adelante con Blanche. Pero él no podía permitirse compadecerse de ella.

Casi lamentaba lo que tenía que hacer. Con la carta y el sobre en la mano, cruzó la habitación. Un pequeño fuego danzaba tras la rejilla de la chimenea. Arrojó la carta y el sobre al fuego y vio cómo las llamas los consumían mientras, en su fuero interno, deseaba que algún día la señorita Fitzgerald pudiera perdonarlo.

Tyrell cruzó la casa con el corazón acelerado por la expectación. Le habían informado de que Harrington había ido a visitar a un vecino, pero, aunque hubiera estado en casa, no le habría importado. Llevaba todo el día turbado por el extraño comportamiento de Lizzie esa mañana, que le había llenado del sabor amargo del miedo.

Mientras subía las escaleras hasta la segunda planta, intentó convencerse de que el temor insidioso que sentía no era más que una reacción natural a su boda inminente. Lo consumía la sensación espantosa de estar atrapado y ya no podía negar que dudaba respecto a su compromiso con Blanche. Pero, santo Dios, sin duda el impulso de escapar a su deber pasaría. Sin duda muy pronto sería el hombre que siempre había sido. Era imposible negar, sin embargo, que aquellos dos últimos meses habían sido los más dichosos de su vida.

Sus otros sentimientos eran también innegables. Estaba profundamente enamorado de Elizabeth Fitzgerald.

Su corazón se aceleró cuando abrió la puerta del cuarto de los niños. Odiaba ver a Elizabeth angustiada, y lo había estado visiblemente desde la llegada de Harrington. Ahora encontraría de algún modo la forma de aliviar su congoja. Esa mañana había intentado convencerla de que no se preocupara, pero sabía que había fracasado.

Rosie, la niñera, estaba cosiendo, y su hijo jugaba con sus soldaditos de juguete en el suelo. Elizabeth no estaba allí. Tyrell miró a Ned con el orgullo de un padre y sonrió. El pequeño tiró un soldado y se volvió para sonreírle.

—¡Ned! ¡Ned gana!

Tyrell se rió y lo tomó en brazos.

—Alguien va a tener que enseñarte modestia, hijo mío —dijo—. Me temo que tu arrogancia aterrorizará a la buena sociedad.

Ned lo miró con condescendencia.

—Ned gana —dijo con convicción.

Tyrell se volvió a reír y le revolvió el pelo.

—¡Papá! ¡Bájame! —exigió Ned—. ¡Papá! —Tyrell se quedó helado, sin respirar—. ¡Papá! —Ned lo empujó por el pecho.

Tyrell lo dejó en el suelo.

—Rosie —dijo, sin darse cuenta de que se estaba dirigiendo de manera tan informal a la niñera—, ¡me ha llamado papá!

Pero Rose no sonreía. Estaba muy pálida y tenía la nariz enrojecida, como si hubiera estado llorando.

—Sí, señor —dijo con voz ronca.

Él se quedó inmóvil y su alegría se desvaneció. ¿Qué ocurriría?

Pero ya lo sabía.

—¿Dónde está la señorita Fitzgerald? —preguntó.

Ella se humedeció los labios.

—No lo sé, señor.

Él se quedó mirándola un momento y luego cruzó el pasillo y abrió la puerta del cuarto de Lizzie. La cama estaba hecha y el armario abierto. Estaba completamente vacío.

Tyrell se hallaba perplejo.

—Señor —murmuró Rosie desde la puerta, con Ned en brazos.

Él apenas la oyó. Se acercó a la cómoda y la abrió, pero también estaba vacía.

Y entonces comenzó a comprender.

Elizabeth lo había abandonado.

Se volvió bruscamente. Su corazón comenzó a latir y cada latido era intenso y doloroso.

—¿Cuándo se fue?

—Esta mañana, milord.

Él la miraba con fijeza, pero no la veía. Veía a Elizabeth como la había visto esa mañana, con los ojos llenos de angustia. Elizabeth lo había abandonado.

Una bestia alzó su cabeza y aulló frenéticamente, repleta de dolor y tristeza. El ruido era ensordecedor, pensó Tyrell, ensordecedor y trágico por la inmensidad de su sufrimiento. Oyó crujir y desgarrarse la madera, oyó hacerse añicos el cristal mientras los aullidos de la bestia llenaban la habitación, el pasillo, la mansión entera. Se preguntaba qué clase de animal era aquél.

Aulló hasta que no le quedó voz.

Y luego se hizo el silencio.

Tyrell estaba en medio de la habitación, solo e inmóvil. Miró el armario roto, tumbado de lado, con la puerta arrancada y rota en pedazos. Miró los cristales que sembraban el suelo, pequeños y grandes, procedentes de la ventana y del espejo roto. Se quedó allí, con las manos chorreando sangre, mirando fijamente los fragmentos dispersos de su mundo.

Tercera parte
DICIEMBRE DE 1814-ENERO DE 1815

20

Una atracción improbable

Georgie canturreaba mientras daba los últimos retoques a los adornos de Navidad. Lizzie estaba algo apartada de ella, observando a su hermana, que sonreía mientras se afanaba junto a la repisa de la chimenea. Estaba ésta adornada con seda dorada y plata y ramilletes de acebo. Era muy bonito, pensó Lizzie desapasionadamente. Pero no lograba sentir el espíritu de las fiestas. Era sencillamente imposible.

Se habían mudado al West End de Londres en otoño. Georgina no estaba casi nunca en la casa de Eleanor en Belgrave Square. Pasaba los días en librerías, museos, galerías de arte y en cualquier debate público que anunciara el *Times* de Londres. Lizzie se alegraba de que su hermana se hubiera aclimatado tan bien. Georgie se había convertido en un verdadero torbellino de intereses sociales y adoraba vivir en la gran urbe.

Ella, en cambio, no se había acostumbrado tan fácilmente.

Georgina y ella habían ido directamente a Glen Barry tras dejar Wicklowe aquel terrible día de verano. Por suerte, Eleanor sólo había tenido que echarles un vistazo para darles la bienvenida con los brazos abiertos. Lizzie había logrado explicarle su situación y, al mismo tiempo, suplicarle perdón.

—Te tengo mucho cariño, Elizabeth —había dicho su tía suavemente—. Entendí tu furia y ahora me pregunto si la decisión que tomé fue la acertada.

Se habían trasladado a Londres justo antes de que Tyrell regresara a Wicklowe con su esposa. Eleanor, que sabía de antemano que volvería en octubre, había decidido que se mudaran a su casa de Londres, convencida de que tal vez Lizzie cambiara de idea o de que para ella sería insoportable hallarse tan cerca de él, pues Glen Barry estaba a sólo dos horas de Wicklowe. Lizzie no se había opuesto. Vivir cerca de Tyrell y Ned sólo prolongaría su dolor.

No se habían enterado del aplazamiento de la boda hasta que llevaban varias semanas en la ciudad. Lizzie se había quedado de una pieza al enterarse de que Tyrell no se había casado con Blanche, después de todo. Por lo visto, ella se había puesto enferma; el enlace tendría lugar en mayo.

Lizzie se resistía a pensar demasiado en ello, porque, si lo hacía, tal vez empezara a creer neciamente que el aplazamiento tenía algo que ver con ella. Habían pasado más de cuatro meses desde que abandonara a Tyrell y a su hijo, y, si él conservara algún afecto o alguna preocupación por ella, habría tenido noticias suyas. Pero no las había tenido. A la luz de la carta que le había dejado, aquello hablaba por sí solo. Sencillamente, a Tyrell no le importaba.

Su pena era un manto inmenso y pesado del que no lograba despojarse por más que lo intentaba. Cada día era gris, cada noche una noche en vela. Pero no se arrepentía. Guardaba como un tesoro cada recuerdo que tenía de él, desde el momento en que lo había visto por vez primera hasta la última vez que la había estrechado entre sus brazos. Sólo hubiera deseado que aquellos recuerdos no le dolieran tanto.

Se suponía que el tiempo curaba todas las heridas. Lizzie incluso lo creía, pero era evidente que no había transcurrido tiempo suficiente para curar las suyas. Y el tiempo tampoco había aliviado la herida de dejar a Ned con él. A veces echaba mucho más de menos a su niño que a Tyrell. Pero estaba segura de haber hecho lo correcto. Abandonar a Tyrell y a su hijo era lo más duro que había hecho nunca, pero Ned debía estar con su padre y Tyrell pertenecía a la mujer que pronto sería su esposa.

Lizzie pasaba cada día decidida a no pensar en ellos. Se concentraba en cualquier tarea que tuviera entre manos, ya fuera acompañar a su tía a un té, ir con Georgie a dar un paseo o atender a los enfermos del hospital de Saint Anne. Al final, sin embargo, todo era inútil. Los recuerdos la asaltaban inesperadamente y con ellos volvía a alzarse el dolor. En medio de un paseo por el parque recordaba una palabra, una caricia, una mirada.

Al menos Ned estaba bien. La condesa le había escrito para decirle que su padre y sus abuelos colmaban al niño de mimos, que había crecido mucho y que ya sabía trotar con su poni. También sabía decir ya frases enteras. Lizzie lloró al leer la carta. Se atrevió a contestar para darle las gracias por las noticias y suplicarle que volviera a escribir cuando tuviera tiempo.

Lizzie daba gracias porque los niños tuvieran poca memoria y porque la tristeza que su desaparición le hubiera causado a Ned hubiera tocado a su fin, afortunadamente. ¿Sería Tyrell feliz también?

Estaba en Adare, o eso suponía Lizzie, con toda su familia, su prometida y su hijo. Ella intentaba imaginarlo con Blanche, sonriéndole como le sonreía a ella, pero le resultaba demasiado doloroso. Rezaba por que estuviera contento y se detenía ahí.

Georgie le tocó el brazo.

–¡Oh, Lizzie! Justo cuando creo que estás mejor, te ausentas y pareces de pronto terriblemente triste. ¡No pienses en él!

Lizzie le sonrió. Había aprendido a sonreír por más que sufriera.

–No estoy triste –era mentira y ambas lo sabían–. Es Navidad, una época del año que adoro. Papá y mamá llegan hoy y tengo muchas ganas de verlos.

Georgie la miró pensativamente.

–Yo también, pero al mismo tiempo estoy preocupada. No hemos visto a papá desde aquel día horrible, en Wicklowe.

Lizzie se dio la vuelta. Estaba preocupada por su encuentro con su padre y no quería hablar de ello.

Había escrito a sus padres regularmente y ellos no se habían referido ni una sola vez a aquel día aciago en que su padre la amenazó con desheredarla. De hecho, su madre parecía estar muy solicitada últimamente y rara vez pasaba una noche en Raven Hall sin compañía. Por alguna razón, la condesa seguía invitándola a Adare siempre que estaba allí. Las cartas de su padre tenían un tono tibio. Lizzie rezaba para que todo hubiera quedado olvidado.

También se carteaba con Anna. Las cartas de su hermana eran siempre del mismo tenor, llenas de pormenores acerca de su matrimonio y su vida entre la buena sociedad del Derbyshire. Nunca se refería al pasado, naturalmente, ni Lizzie quería que lo hiciera. Lizzie agradecía que Anna fuera feliz y estuviera enamorada (de hecho, su hermana esperaba un hijo para la primavera). Pero siempre le costaba trabajo responder a sus cartas.

Porque ¿qué podía decir? No podía hablarle con detalle de su vida en una carta. Se preguntaba si Anna había oído hablar siquiera de su relación con Tyrell. Ya poco importaba, desde luego, puesto que entre ellos todo había acabado. Así que escribía acerca de los ratos agradables que pasaban paseando por el jardín de Glen Barry o del ajetreo de su traslado a la ciudad. Le hablaba de cuánto estusiasmaba Londres a Georgie y añadía unas cuantas anécdotas para entretener a su hermana.

Pero Anna había leído entre líneas. Su última carta había sido perturbadoramente íntima.

Pero ¿qué me dices de ti, Lizzie? Nunca me escribes sobre ti misma. Quiero que seas feliz y me preocupo por ti constantemente. Por favor, dime que te gusta la ciudad tanto como a Georgie.

Anna la había invitado a ir a Derbyshire el verano siguiente, en lugar de regresar a Glen Barry o Raven Hall.

Esto te encantará, creo, pues es el lugar más bonito de Inglaterra. Y no te aburrirás. Recibimos muchas visitas y Thomas tiene algunos amigos solteros muy apuestos. Di que vendrás, Lizzie, porque te echo mucho de menos.

Lizzie no había contestado aún. Le encantaría visitar a Anna en algún tiempo futuro, pero sus heridas seguían tan en carne viva que no podía contemplar siquiera la posibilidad de aquella visita, sobre todo teniendo en cuenta que Anna parecía creer que podía emparejarla con algún amigo de Thomas. Lizzie no se engañaba. Su reputación era tal que ya nunca se casaría... lo cual era un alivio. Aunque hubiera podido casarse, no le cabía duda alguna de que nunca dejaría de amar a Tyrell. Para ella no podía haber nadie más.

Eleanor entró en el salón. Lizzie se alegró de tener algo con que distraerse.

–¿Qué te parece? ¿Te gustan nuestros adornos? Debo confesar que casi todo es obra de Georgie.

–Son muy festivos –Eleanor sonrió. Iba, como siempre, magníficamente vestida de negro, con más diamantes que una duquesa. Lizzie nunca olvidaría que, en sus mayores momentos de necesidad, Eleanor la había recibido con los brazos abiertos y sin rencor.

–Vuestros padres están aquí. He visto llegar su carruaje –les sonrió. Luego le dijo a Lizzie–: ¿Esa tarta de ron con pasas que he visto en la cocina la has hecho tú?

Lizzie asintió con la cabeza.

–Anoche –confesó–. Es la favorita de papá.

Eleanor le tocó la mejilla.

–¿Y a qué hora fue eso? ¿A medianoche? ¿A las dos de mañana? ¿A las tres?

Lizzie apartó la mirada. Había llegado a odiar las noches. En aquellas horas de oscuridad, se veía asaltada por su soledad, por sus recuerdos y por el amor que profesaba a Tyrell y a su hijo. Si se atrevía a dormir, tenía sueños maravillosamente vívidos. A veces Tyrell le hacía el amor y otras se reía con ella, la abrazaba o la provocaba. Ned estaba a menudo con ellos y eran una familia. Despertar de aquellos sueños era un suplicio. En cuanto recobraba del todo la conciencia y comprendía que estaba en Londres, sola y sin amor, sentía como si un cuchillo se retorciera en su pecho.

–Estás demasiado delgada –la reprendió Eleanor– y pasarte las noches deambulando por los pasillos no sirve de nada.

Lizzie sabía que gastaba una o dos tallas menos de ropa,

pues había tenido que encargar que le estrecharan los vestidos. Pero sólo tenía que mirar su voluptuoso pecho para saber que no era ningún sarmiento. Sonrió a su tía.

—Y tú te preocupas demasiado. No frunzas el ceño.

Pero Eleanor bajó la voz y le entregó una carta.

—Esto acaba de llegar —dijo con cierta desaprobación.

Lizzie vio el matasellos y su corazón dio un vuelco. La carta procedía de Irlanda. Le dio la vuelta y vio que llevaba el sello de la condesa.

—Lizzie, no creo que esta correspondencia sea de gran ayuda —dijo Eleanor.

Lizzie la miró.

—Debo saber cómo está Ned.

—Está bien. Está muy bien. Creo de veras que deberías insistir en que la condesa deje de escribirte.

—Lo echo de menos —contestó ella con sencillez. No toleraría ninguna interferencia en su correspondencia con la condesa.

—Debes dejarlo —dijo Eleanor con firmeza—. Querida, no hay otro modo de que sigas adelante con tu vida.

Lizzie le sonrió.

—Estoy siguiendo adelante con mi vida, tía Eleanor. Nos hemos mudado a la ciudad, celebramos cenas y trabajo como voluntaria en el hospital de Saint Anne —dijo. Llevaba varias semanas trabajando allí, asistiendo a mujeres y niños enfermos, tanto de día como de noche—. De hecho, no podría estar más atareada.

Eleanor suspiró.

Sonó el timbre y Lizzie se apartó rápidamente de su tía. Se acercó al umbral del salón y vio que Leclerc iba a abrir. Al otro lado de la puerta estaba Rory McBane.

Lizzie se sorprendió, porque esperaba a sus padres. Rory llevaba una bolsa que sin duda contenía regalos navideños.

Lizzie sonrió. Siempre había sentido gran afecto por Rory. Era tan ingenioso y encantador, y tan guapo... No había vuelto a verlo desde el verano, cuando se había enfurecido con ella por mentirle. Pero desde entonces habían cambiado muchas cosas. Lizzie se alegraba sinceramente de verlo y se acercó a él con la esperanza de que la hubiera perdonado y pudieran dejar el pasado atrás.

−¡Rory! ¡Qué alegría verte! Feliz Navidad −dijo suavemente.

Rory dejó la bolsa en el suelo e hizo una reverencia.

−Hola, Lizzie −se incorporó y la observó sin sonreír−. Hacía mucho tiempo. Feliz Navidad −y había una pregunta tácita en sus ojos, una pregunta que Lizzie entendió.

Rory lamentaba su discusión tanto como ella. Lizzie sonrió con verdadero alivio.

−Gracias por venir.

Él le devolvió la sonrisa.

−¿Cómo no iba a venir a visitar a mis parientes favoritas?

−¡Ah, sigues siendo el más galante de los caballeros! −y, tomándolo de las manos, Lizzie se echó a reír. Aquel sonido la sorprendió y se dio cuenta de que aquélla era la primera que reía con ganas desde su marcha de Irlanda.

Pero Rory ya no la miraba. Sus ojos se habían posado en un punto más allá de Lizzie.

−Espero que esto signifique que me has echado de menos −murmuró.

Lizzie miró tras ella sin soltarlo. Georgie y Eleanor estaban en el umbral. Su tía sonreía, encantada de ver a su sobrino. Lizzie se dio la vuelta y tiró de él, consciente de la crispación de su hermana.

−Tienes que quedarte a cenar −le dijo.

Él se rió.

−Ya veremos. Hola, tía. ¿Vas a recibirme tú con el mismo entusiasmo que Lizzie? −miró a Georgie.

Lizzie también miró a su hermana, y le agradó notar que Georgie nunca había tenido mejor aspecto. Llevaba un vestido sencillo de color azul claro y un delantal blanco atado a la cintura, tenía manchas de polvo en las mejillas y un tiznón dorado en la nariz. Esa tarde, cuando había decidido subirse a una escalera ella misma para decorar el salón, se le había soltado el pelo largo y rubio oscuro. Del color de la miel, le caía en suaves ondas alrededor de la cara y los hombros. Aunque desaliñada, Georgie se había convertido en una mujer muy bella. Y estaba aún más guapa, pensó Lizzie, porque se había sonrojado.

Eleanor estaba reprendiendo a Rory por su larga ausencia.

—¡Ya era hora! Te has convertido en un sobrino muy negligente —dijo en tono de reproche, aunque sonreía.

Él hizo una reverencia.

—Mis más sinceras disculpas, tía —y al incorporarse inclinó la cabeza hacia Georgie; sus mejillas también se habían sonrojado levemente—. Señorita Fitzgerald.

Georgie apartó la mirada e hizo una genuflexión.

—Señor McBane.

Él desvió rápidamente la mirada y sonrió a Lizzie y Eleanor.

—Me encantaría quedarme a cenar, siempre y cuando no moleste.

—Tú nunca molestas, ¿verdad, Eleanor? —dijo Lizzie.

Eleanor la miró un instante.

—¡Granuja! —dijo por fin, y besó a Rory en la mejilla—. Hace tiempo que necesitamos un poco de alegría en esta casa. ¿Tanto has tardado en encontrarnos?

Rory le sonrió.

—He estado muy atareado, tía, con mis famosas aventuras.

—Temo preguntar cuáles son esas aventuras. Espero que te refieras a asuntos profesionales.

—Naturalmente —él se echó a reír. Guiñó un ojo a Lizzie y ella supuso que había tenido la audacia de referirse a algún tórrido idilio amoroso.

Eleanor dio el brazo a Rory y lo condujo al salón.

—Las chicas están esperando a sus padres. Ésta va a ser una noche de celebración. Te quedarás a cenar.

Él se echó a reír y murmuró:

—Yo también te echaba de menos, tía.

Tras ellos, Georgie lanzó a Lizzie una mirada de fastidio y se acercó a ella mientras los otros dos entraban en el salón.

—¿Por qué lo has invitado a cenar? —dijo en voz baja. Parecía muy enfadada—. ¡Estoy hecha un asco!

Lizzie sonrió de nuevo.

—Puedes cambiarte de vestido antes de la cena. ¿Por qué no intentas disfrutar de su compañía? No hemos tenido un invitado divertido desde que llegamos. Los amigos de Eleanor son viejos y aburridos. Y Rory es nuestro primo y mi amigo.

Georgie la agarró de la mano.

—¿Es que no recuerdas la última vez que nos vimos? Estaba furioso con nosotras.

—Pero es evidente que ahora no lo está.

Georgie se abrazó.

—¡Es tan pretencioso! No puedo disfrutar de su compañía porque es un maleducado.

Lizzie parecía divertida.

—Ni siquiera lo conoces. No es ningún maleducado. Y le interesa mucho más la política que las mujeres. ¿Sabes?, tenéis mucho en común...

—¡No tenemos nada en común! —exclamó Georgie apasionadamente, y se puso aún más colorada—. Nada en absoluto. ¡Estoy segura!

—Mmm. Pones mucho empeño en negarlo. Georgie, seamos francas por un momento. Es guapo, encantador y está soltero —añadió Lizzie, por si acaso su hermana no había reparado en aquellos atributos.

Georgie parecía furiosa.

—Me importa muy poco su físico. Y los coqueteos no me parecen encantadores. Además, ¿qué has querido decir con ese último comentario? ¡A mí me gusta estar soltera!

Lizzie sintió ganas de golpearla con un objeto contundente. Nunca había visto a su hermana tan agitada. El verano anterior, había notado que Rory se sentía muy atraído por Georgie y ahora, dada la agitación de su hermana, no podía por menos de preguntarse si aquella atracción no sería mutua.

—¿No puedes admitir al menos que es guapo?

Georgie la miró con terquedad y se negó a admitir nada. Lizzie se preguntó de pronto si un hombre como Rory asustaba a su hermana. A fin de cuentas, teniendo en cuenta su pasión por la política, su buena planta y su educación, Rory era muy indicado para ella. Y, si algún día heredaba la fortuna de Eleanor, sería su pareja perfecta.

—Pues yo, al menos, me alegro de que haya venido. Y espero que vuelva a venir. Estoy cansada de esos carcamales de los amigos de Eleanor.

La expresión enojada de Georgie se desvaneció. Suspiró.

—Lo siento. No sé por qué me he puesto así. Debería cambiarme de vestido... por mamá y papá, claro —miró hacia el salón, donde Rory estaba regalando los oídos de Eleanor con una conversación intrascendente mientras sostenía en la mano una copa de sidra. Lizzie siguió su mirada. Rory McBane era realmente un diablillo seductor, con sus brillantes ojos verdes, su barbilla hendida y su sonrisa irresistible.

Georgie respiró hondo y dijo con calma:

—La verdad es que me alegro de que esté aquí. Hacía meses que no te veía reír.

Lizzie la miró con atención.

—Rory es muy ingenioso.

—No —Georgie le apretó la mano y la miró directamente a los ojos—. Tú le tienes mucho cariño y él a ti. Cualquier tonto podría verlo, Lizzie. Y por eso, estoy segura, está aquí.

La velada había sido festiva a fin de cuentas, pensó Lizzie. La cena había resultado muy entretenida; su madre había llevado la voz cantante en la mesa, contándoles sus peripecias en los círculos de la alta sociedad irlandesa. Según decía, ahora era la mejor amiga de la condesa. Iba a Adare una vez a la semana, como mínimo. La condesa era la dama más amable y bondadosa que había conocido, y también la más agraciada.

—¡Y cómo la trata el conde! —exclamó mientras se bebía su tercera copa de vino. Lanzó a su marido una mirada—. Tú podrías aprender una cuantas cosas de él, papá.

El señor Fitzgerald sonrió a Lizzie cálidamente, y ella notó un vuelco en el corazón.

—Lo haré, querida —contestó él.

Lizzie se preguntaba si su madre había visto a Ned. El niño vivía, naturalmente, en Wicklowe, con su padre. Pero quizás hubieran ido de visita a Adare algún día que su madre estuviera allí. Sintió que su sonrisa se desvanecía y echó mano de su copa de vino.

Eleanor, que permanecía sentada en silencio a la cabecera de la mesa, disfrutando aparentemente de la cháchara de la señora Fitzgerald, habló por fin.

—Me alegra verte tan feliz, Lydia.

—Bueno, echo de menos a mis niñas —se apresuró a decir la madre de Lizzie—. Raven Hall no es lo mismo sin ellas. Pero, naturalmente, jamás les reprocharía que estén aquí, contigo, Eleanor. Y a Anna le va muy bien. Thomas la mima mucho. Estoy deseando que dé a luz.

—Es una lástima que Anna no pueda estar aquí, con nosotros —dijo Eleanor.

—Oh, me muero de ganas de ver a mi querida niña —exclamó la madre de Lizzie.

Su padre se volvió hacia Rory.

—Su caricatura del *Times* era excelente.

—Las caricaturas de Rory son extraordinariamente ingeniosas —dijo Lizzie.

Rory la miró con una sonrisa. Preguntó a su padre suavemente:

—¿Qué caricatura?

—La que mostraba el Parlamento como un circo lleno de tragasables, lanzadores de llamas y toda clase de necios. Y dibujó usted al portavoz con cascos, cuernos y rabo.

Rory se echó a reír, pero Georgina dejó escapar una exclamación de sorpresa. Rory la miró un instante. Luego sonrió a su padre.

—Lo representé como a un demonio que engatusaba a nuestros compatriotas irlandeses para que vendieran sus espíritus políticos.

Eleanor suspiró.

—Veo que tus opiniones siguen siendo tan radicales como antes.

—¡Radicales! —exclamó Georgie, con las mejillas coloradas como tomates.

Lizzie no tenía dudas de adónde conducía aquella conversación. Carraspeó.

—¿Tomamos el postre en el salón?

Pero Rory sonrió a Eleanor, divertido.

—Estuve a punto de caricaturizar al príncipe, así que deberías alegrarte de que, al fin y al cabo, me haya comedido un tanto, tía.

Antes de que Eleanor pudiera contestar, Georgie dijo:

—¡Nuestros compatriotas no están vendiendo su espíritu político! —parecía horrorizada.

Rory la miró desde el otro lado de la mesa, con su sonrisa intacta.

—Lamento disentir, señorita Fitzgerald, pero prefiero no enzarzarme en un debate con una mujer.

Lizzie hizo una mueca. Consciente de las apasionadas opiniones políticas de su hermana, presentía una discusión interesante. Georgie ni siquiera intentó sonreír.

—¿Por qué? —preguntó rápidamente, inclinada sobre la mesa—. ¿Acaso las mujeres no tienen intelecto? ¿No cuentan nuestras opiniones? ¿O es mi opinión en particular la que carece de importancia, señor McBane?

Rory dio un respingo.

—Las mujeres tienen intelecto, desde luego, señorita Fitzgerald —se apresuró a contestar—. ¡Naturalmente! Lamento mucho haberle dado la impresión de que no es así. Y su opinión importa, por supuesto —añadió, consciente de que había caído en la trampa de Georgie. Se había sonrojado.

Georgie le sonrió.

—Es un alivio oírle decir eso —murmuró—. En mi opinión, su caricatura es sediciosa.

Lizzie se mordió el labio, sin saber si regocijarse o no. Los ojos de Rory parecían a punto de salirse de sus órbitas mientras Georgie parecía muy satisfecha de sí misma. De hecho, sonrió a su tía con gran dulzura.

—¿Vamos al salón para tomar la tarta de ron con pasas y el coñac?

Pero Rory se inclinó sobre la mesa, hacia ella. Ya no sonreía.

—¿Me acusa usted aquí, en la mesa de la cena, de sedición?
—Sí, señor. Calumnia usted el buen nombre de nuestros compatriotas, de los hombres que hablan por todos nosotros de asuntos de gran trascendencia en el Parlamento de la Unión. Eso es difamación. ¡Es sedición!

Rory se quedó un momento sin habla. Lizzie nunca había visto una expresión tan cómica en su cara.

—Pero, naturalmente, puede usted defender sus puntos de vista, si desea debatir conmigo. A menos que tema verse aventajado por una mujer —añadió ella con aparente indiferencia.

Lizzie sofocó la risa tapándose la boca con la mano. Sus padres se miraron con estupor.

—¡Georgina May! —exclamó su madre—. Vámonos al salón.

Georgie se levantó y se encogió de hombros con altanería. Rory se puso en pie de un salto, pero a Lizzie no le pareció que lo hiciera como el gesto automático de un caballero.

—¡Está empeñada en arrastrarme a una discusión! —exclamó sin dirigirse a nadie en particular.

Georgie tuvo la sensatez de vacilar.

—No me da miedo debatir con usted, señor —dijo con calma—. Y todavía estoy esperando su réplica —él la miró boquiabierto de asombro—. O bien puede usted admitir su derrota —Georgie sonrió dulcemente.

Lizzie advirtió cómo luchaba Rory por no dejarse provocar.

—Señorita Fitzgerald, no conozco a ningún caballero que desee sinceramente debatir con una dama. Es usted muy decidida, pero no pienso seguirle la corriente.

Georgie hizo girar los ojos, exasperada.

—¿Seguirme la corriente? No creo que se trate de eso, señor McBane.

Él sacudió la cabeza y se inclinó sobre la mesa.

—Puede que sea usted demasiado inteligente para su propio bien —dijo con cierta tensión mientras le sostenía la mirada.

La señorita Fitzgerald los miraba con fascinación, al igual que Lizzie. Su padre, sin embargo, se levantó.

—Estoy listo para tomar ese brandy —dijo—. Y estoy de acuerdo en que un caballero no debe discutir con una dama.

Lizzie se alegró de que aquel conato de discusión hubiera acabado. Rodeó firmemente con el brazo a su hermana.

—Vamos a tomar la tarta en el salón —dijo, a pesar de que estaba intrigada. Georgie, que sin duda había sabido defenderse, parecía muy agitada, y Rory la miraba con extrema intensidad. Lizzie nunca lo había visto mirar así a una mujer.

Georgie asintió con la cabeza.

—Disculpadme —murmuró, y salió apresuradamente del comedor. Lizzie se volvió hacia Rory, pero lo encontró mirando a su hermana con los ojos entornados. En ese momento, comprendió, incluso antes de que empezara, que se había desatado la caza. ¡Cuánto le recordaba de pronto Rory a Tyrell!

—Perdónala, por favor —dijo—. Tiene fuertes convicciones políticas... y es muy franca. Estoy segura de que no quería acusarte de difamación. Pero creo que le apasiona tanto como a ti el tema de Irlanda.

Rory se tiró de la corbata, quizá para aflojársela, y la miró. Por fin sonrió.

—No hay nada que perdonar. Y tu hermana no es la primera persona a la que ofenden mis caricaturas. Quizás algún día pueda ganarla para mi causa.

Lizzie tuvo que reírse.

—Lo dudo de veras. Nadie es tan... —se detuvo. Había estado a punto de decirle lo terca y decidida que era su hermana.

—¿Nadie es tan qué? —preguntó él.

—Nadie es tan astuto como mi hermana —contestó Lizzie con una sonrisa. Pero sabía que ahora era ella la que debía actuar con astucia.

Rory no adivinó lo que estaba pensando: su mirada había vagado ya hacia la otra habitación.

Por fin habían entrado en el salón. Rory y el señor Fitzgerald bebían coñac y hablaban de caballos de raza; la madre de Lizzie estaba sentada con Georgie y Eleanor en el sofá y reprendía a su hija por ser tan franca y poseer unas opiniones políticas tan arraigadas. Georgie se negaba a hablar. Saltaba a la vista que no le interesaba defenderse. A Lizzie no le importaba. Aquélla se había convertido en la velada más agradable que pasaba desde hacía meses. La imagen de Tyrell se le vino de inmediato a la cabeza, pero no se afligió. Ahuyentó aquella imagen y se acercó a los dos hombres. Les sonrió.

–Papá, sé que querrás fumar. Estoy segura de que a la tía Eleanor no le importará que uses la terraza.

Su padre le sonrió con cariño.

–Querida Lizzie, sigues siendo tan considerada como siempre. Estoy bien.

Ella se volvió hacia Rory.

–¿Tú no quieres fumar?

–Sí, querida mía, pero fuera hace mucho frío –sus ojos verdes brillaron al sonreírle. Estaba relajado, con las piernas cruzadas y una expresión de suave regocijo. Su mirada se posó en el sofá donde estaban sentadas las tres mujeres.

–Ha sido muy inoportuno por tu parte, Georgina, tender de ese modo una trampa a tu primo, a tu propio primo –estaba diciendo la señora Fitzgerald.

Georgie murmuró una respuesta indistinta y ambigua. Lizzie observó a Rory mientras éste miraba a su hermana. La postura de Rory era lánguida, pero la expresión de sus ojos no lo era. Tenía una mirada sombría e intensa. De pronto, Rory fijó los ojos en ella y sonrió.

–¿Necesita que la rescaten? –preguntó.

Lizzie le devolvió la sonrisa.

–Tú mejor que nadie deberías saber que no; sabe defenderse sola, si lo desea.

Él se rió.

–Sí, lo sé.

–Entonces, ¿quieres ir a fumar al cuarto de naipes? Podríamos convertirlo en el salón de fumar...

–Estoy bien –dijo Rory y, poniéndose en pie, pareció desperezar su alargada figura. Su mirada vagó tranquilamente por el salón por enésima vez. Se inclinó hacia ella–. ¿Y tú, Lizzie? ¿Cómo estás de verdad? –su mirada se tornó escrutadora.

Lizzie se puso tensa.

—Mejor —dijo, y se sorprendió de que fuera cierto—. Tu visita me ha animado mucho.

Él le tocó un instante la mejilla.

—Cuando llegué me pareciste triste y estoy seguro de saber por qué.

Lizzie se humedeció los labios, llena de tensión y consciente de la tristeza que esperaba agazapada en su interior, lista para asaltarla.

—Ha sido duro —dijo por fin—. Muy duro.

Él vaciló.

—¿Puedo hablar libremente? —Lizzie temía lo que pudiera decir—. Te tengo tanto cariño como si fueras mi hermana, si tuviera una. Me alegro muchísimo de que te marcharas de Wicklowe.

Lizzie apartó la mirada.

—No había más remedio —dijo con voz vacilante.

—Lo siento, no me había dado cuenta de que este asunto siguiera siendo tan doloroso para ti —Rory la tomó de la mano.

Lizzie se atrevió a ser sincera.

—Todavía amo profundamente a Tyrell.

Rory hizo una mueca.

—No se merece tu lealtad. No, después de cómo te trató. Su conducta fue deshonrosa.

Lizzie no quería oír nada más. Cambió rápidamente de tema.

—¿Estarás mucho tiempo en Londres?

—Sí. No puedo hacer mis caricaturas si no soy testigo de la refriega política de esta ciudad.

—Entonces debes venir a vernos con frecuencia —dijo Lizzie—. Por favor, Rory, no tenemos visitas entretenidas. Los amigos de la tía Eleanor son viejos y grises y duros de oído.

Él se echó a reír.

—Entonces seré tan molesto como una plaga.

—Bien —dijo ella, y se sonrieron el uno al otro.

La mirada de Rory volvió a vagar entonces. Lizzie se volvió para mirar hacia atrás y vio que Georgie se había apartado a un extremo del salón y estaba de pie junto a las ventanas. Pero no miraba fuera. Estaba observándolos con fijeza.

Rory hizo una reverencia y se excusó. Lizzie se dio cuenta de que se dirigía directamente hacia su hermana. Como era un hombre astuto, se detuvo un momento a hablar con Eleanor y la señora Fitzgerald antes de acercarse a ella.

—¿Lizzie?

Lizzie miró a su padre.

—Mamá parece tan feliz... —dijo con cierta ansiedad. No habían estado frente a frente y a solas desde aquel espantoso día, en Wicklowe.

—Es muy feliz —dijo él—. Ahora tiene peor fama, pero está mucho más solicitada.

Lizzie se mordió el labio. Su madre tenía peor fama por culpa suya.

—Lo siento mucho, papá —dijo con un sollozo—. ¿Me has perdonado?

Él la tomó de las manos.

—Sí, querida mía, te he perdonado. Pero ¿podrás perdonarme tú? Dios mío, Lizzie, eres mi corazón, mi corazón mismo, y aún no sé cómo pude decirte eso aquel día.

—No hay nada que perdonar, papá —dijo Lizzie con lágrimas en los ojos—. Sé lo mucho que te decepcioné. No pensaba con claridad. Tomé una decisión equivocada. Nunca pretendía causaros tanto sufrimiento.

—Lo sabemos. Te quiero tanto... —dijo su padre, y la abrazó—. No volveremos a hablar de esto, Lizzie.

—¿Y le gusta a usted Londres? —preguntó Rory con calma. Por extraño que pareciera, no se le ocurría otra cosa que decir. Se sentía tan indeciso como un colegial y tenía ganas de tirarse de la corbata para aflojársela, pero ya lo había hecho. Georgina era una de las mujeres más bellas que había contemplado nunca, y sin embargo parecía ajena a su encanto, así como a su ingenio. Ahora, Rory había descubierto también lo inteligente que era. Tenían que salvar, sin embargo, el abismo de sus opiniones políticas dispares, pero él la admiraba inmensamente por poseer unas convicciones tan profundas.

Ella estaba a las puertas de la terraza, con la mirada perdida, pero le lanzó una mirada de soslayo. Comparada con las coquetas a las que estaba acostumbrado, parecía terriblemente distante.

–Adoro Londres –dijo ella. No sonrió. Rory pensó que quizás estuviera nerviosa, pero no podía estar seguro.

Se había fijado ya antes en su perfil clásico. En otra época, Georgina podría haber sido una reina egipcia de cabello rubio. A pesar de la falta de medios y posición de su familia, siempre se había comportado con majestuosidad. Él sabía que debía quitarle importancia a aquel instante, pero, por una vez, su encanto y su ingenio le fallaron. Así que dijo:

–¿Y por qué está tan prendada de esta ciudad?

Ella cruzó los brazos bajo el pecho. Era una mujer alta y esbelta, y aquel gesto elevó su modesto pecho. Rory se sintió intrigado, pese a que su vestido no era nada atrevido. Ella lo miró por fin.

–Nunca hay un momento de hastío –dijo.

Él le devolvió la mirada. Tardó un momento en recuperar su ingenio, y al principio no se le ocurrió que tal vez ella se refiriera a su debate. Estaba pensando en la probabilidad de que sus piernas fueran muy largas, y ello hacía que imágenes muy poco caballerosas invadieran su cabeza.

–¿A causa de necios sediciosos como yo?

Ella se sonrojó.

–Ha sido terrible por mi parte decir eso. Discúlpeme. Me dejé llevar, señor McBane. La sedición es un delito muy grave y la guerra apenas ha acabado, aunque Napoleón esté en fuga. Todavía puede colgarse a un hombre por sus opiniones sediciosas.

–¿Y le importaría a usted? –se oyó preguntar él con extrema tranquilidad.

Ella se quedó mirando la noche.

–No deseo en absoluto su muerte, señor McBane.

–Es un gran alivio –su pulso se había acelerado.

Ella sonrió y se apresuró a ocultar su sonrisa.

¡Rory la había hecho sonreír! De pronto se sintió realmente como un colegial: sentía una extraordinaria alegría.

—Entonces, ¿qué es lo que tanto le gusta de Londres? —esperaba que ella contestara como cualquier joven dama: que le gustaban los bailes y las cenas, que hubiera tantas señoritas y caballeros refinados en la ciudad, y que todo fuera tan emocionante.

—¿Lo mejor de Londres? —la ansiedad se había filtrado en el tono de voz de Georgie. Él asintió con la cabeza. Deseaba saberlo sinceramente—. Las librerías —contestó ella, y dos manchas rosadas aparecieron en sus mejillas.

—Las librerías —repitió él. Curiosamente, se sentía casi eufórico: debería haber adivinado que una mujer tan inteligente y convencida de sus opiniones preferiría los libros a la moda, y las librerías a los salones de baile.

—Sí, me apasionan las librerías —ella levantó la barbilla—. Veo que le sorprende. Así que ahora ya sabe la verdad: soy una mujer muy poco elegante. Tengo fuertes convicciones políticas, me desagradan las fiestas y no conozco mejor pasatiempo que leer a Platón o a Sócrates.

Él la miró con fijeza. Y no pudo evitar preguntarse si la habrían besado alguna vez. Pero, naturalmente, aquel odioso individuo con el que había estado prometida la habría besado. Rory aún no lograba entender aquello.

—¿Por qué cada una de sus palabras suena como un desafío?

Los ojos de Georgie se agrandaron.

—¡No lo estoy desafiando! —dijo con cierta alarma—. Me está mirando usted fijamente. Veo que le he sorprendido.

Y él estaba seguro de que eso era lo que pretendía. No pudo por menos de empezar a sonreír.

—Oh, estoy francamente asombrado. Una señorita que disfruta de la filosofía y de la política... Cuán asombrosa es usted.

Ella se sonrojó, dando la vuelta bruscamente, se dispuso a alejarse.

—¿Ahora se ríe usted de mí? Me ha hecho una pregunta y he contestado sinceramente. Lamento no ser una coqueta como las señoritas de la alta sociedad. Ah, ahí está Lizzie. Sin duda no se habrá olvidado usted de ella.

Él dio un largo paso, algo enojado. Georgie era la mujer

más exasperante que había conocido nunca. La agarró por detrás y la hizo volverse.

—¿Qué quiere decir con eso? —preguntó, consciente de que debía aplacar su enfado antes de que pudiera comportarse de la manera más inoportuna. Y, por el rabillo del ojo, vio que se hallaban bajo el acebo.

Su enojo se disipó. Empezó a sonreír, lleno de contento. Pero los ojos de Georgie brillaron y él se sobresaltó al verlos humedecidos.

—Quiero decir que desperdicia usted su encanto conmigo —sollozó ella—. Conozco a los de su clase. Ahora, suélteme, señor.

Él apenas la oía. Veía, en cambio, sus brillantes ojos de color topacio, sus labios carnosos y fruncidos, su pecho pequeño y atractivo. Sucumbió a la lujuria. En ese instante, decidió actuar. Tal vez a ella no le gustara en absoluto, pero él la deseaba desde hacía tiempo. Y sabía cuándo una mujer lo deseaba. Lo veía en sus ojos... lo sentía.

La estrechó entre sus brazos, contra su pecho. Ella profirió un gemido de protesta y él la apretó instintivamente con más fuerza. Se negó a permitirle una sola ocasión de hablar, y vio que estaba atónita por lo que pretendía hacer.

La besó.

Y algo lo embargó por completo: una especie de estupor, seguido de una certeza. Nunca había conocido a una mujer como aquélla.

Ella puso las manos sobre su pecho para apartarlo. Rory no lo notó. Aturdido por su súbita convicción, devoró su boca hasta que ella se dio por vencida y abrió los labios. Él invadió su boca, al principio con cautela; luego con vehemencia. Georgie era hermosa, brillante y obstinada. Era perfecta, perfecta para él.

Y Georgie se derritió. Rory advirtió el momento exacto de su rendición, y, con una auténtica sensación de triunfo, ahondó el beso. Ella comenzó a besarlo con un ansia que rivalizaba con la suya.

Comprendiendo que aquello conducía a un lugar mucho más trascendental que su cama, Rory se apartó y la soltó.

Georgie lo miró fijamente, con los ojos enormes.

Él luchó por recobrar la compostura y se preguntó qué debía hacer a continuación. De algún modo logró sonreír.

—No he podido resistirme —dijo, y miró tranquilamente el acebo, a pesar de que su corazón latía con violencia.

Ella se llevó la mano a la boca mientras miraba la corona. Rory no supo si se estaba limpiando los labios con asco o si se los tocaba con reverencia. Georgie retrocedió, sofocada.

—E-eso —tartamudeó—, eso ha sido... ha sido muy impropio.... señor McBane.

Él no sabía qué decir, cosa sumamente rara, así que hizo una reverencia.

—Creo que debería irme. Gracias por una velada tan agradable —dijo con toda la amabilidad de que era capaz. Seguía aturdido por el beso—. Espero con ansia nuestro siguiente encuentro.

21

Hablando sin rodeos

Mary de Warenne quería que las fiestas fueran perfectas: unos días de paz, amor y alegría. La tradición familiar dictaba que pasaran las fiestas en Adare, pero, debido al compromiso de Tyrell, se hallaban en Harmon House, en Londres. La condesa se hallaba sentada en un amplio sillón del salón privado de la familia; su nieto Ned, que tenía ya un año y cinco meses, y su nieta Elysse, que había cumplido uno hacía un par de meses, jugaban alegremente a sus pies. Al verlos se llenaba de alegría, pero ello no aliviaba su profunda preocupación por Tyrell.

Preocupada, miró al otro lado de la habitación. Tyrell estaba de pie junto al hogar, con Rex, que había llegado de Cornualles para pasar las fiestas, Edward y Devlin O'Neill, el hijo primogénito de la condesa. Estaban hablando de la guerra (el tema casi nunca variaba) y, como sucedía siempre en la familia, había tantas opiniones como voces para expresarlas. La discusión era acalorada, pero Tyrell apenas le prestaba atención. Miraba, por el contrario, fijamente las llamas danzarinas de la chimenea, sin sonreír y visiblemente ajeno a la conversación y a la reunión misma.

Mary, que lo quería como si fuera hijo suyo, siguió observándolo. No se atrevía, pese a todo, a indagar sobre la causa de su sombrío estado de ánimo, y Edward, por su parte, se negaba a hacerlo. Estaba segura de saber por qué las sonrisas de Tyrell eran ahora tan contadas, de por qué se sumergía en sus obligaciones en el Tesoro. Tyrell tenía el corazón roto y ella deseaba poder curarlo.

¡Qué afortunada era! Se había casado por amor no una, sino dos veces, y Edward era el amor de su vida. A diferencia de otras mujeres de su posición, no creía que un heredero debiera sacrificarse por su familia en nombre del deber, pues había visto de primera mano adónde conducía aquel sacrificio.

Devlin se apartó repentinamente del grupo. Alto, apuesto y bronceado, sonrió al acercarse a las damas, con la mirada fija en su esposa. Virginia estaba sentada junto a Blanche, que había ido a pasar con ellos las fiestas. Eleanor, la hija de dieciséis años del conde, estaba sentada en el sofá, no muy lejos de Mary. Devlin y Virginia intercambiaron una mirada de amantes, y Mary se sintió feliz. En otro tiempo, no hacía mucho, la venganza había gobernado la vida de Devlin, pero Virginia se las había ingeniado para cambiar todo eso.

—Madre —dijo él con una sonrisa—, ¿por qué estás tan pensativa?

Ella volvió a fijar la mirada en Tyrell.

—Sólo estoy cansada —murmuró.

Devlin siguió la dirección de su mirada.

—¿Te importaría decirme por qué está tan huraño?

Mary se levantó y ambos se alejaron de las mujeres.

—Tengo ciertas ideas al respecto, Devlin, pero quizá sea mejor que hables con él y lo veas por ti mismo. Una vez, antes de que te casaras con Virginia, Tyrell te ayudó mucho. Tal vez ahora puedas ayudarlo tú.

Devlin alzó sus cejas rubicundas y miró a Blanche, que estaba charlando con sus futuras cuñadas.

—Creo que empiezo a entender —dijo lentamente—. Tienes razón. Tyrell fue mucho más que un hermano. La venganza casi me costó a Virginia. Fue un gran amigo. Espero poder devolverle el favor.

Mary lo tomó del brazo.

—¿Va a venir Sean? —preguntó, refiriéndose a su hijo pequeño.

Devlin sonrió con convicción.

—No he tenido noticias suyas desde que se fue de Askeaton en junio. Creo que sigue por el centro del país. No sé en qué andará metido, pero estoy seguro de que pronto nos enteraremos.

Mary asintió con la cabeza. Esperaba que Sean volviera a casa. Cuando en junio había abandonado su hogar ancestral, no había dicho una palabra acerca de adónde pensaba ir ni qué pensaba hacer, y aquello era muy extraño. Sólo llevaba fuera unos meses y Mary no estaba preocupada, en realidad, pero lo echaba de menos. Cliff, naturalmente, también estaba ausente, pero él siempre había sido por naturaleza un aventurero.

Mary vio que Devlin ayudaba a Virginia a levantarse y la besaba un momento en la mejilla. Luego pellizcó a su hermanastra en el mentón, como si fuera todavía una niña, y se volvió hacia Blanche.

—¿Está disfrutando usted de sus primeras fiestas con la aparatosa familia De Warenne?

—Muchísimo —contestó Blanche con una sonrisa—. Soy hija única y es asombroso formar parte de tanta alegría y buen humor —añadió.

Mary observó a Devlin mientras éste conversaba con la prometida de Tyrell. En los escasos meses que hacía que conocía a Blanche, siempre la había visto comportarse de la manera más ejemplar: nunca alzaba la voz, ni perdía los nervios, y siempre era generosa y bien dispuesta. A Mary le agradaba de veras: sencillamente, no había en ella nada desagradable. Pero Tyrell parecía indiferente a ella. Y Blanche ni siquiera parecía notarlo.

Mary había confiado en que se enamoraran, o al menos en que llegaran a tenerse cariño. Estaba segura de que ello ocurriría... con el tiempo.

El conde se detuvo junto a su sillón.

—Querida, ¿qué puedo hacer para aliviar tus preocupaciones? —preguntó en voz baja.

La condesa levantó la vista y buscó su mano. La sola presencia de su marido la tranquilizaba considerablemente.

—Estoy tan contenta porque Devlin y Virginia hayan venido... –dijo. Devlin y Virginia habían pasado más de un año en América, en la plantación donde ella se había criado.

–Yo también me alegro mucho de que Devlin haya vuelto a casa, y de que Virginia y él hayan resuelto sus problemas. Devlin es otro hombre gracias a ella. Gracias al amor de una mujer buena –añadió el conde.

–Edward, ¿ha sonreído Tyrell una sola vez esta noche?

Él la tomó de la mano y su propia sonrisa se desvaneció.

–Sea lo que sea lo que le preocupa, estoy seguro de que se le pasará.

Mary pensó que su esposo se equivocaba. Y miró al otro lado del salón, donde Tyrell se había dado la vuelta y estaba observando a Devlin y a Blanche sin interés, y sin asomo de celos. Aunque Devlin y él eran hermanastros, los hombres de la familia De Warenne eran famosos por su sentido de la posesión y sus celos.

–Creo que es obvio que sufre por la señorita Fitzgerald –dijo Mary con cautela.

Los ojos de Edward se ensombrecieron, una indicación de que su enojo comenzaba a avivarse.

–Sospecho que tienes razón. Pero es un hombre y mi heredero y superará esa aventura.

Mary nunca había temido enfrentarse a su marido en modo alguno. Dijo con suavidad:

–Yo confiaba en que se enamorara de Blanche y sé que tú también. Pero creo que está profundamente enamorado de la señorita Fitzgerald.

–¡Este enlace es muy ventajoso y Tyrell lo sabe! –exclamó él–. El amor no es un prerrequisito para el matrimonio. Sin embargo, si Tyrell consigue deshacerse de su melancolía, estoy seguro de que acabará sintiendo gran cariño por Blanche. Necesita aún tiempo –añadió.

Mary lo conocía muy bien. Sabía que se culpaba por el cambio que había sufrido Tyrell y que estaba enfadado consigo mismo.

–Creo que te equivocas, Edward –dijo con mucha calma–. Me parece que el tiempo no cambiará nada.

Edward se sonrojó como un niño culpable de un pequeño delito.

—¿Qué quieres que haga? Ya sabes lo que significa esta boda para mí. Y creo que Blanche le conviene. Puede que no sea tan apasionada como la señorita Fitzgerald, pero será una gran condesa, Mary. Y ahora podemos dormir tranquilos por las noches y no preocuparnos por el futuro de nuestros nietos —añadió con precipitación y cierto reproche.

—Cariño, tú sabes lo que deberías hacer, antes de que sea demasiado tarde. Y sé que harás lo mejor para Tyrell, porque lo quieres y deseas que disfrute de una vida de paz y felicidad, como la que hemos tenido nosotros.

Edward estaba consternado.

—Por una vez, Mary, tengo que pensar en el porvenir antes que en mi hijo.

Ella se puso de puntillas y lo agarró de los hombros.

—Eres uno de los hombres más inteligentes que conozco, y encontrarás un modo de conseguir todos tus propósitos. Estoy segura de ello.

Él sonrió y la enlazó por la cintura.

—Sigo siendo una marioneta en tus manos.

—¿De veras? —bromeó ella, y él la besó.

En el vestíbulo sonaron de pronto unos pasos decididos, acompañados del tintineo de unas espuelas. Mary se volvió, preguntándose cual de sus otros dos hijos había decidido por fin reunirse con ellos por Navidad. Por un instante no reconoció al hombre que apareció en la puerta. Era alto y atezado de piel y llevaba en la cabeza un pañuelo rojo que cubría gran parte de su pelo aclarado por el sol. Al cinto llevaba un gran puñal, un par de pistolas en la cintura y una espada incrustada de joyas junto a la cadera. Lucía una camisa limpia, pero gastada, de mangas amplias y vaporosas, y, sobre ella, un chaleco moruno de vivos colores, bordado y recamado en oro. Las largas espuelas de sus botas parecían también orientales. Entonces Mary lo reconoció por fin.

—¿Cliff? —dijo Edward, tan asombrado como su mujer.

Uno de sus hermanos, Tyrell o Rex, se echó a reír, y luego fueron todos a abrazarlo con fuerza.

Al acabar la cena, los hombres se habían reunido para tomar coñac y fumar y las señoras habían vuelto al salón para conversar e intercambiar chismorreos. Tyrell estaba solo en la terraza. La noche era húmeda y muy fría y el tiempo inestable oscilaba entre la lluvia, el aguanieve y la nieve. Tyrell bebía un whisky, incapaz de sentir el frío. Llevaba tanto tiempo helado por dentro que las gélidas temperaturas habían acabado por agradarle.

Unos ojos grises, vulnerables, extrañamente acusadores y llenos de dolor, se encontraron con los suyos. Masculló una maldición, furioso ante aquella invasión. ¿Acaso nunca olvidaría aquel desgraciado asunto? ¿Siempre lo perseguiría? Apuró el vaso y lo dejó bruscamente sobre la balaustrada, rompiéndolo.

Había entregado su corazón por completo a Elizabeth Fitzgerald, y nunca le perdonaría su traición. La herida inicial había sanado, pero su cicatriz seguía doliendo, quemaba y lo atormentaba. Hacía algún tiempo había aprendido que la ira podía ser un refugio, pues era mucho más tolerable que la pena. Ya no sufría. Pero sentía rabia.

Se sacudió la sangre de la mano, enojado consigo mismo, con ella, con el mundo.

¿Qué hacía falta, se dijo, para no volver a pensar en ella? ¿Para olvidar su cara, su nombre, su existencia misma?

«No vas a dejarme. Esto no cambia nada».

«Esto lo cambia todo, milord».

Tyrell volvió a maldecir. Le había pedido que no lo abandonara, le había suplicado que no se fuera, y ella no sólo se había marchado sin pensar en él, sino que lo había hecho sin decir una palabra. Ni una sola palabra.

¡Qué necio era! Había creído sus declaraciones de amor, hechas todas en el calor del momento.

—¿Está enfermo, milord? —preguntó su prometida con preocupación detrás de él.

Tyrell compuso al instante una expresión impasible e hizo a un lado sus sentimientos. Se volvió y se inclinó ante ella ligeramente.

—Estoy bien, milady. Confío en que esté disfrutando de su primera Navidad con mi familia —dijo, cambiando hábilmente de tema.

Ella se acercó con pasos tan gráciles que parecía flotar y le sonrió un poco, con aquella expresión que siempre llevaba en el semblante.

—¿Cómo no iba a disfrutar? Tiene usted una familia muy agradable.

Él recordó que era hija única.

—Unas fiestas como éstas serán muy distintas para usted, con tantos rufianes en la casa.

Ella se limitó a levantar las cejas.

—Sus hermanos son muy galantes, Tyrell, su hermana es encantadora y su cuñada muy dulce. No tengo queja.

Resultaba casi imposible creer que fuera a casarse pronto con Blanche. Cuando la miraba, como en ese momento, apenas podía entenderlo. Ella era hermosa (la vista no lo engañaba) y, de momento, se había mostrado siempre dócil a sus deseos. Tenía un carácter de lo más agradable. Sus amigos, su familia y sus vecinos la apreciaban. Era él el único que no lograba abrigar por ella sentimiento alguno.

Nunca, en toda su vida, había conocido una mujer con tanto aplomo. Su actitud era siempre la misma. Tyrell dudaba de que cualquier crisis pudiera descomponerla. Se decía que ello no importaba. Se sentía aliviado.

Unos ojos grises, empañados por el deseo, asaltaron su imaginación, al igual que los gemidos salvajes y desbocados de Elizabeth.

Desgraciadamente, y por más que la despreciara, su cuerpo se agitó.

Menos mal, pensó con vehemencia, que Blanche no se parecía en nada a Elizabeth. No se reía mucho y, cuando lo hacía, su risa era baja y serena. Tyrell nunca había visto brillar sus ojos de alegría, o llenarse de lágrimas; nunca la había visto gritar de contento o de angustia. Y aunque la había besado dos veces por pura obligación, ignoraba si ella disfrutaba o no de sus atenciones. A decir verdad, su prometida seguía siendo una extraña para él.

–¿Se ha herido? –preguntó Blanche, que se había fijado en su mano.

Él bajó la mirada.

–No.

–¿Quiere que haga traer una venda? Odiaría que sufriera una infección.

–No voy a sufrir una infección por unos pocos rasguños –dijo Tyrell. No quería que Blanche lo curara–. Pero le agradezco su preocupación.

–Siempre me preocupará su bienestar, milord.

Él apartó la mirada. Sabía racionalmente que Blanche era un excelente partido. Estaba seguro de que nunca faltaría a su deber, de que nunca lo desobedecería en modo alguno, y era evidente que ella no esperaba nada de él personalmente.

Era tan distinta a Elizabeth como la noche del día.

¿Por qué tenía que seguir pensando en ella?

–Milord, esta noche parece afligido. Espero que no sea así.

Él dio un respingo, pero permaneció quieto con gran esfuerzo. Era infeliz, sí, cuando no tenía razón para serlo.

–Con una noche como ésta, se resfriará usted. Creo que deberíamos entrar.

Ella buscó su mirada y vaciló.

–Milord, he salido porque debemos hablar.

–Por favor –dijo él. Ignoraba por completo de qué podía querer hablar ella a aquellas horas.

–Desde hace una temporada, mi padre no se encuentra bien.

Tyrell no lo sabía.

–¿Está enfermo?

–No lo sé –dijo, y Tyrell advirtió que estaba preocupada–. Se queja de fatiga. Y aunque eso sería natural en un hombre de su edad, usted sabe lo duro que es mi padre.

De pronto, Tyrell comprendió lo que quería de él.

—Desea irse a casa —dijo, y no era una pregunta. Mientras hablaba, sintió un profundo alivio.

Ella pareció azorarse, como si la hubieran sorprendido en un lugar en el que no deseaba estar.

—Sé que habíamos planeado pasar las fiestas juntos en Harmon House. Su madre se ha tomado muchas molestias para que me quede.

—No tiene importancia. Si su padre no se encuentra bien, debe volver a casa, a atenderlo. La condesa lo entenderá, no me cabe duda —él le sonrió sinceramente. Era agradable volver a sonreír así—. Llamaré a su carruaje —dijo.

Ella se sonrojó y eludió su mirada.

—Ya he llamado al coche, pues estaba segura de que lo entendería. Debo atender a mi padre. Pero aún tengo que despedirme de su familia. Me marcharé dentro de un momento.

—Avíseme cuando esté lista para marcharse, para que pueda acompañarla a la puerta —dijo él. Ella hizo una reverencia y Tyrell la vio regresar a la casa. Su alivio fue efímero, sin embargo, pues su hermanastro apareció en la puerta por la que ella acababa de salir. Tyrell se tensó cuando Devlin se acercó, llevando en las manos dos copas.

—Debes de tener ganas de morir, si estás aquí fuera con semejante noche —comentó Devlin con calma. Tyrell sabía que Elizabeth era pariente lejana de Devlin y se preguntó si aquellos ojos grises claros eran propios de la familia Fitzgerald—. Si deseas congelarte, creo que he de protestar. Toma —le dio una copa.

Tyrell la aceptó. Devlin miró el vaso roto, algunos de cuyos fragmentos seguían aún sobre la balaustrada. Tyrell bebió y confió en que su hermano se ocupara de sus propios asuntos. Para desviar su atención, dijo:

—Virginia nunca ha estado tan encantadora, y nunca la he visto tan feliz. La maternidad le sienta bien, salta a la vista. Igual que a ti el matrimonio.

Devlin sonrió.

—Está embarazada otra vez, Ty —dijo en tono suave, en un tono que Tyrell no estaba acostumbrado a oír en él.

—¡Santo cielo! Creo que debo darte la enhorabuena —y por primera vez desde la marcha de Elizabeth sintió un destello de placer. Se alegraba sinceramente por los dos.

—Y yo aún no te he felicitado por tu compromiso —dijo Devlin, que lo observaba con excesiva atención.

La sonrisa de Tyrell se desvaneció, y asintió con la cabeza.

—Nuestros caminos no se han cruzado desde que volviste a casa. Gracias.

Los ojos grises de Devlin eran penetrantes.

—Tu futura esposa es una mujer muy bella —dijo por fin.

—Sí, lo es —Tyrell se apartó.

—Y a ti no te importa. No te interesa lo más mínimo.

—¡No empieces! —Tyrell se volvió, furioso.

Devlin se quedó atónito.

—¿Qué demonios te pasa?

Tyrell recuperó la calma lo mejor que pudo y deseó no haber revelado su extrema agitación.

—En los años que hace que te conozco, no te he visto perder los nervios más que dos o tres veces —dijo Devlin con calma—. Eres uno de los hombres más equilibrados que conozco. Es casi imposible hacerte enfadar, Tyrell.

—No te metas en esto —dijo Tyrell con aspereza.

Devlin levantó las cejas.

—¿Meterme en qué? Hoy, al llegar, me ha parecido que estabas extrañamente huraño. ¿Se puede saber qué mosca te ha picado?

Tyrell sonrió agriamente.

—¿Qué mosca puede haberme picado? Voy a casarme con una mujer hermosa, agradable y gentil. Voy a casarme con una gran fortuna. Lady Blanche es la perfección, ¿no es cierto?

—Lady Blanche —repitió Devlin lentamente.

Tyrell se agarró a la balaustrada y se quedó mirando la noche. Devlin se acercó a él. Pasó un momento antes de que hablara, y entonces su tono sonó sereno y cauteloso.

—Has sido un gran hermano para mí. Cuando tu padre se casó con mi madre, podrías haberte negado a aceptarnos a Sean y a mí. Pero no sólo nos diste la bienvenida a tu familia, sino que lo hiciste con la mayor lealtad. Recuerdo una vez, poco después de su boda. En aquellos tiempos corrían muchas habladurías sobre el conde y mi madre. La gente quería pensar que ella había sido infiel a mi padre. Yo intenté partirle el cuello a un granjero por sus insultos, un hombre que me doblaba la edad y el tamaño. Tú no te lo pensaste dos veces: te metiste en la pelea, Ty. Ese día te convertiste verdaderamente en mi hermano.

Tyrell recordaba bien aquel incidente. Tenían ambos once años, y él nunca había visto tanto coraje, ni tanta osadía como en Devlin. Ahora tuvo que sonreír.

—Mi padre se puso furioso. Nos echó una buena bronca a los dos.

—Mi padre me habría dado una paliza —dijo Devlin sin amargura. Él también sonreía—. Preferí la bronca.

Tyrell se rió.

Devlin le apretó el hombro.

—Y cuando me porté tan mal con Virginia para vengarme de su tío, tú interviniste no una vez, sino muchas. Luego me puse furioso contigo. Ahora sólo siento gratitud hacia ti. Dime, ¿qué te ocurre?

Nadie sabía mejor que Devlin O'Neill cómo desarmar a un adversario y, a pesar de que Tyrell estaba decidido a guardarse su pena y su ira, en parte deseaba tener un confidente.

—Siempre has sabido que el conde concertaría para ti algún día una boda ventajosa —dijo Devlin—. El hermanastro al que quiero tanto cumpliría sin dudarlo con su obligación. El hermanastro al que conozco de toda la vida estaría encantado con lady Blanche y con todo lo que aporta a esta familia.

Tyrell lo miró con exasperación.

—Es muy agradable —dijo con firmeza—. Y estoy muy contento.

—¿Y yo debo creerte? —Devlin lo estudió un momento—. ¿Se trata de una mujer? —preguntó por fin. Tyrell dejó escapar un sonido de disgusto. Devlin levantó las cejas—. Hasta que Virginia entró en mi vida y la volvió del revés, nunca te habría hecho esa pregunta. Pero sólo una mujer puede poner a un hombre de un humor tan sombrío.

Tyrell se rió con amargura.

—Muy bien. Lo confieso todo. Me he dejado engañar por una tramposa muy astuta. Como soy un necio, sentía verdadero afecto por ella. Y ahora, aun sabiendo que no me correspondía, puesto que me rechazó sin rodeos, no puedo quitármela de la cabeza.

Devlin parecía genuinamente sorprendido.

—¿Conozco a la... dama en cuestión?

—No, no la conoces... aunque da la casualidad de que compartes un ancestro con ella.

Devlin estaba intrigado.

—¿Quién demonios es?

—Elizabeth Anne Fitzgerald —contestó Tyrell.

Blanche se detuvo mientras tres sirvientes colocaban sus baúles en el centro de su dormitorio. Hacía mucho tiempo que había abandonado su habitación de niña para instalarse en una opulenta suite, en el ala este de Harrington Hall. Las habitaciones de su padre estaban en el ala oeste, al otro lado del patio. Blanche contempló las paredes tapizadas de blanco y rosa, las numerosas obras de arte que colgaban allí, la cama, con sus colgaduras blancas y doradas y su colcha, los muebles a juego, y sonrió, terriblemente aliviada.

Era agradable estar en casa. Sólo había pasado fuera tres días, pero le habían parecido una eternidad: le habían parecido una prisión.

—¡Blanche!

Al oír la exclamación de sorpresa de su padre, Blanche se volvió lentamente y lo vio mirándola desde el salón contiguo. Lo conocía muy bien (mejor que a nadie) y notó enseguida que verla le causaba tanta consternación como sorpresa.

—Hola, padre.

—¿Qué es esto? —preguntó él. Despidió con un gesto a los criados, que se marcharon presurosos.

Blanche se detuvo ante él.

—Le he dicho a Tyrell que no te encontrabas bien y que debía volver a casa —dijo con cierta ansiedad.

—¡Estoy bien! No sé de dónde has sacado esa idea. ¡Nunca me he sentido mejor! —contestó Harrington con vehemencia—. Blanche, ¿qué ocurre? ¿No has disfrutado de tu estancia en Harmon House?

Su padre estaba tan enojado que Blanche se acongojó.

—Padre, sé que no te encuentras bien últimamente. Y seguramente me habrás echado de menos. Esta casa es enorme. Nadie podría desear vivir aquí solo.

Él la miraba inquisitivamente.

—Claro que te he echado de menos. Pero esa tontería sobre mi salud te la has inventado, Blanche, y los dos sabemos por qué —se suavizó—. Eres mi vida, Blanche, pero tu sitio está con Tyrell, con tu prometido. ¿Ha ocurrido algo? Sin duda se habrá comportado como un perfecto caballero.

Blanche cerró los ojos. Estaba segura de que su padre no se encontraba del todo bien, del mismo modo que estaba segura de que necesitaba que se ocupara de él. Una oleada de comprensión la embargó entonces. No podía hacer aquello. Su sitio estaba en casa de su padre, a su lado, atendiéndolo, como había hecho siempre. Había intentado cumplir sus deseos, pero no quería casarse con Tyrell, ni con ningún otro hombre.

—¿Blanche?

Ella logró sonreírle.

—Es muy amable, como tú dijiste que sería. Es bueno y noble, y será un marido perfecto.

Harrington la observó con detenimiento.

—Entonces, ¿qué haces aquí?

—Te echo de menos —contestó ella sinceramente. Nada había cambiado. Su padre seguía siendo el único anclaje de su vida.

¿Por qué no podía ser ella como las otras mujeres?, se preguntaba como muchas otras veces. Otras estarían entusiasmadas por tener a Tyrell de Warenne como marido, por compartir sus besos encendidos. Se tocó el pecho y sintió latir su corazón, lenta y firmemente. Así supo que seguía allí.

–Después de estos cuatro meses, ¿sigues sin sentir afecto por él?

Ella lo miró de frente.

–Padre, no siento nada por él. Mi corazón sigue siendo tan defectuoso como siempre. Lo siento mucho. Sabes que me encantaría enamorarme. Lo he intentado. Pero tal vez debamos afrontar la fea verdad. Nunca podré enamorarme de nadie. Soy incapaz de cualquier tipo de pasión.

–Eso no lo sabemos –dijo él por fin. El recuerdo que lo embargó era intenso, terrible y demasiado familiar. Normalmente lo mantenía profundamente enterrado, pero a veces no tenía fuerzas para ahuyentarlo.

Su preciosa hija, rodeada por una muchedumbre furiosa. El carruaje de los Harrington se hallaba en medio del gentío, los caballos eran desenganchados, el coche estaba a punto de volcar. Su mujer y su hija habían sido sacadas del carruaje un momento antes, y luego separadas. Blanche gritaba aterrorizada, llamando a su madre. Él sólo vislumbraba su cabello rubio. Ese día, había decidido hacer a caballo el camino desde su casa en Londres al campo. Debería haber tenido la precaución de no trasladarse con su familia ese día de elecciones, pues las elecciones eran una excusa para que el vulgo atacara cuanto se ponía en su camino; especialmente, a los ricos. Su montura y él habían sido apartados del carruaje por docenas de campesinos sedientos de sangre, casi todos ellos armados con picas y antorchas. El fuego comenzaba a devorar algunas tiendas. Las ventanas que no estaban cegadas con tablones, acababan rotas.

–¡Blanche! –gritaba él, intentando espolear a su caballo asustado para que se abriera paso entre el gentío–. ¡Margaret!

Los gritos escalofriantes de Blanche llenaron el aire y luego, de algún modo, a través de la multitud, él la vio forcejear con un hombre que la sujetaba. Junto a ella, otro hombre sostenía el cuerpo vapuleado y ensangrentado de Margaret. La muchedumbre rugió y su esposa desapareció. Horas después, la encontró; había muerto golpeada y apuñalada.

Harrington respiró hondo, con los ojos llenos de lágrimas. Pensaba luchar con todas sus fuerzas por el futuro de su hija. Deseaba desesperadamente que Blanche tuviera una vida como la de las otras mujeres, pero en parte estaba seguro de que nunca sería así. En parte sabía que su corazón tenía una cicatriz tan espantosa que sólo podía latir, pero no sentir.

—Padre... —musitó Blanche.

Él se volvió.

—Todavía hay tiempo. La boda no es hasta mayo. Puede que para entonces te hayas enamorado de Tyrell.

Blanche estaba segura de que eso nunca sucedería.

—Me gustaría tanto complacerte... —dijo—, pero no sé si puedo hacer esto.

—No —dijo él con aspereza—. Me he tomado muchas molestias para procurarte un futuro, para asegurar tu felicidad. La negociación de la boca no fue fácil. Quiero que regreses a Harmon House inmediatamente.

Blanche estaba abatida.

—Quiero pasar las fiestas aquí, contigo —dijo.

Él perdió los estribos.

—Debes quedarte con tu prometido. ¿O es que quieres que vuelva con su amante?

Blanche se quedó boquiabierta.

—¿Tiene una amante? —estaba tan intrigada como horrorizada.

Harrington se azoró.

—El verano pasado estaba liado con la señorita Elizabeth Fitzgerald. De hecho, vivían juntos en Wicklowe. Ella es la madre de su bastardo.

Blanche estaba atónita.

—¿Y ésta es la primera noticia que tengo?

—Me enfrenté con la señorita Fitzgerald allí mismo y me aseguré de que comprendía el error de su conducta. Me cercioré de que lo abandonaba —dijo su padre—. No quería que se interpusiera en tu camino.

Blanche empezaba a recuperarse de la impresión.

—Debía de ser muy serio, si ella tuvo un hijo y vivía con él...

—Eso no importa —dijo Harrington—. Por extraño que parezca, ella es una señorita bien educada y sentía remordimientos por su mala conducta. Pero, para asegurarme de que su relación se acababa, tuve que destruir la carta de despedida que dejó para Tyrell. Ella estaba muy enamorada, de eso no hay duda —añadió sombríamente.

—¡Padre! ¿Destruiste su carta? —su curiosidad aumentó. ¿Había sido aquello una historia de amor?

—Lo hice por ti, querida mía. No quería que Tyrell fuera tras ella.

Si su padre se había tomado tantas molestias, ¿significaba aquello que Tyrell estaba enamorado de la señorita Fitzgerald? Tyrell parecía tan distante que Blanche no lograba imaginárselo apasionado por otra mujer.

—Padre, creo que no debiste destruir esa carta.

—Era una carta de amor y no quería que Tyrell la viera —él tenía una expresión amarga—. Te estoy diciendo esto por una razón, querida mía. La señorita Fitzgerald está viviendo con su tía en Belgrave Square. Ahora Tyrell está también en Londres. Y eso me molesta. Quiero que Tyrell se deshaga en atenciones contigo, Blanche, no que se encuentre con ella en el parque algún día. Y por eso insisto en que regreses a Harmon House.

Blanche no podía volver. Sacudió la cabeza, llena de determinación.

—Padre, no quiero irme. Por favor, no me obligues a hacerlo.

Harrington se quedó mirándola un momento y luego su semblante pareció desplomarse.

—Sabes que nunca he podido negarte nada, y menos cuando me suplicas así.

Blanche se sintió llena de alivio.

—Gracias.

—Pero no puedes dar por perdido a Tyrell —añadió él rápidamente—. Se trata de tu futuro, Blanche. Yo no estaré aquí siempre —ella tragó saliva y se negó a pensar en el día en que Dios le arrebataría a su padre—. Le pediré que cene con nosotros mañana –dijo su padre, y la rodeó con el brazo–. ¿Qué te parece?

–Bien –murmuró ella, pero apenas lo oía. Estaba pensando en la amante de Tyrell. Al parecer, la señorita Fitzgerald se hallaba a un breve trayecto en carruaje de allí.

Una visita sorprendente

Lizzie estaba sola en el salón. Intentaba leer una novela, pero le resultaba imposible concentrarse. Era el día posterior al de Navidad y se sentía extrañamente sola y perdida, aunque su hermana y su tía estaban en casa. Seguía pensando en Tyrell y en Ned, y se preguntaba cómo habrían pasado las Navidades. Acababa de cerrar la novela cuando entró Leclerc con un ramo de flores en la mano.

—Señorita Fitzgerald —el mayordomo le sonrió—, esto acaba de llegar.

Lizzie ignoraba quién podía mandarle flores.

—Qué bonitas —dijo, y se alegró de tener aquella distracción—. Vamos a ponerlas en un jarrón, en aquella mesa de allí.

Cuando el mayordomo se hubo ido, sacó la tarjeta de su sobre y se dio cuenta de que las flores no eran para ella. Eran para Georgie... y Rory firmaba la tarjeta.

Mi querida señorita Fitzgerald. He pensado que tal vez le gusten estas flores, como leve indicio de que reconozco mi derrota y señal, mucho más ostentosa, de mi gran admiración por usted. Su devoto servidor, Rory T. McBane.

Lizzie estaba entusiasmada. Saltaba a la vista que Rory estaba cortejando a su hermana y ella estaba decidida a ayudarlo en el empeño. Eran la pareja perfecta.

Leclerc regresó a la puerta con una expresión extraña.

—Señorita Fitzgerald, tiene usted una visita —le acercó la bandeja de plata con la tarjeta de visita.

Lizzie la tomó y se quedó petrificada.

Blanche Harrington estaba allí.

—¿Quiere que le diga que ha salido, señorita Fitzgerald? —preguntó Leclerc en tono amable.

Lizzie lo miró, aturdida. ¿Qué podía querer la señorita Harrington?

—No —murmuró, casi sin aliento—. No. Deme sólo un momento, Leclerc. Luego hágala pasar... y traiga el té.

Él asintió gravemente, hizo una reverencia y se marchó. Lizzie se dio cuenta de que se había quedado clavada al suelo y corrió al único espejo de la habitación. Se pellizcó las mejillas pálidas y se atusó el pelo. Se alisó el corpiño del vestido verde claro y de pronto se alegró de que Eleanor hubiera insistido en encargar para su hermana y para ella un vestuario apropiado para la gran ciudad. Ya no parecía un ratón de campo, sino una señorita elegante y a la moda, aunque hubiera preferido esmeraldas a los pendientes de jade que llevaba. Respiró hondo para darse valor y volvió a pellizcarse las mejillas. Luego sonrió y se volvió hacia la puerta. Un instante después, Leclerc apareció allí con Blanche.

—Lady Harrington —dijo.

Lizzie tragó saliva e hizo una reverencia, pues Blanche era muy superior a ella en rango. Blanche se inclinó ligeramente y las dos mujeres se miraron. Blanche parecía estar exactamente igual que el verano anterior, cuando Lizzie la había observado a hurtadillas en su baile de compromiso. Era terriblemente bella, y su vestido azul, sencillo pero llamativo, y sus zafiros a juego hicieron que Lizzie se sintieran insoportablemente desmañada. Blanche la observaba con la misma atención que Lizzie a ella. Sin saber cuánto tiempo había pasado, Lizzie se acercó por fin a ella apresuradamente.

—Pase, milady. Esto es toda una sorpresa —se dijo que debía calmarse y respirar. Respiró hondo, pero no logró recobrar la compostura—. Creo que no nos conocemos.

—No, no nos han presentado como es debido, y la culpable soy yo —dijo Blanche.

Lizzie no encontró ni un asomo de doblez en sus palabras.

Su actitud era clara: Blanche no le deseaba ningún mal y, en todo caso, Lizzie creía distinguir compasión en su mirada.

—No es culpa suya —dijo, y le indicó que se adelantara, sonrojada por el recuerdo de su idilio con el prometido de aquella mujer. Blanche tomó asiento en una silla y Lizzie se sentó en una butaca, frente a ella. Ambas se arreglaron las faldas, esforzándose por llenar el silencio. Lizzie levantó por fin la mirada y se encontró con sus ojos. No alcanzaba a imaginar qué podía querer ni por qué estaba allí. Pero, desgraciadamente, Blanche tenía que estar al corriente de su relación con Tyrell.

—Acabo de saber que es usted la madre de Ned —dijo Blanche con suavidad. Sus mejillas se sonrojaron—. He pensado que debíamos conocernos... que teníamos que encontrarnos tarde o temprano, así que ¿por qué no ahora?

Lizzie no veía censura alguna en sus ojos, ni la notaba en su tono de voz, pero su corazón dio un vuelco. Blanche tenía que despreciarla aunque fuera levemente.

—Sí —logró decir, y sonrió con excesivo alborozo—. Enhorabuena por su compromiso con Ty... con lord de Warenne.

Blanche apartó la mirada. A Lizzie aquello le chocó.

—Soy muy afortunada —murmuró Blanche.

Siguió un tenso silencio. Blanche había hablado desapasionadamente, y Lizzie se preguntó por qué no se mostraba abiertamente entusiasmada por casarse con Tyrell. Aún no sabía qué decir.

—Creo que es un espléndido enlace —dijo—. Y tengo entendido que la boda será en mayo.

—Sí —contestó Blanche, mirándola a los ojos—. Es usted muy generosa, señorita Fitzgerald.

El corazón de Lizzie comenzó a latir con velocidad alarmante.

—Nada de eso.

Blanche vaciló.

—¿Puedo preguntarle cómo conoció a Tyrell?

¿Qué era aquello? ¿Qué quería? ¿Y cómo podía contestarle Lizzie?

—No quisiera ser indiscreta, por supuesto, y si mi pregunta la incomoda...

—No —Lizzie se mordió el labio. Ignoraba qué pretendía Blanche, pero parecía amable y hasta preocupada, en absoluto celosa—. Crecí a unas pocas millas de Adare. Conozco a lord de Warenne desde siempre. No es que lo conociera de verdad, desde luego —se sonrojó—. Pero cuando era pequeña me salvó de ahogarme —dijo, y de pronto su mirada se humedeció. Se mojó los labios, que notaba resecos—. Eso es algo que una mujer de mi condición no podía olvidar. Le he estado agradecida desde entonces.

—Eso es muy romántico —dijo Blanche.

Lizzie se levantó de un salto, consternada.

—No es romántico en absoluto —exclamó, y se sintió como una tonta.

Blanche se puso en pie.

—Lo siento. Pero las novelas de amor están hechas de historias como ésa —sonrió—. Entiendo que una niña se sintiera agradecida por un acto tan heroico... y entiendo que esos sentimientos de gratitud crecieran y crecieran. Y es usted la madre de Ned. Lo comprendo.

Lizzie sabía que aquella mujer no se merecía verse ofendida por su pasado con Tyrell.

—Soy muy feliz por ustedes dos —dijo con nerviosismo—. Siempre he sabido que algún día Tyrell haría una boda espléndida, y me alegro mucho de que vaya a casarse con una gran dama como usted. Tyrell se merece una vida de felicidad, milady, y estoy segura de que la encontrará a su lado.

La expresión de Blanche era intensa.

—Ha hablado usted con franqueza —dijo por fin—. ¿Puedo hacer lo mismo?

Lizzie se retorció las manos.

—Milady, yo no podría decirle qué hacer...

—Bien —la interrumpió Blanche, y sonrió tranquilizadoramente—. Mi padre me habló de usted, señorita Fitzgerald. Tenía que venir a verla con mis propios ojos. Parece usted una auténtica dama. Me esperaba a alguien más mayor, más mundana, algo más sofisticada –Lizzie no sabía qué decir. Se encogió de hombros, impotente–. Debe de haberlo querido usted mucho –añadió Blanche.

Lizzie apartó la mirada.

–Sí, pero eso ya pasó. Apoyo completamente su matrimonio, milady. Completamente –insistió.

Blanche perdió al fin algo de su compostura y se abrazó.

–Eso es muy generoso por su parte, y muy valiente. Porque creo que sigue queriendo a Tyrell –Lizzie se sintió de pronto al borde de las lágrimas. No podía decir nada–. Sin duda sabrá usted que este matrimonio fue concertado. No es, desde luego, una unión por amor.

Lizzie se volvió lentamente. Le asombró ver lágrimas en los ojos de Blanche, y que su boca temblaba.

–¡Milady! ¿Se encuentra bien? ¡Siéntese! –corrió a su lado y la tomó del brazo.

–No, no me encuentro bien –musitó Blanche, y se negó a sentarse–. Verá, señorita Fitzgerald, me he dado cuenta de que no deseo casarme, ni con Tyrell, ni con nadie.

Lizzie se quedó boquiabierta. Sintió tal oleada de esperanza que temió que le desgarrara el pecho. Sin embargo, las palabras de Blanche no cambiaban el hecho de que a Tyrell ella no le importaba lo más mínimo.

–¿Por qué me dice eso?

Blanche vaciló.

–Anoche mi padre me hizo una confesión sorprendente. Él intervino deliberadamente para separarlos –dijo.

Lizzie se puso tensa.

–Milady, me marché de Wicklowe porque era lo moralmente correcto.

Blanche le sonrió.

–Creo que es usted muy buena, señorita Fitzgerald, y creo que entiendo por qué Tyrell se encariñó con usted. Debería irme. Mi padre no se encuentra bien y quiero asegurarme de que descansa.

Lizzie nunca se había sentido tan confusa. ¡Qué extraña había sido aquella visita!

—¿Por qué? ¿Por qué ha venido, milady?
Blanche la miró a los ojos.
—Tenía que comprobar algo por mí misma —contestó.

—¿Dónde está? —preguntó Georgie con el corazón acelerado. Apenas podía creer que Rory hubiera ido a verla. Había hecho lo posible por olvidar lo ocurrido tres días antes. Se había negado a pensar en aquel beso. Se había negado a pensar en él.

Al fin y al cabo, no era una debutante coqueta y loca por casarse. Era una irlandesa sensata, inteligente, amable y poco mundana, y disfrutaba sinceramente de la soltería. Además, Rory McBane no era un buen partido: no tenía un centavo a su nombre, aunque eso poco importaba. Y ella no era como Lizzie. No iba a enamorarse perdidamente, hasta el punto de sacrificar su vida entera y su buen nombre por una aventura furtiva que sólo podía romperle el corazón.

—La espera en la biblioteca —dijo Leclerc—. Su hermana tiene una visita en el salón y me ha parecido que no quería que se la molestara.

Georgie no sabía qué contestar. Seguía recordando el sorprendente beso de Rory y la sensación del contacto con su cuerpo. Siguió a Leclerc al piso de abajo mientras procuraba respirar con normalidad. Deseaba que él no la hubiera besado. Deseaba que no hubiera ido a verla. ¿Qué podía querer? Se le pasó por la cabeza que tal vez quisiera disculparse. Una oleada de alivio la invadió. Aceptaría de buen grado sus disculpas.

Él estaba paseándose por la biblioteca. Por desgracia, seguía estando tan guapo como siempre, y el corazón de Georgie volvió a acelerarse. Era, por añadidura, muy inteligente, y ella admiraba el ingenio y la erudición más que cualquier otro rasgo en un hombre o una mujer. Leclerc se marchó y Georgie se quedó allí parada, mirándolo. Rory se dio la vuelta y se sonrojó.

—¿Cómo está? —hizo una reverencia.
Ella inclinó la cabeza y contestó entre dientes:

—Muy bien —le sonrió con la esperanza de que él no notara que no estaba bien en absoluto. Sentía un hormigueo en la piel y entre sus muslos había empezado a difundirse un ardor conocido.

Rory la miró inquisitivamente.

—¿Recibió las flores?

Ella parpadeó.

—¿Las flores?

—Le he mandado flores, Georgina. Suponía que ya las habría recibido.

—¿Me ha mandado flores? —repitió ella, pasmada.

Un destello apareció en los ojos verdes de Rory.

—Sí. Rosas. Rosas rojas, de hecho —comenzó a acercarse a ella. Georgie no podía moverse.

—Pero... ¿por qué? —¿era aquello un sueño? ¿O una broma pesada? A fin de cuentas, ella no era una coqueta y él lo sabía. No había razón alguna para que le enviara flores.

—¿Por qué envía un caballero flores a una dama? —preguntó él con sencillez.

Ella retrocedió.

—No lo sé —murmuró, y empezó a temblar. Aquello no podía significar lo que él estaba dando a entender... ¡Sin duda no había ido allí a cortejarla!

La luz de los ojos de Rory era extremadamente tierna.

—¿No lo sabe? —dijo, divertido.

Ella pensó que debía marcharse... ¡debía huir! Se dio la vuelta y se acercó a la puerta, llena de ansiedad, pero él la agarró por detrás. La hizo volverse bruscamente y Georgie se halló de pronto entre sus brazos. En ese momento, su corazón la dominó por completo. Estaba terriblemente enamorada. Ahora que se atrevía a reconocerlo, era consciente de que había admirado y deseado a Rory desde el primer instante que puso sus ojos en él.

Pero de aquello no podía salir nada bueno. Rory no era para ella: era demasiado excéntrica.

—Te he mandado rosas, Georgina, como símbolo de mi afecto y admiración por ti —murmuró él.

Debía de estar bromeando. Ella se apartó y se encontró con la espalda pegada a la pared.

—Rory, por favor... —levantó una mano temblorosa—. Los dos sabemos que no soy la clase de mujer que despierta afecto o admiración en un hombre —él pestañeó—. Creía que habías venido a disculparte por lo de la otra noche —añadió ella con un gemido, y notó que sus mejillas se encendían.

—¿A disculparme? —repitió él, sorprendido.

—Sí —asintió ella—. A disculparte por tomarte tales libertades conmigo.

—¿Libertades?

—Acepto tus disculpas —dijo Georgie precipitadamente—. Sé que eres muy amigo de Lizzie y el sobrino preferido de Eleanor, así que nuestros caminos seguirán cruzándose. Pero es mejor que no volvamos a hablar de este asunto.

Él sacudió la cabeza y la agarró de la mano.

—No voy a disculparme por haberte besado, Georgina May —dijo con voz ronca.

Y ella comprendió lo que se proponía. Rory la estrechó en sus brazos y ella se tensó. Deseaba desesperadamente eludir su beso, pero más desesperadamente aún deseaba aceptarlo. Rory no hizo caso y se apoderó rápidamente de su boca.

Georgie se rindió. Mientras la besaba con firmeza, sin vacilar, el deseo estalló entre sus muslos, impúdico e insistente. Se aferró a él y abrió la boca, intentando saborearlo aún más. Rory se apartó jadeante, con una mirada ardiente y dura. Georgie no podía hablar. Sus labios palpitaban. Su cuerpo entero latía. Se llevó la mano a la boca.

—¿Por qué? —logró decir, casi sin aliento—. ¿Por qué me haces esto?

Él la agarró del brazo.

—Porque estoy harto de fingir que no hay nada entre nosotros. Desde el momento que nos conocimos, he hecho cuanto he podido por no verte tal y como eres: la mujer más asombrosa que he tenido la buena suerte de conocer.

Georgie dejó escapar un gemido de asombro y de temor, y al mismo tiempo sintió esperanza.

—No puedes hablar en serio. Por favor, no me halagues si no eres sincero.

—No soy el donjuán que me crees —dijo él—. ¿Cuándo empezarás a confiar en mí?

Georgie lo miró con fijeza. Tardó un momento en ordenar sus pensamientos.

—Estoy asustada.

Él se ablandó.

—¿Por qué? Nunca he admirado más a una mujer... y he deseado a ninguna como a ti.

Ella sintió que sus rodillas cedían, notó de nuevo una dolorosa punzada de deseo. Rory la rodeó con sus brazos.

—No tengas miedo —murmuró—. De mí, no.

Georgie tuvo el buen sentido de apoyar las manos sobre su pecho. ¿Podía atreverse a confiar en él, a creerlo?

—No he hecho otra cosa que pensar en ti estos tres últimos días —dijo Rory mirándola a los ojos con intensidad—. No he hecho otra cosa que pensar en nosotros.

Georgie se quedó inmóvil. Sólo su corazón latía con fuerza explosiva.

—No te entiendo.

—Soy pobre, Georgina —dijo él en voz baja—. Y muchos pensarían que ni siquiera soy un caballero.

Georgie sacudió la cabeza, incrédula.

—Yo jamás juzgaría el carácter de un hombre por el estado de sus finanzas —dijo con firmeza.

—Podrías... deberías... encontrar a alguien mucho mejor —dijo él con aspereza.

¿Y si era sincero?

—No quiero encontrar a nadie mejor —se oyó musitar ella. Y era la verdad. Una verdad que había intentado eludir.

Rory tomó una de sus manos, se la llevó a la boca y la besó con fuerza. Luego la miró con ojos abrasadores y Georgie se sintió desfallecer de deseo.

—Soy pobre —dijo él—. Trabajo para ganarme la vida. Puede que herede una pequeña fortuna de Eleanor o puede que no. No tengo derecho a hacer esto ahora, en estas circunstancias.

—¿Hacer qué? —preguntó ella con un gemido, pero de algún modo sabía que su sueño más secreto y fantástico se estaba haciendo realidad.

Él se inclinó y la besó suavemente en la boca, y Georgie pensó que moriría de deseo y amor.

—Quiero que seas mi esposa, Georgina, pero lo entenderé si tienes el buen sentido de rechazarme.

Georgie profirió una exclamación de asombro.

Rory se apoderó nuevamente de su boca.

Después de que Blanche se marchara, Lizzie se quedó un momento en el pasillo, incapaz de comprender lo ocurrido. La confesión de Blanche de que no quería casarse la había dejado atónita. Aun así, ello no significaba que no fuera a casarse con Tyrell. Sólo una cosa estaba clara: Blanche era una mujer muy generosa, digna y bondadosa. Lizzie sacudió la cabeza y se abrazó. Jamás entendería aquel encuentro, se dijo. Empezaba a recobrar la compostura y, al echar la vista atrás, deseaba haberle preguntado cómo estaban Ned y Tyrell.

Al pasar junto a la biblioteca oyó ruido dentro. No le dio importancia. Pensó que sería alguna doncella limpiando la habitación. La puerta estaba cerrada, cosa algo extraña, pero no se detuvo a pensar en ello. Luego oyó voces.

La voz de hombre que acababa de oír resultaba inconfundible: era la de Rory. De pronto recordó con cuánta intensidad había mirado Rory a Georgie unas noches antes. Un impulso se apoderó de ella y no vaciló. Abrió la puerta, segura de que su hermana y Rory no debían estar encerrados a solas.

Georgie estaba en el sofá, en brazos de Rory, en medio de un beso apasionado. Y Lizzie sintió miedo. Su propia vida pasó ante sus ojos: su amor por Tyrell, su breve e intenso romance, su deshonra y su caída, el dolor y la pena. Comprendió que no podía permitir que Georgie sufriera como había sufrido ella. Que debía proteger a su hermana a toda costa. Aunque la puerta estaba abierta, llamó con fuerza cuatro o cinco veces. Rory se levantó de un salto y se volvió hacia ella. Se puso colorado.

Lizzie fijó en su hermana una mirada incrédula, que se sentó, tan aturdida que sólo podía parpadear. Lizzie comenzó a sentir cólera. Intentó controlarla.

—Lamento interrumpir —dijo cáusticamente. Luego se dio por vencida—. ¿Qué estás haciendo, Georgie? —exclamó—. ¿Es que has perdido el juicio?

Su hermana sacudió la cabeza, con los ojos como platos, incapaz de hablar. Lizzie se volvió hacia Rory.

—No sé cuáles son tus intenciones —dijo rápidamente—, pero no permitiré que deshonres a mi hermana. Con una mujer caída en esta casa es suficiente.

Rory seguía acalorado, pero contestó con mucha calma.

—Acabo de pedirle a tu hermana que se case conmigo.

Georgie se puso en pie y empezó a sonreír, aunque seguía pareciendo perpleja. Y Lizzie comenzó a comprender. Sintió ganas de brincar de alegría, pero se limitó a sonreír.

—¿Georgie?

Georgie sólo tenía ojos para Rory.

—Sí —musitó, y sus ojos se llenaron de lágrimas—. Sí. ¡Sí!

Y Lizzie comenzó a saltar.

—¡Vas a casarte!

Rory corrió hacia Georgie y la tomó de las manos.

—¿Eso es que aceptas? —exclamó.

Georgie se humedeció los labios.

—Sí. Pero sólo si de veras hablas en serio.

—Claro que hablo en serio. Nunca antes le había pedido a nadie que se casara conmigo —tragó saliva y la atrajo hacia sí—. Nunca me había sentido así, Georgina.

Georgie asintió con la cabeza mientras las lágrimas corrían por sus mejillas. Rory se metió la mano en el bolsillo y Lizzie vio que sacaba un hermoso anillo con un diamante. Era casi de un quilate, y Lizzie se preguntó cómo habría podido permitírselo. Georgie se quedó boquiabierta.

—Era de mi madre —dijo él con voz ronca. Tomó su mano izquierda y le puso el anillo en el dedo.

Las lágrimas inundaron de nuevo los ojos de Georgie. Pestañeó furiosamente para refrenarlas, y Lizzie comprendió que no quería que Rory la viera llorar, pero él levantó la mano para enjugárselas.

—Me has tenido en vilo —dijo con voz trémula.

—Sólo porque eres más encantador de lo que te conviene —musitó ella.

Lizzie se acercó a ellos.

—¡Esto es maravilloso! He rezado para que llegara este día. ¡Debemos decírselo a Eleanor enseguida! ¡Y hay que escribir a papá y mamá! ¡Oh! ¡Ojalá no se hubieran ido a ver a Anna!

Rory se puso muy serio.

—Todavía tengo que hablar con el señor Fitzgerald —dijo, y aquella perspectiva parecía causarle cierta desazón.

—A papá no le importará —dijo Georgie con una sonrisa—. Es a mamá a quien debemos convencer, pero es fácil engatusarla.

Lizzie sabía que su padre se alegraría por Georgie y que su madre caería muy pronto presa del poder de persuasión de Rory. De hecho, siendo él el pariente predilecto de Eleanor, su madre barruntaría una herencia. Lizzie comenzó a pensar en la boda y en el futuro.

—¿Cuándo pensáis casaros? ¿Y dónde?

Georgie y Rory se habían tomado de las manos.

—Me encantaría casarme en casa, en Irlanda —dijo. Miró a Rory—. ¿No te gustaría a ti también? Raven Hall es muy pequeño, pero quizá podamos casarnos en Glen Barry.

—Yo haré gustoso lo que tú prefieras —dijo él, muy serio.

Ella se sonrojó. Luego miró a Lizzie.

—Hay tantas cosas en que pensar... tantas cosas que decidir... que hacer... ¡Dios mío! ¡Voy a casarme!

Tyrell acababa de salir del cuarto de los niños, donde había comido a solas con su hijo. Ned se había convertido en la luz cegadora de su existencia. Era su única fuente de alegría y de orgullo. No podía, sin embargo, pasar un solo momento con el niño sin pensar en Elizabeth. Mientras bajaba las escaleras, se preguntó si alguna vez olvidaría el verano que habían pasado en Wicklowe como una verdadera familia, tan neciamente ajenos a lo que les deparaba el futuro.

El mayordomo salió a su encuentro al pie de la amplia y sinuosa escalera.

—Milord, tiene usted visita —le entregó una tarjeta que Tyrell reconoció al instante. Estaba muy usada y algo raída en los bordes, y sólo podía pertenecer a Rory McBane. Se puso tenso, a pesar de que se alegraba de que su amigo estuviera allí. En otro tiempo, McBane y Elizabeth habían sido amigos. Él no veía a Rory desde el verano, y se preguntaba si seguía siendo amigo de Elizabeth. Se preguntaba qué sabía de ella. No le agradaba, sin embargo, aquella debilidad.

—¿Dónde está?

—En el salón verde, señor —contestó el mayordomo.

—Tráiganos una botella de vino... un burdeos, si hace el favor —dijo Tyrell mientras se alejaba. Entró en un salón espacioso con paredes de color esmeralda y techo de oro pálido. Rory estaba apoyado en la repisa de mármol blanco de la chimenea, aparentemente perdido en sus pensamientos. Se incorporó y se volvió para mirarlo cara a cara.

—¿Me estás mirando con el ceño fruncido, Tyrell? —parecía divertido—. ¿Acaso no soy una imagen refrescante para tus ojos cansados? ¿No me has echado de menos, aunque sea un poco? No tienes otro amigo tan radical como yo. Sin mi presencia, estarás muriéndote de conservadurismo político.

Tyrell tuvo que sonreír.

—No te miro con el ceño fruncido, McBane, nada de eso. Ha sido un truco de la luz, y aunque eres el rebelde más escandaloso que conozco, no estoy rodeado por reaccionarios, como te gusta creer.

Rory sonrió y lo observó con atención.

—Si estás pasando una temporada aquí, no hay duda de que estás rodeado de opiniones peligrosamente conservadoras. ¿Qué tal te va?

—Bastante bien —mintió Tyrell—. ¿Y a ti?

La sonrisa de Rory se hizo más amplia.

—Muy bien —Tyrell levantó las cejas, pero Rory prosiguió—.

Pero me refiero sólo a lo personal. Esas conversaciones acerca de una fusión de las economías de nuestros países me han sacado de quicio —y lanzó a Tyrell una mirada, como si él fuera responsable de la inminente unión entre el Tesoro irlandés y el británico.

—Si esperas un debate, busca en otra parte —Tyrell se rió—. Me niego a discutir los méritos de la unión.

Rory sonrió extrañamente y fijó la mirada en el suelo de piedra.

—Si deseo enzarzarme en un acalorado debate, no tengo que buscar más allá de mi prometida —levantó la mirada y sonrió—. Voy a casarme, Tyrell.

Tyrell le apretó el hombro, sorprendido. Aunque Rory no era precisamente casto, tampoco era un libertino. Su pasión era la política, no las mujeres. Era demasiado pobre para permitirse una amante, y Tyrell era muy consciente de lo fugaces que eran sus aventuras amorosas.

—Esto debe de ser *le coup de foudre* —dijo con sincero regocijo—. Enhorabuena.

Rory sonrió ampliamente.

—Confieso estar enamorado. Ahora empiezo a entender lo que significa el amor —se frotó las sienes—. No duermo muy bien últimamente.

Un criado apareció con el vino.

—En el momento justo —dijo Tyrell mientras Rory y él tomaban una copa. Entrechocaron sus bordes—. ¿Y quién es ese dechado de virtudes y, supongo, de inteligencia que te ha cautivado?

La sonrisa de Rory se disipó. Titubeó.

—Georgina May Fitzgerald.

De haber estado bebiendo, Tyrell se habría atragantado. Se quedó paralizado, incapaz de responder. Miró a Rory, pero vio a Elizabeth con su hermana como las había visto la última vez, tomando el té en los jardines de Wicklowe.

—Tyrell —Rory dejó su copa y le tocó la manga—, me he enamorado de la hermana de Lizzie. Pensamos casarnos esta primavera.

La mente de Tyrell comenzó a funcionar. Su querido amigo iba a casarse con la hermana de Elizabeth. Rory había estado cortejando a Georgina. ¿Acaso estaban allí, en la ciudad? Estaba convencido por alguna razón de que Elizabeth vivía con su hermana. Y, si era así, Rory debía saberlo todo sobre ella.

Por una vez en su vida, se sintió perdido. Sentía dolor y sentía ira, y estaba repleto de preguntas que no debía formular. Para disimular su agitación, dijo:

—No la conozco muy bien, pero creo entender por qué te has enamorado de ella —se dio cuenta de que su corazón latía con violencia. Había en él ansiedad y excitación, desaliento y temor.

—Nunca he conocido una mujer más brillante —exclamó Rory—. ¿Y te has fijado en lo elegante y bella que es?

¿Estaba Georgina en la ciudad? ¿Y estaba Elizabeth con ella? Tyrell se dio la vuelta y bebió de su vino mientras dudaba si preguntar o no. Si descubría que Elizabeth estaba en Londres, ¿qué haría? Para darse más tiempo, procuró concentrarse en el matrimonio de Rory.

—Es muy alta —dijo. Aunque estaba obsesionado con Elizabeth, añadió—: Eres el único amigo que tengo que reutiliza sus tarjetas de visita —más calmado, se volvió lentamente—. Rory, ¿cómo piensas mantenerla? Ella es tan pobre como tú.

Rory dejó escapar un gruñido.

—Nos las apañaremos para llegar a fin de mes. Como mis caricaturas no dan mucho dinero, estoy buscando un empleo mejor.

Tyrell se quedó pasmado, pues sabía cuánto disfrutaba Rory dedicándose a la sátira política.

—¿Abandonarías tus ingeniosos dibujos?

—No del todo, pero dejaría de dibujar para el *Times* regularmente. Créeme, Tyrell, antes de pedirle que se casara conmigo, tuve un largo debate conmigo mismo. No soy tonto. Es evidente que debería haberme enamorado de una rica heredera. Pero no ha sido así —su mirada se ensombreció—. Y ella podría conseguir un partido mucho mejor. Pero no le importa mi situación. Me ha dicho que nunca pensó en casarse, ni en enamorarse —de pronto sonrió—. Me quiere —dijo con asombro—. Hasta me lo ha dicho.

Tyrell reconocía a un hombre enamorado cuando lo veía. Decidió que su regalo de boda sería una suma considerable, pero eso no resolvería sus problemas, sólo los mantendría a raya durante un tiempo.

—Intentaré ayudarte a encontrar un empleo lucrativo —dijo—. Déjame que lo piense.

Rory dio un respingo.

—No he venido por eso, pero gracias. ¿Te han dicho alguna vez que eres el amigo ideal? Gracias, Tyrell.

—No hay de qué —contestó él—. Sería un placer para mí ayudaros a ambos —unos ojos grises asaltaron su recuerdo, imposibles de eludir. Empezó a pasearse lentamente por la habitación mientras se bebía el vino. ¿Qué haría si volvía a verla?

—Ty —dijo Rory con firmeza, acercándose a él—, me gustaría mucho que asistieras a la boda, pero teniendo en cuenta lo que pasó este verano, no creo que sea buena idea.

Tyrell se volvió bruscamente.

—¿Georgina está en la ciudad?

Rory se tensó visiblemente.

—Sí. Está en casa de Eleanor, en Belgravia.

El corazón de Tyrell dio un vuelco. Belgravia estaba a un corto trayecto en carruaje de allí. Cruzó los brazos y preguntó intentando aparentar indiferencia:

—¿Elizabeth está allí?

Rory vaciló, y aquello fue respuesta suficiente. Tyrell comenzó a alejarse de él, incapaz de resistirse al arrebato de adrenalina que corría por su sangre. Se sentía como un cazador con su presa a la vista. Ella estaba a veinte minutos de allí.

—¿Cómo está tu hijo? —preguntó Rory—. Estará muy grande —era evidente que deseaba cambiar de tema.

Tyrell lo miró desde el otro lado del salón.

—¿Cómo está ella?

Los ojos de Rory brillaron.

—No hagas esto —lo advirtió.

—¿Hacer qué? —Tyrell sonrió, y experimentó un profundo

desagrado–. Deseo saber cómo está. La cuestión es bastante simple. Tengo derecho a saberlo.

–No tienes ningún derecho –contestó Rory–. Sólo tienes derechos en lo que respecta a tu prometida –y añadió con ardor–: Le rompiste el corazón. ¿Cómo crees que está?

Tyrell sintió que una cólera peligrosa se apoderaba de él.

–Lamento disentir. Ella me dejó. Yo no le he roto el corazón.

Rory se acercó. Parecía enojado.

–Es mi prima y mi amiga. Nunca aprobé vuestra relación. Fue una desgracia. Lizzie siempre se ha merecido algo mejor. Se merecía un marido y un hogar... no la ruina y la deshonra.

Tyrell no se movió.

–Vino a mí ya deshonrada –dijo, pero sabía que era mentira. Rory tenía razón. Elizabeth se merecía mucho más que una sórdida aventura.

–No he venido aquí a hablar de Lizzie, y menos contigo. Quiero que la dejes en paz –lo advirtió Rory.

–¿Qué te hace pensar que no voy a hacerlo?

–¿Empiezas a interrogarme sobre ella y ahora preguntas por qué sospecho que pretendes perseguirla de nuevo? –Rory estaba atónito.

El corazón y la mente de Tyrell funcionaban de pronto al unísono, a marchas forzadas. Pero sólo dijo con excesiva calma:

–No me interesa en absoluto tener otra aventura.

–Entonces ¿qué te propones, Tyrell? –preguntó Rory.

Y, en ese momento, finalmente, Tyrell comprendió lo que debía hacer.

Un extraño giro de los acontecimientos

Eleanor daba una pequeña fiesta para doce invitados con ocasión del compromiso oficial entre Georgie y Rory. El señor Fitzgerald había enviado un mensajero a la ciudad para dar su refrendo al enlace y su esposa había incluido una breve nota explicando lo encantada que estaba y aludiendo de pasada a la posición de Rory como pariente favorito de Eleanor. Georgie andaba en una nube, casi literalmente, y Lizzie estaba profundamente satisfecha. La pareja había decidido esperar hasta la primavera para casarse.

Aún no habían entrado en el comedor. Sus invitados se hallaban reunidos en grupos mezclados, y Lizzie advirtió que había presente un caballero de su edad, hijo menor de una buena familia. Estaba tan contenta por Georgie que, si Eleanor pretendía encontrarle marido, no se molestaría.

—¿Señorita Fitzgerald? —el rubio caballero le sonrió amablemente—. Quisiera pedirle, aunque sea una osadía por mi parte, que me acompañe un día de esta semana a las carreras.

Lizzie sonrió con firmeza a Charles Davidson. Era hora de dejar las cosas claras. No tenía intención de ir a ninguna parte con ningún caballero, y de todos modos se cuestionaba los motivos de aquel joven, dado que su reputación era bien conocida.

—Me halaga su invitación —dijo—, pero me temo que debo declinarla. Por desgracia, esta semana estoy muy ocupada en el hospital de Saint Anne.

Él puso mala cara e hizo una reverencia.

—Me rompe usted el corazón —dijo galantemente.

Lizzie oyó el timbre.

—Si me disculpa. Creo que voy a ir a abrir la puerta —sonrió y se alejó, pero antes de que saliera al vestíbulo Rory la detuvo.

—Davidson es un buen amigo, Lizzie. ¿Acabas de darle calabazas?

Ella miró sus ojos serios.

—Así que eres tú quien lo ha invitado —sacudió la cabeza—. Rory, por favor, no me interesa.

Él la miraba inquisitivamente.

—¿Puedo darte un consejo?

Lizzie levantó la mano. No quería que le dijera que debía seguir adelante. Pero, antes de que pudiera hablar, sintió unos ojos fijos en ella. Miró más allá de Rory, hacia el vestíbulo, y vio a Tyrell de Warenne.

Dejó escapar un grito, llena de asombro.

Hacía tanto tiempo...

Y el solo hecho de verlo, habiendo pasado tantas cosas entre ellos, reabrió cada una de sus heridas. Sintió un dolor tan agudo como si lo hubiera abandonado el día anterior... y, como si fuera ayer, deseó desesperadamente hallarse en sus brazos. Luego vio las flores. Se puso tensa y miró con fijeza el hermoso ramo que él sostenía en la mano.

«No quiero casarme con Tyrell, ni con nadie». Extrañamente, las palabras sorprendentes de Blanche volvieron a su recuerdo. Pero Blanche no hablaba del porvenir, se recordó casi frenéticamente. Blanche obedecería a su padre, igual que Tyrell cumpliría su deber para con Adare. Pero ¿por qué, Dios santo, había ido allí?

—¿Lizzie? Veo que estás impresionada. Quédate aquí —dijo Rory, tajante—. Yo me encargo de esto.

Lizzie apenas lo oyó. Tyrell seguía mirándola fijamente, con ojos oscuros e intensos. Y, pese al sentido común y la experiencia pasada, ella comenzó a sentir esperanza.

—¿Qué haces aquí? —exclamó Rory, incrédulo y consternado.

Tyrell no le hizo caso. Elizabeth estaba de pie en el umbral del vestíbulo, paralizada por su aparición, tan pálida como si hubiera visto un fantasma. Al verla otra vez, después de tanto tiempo, toda la ira de Tyrell se desvaneció, capa tras capa, hasta que quedó indefenso. Era tan bella, tan perturbadoramente bella... Y lo único que quería él era abrazarla, protegerla, hacerle el amor. No recordaba ya por qué no estaban juntos. No se le ocurría una sola razón para que estuvieran separados. El ansia de acercarse a ella y suplicarle que lo perdonara se apoderó de él. Ya no recordaba que él era la víctima y que ella lo había abandonado.

Rory estaba lívido.

—Debes marcharte, Tyrell. Tu presencia sólo conseguirá perturbarla a ella y a todos los demás. Estás prometido con otra. ¿O es que lo has olvidado? —añadió con sorna.

Tyrell dio un respingo. Estaba prometido con Blanche y no debía estar allí. Pero no podía marcharse hasta que hubieran hablado. Por fin miró a Rory.

—¿Quién demonios es ese tipo rubio que la estaba atosigando?

—Un amigo mío. Esperaba que se gustaran —replicó Rory.

Tyrell sintió la lenta e intensa quemazón de los celos. No tenía derecho a ponerse posesivo. Y se rindió. Si podía controlar el destino de Adare, sin duda no permitiría que otro hombre entrara en la vida de Elizabeth. Pero ¿dónde dejaba eso a Elizabeth... y dónde a ambos?

—Debes irte a casa, con Blanche —insistió Rory.

La pálida imagen de su prometida se le vino al recuerdo y comprendió de pronto, en un instante cegador, que su matrimonio sería desgraciado. Repentinamente tenía miedo de lo que debía hacer. Y, sin embargo, no tenía duda alguna.

Miró de nuevo los ojos grises de Elizabeth, dilatados por el dolor. No hacía falta que ella hablara para que él oyera su súplica: «¿Por qué?». Aquella pregunta resonaba ensordecedoramente entre ellos, en el vestíbulo. Pero Tyrell ignoraba la respuesta.

—Maldita sea, Ty, es evidente que todavía sientes algo por

ella. Es mi deber como su futuro cuñado asegurarme de que no vuelves a hacerle daño... ni pones en peligro el que tenga un futuro con otro hombre.

Tyrell no lo oía. Georgina se había acercado a su hermana, pálida por la angustia, y la había rodeado con el brazo. Elizabeth no parecía notarlo.

—No va a estar con nadie más —dijo Tyrell, mirando desdeñosamente a Rory.

—¿Qué? —exclamó Rory.

—Debo darle las flores —añadió con la mirada fija en Elizabeth—. Quiero hablar con ella. Luego me iré.

—¡Tyrell! —gritó Rory.

Pero era demasiado tarde. Tyrell se alejaba en dirección a Elizabeth.

Lizzie no podía moverse, ni podía respirar. Ya no oía las voces en el salón, a su espalda, ni era consciente de que su hermana estaba a su lado. Tyrell se acercaba con furiosa intensidad.

Se detuvo ante ella e hizo una reverencia. Lizzie había olvidado lo cautivador que era. Podía sentir su energía, su fortaleza, su resolución; sentía su ardor, su virilidad; lo sentía a él. Desbordada, olvidó inclinarse ante él. De algún modo logró decir:

—Ty... mi... mi... milord.

La oscura mirada de Tyrell se deslizó lentamente sobre su cara, como si recordara cada rasgo... o los memorizara. No habló. Ella sintió que el sudor corría entre sus pechos y por su vientre. Él posó la mirada en su boca y luego más abajo, sobre su pecho. Al instante, un deseo doloroso embargó a Lizzie.

Nada había cambiado. Casi sentía las manos de Tyrell cerrándose sobre sus brazos y su cuerpo duro contra ella. Casi lo sentía hundido profundamente en su interior, sus cuerpos unidos. En ese momento lo deseaba desesperadamente, y no sólo en un sentido físico. Nunca lo había echado más de menos.

—Elizabeth —dijo Tyrell con voz crispada. Y luego añadió dirigiéndose a Georgina—: Señorita Fitzgerald. ¿Me permite felicitarla por su compromiso?

Lizzie miró a Georgie, que parecía a punto de estallar. Pero su hermana dijo:

—Gracias —y luego miró a Lizzie como si esperara una señal.

Lizzie tragó saliva.

—¿Te importa dejarnos? —preguntó.

Georgie miró a uno y a otro antes de asentir con la cabeza, disgustada. Y se marchó. Tyrell acercó las flores a Lizzie.

—He oído que estabas en la ciudad.

Ella parpadeó, mirando el ramo de rosas encarnadas. ¿Por qué le había llevado flores? ¿Qué significaba aquel ramo? Las aceptó, consciente de que el rubor inundaba sus mejillas.

—Gracias —apretó las flores contra su pecho.

—Tienes buen aspecto, Elizabeth —dijo él, muy serio, y su mirada se deslizó por el vestido de noche azul marino antes de volver a posarse en sus ojos.

Ella se atrevió a mirar sus ojos penetrantes. No estaba bien en absoluto. No había estado bien desde que los había abandonado a él y a su hijo, pero no podía hablar de eso.

—Tú también —dijo con un temblor en la voz. Pero de pronto veía sombras en sus ojos que nunca antes había visto, y comprendió que algo no iba bien. Algo atormentaba a Tyrell... o le hacía sufrir enormemente.

El semblante de él pareció levemente burlón.

—Estoy bastante bien.

—Esto es una gran sorpresa —se atrevió a decir ella.

—Sí, me doy cuenta —dijo él, sin ofrecerle ninguna explicación.

Ella respiró hondo, temblorosa.

—¿Por qué? ¿Por qué has venido, Tyrell?

La sonrisa de Tyrell era agria.

—No sabía que estabas en la ciudad hasta que hablé con Rory esta mañana —dijo como si eso lo explicara todo.

Pero no explicaba nada. Lizzie se mojó los labios.

—Entiendo —dijo.

—Somos viejos amigos —añadió él mientras la miraba detenidamente.

—Amigos —repitió ella. Aquella palabra no hacía justicia a su anterior relación y sin duda él lo sabía. ¿O era así como pensaba ahora en ella, como una vieja amiga? Lizzie sabía que sus mejillas ardían–. Claro que seguimos siendo amigos –dijo con la mayor calma de que fue capaz–. Siempre serás mi amigo, Tyrell.

Él escudriñó su expresión.

–Entonces, ¿me sigues siendo leal, después de todo este tiempo?

Santo cielo, ¿qué quería decir?

–Desde luego. Los amigos deben guardarse lealtad. Es la naturaleza de la amistad –no quería hablar así, ser indirecta y preocuparse por las insinuaciones–. Sin duda me conoces lo suficiente como para saber que siempre soy sincera. Siempre serás mi amigo –se oyó decir con pasión.

Él la miró fijamente y dijo de pronto:

–Has cambiado. Eres más bella e irresistible que antes, y ahora tienes el aplomo y la seguridad de una mujer madura.

Lizzie se quedó atónita y, a pesar de sí misma, sintió alegría.

–Todos cambiamos, Tyrell. Creo que a eso se le llama crecer –vaciló–. Me parece que tú también has cambiado.

Él dio un respingo y la miró a los ojos. Por fin dijo suavemente:

–La vida está llena de sorpresas, Elizabeth. Y no todas son agradables.

Lizzie se preguntó que quería decir. Temía preguntar.

–¿Cómo está tu familia? –de pronto pensó en Ned.

–Están muy bien –dijo él.

Ella se mordió el labio, desesperada por preguntarle por su hijo, a pesar de que sabía que no debía sacar el tema a relucir. Si lo hacía, volvería a morirse de pena. Transcurrió un momento terriblemente embarazoso. Ella pensó en Blanche y en su futura boda.

–¿Y lady Blanche?

Él eludió su mirada.

–Está bien –y sus siguientes palabras fueron perturbadoramente directas–. Seguimos siendo dos perfectos desconocidos.

Ella se quedó paralizada. La esperanza brincó en su pecho. Se recordó que Tyrell debía casarse con una dama de su rango y fortuna y que ella era demasiado pobre e insignificante para ser su esposa. Cerró los ojos. Desde el verano anterior, aquello se había convertido en su sueño secreto. Un sueño que sólo la asaltaba en las horas más oscuras de la noche. Su corazón ansiaba ser la esposa de Tyrell, pese a lo que argumentara su razón.

—Elizabeth... —dijo él suavemente. Ella levantó la mirada—. No quisiera abusar de vuestra hospitalidad, y veo que tenéis invitados.

Ella se sintió asentir con la cabeza y comenzó a experimentar pánico. ¡Tyrell estaba a punto de marcharse! ¿Cómo podía dejarlo marchar tranquilamente? Había logrado sobrevivir aquellos últimos meses sin él, pero su presencia dejaba clara una cosa: no quería volver a estar sin él. Si debía conformarse con su amistad, se conformaría. Por peligroso que fuera aquello, alargó la mano y le tocó el brazo.

—Tyrell...

Él dio un respingo y la miró ardientemente. Lizzie comprendió. Aquella súbita tormenta de deseo era demasiado evidente. Tyrell aún la deseaba en su cama. Lizzie comprendió que debían combatir de algún modo la atracción que seguían sintiendo el uno por el otro. Tragó saliva.

—Me alegra que hayas venido. ¿Podemos... podemos seguir siendo amigos? Quiero decir... amigos de verdad. Me gustaría que vinieras de visita alguna vez, cuando puedas, por supuesto.

—Gracias —dijo él, aliviado—. Elizabeth... me gustaría mucho volver a verte.

El corazón de ella dio un vuelco y se aceleró. Aquello era como verse arrastrada tiempo atrás, a la pasión que había compartido en Wicklowe. Tyrell seguía siendo infinitamente seductor, tan apuesto, tan fuerte y seguro de sí mismo... Lizzie luchó contra el impulso de lanzarse en sus brazos. No deseaba otra cosa que apoyar la cabeza en su amplio y duro pecho.

Caminó a su lado hasta la puerta de la calle. Él se detuvo.

—Elizabeth, no me has preguntado por Ned —dijo, mirándola atentamente.

Ella se sobresaltó como si la hubiera golpeado. Se volvió rápidamente para que no viera la hondura de su angustia y lo cerca que estaba de desmoronarse. No podía hablar, ni explicarle por qué no podía preguntar por su hijo.

—Está muy bien —dijo Tyrell suavemente—. Es un niño brillante, y sigue tan arrogante como siempre. También está muy contento. Siento adoración por él —añadió.

Ella asintió con la cabeza y por fin levantó la mirada. Sus ojos se habían llenado de lágrimas.

—Veo que sigue siendo difícil para ti.

—Lo... lo echo de menos.

Tyrell se quedó callado. Lizzie se enjugó los ojos, intentó recobrar la compostura y lo miró con una dolorosa sonrisa.

—Gracias por venir, milord —dijo, replegándose en la formalidad más absoluta.

—Elizabeth... —ella se tensó—. Puedes ir a visitarlo. Lo arreglaré todo encantado.

La esperanza se avivó, consumiéndola, y Lizzie logró recuperar la razón.

—No es buena idea —sollozó. Si veía a Ned, no podría soportar el dolor. Sabía que no podría volver a apartarse de él—. No, no puedo.

Tyrell esperó un momento.

—Si cambias de idea, organizaré una visita.

Ella mantuvo la cabeza alta.

—No cambiaré de idea. Buenas noches, milord —hizo una reverencia.

Él no se inclinó. Se quedó mirándola pensativamente, con enervante intensidad.

Al alba, Lizzie se rindió.

Sentada a su escritorio, escribió una nota que selló e hizo llevar a Harmon House a las ocho en punto.

Lord de Warenne:
He reconsiderado su generosa oferta. Si sigue en pie, quisiera visitar a su hijo. Hoy estaré en casa. Aguardo con impaciencia su respuesta.
Elizabeth Anne Fitzgerald

La respuesta de Tyrell fue rápida. Llegó a las ocho y media.

Querida señorita Fitzgerald:
Mi oferta sigue en pie. Puede ver a Ned cuando lo desee, sólo tiene que especificar un día y una hora y lo arreglaré todo. A la espera de su respuesta,

Tyrell de Warenne

A las nueve, desfallecida por la emoción, Lizzie había escrito una contestación y había mandado partir al lacayo.

Milord de Warenne:
Si mi petición no le parece en exceso atrevida, quisiera ver a Ned hoy mismo. Podría ir a cualquier hora que les resulte conveniente a ambos.
Atentamente,

Elizabeth Anne Fitzgerald

Tyrell no había salido de casa, pues su respuesta llegó al cabo de una hora.

Querida Elizabeth:
No eres en exceso atrevida. ¿Te vendría bien a las cuatro?

Tyrell

Lizzie apenas podía creer que fuera a ver a Ned esa tarde. Y, al leer la contestación de Tyrell, sintió su sonrisa y hasta su tierna mirada sobre ella. Se negó a pensar en ello y garabateó una aceptación. Las lágrimas mancharon la nota. No le importó y la mandó de todos modos.

Tyrell, milord:
Estaré allí a las cuatro, como hemos convenido. Gracias.

Elizabeth

Él la estaba esperando cuando llegó a Harmon House, a las cuatro en punto. Lizzie ni siquiera sabía si estaría allí. Tyrell podría haber dejado instrucciones a los criados respecto a su visita. Pero abrió la puerta él mismo y Lizzie se atrevió a abrigar esperanzas de que estuviese tan ávido de su compañía como lo estaba ella de la suya.

—Elizabeth —Tyrell hizo una reverencia y dejó que entrara en el vestíbulo. Iba vestido formalmente, con levita y pantalones oscuros, chaleco de color bronce y corbata.

Lizzie, que había elegido su atuendo con esmero, llevaba un vestido de color verde pastel, de manga larga y cuello alto. La tela era tan cara y elegante que sabía que estaba majestuosa como una reina. Durante el año anterior había adquirido algunas joyas, y lucía unos pequeños pendientes de jade engarzados con diamantes y un broche de oro. Tyrell deslizó la mirada sobre ella, y Lizzie advirtió que aprobaba su apariencia. No pudo por menos de sentirse complacida.

—Buenas tarde, milord —susurró. La mirada de Tyrell era muy viril y ella comprendió en ese instante que estaba pensando en llevarla a la cama.

Pero eso no podía ser. Las relaciones carnales no formaban parte de la nueva amistad que deseaba forjar con él. Pasó a su lado y se esforzó por ver más allá del espacioso vestíbulo. No podía aguardar ni un momento más para ver a Ned y temblaba de emoción. Él la tomó del brazo mientras el portero cerraba la puerta.

—Ned está en el salón azul —dijo.

Sus miradas se encontraron de nuevo. Ella llevaba un bolsito y, dentro de él, dos paquetes envueltos.

—Le he traído unos regalos —musitó.

Tyrell le sonrió con una mirada cálida.

—No me sorprende —dijo mientras la conducía hacia el salón.

Lizzie no había estado nunca en Harmon House, pero apenas era consciente de la elegancia de cuanto la rodeaba. Su corazón latía con fuerza, presuroso. De pronto oyó la voz infantil de Ned y el ladrido nervioso de un perro.

—Le he dicho que su tía iba a venir a visitarlo —dijo Tyrell.

Lizzie se tambaleó y lo miró con estupor.

—¿Qué? —exclamó, pensando que Tyrell había averiguado de algún modo la verdad acerca de Anna. Él la miró con cierta confusión.

—Me pareció preferible presentarte como a un familiar —dijo.

Lizzie se dio cuenta de que se había tapado el corazón con la mano.

—Sí, claro —murmuró.

Tyrell la tomó del brazo y la condujo por otro corredor. Parecía enfrascado en sus pensamientos. Lizzie dijo con nerviosismo:

—Tu madre ha tenido la amabilidad de escribirme de cuando en cuando, para mantenerme al corriente de todo lo que hace Ned.

Él se sorprendió, pero gratamente.

—Debería haberlo imaginado —dijo mientras atravesaban la casa—. Claro que mi madre siempre te ha tenido mucho cariño. Se llevan muy bien —añadió, y la miró de soslayo—. Ned y la condesa. Él la adora. Y ella lo mima constantemente.

—Me alegro muchísimo —dijo Lizzie cuando se detuvieron en el umbral de un salón decorado en tonos de azul claro. Entonces vio a Ned.

Consiguió no gritar. El niño estaba de pie junto a un perro el doble de grande que él y le daba órdenes para que se sentara. El perro se limitaba a mirarlo, jadeando. Rosie hacía punto sentada en el sofá.

Lizzie luchó por no llorar. Notó que Tyrell la miraba atentamente, pero no pudo mirarlo. La alegría de su vida estaba a unos pocos pasos de ella. Ned estaba mucho más alto de lo que le recordaba, vestía calzas de punto y una chaquetita, y parecía muy mayor. Seguía siendo moreno y muy guapo, y ella sintió por fin que una lágrima se derramaba mientras Ned conseguía que el perro se sentara.

—Buen chico, Wolf, buen chico —dijo el niño con las manos en las caderas. Luego miró hacia atrás, vio a su padre y sonrió—. ¡Papá!

Lizzie se quedó muy quieta mientras Ned corría hacia su

padre, que lo levantó el brazos. Ned se rió, igual que Tyrell. Luego Tyrell lo abrazó con fuerza un momento.

–Tenemos visita –le dijo con calma a su hijo–. ¿Te acuerdas? Te dije esta mañana que iba a venir tu tía Elizabeth.

Y, al mirarlos, Lizzie comprendió que había hecho lo correcto. Ned estaba tan pendiente de su padre que saltaba a la vista lo fuerte que era el vínculo que los unía. Se parecía a Tyrell más que nunca. Observó a Tyrell un momento, como si intentara tomar una decisión, y luego fijó su mirada oscura en Lizzie. El impacto de sus ojos fijos, curiosos y serenos bastó para que Lizzie derramara más lágrimas.

Tyrell dejó a Ned en el suelo.

–¿Por qué llora la tía? –preguntó Ned sin apartar la mirada de Lizzie.

Tyrell seguía sujetándolo con una mano.

–Porque se alegra mucho de verte. No te veía desde que tenías un año.

Ned seguía mirándola fijamente. Lizzie logró esbozar una sonrisa llorosa.

–Hola, Ned –musitó. Nunca le había dolido tanto el corazón. Le costaba un enorme trabajo no precipitarse hacia él y abrazarlo. Pero sabía que no debía asustarlo.

El niño no le sonrió. Frunció el ceño y, en ese momento, Lizzie comprendió que la reconocía en cierto modo e intentaba adivinar quién era.

–Te conocí cuando eras sólo un bebé –dijo. Alargó la mano y tocó su mejilla suave. Él no se movió–. Te he traído un regalo. ¿Quieres verlo?

Él asintió con la cabeza.

–No llores.

–Lo intentaré, pero tu padre tiene razón. Soy muy feliz por volver a verte.

Ned la tomó de la mano.

Lizzie se rió, temblorosa, y apretó su manita. Levantó los ojos y se encontró con la mirada fija de Tyrell. Él le sonrió un poco y ella se dio por vencida. Se arrodilló en el suelo, frente a Ned, y lloró.

—¿Puedo darte un abrazo?

Ned no vaciló; asintió con la cabeza.

Lizzie lo tomó en sus brazos. Sabía que no debía exagerar, pero el niño la rodeó con los brazos al instante y la apretó. Ella se tragó el nudo de angustia que sentía y lo abrazó con fuerza mientras intentaba atesorar aquel instante, el más grandioso de su vida. Se puso luego rápidamente en pie.

—Ten —apenas podía hablar cuando le entregó uno de los paquetes.

Ned rompió el envoltorio y sacó una caja con un muñeco de muelle dentro. Saltaba a la vista que no era la primera vez que veía una de aquellas cajas, pues apretó la tapa y el payaso de colores salió disparado. Ned se echó a reír, encantado, metió el payaso en la caja, se sentó en el suelo y volvió a pulsar la tapa. Wolf meneaba la cola alegremente.

Lizzie se enjugó las últimas lágrimas. Era muy consciente de que Ned jugaba en el suelo, a unos pasos de ella, y de que Tyrell estaba a su espalda y los observaba a ambos. ¿Cómo había llegado su vida a aquella situación? Miró a Rosie, que se había levantado.

—Rosie... —dijo.

La niñera estaba llorando.

—Señorita...

Lizzie corrió hacia ella y la abrazó.

—¿Cómo estás? —sollozó al soltarla.

Rosie se enjugó los ojos.

—Muy bien, señorita. El señor ha sido muy bueno conmigo. Pero la hemos echado de menos, Ned y yo.

Lizzie sólo pudo asentir con la cabeza, con la esperanza de que Ned no la hubiera echado de menos mucho tiempo.

—Estoy muy orgullosa del niñito en que se ha convertido —dijo—. ¡Está tan grande...! Gracias, Rosie. Gracias por quedarte con Ned. Gracias por todo.

Rosie le sonrió. Lizzie sintió la mirada de Tyrell y se volvió. Tenía él una mirada intensa y pensativa. A Lizzie se le encogió el corazón mientras se preguntaba en qué estaría pensando.

—¡Qué alto se ha puesto!

–Sí, ha crecido como la mala hierba.
–Soy feliz por ti –logró decir ella de todo corazón.
Ned seguía jugando con el muñeco de la caja.
–Gracias por el regalo –dijo Tyrell.
–Tengo otra cosa para Ned –se apresuró a decir ella, turbada por su mirada. Volvió al umbral de la habitación y sacó de su bolso un paquete muy pequeño. Se detuvo allí, respiró profundamente y recordó cada día y cada noche que habían pasado juntos en Wicklowe, con Ned, como una familia. Era casi como si aquellos cincos meses de separación no hubieran tenido lugar. Sin embargo, al mismo tiempo, parecían toda una vida.
–Elizabeth… –Tyrell se había acercado a ella y estaba a su espalda. Ella se sobresaltó.
Él la sujetó suavemente por los codos y Lizzie se quedó quieta. Sentía su atención y su interés y sabía que no haría falta más que un beso para que acabaran en el mismo lugar donde habían estado una vez. Se apartó y le dio el paquete.
–¿Es para mí?
–No, es para Ned –dijo ella, y entonces vio el brillo de sus ojos y comprendió que Tyrell estaba bromeando. Se sonrojó y dio otro paso atrás. Sabía que debía poner cierta distancia entre ellos.
Tyrell abrió el paquete. Como si adivinara sus pensamientos, había dejado de sonreír. Pero, en lo tocante a los sentimientos de Lizzie, era sumamente astuto. Acarició la tapa del libro de cuentos de hadas ilustrado.
–Me encantará leérselo a Ned por las noches –dijo.
Lizzie se lo imaginó vestido con un atuendo menos formal, quizá con un batín, sentado con Ned en el sofá, leyéndole suavemente mientras el resto de la casa permanecía a oscuras. Aquella imagen era demasiado dolorosa.
–¿Te importa que me quede a jugar con Ned un rato? –preguntó.
Tyrell la miró directamente.
–Sólo si prometes volver a visitarnos.
El corazón de Lizzie dio un vuelco. ¿Qué pretendía Tyrell en realidad?

—Vendrás otra vez —dijo él con calma, y no era una pregunta.

Lizzie se dio por vencida.

—Me encantaría volver.

Él le sonrió.

—¿El viernes por la tarde, entonces?

—Sí —un estremecimiento de alegría la embargó. Dos días después, estaría de vuelta en Harmon House y volvería a ver a Ned y a Tyrell. En ese momento, comprendió que sus mejores intenciones se hallaban en grave peligro.

Él la observaba con mucha atención, como un cazador a punto de capturar a su presa. Lizzie se dio cuenta de que estaba esperando antes de dar su siguiente paso. La única pregunta era qué se proponía en realidad. Lizzie estaba segura de que quería que volvieran a ser amantes.

Sería tan fácil volver a caer... Pero ¿acaso no había sabido con cada fibra de su ser que ir ese día a Harmon House era intrínsecamente peligroso?

—¿Te apetece una copa de vino? —preguntó Tyrell con calma.

Lizzie titubeó.

—Sí, gracias —dijo.

24

La veloz mano del destino

Blanche quedó muy sorprendida cuando le dijeron que su prometido había ido a verla. Había visto a Tyrell la noche anterior, cuando había ido a cenar con su padre y con ella. Sin idea de lo que podía querer, dio las gracias al mayordomo y entró en el salón donde la estaba esperando. Tyrell estaba de pie, mirando fijamente el fuego de la chimenea, pero al oírla acercarse se volvió.

Intercambiaron saludos. Blanche notó que estaba muy serio.

—Me gustaría hablar con usted en privado —dijo—. ¿Puedo sentarme?

Blanche asintió con la cabeza, preocupada al instante. Se sentó en un amplio sofá dorado y él tomó asiento en una butaca, frente a ella.

—Espero que su familia se encuentre bien —dijo. Había llegado a la conclusión de que alguien estaba enfermo.

Tyrell la miró cuidadosamente. Ella le devolvió la mirada con la misma atención.

—Mi familia está bien, gracias. ¿Y su padre? Anoche parecía encontrarse bien. ¿Todavía cree usted que se encuentra mal?

Ella vaciló.

—Mi padre sigue teniendo momentos de fatiga —de pronto se puso nerviosa—. ¿Ha venido a pedirme que vuelva a Harmon House? Porque tengo la firme convicción de que he de quedarme aquí y atenderlo.

—No, Blanche, no he venido a pedirle que vuelva a mi casa —apartó la mirada. Parecía incómodo.

De pronto, Blanche pensó en Elizabeth Fitzgerald, su ex amante. Era una joven tan amable, tan digna y bien educada... Blanche esperaba una cortesana llena de descaro, pero la señorita Fitzgerald no era una belleza arrebatadora y había sido muy agradable. Su candor era, por otra parte, enternecedor. ¿Había descubierto Tyrell que había visitado a su ex amante?

—Blanche, hay algo que debo decirle, por violento que resulte. No quisiera darle un disgusto, pero me temo que debo hacerlo.

Ella se puso a juguetear con la borla de un cojín.

—¿Se trata de la señorita Fitzgerald?

Él pareció sorprendido.

—Entonces, ¿ha oído hablar de ella?

Ella asintió con la cabeza mientras lo observaba atentamente.

—Mi padre me habló de su... relación pasada —sonrió tranquilizadoramente—. No pasa nada, Tyrell, no estoy dolida, ni escandalizada. Sé que esa aventura fue el verano pasado, cuando no llevábamos prometidos mucho tiempo.

—¿Nunca ha sentido ni una pizca de rencor?

—No está en mi naturaleza el sentir rencor —dijo ella sinceramente, y deseó ser capaz, por una vez, de querer hasta el punto de sentir odio o resentimiento hacia otra persona. Suspiró—. Nunca me enfado.

Tyrell se puso en pie.

—Me caben pocas dudas de que va a enfadarse conmigo ahora. Blanche, es usted una dama ejemplar. Sería una gran condesa y un gran apoyo como esposa. Le he dado muchas vueltas a esto. No deseo herirla en modo alguno, pero no veo modo de evitarlo. No puedo casarme con usted.

El alivio se apoderó de ella, y se dio cuenta de que se había puesto en pie.

—¿No puede? —logró decir, asombrada porque él deseara poner fin a su compromiso, al igual que ella.

Tyrell negó gravemente con la cabeza.

—Le repito que lo siento muchísimo. Usted no ha hecho nada para propiciar esto. Entregué mi corazón a otra persona antes de que usted y yo nos conociéramos siquiera. He decidido hacerla mi esposa, a pesar de la fortuna que voy a perder por ello. Estoy preparado para economizar en todo lo posible a fin de asegurar el futuro de Adare, suponiendo que no me deshereden.

—Debe usted querer mucho a la señorita Fitzgerald —exclamó Blanche, absolutamente fascinada. Sabía que Tyrell podía acabar desheredado por aquel acto de valor—. ¡Elige el amor al deber!

—En efecto —dijo él con gravedad—. ¿Tan evidentes son mis sentimientos?

—En usted no hay nada evidente —contestó Blanche. ¿Cómo sería amar así?, se preguntaba—. Conocí a la señorita Fitzgerald el otro día, Tyrell —dijo—. Es una mujer extraordinariamente amable y generosa. Yo esperaba una gran belleza, pero es una joven muy corriente. Me parece obvio que el motivo de su aventura fue el verdadero amor y no algo sórdido o bajo. Y es evidente que ella está profundamente enamorada de usted, Tyrell.

Por fin vio una emoción reconocible en los ojos de Tyrell. Era esperanza.

—¿Se lo dijo ella?

—No fue necesario —Blanche pensó en lo que había hecho su padre. Le pareció importante que Tyrell lo supiera—. Tyrell, mi padre me dijo que interfirió deliberadamente en su relación con la señorita Fitzgerald. Al parecer, la animó a dejarlo. Dijo también que ella le escribió una carta de amor antes de marcharse. Y reconoció que la había destruido. Temía lo que pudiera hacer usted si la leía.

Tyrell se quedó mirándola un momento, enfadado y sorprendido a un tiempo.

—Gracias por decírmelo —dijo por fin. Luego se ablandó—. ¿Y usted, Blanche? ¿Cómo está?

—Estoy bien.

Él se quedó pensativo mientras la miraba.

—Cualquier otra mujer estaría histérica. Y aunque sé que su carácter le impediría algo así, no parece enojada en absoluto.

—No me disgusta en absoluto que quiera usted casarse con otra y que yo deba quedarme aquí, en Harrington Hall. De hecho, me siento aliviada.

Tyrell parecía atónito.

—Sencillamente no puedo entenderla.

De pronto, Blanche comprendió lo que debía pensar él.

—No pretendo insultarlo, Tyrell. Ha dicho que esto no es culpa mía. Pues bien, tampoco mi alivio se debe a nada que haya hecho usted.

—Está enamorada de otro.

El alivio de Blanche se disipó y su lugar lo ocupó el desaliento. Se dio la vuelta.

—No, me temo que no.

Tyrell se acercó a ella y le puso la mano sobre el brazo. En los cuatro meses que hacía que se conocían, no la había tocado ni una sola vez, ni siquiera para acompañarla fuera de un salón, excepto en las dos ocasiones en que la había besado, y ella se había mostrado fría e impasible. Blanche, a la que no le gustaba su contacto, se desasió y se volvió hacia él. Tyrell la observaba con atención.

—Está siendo muy generosa conmigo. Me gustaría devolverle el favor, si alguna vez se presenta la ocasión. ¿Por qué parece disgustada ahora, cuando el que haya puesto fin a nuestro compromiso no la ha alterado en absoluto?

Blanche apartó la mirada. Se sintió sonreír con tristeza.

—No soy capaz de amar, Tyrell. ¿No lo ha adivinado?

—Todo el mundo es capaz de amar.

Ella sintió que sus ojos se humedecían.

—Estoy contenta, pero nunca me exalto. Estoy triste, pero nunca angustiada. Algo le pasa a mi corazón. Late, pero se niega a regalarme con algo que no sea una mera sombra de emoción.

Tyrell estaba perplejo.

—Estoy seguro de que algún día la despertará el hombre adecuado.

—Ha sido así casi toda mi vida —dijo ella. Cerró los ojos. El motín. Entre las sombras más profundas de su recuerdo se agitaban imágenes vagas, confusas y violentas y actos inenarrables. Los obligó a volver al lugar donde moraban. Cuando los monstruos se hubieron retirado a las telarañas de su memoria, abrió los ojos y miró a Tyrell—. ¿Cómo es, Tyrell? ¿Cómo es estar enamorado?

—Es un sentimiento de maravilla —dijo él lentamente, buscando las palabras justas—. De maravilla y de asombro, porque pueda haber tanto gozo y un vínculo tan profundo entre dos personas. Es un sentimiento de profundo afecto y devoción, de completa entrega.

Ella sonrió.

—Me alegro mucho por los dos.

—Y yo le estoy muy agradecido. Blanche, lo que he dicho era cierto. Si alguna vez me necesita, ahí estaré, por grande o pequeña que sea su petición. Estoy en deuda con usted.

Ella asintió con la cabeza.

—Es usted muy amable.

—Ahora iré a hablar con mi padre y luego con el suyo.

—No tiene que preocuparse por mi padre. Al principio se enfadará mucho, pero nunca me ha obligado a hacer nada contra mi voluntad. Si lo desea, hablaré yo con él primero.

—Desde luego que no. Es mi deber ocuparme de este asunto y lo haré.

Blanche inclinó la cabeza. Le entendía muy bien.

Tyrell había pedido audiencia con su padre. El conde estaba sentado a su mesa, en la biblioteca, inmerso en el *Times* de Londres, con un ejemplar del *Times* de Dublín a su lado. Tyrell vaciló al entrar en la habitación.

Seguía sorprendido por la actitud de Blanche, pero ella era ahora la menor de sus preocupaciones. Tenía ciertas dudas acerca de su capacidad para convencer a Elizabeth de que se casara con él, después de todo lo ocurrido, pero nunca había estado más decidido. La conquistaría, costara el tiempo que costase. De momento, sin embargo, tenía otra batalla que librar. Estaba convencido de hallarse a punto de ser desheredado.

Adare lo era todo para él... y, no obstante, Elizabeth significaba mucho más. En última instancia, renunciaría a su herencia para conseguirla. Como había dicho Blanche, había elegido el amor. Pero también estaba dispuesto a luchar. Quería a Elizabeth, pero no quería perder Adare. Estaba preparado para batallar con su padre y asegurarse ambas cosas. No confiaba, sin embargo, en conseguir una victoria ese día: de hecho, estaba seguro de que le costaría meses. Sin duda tendría que recabar la ayuda de la condesa y de todos sus hermanos para persuadir al conde a favor de su causa.

Curiosamente, no se sentía culpable.

Ahora que había resuelto seguir los dictados de su corazón, sólo sentía alivio y determinación. De hecho, nunca había estado más decidido. Era consciente de que la batalla sería dura, pero ¿no eran acaso las batallas más grandiosas de la vida las más difíciles y traicioneras?

Si lograba salirse con la suya, tendría que pensar en el porvenir. Pero había pensado mucho en las finanzas de la familia y, aunque no sería fácil, tenía más de un plan respecto a su economía.

—¿Tyrell?

Tyrell se volvió al oír la voz de su padre. Sus miradas se encontraron desde lados opuestos de la habitación. El conde se levantó lentamente, como si presintiera la batalla que se avecinaba.

—¿Has pedido verme? —preguntó.

—Sí —Tyrell se acercó al escritorio, que seguía interponiéndose entre los dos—. ¿Cómo te las has arreglado todos estos años siendo el conde de Adare? —preguntó con calma. Hacía años que quería formular aquella pregunta.

El conde no pareció sorprendido.

—Cuando tenía tu edad, las cosas eran muy distintas. Las máquinas y el comercio no habían dejado aún su impronta en el mundo. Yo estaba concentrado en Irlanda. Luchaba contra los británicos, Tyrell, y en aquellos días la lucha era muy dura. Estaba decidido a proteger a mis aparceros y a preservar sus escasos derechos, al mismo tiempo que mantenía a raya a los británicos.

—Pero sería una carga terrible, ¿no? —Tyrell conocía bien la historia de Irlanda.

—Hubo veces —admitió Edward— en que me sentí muy pequeño e insignificante para tan gran responsabilidad. A diferencia de ti, no tenía hermanos y mi única hermana se había casado con un inglés. Pero luego me casé con tu madrastra. El amor de Mary me permitió sobrellevar la carga de Adare.

Tyrell lo miró fijamente. Por fin dijo:

—Estoy profundamente enamorado de la señorita Fitzgerald y es mi mayor esperanza que su amor y su fortaleza me permitan a mí también soportar esa carga.

El conde le devolvió la mirada. Por fin dijo:

—Mary me advirtió que llegaríamos a esto.

—Nunca, en toda mi vida, imaginé que llegaría un día en que tendría que desobedecerte —dijo Tyrell apasionadamente—. No hay nadie a quien admire más que a ti, padre. Pero puedo proteger Adare y asegurar su futuro con Elizabeth a mi lado, como mi esposa.

Una sombra cruzó el semblante del conde, y se sentó.

—Nunca te había visto tan abatido y melancólico como estos últimos meses, desde que acabó el verano. Desde que ella te dejó.

Tyrell se inclinó sobre la mesa.

—Tengo algo que decirte —el conde levantó la mirada—. Elizabeth no es la verdadera madre de Ned.

Su padre se quedó atónito.

—¿Qué estás diciendo?

—Elizabeth se hizo pasar por su madre y sacrificó su nombre, su reputación, su vida entera para dar a Ned un hogar. Y, cuando me dejó en Wicklowe, tuvo de nuevo el coraje de sacrificarlo todo para hacer lo mejor para Ned. Para ello, tuvo que romperse el corazón. Es una mujer de una generosidad y un valor extraordinarios.

Edward se levantó lentamente.

—No tenía ni idea, Tyrell. Y empiezo a comprender adónde quieres ir a parar. No me sorprenden, sin embargo, ni la valentía ni la compasión de la señorita Fitzgerald. ¿Cómo iban a sorprenderme? Todo el mundo la conoce por sus buenas acciones.

—Será una gran condesa —dijo Tyrell fervorosamente—. ¿Acaso puedes negarlo?

—No, no puedo —Edward estudió a su hijo—. Estoy seguro de que estás dispuesto a dejarlo todo por ella.

—No quiero batallar contigo por el condado, padre —dijo Tyrell—. Pero lo haré si es necesario. Una sola firma podría cambiarlo todo, pero sé que jamás actuarías con tanta precipitación. Creo que si la condesa, mis hermanos, Devlin y Sean se ponen de mi lado, podemos vender y lo haremos. No intento volver a la familia en tu contra, pero soy el más indicado para proteger y asegurar el condado. He sido educado para ello. Podemos sobrevivir incluso sin la fortuna de Blanche. De hecho, he decidido que lo primero que hemos de hacer es vender Wicklowe, puesto que en estos tiempos es una extravagancia que no sirve para nada.

Los ojos del conde se humedecieron.

—Jamás podría batallar contigo, Tyrell. Eres mi orgullo y mi alegría. Te entiendo. Sé que has encontrado un amor auténtico y duradero, la clase de amor que yo comparto con Mary. Sé que esta decisión no ha sido fácil para ti y, dejando a un lado la cuestión del dinero, creo que la señorita Fitzgerald está mucho más dotada para ser la próxima condesa que lady Blanche.

Tyrell quedó sorprendido.

—¡Padre! ¿Qué estás diciendo? ¿Insinúas que, aquí y ahora, das tu consentimiento para mi boda con Elizabeth?

El conde asintió con la cabeza.

—Esto hará muy feliz a tu madre y, francamente, nunca he estado tan preocupado como estos últimos meses, viéndote tan abatido y desanimado —Tyrell no salía de su asombro. Se sentó—. Creo que, en el fondo, siempre he sabido que pasaría esto. Sólo me negaba a admitirlo. Puedo ser un viejo muy terco —añadió el conde con una sonrisa.

Tyrell sacudió la cabeza.

—¿Terco? Nadie es más abierto de miras que tú. Gracias, padre, gracias —se levantó y fue a abrazarlo.

—Tienes mis bendiciones, Tyrell. Y hablaré con Harrington inmediatamente.

Tyrell no podía hablar. Esperaba una contienda o, al menos, gran cantidad de recriminaciones y, por el contrario, su padre había respaldado la decisión más importante de su vida.

—No te arrepentirás —prometió.

Lizzie yacía en la cama. Era medianoche y el sueño la esquivaba. Revivía una y otra vez su visita de esa tarde a Harmon House, las sonrisas de Ned, las miradas de Tyrell, cada una de sus palabras. El anhelo que sentía era un severo recordatorio del pasado que habían compartido. Los amigos no ansiaban estrecharse entre los brazos, y la amistad con Tyrell parecía una tarea imposible. Y lo cierto era que ella deseaba mucho más. Seguía, sin embargo, decidida: iba a conformarse con su amistad y hacer lo necesario para llevar a cabo su propósito.

Primero, ignoraría la intensa tensión sexual que sólo Tyrell podía agitar. Respiró hondo mientras miraba el techo. Los verdaderos amigos eran leales, afectuosos y honestos los unos con los otros. Tal vez estuvieran condenados, hiciera ella lo que hiciese. Entre ellos seguía habiendo una mentira, la mentira acerca de quién era la madre de Ned.

Lizzie se tumbó de lado. Odiaba pensar en aquella falsedad. Había prometido a Anna llevarse su secreto a la tumba, pero ahora aquella promesa le parecía un nuevo obstáculo en su relación con Tyrell. Aunque ello apenas afectaba a la vida de Tyrell, tal vez afectara a lo que sentía por ella. No le agradaría saber que le había mentido de manera tan monstruosa, si alguna vez averiguaba la verdad.

Se levantó de un salto de la cama. Sólo podía extraerse una conclusión. Si había alguna esperanza auténtica de que fueran amigos, debía decirle la verdad.

Si Seagram se sorprendió al verla en la puerta de Harmon House a las siete y media del día siguiente, no dio muestras de ello.

—El señor está desayunando en la biblioteca, señorita Fitzgerald. Le diré que está usted aquí.

Lizzie sonrió lo más alegremente posible.

—Veré a lord de Warenne en la biblioteca, Seagram.

Tyrell estaba sentado a su escritorio, en mangas de camisa. Al verla, se levantó de inmediato y cruzó la habitación.

—¡Elizabeth!

Ella hizo una reverencia.

—Buenos días. Sé que esto es muy extraño, pero...

Él la tomó de la mano.

—¿Qué ocurre? —parecía preocupado.

—Nada, todo va bien. Pero debo hablar contigo. Sé que es mala hora, pero no podía dormir.

Él la miró de soslayo, sin soltarle la mano. Elizabeth cobró conciencia repentinamente de su mano cálida y fuerte, y su corazón se aceleró. Pero estaba cansada de apartar la mano, y no quería hacerlo.

—¿Podría traernos té, por favor, Seagram? —dijo él.

Lizzie le apretó la mano.

—Debemos hablar en privado.

Tyrell siguió al mayordomo hasta la puerta y la cerró firmemente. Luego se volvió hacia Lizzie, que se paseaba por la habitación. Se sentía enferma de preocupación.

—No puede ser tan malo —dijo él.

Lizzie sacudió la cabeza.

—Eso depende de ti, creo.

Los ojos de Tyrell se agrandaron.

—¿Piensas decirme que no quieres volver a verme?

Lizzie se sobresaltó.

–¡No! Claro que no. Lo que dije es cierto: deseo desesperadamente ser tu amiga.

El semblante de Tyrell pareció cerrarse.

–¿Para eso has venido?

Ella asintió, temblorosa.

–He de contarte una historia –había pensado con mucho detenimiento cómo proceder.

Tyrell parecía perplejo, pero Lizzie había captado toda su atención.

–Muy bien. ¿No quieres sentarte?

–No –ella se retorció las manos–. Mi hermana, Anna, que ahora está casada, siempre ha sido muy atrevida, Tyrell. Atrevida y terriblemente bella –intentó sonreír y fracasó–. Tú la conoces. Debes conocerla. Estuvo en varios bailes de disfraces, en Adare.

Tyrell estaba completamente confuso.

–¿Por qué estamos hablando de tu hermana?

Lizzie tomó aliento.

–Anna no es mala, pero es vanidosa. De niña estuvo terriblemente mimada –hablaba con precipitación–. Mi madre se lo consentía todo, y mi padre también. Creo que por eso, de adulta, siempre ha intentado satisfacer sus deseos sin pensárselo dos veces.

Tyrell le sostuvo la mirada.

–¿Qué intentas decir, Elizabeth?

Lizzie se mordió el labio y las lágrimas enturbiaron su visión.

–En la carta que te dejé en Wicklowe te decía que no era verdadera madre de Ned. Hay una razón –musitó– por la que me presenté en Raven Hall después de pasar un año fuera, con tu hijo en mis brazos, haciéndome pasar por su madre.

Tyrell estaba visiblemente perplejo. Luego Lizzie vio que empezaba a comprender.

–Elizabeth, yo no recibí esa carta. Pero sospechaba desde hacía algún tiempo que Ned fue concebido en el baile de Todos los Santos, por la mujer que llevaba tu disfraz.

Lizzie asintió con la cabeza, temblando.

—Esa mujer era Anna —Tyrell palideció como ella no lo había visto palidecer nunca antes. Lizzie se abrazó—. Yo pensaba encontrarme contigo esa noche, Tyrell, pero Anna se manchó el vestido y mi madre insistía en que se fuera a casa. Anna me pidió mi disfraz y, tonta de mí, se lo di.

Él la miraba con absoluta perplejidad.

Lizzie sabía que estaba horrorizado por aquella farsa, pero ¿estaba también horrorizado con ella?

—Por favor, intenta comprender. Le juré a Anna que nunca revelaría su secreto. Aunque sabía que estaba mal, aunque sabía que tenías todo el derecho a saber la verdad, ella me suplicó que se lo jurara el día que dio a luz a Ned. Pensábamos entregar a Ned a una buena familia, pero cuando lo tomé en brazos me enamoré de él y supe que no podía abandonarlo. Decidí que sería mío y, como sabes, lo he querido como si fuera mi hijo desde entonces.

Él respiraba trabajosamente.

—¡Elizabeth! No tenía ni idea de que esa mujer fuera tu hermana. Te estaba esperando a ti, y me enfadé mucho cuando la descubrí a ella en tu lugar. ¡Santo cielo! —se pasó la mano por el pelo mientras intentaba comprender—. Pensaba marcharme cuando me di cuenta de que una extraña había salido a mi encuentro en los jardines. Pero era muy descarada. Me dejó claro que estaría encantada de satisfacer mis apetitos y acepté la invitación con extremo enojo.

—Lo sé. Anna me lo dijo —sollozó Lizzie—. Sé que no fuiste su primer amante.

—¡No, no lo fui! —exclamó él, y comenzó a sonrojarse—. ¡Qué espantoso es todo esto! Pero explica tantas cosas... Siempre me he preguntado a quién estabas protegiendo.

Lizzie se sentó por fin, pero no apartó la mirada de él. Se sentía como si le hubieran quitado una losa de los hombros, y era un gran alivio.

—Rezo para que no te enfades conmigo. Pero, Tyrell, nadie debe saberlo. Anna está felizmente casada y espera un hijo. Debemos proteger su buen nombre.

El rostro crispado de Tyrell comenzó a relajarse.

–Sí, por supuesto. Serías capaz de hacer cualquier cosa para proteger a Anna o a Ned, a los que amas, ¿no es cierto?

Lizzie no sabía qué decir.

–En eso consiste el amor.

–En eso consiste el sacrificio... y el valor –sonrió con cierta angustia–. ¿Crees que no he pensado largo y tendido en cómo te hiciste pasar por la madre de Ned y sacrificaste generosamente tu reputación y tu vida por su bienestar?

–No fue tal sacrificio –asombrada, Lizzie comenzó a darse cuenta de que Tyrell no estaba enojado con ella.

–Lo sé. Sé cuánto lo quieres desde la primera noche que hicimos el amor –Tyrell se sentó a su lado y tomó sus manos.

Lizzie se sonrojó. No quería hablar de aquel engaño en particular.

–No entiendo –pero la mañana se había convertido en un tiempo de confesiones íntimas y sinceras.

La expresión de Tyrell se suavizó.

–Elizabeth, debes tomarme por tonto.

–¡Nada de eso! –ella cobró conciencia de sus fuertes manos, que sujetaban las suyas sin intención de soltarlas.

–La primera vez que hicimos el amor, eras virgen. Desde ese instante supe que Ned no era tu hijo natural, que lo querías como si lo fuera y que estabas protegiendo a alguien. Pero nunca imaginé que fuera a tu hermana.

Lizzie lo miró con sorpresa.

–Pero no dijiste nada.

–Creía que me dirías la verdad con el tiempo –contestó él lentamente–. Nunca te he dado las gracias por convertirte en la madre de Ned, por quererlo tanto y cuidar de él cuando no tenía a nadie más. Podrías haberlo dejado en un orfanato, pero no lo hiciste. Sacrificaste tu reputación y tu vida por mi hijo. Elizabeth, lo sé desde la primera noche que pasamos juntos. Y es algo que nunca he olvidado. Y que nunca olvidaré.

Lizzie no podía moverse, no podía respirar. Estaba conmovida por su gratitud, pero la gratitud no era amor.

—Te admiro inmensamente. No hay nadie a quien admire más —dijo él con aspereza, con las manos sobre sus hombros.

Lizzie se llenó de alegría. Las alabanzas de Tyrell siempre la afectaban poderosamente. Ahora que la crisis casi había pasado, un fuego ardía bajo su piel. Sería fácil inclinarse hacia él, pero sabía que, si lo hacía, en unos momentos estaría en su cama. Así que se desasió de su mano y se levantó.

—Me siento halagada, pero hice lo que me pareció mejor, Tyrell —dijo.

Él se puso en pie. Sus miradas se encontraron.

—Ned te quiere —dijo.

Lizzie estaba completamente cautivada. De algún modo sus manos se posaron sobre el pecho de Tyrell y de pronto se halló en sus brazos.

—Ned te quiere —repitió él—. Igual que yo.

Tomó su cara entre las manos y Lizzie miró sus ojos ardientes. El deseo se inflamó y la hizo sentirse débil y desfallecida.

—Quiero tenerte conmigo, Elizabeth, ahora y siempre. Te quiero.

El corazón de Lizzie latía tan fuerte que pensó que se le saldría del pecho. Tyrell acababa de decirle que la quería, y ella también lo quería a él. Pero no podían volver a su relación anterior.

—No me hagas esto —musitó.

Pero era demasiado tarde. Como si no la hubiera oído, él la besó.

Hacía tanto tiempo...

Lizzie se olvidó de todo, salvo del hombre que tenía ante ella. Se olvidó de todo, excepto del amor y el deseo que fluían entre sus cuerpos. Tyrell la estrechó entre sus brazos y la besó con ansia. Por un instante, Lizzie se aferró a su cuerpo y le devolvió el beso. Y no deseó otra cosa que unirse a él, que la hiciera suya con toda su urgencia y su pasión. Pero no podía volver a ser su amante. Sería demasiado doloroso.

Tyrell profirió un sonido áspero y se apartó de ella.

—Sé que te mereces mucho más. Siempre lo he sabido, Elizabeth —Lizzie seguía estremecida por su beso. De pronto, Tyrell hincó una rodilla ante ella.

—¿Qué haces? —preguntó, atónita.
—Te estoy pidiendo que seas mi esposa —dijo él. Estaba muy serio y su mirada era intensa. Sacó un anillo. Lizzie se quedó mirando el enorme rubí rodeado de diamantes, aturdida por la impresión. Y entonces comenzó a comprender.
—Era de mi madre. Nadie más lo ha llevado —dijo él—. ¿Te casarás conmigo, Elizabeth?
—Tyrell... ¿Qué estás haciendo? ¡Estás prometido con Blanche!
—He roto con ella.
Lizzie sintió que sus rodillas cedían y sin embargo logró mantenerse en pie.
—¿Has roto tu compromiso con Blanche? —preguntó, boquiabierta.
—No sólo eso, sino que mi padre me ha dado su bendición —él le sonrió, pero sus ojos reflejaban ansiedad—. Sé que te he hecho daño. Te juro sobre la Biblia, Elizabeth, sobre la tumba de mis antepasados, que nunca volveré a lastimarte. Te honraré, te cuidaré, te amaré y te protegeré. ¿Quieres casarte conmigo?
Tyrell quería casarse con ella. ¡Había roto con Blanche y el conde había dado su consentimiento! Lizzie no podía moverse ni hablar. Su sueño más improbable se había hecho realidad. La emoción comenzó a apoderarse de ella. La esperanza floreció. ¿De veras iba a ser su esposa?
Dejó escapar un gemido.
—¿Eso es un sí? —preguntó Tyrell con una sonrisa suave.
Lizzie se arrodilló y lo rodeó con los brazos, apretándolo con fuerza.
—¡Sí! ¡Sí! ¡Sí!
Tyrell la besó profundamente y luego tomó su mano. Lizzie apenas veía por entre las lágrimas, pero lo vio deslizar la hermosa sortija sobre su dedo.
—¿De veras está pasando esto? —musitó mientras se atrevía a admirar el anillo—. Temo estar en mi cama y despertarme, sola y sin amor.
Él se echó a reír.

—Esto no es un sueño. Y creo saber cómo convencerte de ello. Naturalmente, te despertarás en una cama... en mi cama.

El deseo enronquecía su voz y su mirada se había llenado de pasión. Dentro de ella se avivó un fuego. Tyrell le sonrió lenta y seductoramente.

—Me gustaría tener otro hijo.

Lizzie tomó aliento. Ninguna otra cosa podría haberla conmovido más. Hacía tanto tiempo... Necesitaba sentirlo dentro de sí inmediatamente.

—Déjame darte otro hijo, Tyrell —logró decir.

Se miraron con fijeza, larga y francamente. Y luego Lizzie se halló en sus brazos y él le acarició la espalda y las caderas, apretándola contra sí. Se levantaron al unísono y él musitó:

—Esta mañana no tengo paciencia.

—Lo sé —dijo ella, y acarició su bello rostro—. Tyrell... —musitó, suplicante.

Él había oído muchas veces aquella súplica. Siempre la reconocería. Sus ojos brillaron y la apretó entre sus brazos. Su cuerpo estaba ya excitado. Sus labios se tocaron. Lizzie se abrió para él, frenética, mientras la llevaba al sofá y comenzaba a deslizar las manos bajo sus faldas.

Pronto sería mucho más que la amante de Tyrell, sería su amada esposa. La emoción se apoderó de ella. Él deslizó la mano sobre su sexo y Lizzie dejó escapar un gemido. Excitada, creyó estallar y comenzó a llorar.

—No puedo esperar —sollozó contra su boca.

—Yo tampoco —murmuró él, y comenzó a desabrocharse las calzas. Lizzie lo miró a los ojos y se sintió como si flotara en el universo, cegada por sus estrellas brillantes. Él sonrió mientras se tumbaba sobre ella. Al cabo de un momento, dijo:

—Te quiero, Elizabeth —un brillo malicioso apareció en sus ojos—. Te quiero, esposa mía.

Lizzie no pudo seguir refrenándose. Sus palabras surtieron un efecto inmediato, la lanzaron al abismo y se rompió en mil pedazos, llena de amor y pasión, mientras él la penetraba con fuerza, rápidamente, intentando alcanzarla. Un instante después, los gemidos de Tyrell coronaron el día.

Lizzie le acarició la espalda a través de la camisa. Sintió que él se recobraba y se ponía de lado, estrechándola en sus brazos para que pudieran mirarse. El sofá era muy estrecho y se echaron a reír.

—Me temo que me he vuelto un amante pésimo —dijo él con una sonrisa—. A no ser que hayas decidido que prefieres los encuentros fugaces.

Lizzie sonrió ampliamente y dijo:

—Mmm, algo ha cambiado, ¿no es cierto? —y se echó a reír, porque él seguía excitado y a ella le importaba muy poco lo rápidos o lentos que fueran sus encuentros amorosos.

Tyrell se puso muy serio. Se inclinó sobre ella y le besó las sienes dos veces.

—Te compensaré en cuanto lo desees.

—Sé que lo harás... Es evidente —Lizzie no sonrió. Levantó la cara para que él pudiera besarla con ternura en la boca.

Tyrell deslizó la mano entre su pelo.

—¿Eres feliz, Elizabeth? Porque eso es lo único que quiero. Nadie se merece tanto como tú estar en paz.

—Nunca he sido más feliz, Tyrell —contestó ella, y notó que él deseaba hablar de algo—. ¿Y tú? ¿Eres feliz?

—Sí. Soy mucho más que feliz, Elizabeth —sonrió un poco—. Sé que crees que no lo recuerdo, pero lo recuerdo.

Ella estaba confusa.

—¿De qué estás hablando?

—Del día en que te salvé la vida, cuando eras una niñita regordeta que prefería leer a jugar a los piratas.

Lizzie se quedó quieta. Su pulso se aceleró.

—¿Recuerdas cuando me caí al río?

Él la besó brevemente otra vez.

—¿Cómo iba a olvidarlo? Y fue en el lago, cariño, no en el río —Lizzie estaba asombrada. ¿Cómo era posible que él recordara aquel día tan lejano?—. Yo había estado montando a caballo con mis hermanos y hermanastros. Tenía un potro nuevo y quería lucirme. Éramos unos gamberros —añadió con una sonrisa—. Teníamos calor y estábamos cubiertos de polvo y decidimos parar en el lago para darnos un baño. Había un picnic y lo primero que vi fue a aquella niña adorable con la nariz enterrada en un libro. Un libro la mitad de grande que ella.

Lizzie no se atrevía a respirar. Se pellizcó para asegurarse de que estaba despierta.

—Un chico me lo quitó.

—Sí, un bruto lo agarró y tú lo perseguiste y a mí me dieron ganas de darle una paliza. Pero luego él tiró el libro al lago. Tú corriste a recogerlo... y te caíste de bruces.

—¿Cómo es posible que lo recuerdes? —musitó ella, conmovida.

Tyrell se encogió de hombros.

—Nunca lo he olvidado. Me lancé al agua y te saqué, y tú me miraste a los ojos y me preguntaste si era un príncipe.

Lizzie tuvo que abrazarse a él.

—Ese día me enamoré de ti. Sé que sólo tenía diez años y que tú eras mucho mayor, pero a mis ojos eras un príncipe... mi príncipe.

Él le apartó el pelo de la mejilla.

—Nunca he olvidado ese día, Elizabeth. Y cada vez que te veía en la ciudad, normalmente con un libro, o en la fiesta de san Patricio, en nuestro jardín, sentía el extraño impulso de protegerte, por si aparecía otro bruto.

—¿Sabías... sabías quién era? —exclamó ella, asombrada.

Él no sonreía ya.

—Cuando vi ese coche en la calle Mayor, a punto de atropellarte, sentí un miedo que no había sentido nunca antes... salvo en Wicklowe, cuando llegó Harrington y supe que ibas a dejarme.

—¿Sabías quién era ese día, cuando esos granujas estuvieron a punto de atropellarme?

—Sí, y cuando te puse a salvo, me di cuenta de que la niña ya no existía. Tenía en mis brazos a una mujer, a una mujer terriblemente seductora.

Lizzie dijo con esfuerzo:

—¿Qué intentas decirme?

—Te he visto crecer, convertirte de niña en mujer. Desde ese día en el lago, estaba decidido a protegerte. Me enamoré de ti en la calle Mayor. Te he amado desde entonces.

Tyrell la había visto crecer... la había querido durante años... Lizzie se lanzó en sus brazos, todavía perpleja. Los dos se habían amado desde lejos durante años. No pudo evitar preguntarse qué habría ocurrido si se hubieran encontrado aquella noche, en el baile de Todos los Santos. Pero aquello no entraba en los designios divinos. Éstos incluían a Ned.

–Estás llorando –musitó Tyrell.

–Son lágrimas de felicidad –respondió Lizzie. Sentía tanta alegría que le resultaba insoportable.

–Me alegra muchísimo poder hacerte llorar de alegría después de todo este tiempo –dijo él–. ¿Cuándo quieres que nos casemos?

Lizzie parpadeó.

–Hoy.

Él se echó a reír.

–¿Y aparte de eso?

–Lo antes posible –ella nunca había hablado más en serio, y tomó su mano. Tyrell se llevó su mano a los labios, tan serio como ella.

–Quiero casarme contigo en Adare, Elizabeth.

–¡Oh, sí! –exclamó ella–. ¿Cuándo podemos irnos? ¿Cuándo podemos volver a casa?

–Yo puedo irme hoy, si para ti no es muy pronto –contestó él con una sonrisa tierna.

Ella pensó en aquel día en el lago, cuando un joven y apuesto príncipe la había salvado de ahogarse. Pensó en su primer baile y en un guapo y peligroso pirata que la había invitado a una cita clandestina; y pensó en el mayor regalo de Dios, el día del nacimiento de Ned, cuando abrazó a su hijo por vez primera. Pensó en cómo había sido conducida a Adare por sus padres, humillada, esperando a que Tyrell la acusara de ser una ramera y una mentirosa, y en los meses maravillosos que habían pasado juntos, como una familia, en Wicklowe. No pensaba ya en el dolor de la separación. Se imaginó, por el contrario, la boda que pronto tendría lugar allí, en el gran salón de la casa solariega de Tyrell. Con el tiempo, sus hijos llenarían las habitaciones y salones del palacio. Y ellos seguirían los pasos de las generaciones de la familia De Warenne que les habían precedido, de los hombres y mujeres que habían vivido, amado y expirado luchando por el honor, el deber y la familia.

—Me encantaría que nos fuéramos hoy a casa —musitó—. De hecho, no puedo esperar.

Epílogo

Lizzie y Tyrell se casaron tres semanas después, en el gran salón de Adare. La ceremonia fue sencilla e íntima, y a ella sólo asistió la familia. Fue una celebración alegre, memorable y conmovedora.

Ese día, la tía Eleanor desveló el contenido de su testamento. A Georgie y Anna, les dejaba dos modestas pensiones y a Rory la casa de Belgrave Square. El resto de su inmensa fortuna era para Lizzie, que de ese modo se convirtió, de un plumazo, en una de las más ricas herederas del reino.

Georgie y Rory se casaron el verano siguiente, en Raven Hall. Su boda no fue tan discreta como pretendían, pues a ella asistieron casi doscientos invitados. Lizzie fue la dama de honor de su hermana, y Tyrell el padrino.

Pero el acontecimiento más importante de todos fue el nacimiento de la hija de Lizzie y Tyrell. Nació ésta justo después del día de Año Nuevo de 1816, para felicidad de la pareja. Pero sólo fue la primera de sus cinco vástagos.

Títulos publicados en Top Novel

La huérfana — Stella Cameron
Un velo de misterio — Candace Camp
Emma y yo — Elisabeth Flock
Nunca duermas con extraños — Heather Graham
Pasiones culpables — Linda Howard
Sombras en el desierto — Shannon Drake
Reencuentro — Nora Roberts
Mentiras en el paraíso — Jayne Ann Krentz
Sueños de medianoche — Diana Palmer
Trampa de amor — Stephanie Laurens
Resplandor secreto — Sandra Brown
Una mujer independiente — Candace Camp
En mundos distintos — Linda Howard
Por encima de todo — Elaine Coffman
El premio — Brenda Joyce
Esencia de rosas — Kat Martin
Ojos de zafiro — Rosemary Rogers
Luz en la tormenta — Nora Roberts
Ladrón de corazones — Shannon Drake
Nuevas oportunidades — Debbie Macomber
El vals del diablo — Anne Stuart
Secretos — Diana Palmer
Un hombre peligroso — Candace Camp
La rosa de cristal — Rebecca Brandewyne
Volver a ti — Carly Phillips
Amor temerario — Elizabeth Lowell